PAKLENA ĆELIJA

PAKLENA ĆELIJA

Noćne more

Đorđe Miletić

Globland Books

Godina Koja Je Promenila Sve

... Život je čudna i nepredvidiva kurva. Interesantno kako je samo u stanju da odjednom natera čoveka da postane surov i nemilosrdan. Emocije nestaju kao rukom obrisane, a srce postaje komad čelika. Verovao sam da nikad neću postati takav, ali sam se očigledno prevario. Otac se posvadao sa mnom i proterao me iz porodične kuće odmah posle majčine smrti. Tumor na mozgu u poodmakloj fazi. Ništa nismo mogli da učinimo. Praćen tom traumom, koja me ozbiljno uzdrmala, ubrzo sam se pridružio vojsci, jer za drugi posao nisam bio.

Uspešno sam prošao obuku u mornaričkim „Fokama", koja je trajala dvadeset šest nedelja, uz slogan „NO PAIN NO GAIN". Bolje reći, prošao sam obuku za lažno jake i hrabro lude osobe. Prvu priliku dobio sam na Kubi. To je bilo vatreno krštenje protiv zverskog režima i krvavog terora Batistinih snaga. Strahote koje sam preživeo tamo bile su neopisive. Posle toga: Vijetnam, svojevrsni pakao protiv Vijetkonga, Kambodža — agonija koju su kreirali Crveni Kmeri i ujedno poprište jednog od najkrvavijih masakara u modernom ratovanju, Nigerija, Avganistan... ne mogu ni da se prisetim svih ratišta...

Odlukom Vojnog suda dobijam administrativno tj. nečasno otpuštanje sa pola penzije. Uzrok je bio preterana agresivnost, odbijanje poslušnosti, napad na nadređenog i šest mrtvih civila u Vijetnamu, mojom krivicom. Sve se nekako završilo tamo gde je i počelo... U Vijetnamu...

Eto me opet u Sjedinjenim Državama sa trideset sedam godina, bez ikakvog znanja i volje da bilo šta radim, ili učim. Ja sam bio obučen da ubijam. Stvorili su mašinu za ubijanje od mene. Šta ću ja u takozvanom normalnom svetu?!

Opako društvo iz kraja, alkohol, droga, underground klubovi i kurve sa ulica San Antonija učinili su svoje. Rođen sam u San Antoniju i verovao sam da ću tamo i umreti, ali sam se izgleda prevario.

Moj život se pretvorio u haos. Prepustio sam se tom haosu, znajući da me polako, iz dana u dan uništava. Sasvim sam bio ravnodušan, gledajući propalicu u sebi, naročito kada bih se pogledao u ogledalo i video raspadajuću figuru, dok me većinu noći zasleljivalo svetlo light show-a, a uši probijalo neko disko smeće. Sećam se jedne žurke koju je organizovao moj ortak Timi. On je bio koliko-toliko OK lik, crnja iz kraja, koji me i pozvao na tu zabavu, na kojoj je, inače, bila većina crnaca.

Opustio sam se, čim sam shvatio da me na vratima nisu izbušili uzijima, zbog toga što sam belac i prepustio sam se ritmu old school hip-hopa. Muzika je odzvanjala, a pored žestokog pića valjala se i „hemija", a ja po staroj navici nisam odoleo. Društvo su nam pravile neke dobre curice, načičkane minđušama, prstenjem, ogrlicama i raznim drugim ukrasima, od kojih bale nailaze muškarcu i koje pri pomućenoj svesti nisam baš razaznavao.

To je bila noć trinaestog oktobra, noć za koju mi je Timi obećao da će biti nezaboravna i zaista je bila nezaboravna, ali najviše bih voleo da se nikad nije ni desila.

Bila je to noć kada je bol počeo...

... Otvorio sam oči i kroz maglu video prazne flaše na Timijevom stolu. Osećao sam neprijatan zadah alkohola u sobi. Ležeći na podu, osetio sam nešto vlažno ispod sebe, još uvek nesvestan šta se zapravo događa. Soba je bila prazna i prljava. Tražeći po tepihu nešto čime bih isprao grlo i koliko-toliko se rasvestio, pod rukom sam iznenada osetio nešto tečno, hladno i lepljivo. Tek kada sam se okrenuo na bok video sam da ležim u lokvi krvi i da pored mene leži leš neke devojke plave kovrdžave kose i mršavog, gotovo manekenskog tela. Prepoznao sam da je to Džejni Stivens, devojka sa velikom ljubavlju prema tuđem džepu i tuđem novcu, koja je kod mene dolazila samo kada treba da joj izigravam pastuva i došla na žurku kada je čula da ću i ja biti na njoj.

Sada nema priliku da troši tuđ novac, ili da me koristi u svrhu telesnog zadovoljavanja, jer je mrtva. Leži i gleda me širom iskolačenih, beživotnih očiju, brutalno iskasapljena i ostavljena u tom stanju, polumrtva, da iskrvari sama. Ne znam kako to da objasnim, ali gotovo da mi ju je bilo žao. Opipao sam džepove i tada sam shvatio zašto će bol uskoro početi. Moj nož... moj „Reckavi Monstrum”, kako sam ga od milošte zvao, bio je pokriven krvlju! Njenom krvlju! Nemoguće!

... Uskoro sam čuo zavijanje sirena i škripu guma. Sve se odigralo neverovatno brzo. Hitri koraci i zvuk čizama koje odjekuju drvenim stepenicama, a zatim tresak vratima i intelektualci u plavim uniformama, koji mi uzvikuju da bacim nož i legnem na zemlju. Gledajući sa nelagodnošću napeta lica i pumparice spremne da raspale po meni i na najmanji pokret, samo sam razmišljao o tome koliko je dugo i naporno neko smišljao ovaj zločin.

... Oboren na pod veoma grubo slušao sam prava koja mi je pandur saopštavao, dok me je vezivao. Izvode me iz Timijeve kuće...

... Sevaju blicevi, kamere i mikrofoni mi se unose u lice, postavljaju mi se razna pitanja, neki ljudi, verovatno roditelji, plaču u pozadini i uzvikuju: „Smrtna kazna”, dok mene, onako prljavog i okrvavljenog, sprovode kroz gužvu i ubacuju u policijski automobil. Neko mi je rekao da će s razvojem naše medijske propagande svako doživeti svojih pet minuta slave. Ja mu nisam verovao... Bar ne do ovog trenutka... Bio sam slavan i u centru pažnje cele države Teksas, ali iskren da budem povod nije bio nimalo lep...

... Pravi šok bio je kada sam oca video na suđenju, ali na iznenađenje svih, on je zastupao suprotnu stranu. Navodno je postao vrlo uticajan u nekoj advokatskoj kompaniji u Americi i odavno se odselio iz San Antonija. Slušajući gomilu gluposti, laži i podvala, koje je armija najplaćenijih advokata iznosila protiv mene, saznao sam da je, navodno, Džejni želela da se uda za mog oca. Glupa kučka očekivano bi pristala na takav brak, zbog ljubavi prema tuđem džepu, a dokazi su ukazivali da sam, naravno, ja krivac za to što je mrtva.

Pozvala me te večeri na Timijevoj žurki kako bi mi saopštila da je gotovo među nama, a ja, navodno od ljubomore, nisam to mogao podneti, pa sam je zverski rasporio u momentima ludila. Bio sam obeznanjen od pića i droge, tako da se ničeg nisam sećao, a čak ni takozvani momenti ludila i vijetnamski sindrom nisu bili olakšavajuća okolnost, kao ni to da nisam bio rehabilitovan posle Vijetnama. Čak je i moj advokat, čini mi se, bio ubeđen u to da sam ja ubica i polako, ali sigurno izgubio je nadu da će me odbraniti.

Zar se ceo svet okrenuo protiv mene?

Milosti nije bilo. Šta je to milost, uostalom? Presuda je glasila ovako:

„Kriv po optužnici za monstruozno ubistvo bez predumišljaja. S tim u vezi optuženi je osuđen na smrtnu kaznu".

Bože, nikad ne bih poverovao, da nisam čuo od sudije lično...

Moj rođeni otac nakon izricanja presude slavio je sa svojim advokatima, rukovao se i izgrlio sa porodicom ubijene kučke... Ironija za ironijom, bez znaka da će uskoro nestati...

... Došao je i taj dan. Okovan lancima i podupret dvojicom čuvara teturao sam se hodnikom. Danas je bio dan kada ću dobiti stolicu i gumenu kapu, a zatim elektrošok od kog će mi stati srce. Dovode me, i uz koju ćušku palicom me kao stoku uteruju u vozilo, gde se nalazilo nekoliko zatvorenika. Po naglasku sam prepoznao da su Meksikanci.

Trebalo je da budem prebačen u manje mesto, radi izvršenja smrtne kazne. Tada sam mislio da ću završiti život uz poslednji obrok i pivo, koji, iskren da budem, i nisu bili baš nešto za kraj. Ali očigledno sam se prevario...

... Nešto su mi govorili u tom vozilu. Nisu nam zabranili da komuniciramo. Na kraju krajeva dali su nam tu privilegiju, pošto ćemo svi, ili bar većina, uskoro umreti. Ponešto sam razumeo od njihovog jezika, ali se nisam trudio da slušam, niti da odgovorim, iako sam znao nekoliko reči španskog. Bilo mi je svejedno. Ja sam na kraju krajeva bio „mrtav čovek". Gledao sam unatrag na život, prelistavao događaje, pokušavajući da se setim makar jednog lepog trenutka uz koji bih skončao na stolici. Nije ih bilo... ili ja nisam bio u stanju da ih pronađem.

Tada sam čuo eksploziju...

Vozilo se zaljuljalo i prevrnulo. Rafali iz automatskih pušaka odzvanjali su oko autobusa. Odjekivale su i strahovite eksplozije. Pucnji i ljudski krici su se čuli izvan. Događaji, odblesci eksplozije, jauci i vika, za trenutak su me vratili u Vijetnam... Autobus sa taocima, sa decom koju je prevozio do škole u južnom Vijetnamu, napao je Vijetkong i sada pucaju po nama... Ali to je bila samo loša uspomena, koja je za trenutak blesnula i nestala u momentu kada su se otvorila vrata. Otvorila su se posle svega nekoliko minuta. Izvukao sam se na vreme, shvativši da je konvoj sa autobusom u kom su bili svi zatvorenici i pratnjom napadnut, a sudeći po tome što mi je vrata otvorio mali, debeli, brkati Meksikanac, sa košuljom cvetnog dezena i automatskom puškom, zaključio sam da su pobili pandure...

... Prošao sam, na sreću, samo sa lakšom povredom glave i nekoliko nagnječenja, dok je većina poginula u izvrtanju autobusa, ili su *teže povređeni. Saznao sam da je razlog za takav munjevit prepad oslobađanje Meksičkog narko-bosa koga zovu Mad Diablo i koji se pukim slučajem zatekao u istom vozilu sa mnom. Gledajući zapaljena policijska vozila i pobijene pandure, ujedno i jednog šakala koji policajcu ne starijem od dvadeset pet godina puca u glavu, dok ga ovaj na kolenima moli za život, shvatio sam da s ovim momcima nema šale.*

Procenio sam da im mogu polomiti vratove najviše za oko jedan minut, ali bili su naoružani. To je predstavljalo izvesnu poteškoću. Od debelih brkatih šakala bio sam brži, ali ne i od metka. Dobio sam uslov, mada bih ga pre nazvao ultimatumom, da nešto obavim za njega a u zamenu će mi naći mesto gde bih se sklonio od policije. Prihvatio sam, a pravo pitanje je bilo da li sam uopšte imao izbora.

Zadatak je bio da ubijem nekog političara, koji je tesno povezan sa Mad Diablom, ali postao je previše pohlepan. Sve se svelo na ucenu po principu: „Ili plati, ili ću propevati sve što znam o tebi”.

... Ono što mi se sviđalo kod Mad Diabla je što mi je dao potpunu slobodu u izvršavanju egzekucije. Voleo sam slobodu, a voleo sam i da improvizujem, uprkos tome što elitne vojske Sjedinjenih Država ne vole improvizacije. I bio sam tamo... gledao ga kroz optički nišan... Gledao sam đubre kako se u đakuziju brčka sa kurvama kojima može deda da bude. Jedino što sam nameravao je da posao ne obavim profesionalno.

Hitac je licemera pogodio tačno između očiju i delovi njegovog mozga plivali su u bazenu zajedno s njegovim beživotnim telom. Onda sam prešao na kurve koje su vrištale od straha. Uleteli su telohranitelji, verovatno pokrenuti frenetičnim vrištanjem. Pobio sam i njih. Jadne budale nisu ni videle odakle dolaze hici, ubio sam i baštovana koji se zatekao u dvorištu u blizini, kuvara i kuvaricu u donjem delu rezidencije, nisam čak poštedeo ni psa čuvara, prelepog, krupnog dobermana koji je lajao osećajući da nešto nije u redu. Njegov lavež remetio mi je koncentraciju, a na kraju krajeva čuvao je pogrešnog čoveka. Pobio sam sve što sam video na nišanu. Ne znam kako bih to objasnio, ali mislim da mi je nešto puklo u glavi u tim trenucima...

... Mad Diablo se smejao kada je na vestima slušao o masakru i mogućem napadu terorista, koji su profesionalno poubijali ljude u rezidenciji budućeg senatora. Sećam se da mi je rekao da sam izuzetno surov čovek i da mu se to svidelo. Ja tako nisam mislio. Ispoštovao je svoj deo dogovora, sredio mi lažna dokumenta i organizovao mi bekstvo preko granice.

Bio sam prebačen s druge strane haosa — u Meksiko, toga se jedino sećam. Ostatak puta sam proveo vezanih očiju. Kada sam ugledao svetlost dana, ispred mene je izronila planina, a na njenom vrhu nalazio se Max. Security zatvor „Don Hoze", koji me je podsećao na srednjevekovno utvrđenje. Po nalogu Mad Diabla ugurali su me u taj zatvor i dali mi privremen posao, dok mi pripreme sledeću metu za smaknuće, na kojoj ću zaraditi milione.

Umesto toga, doživeo sam strašnu sudbinu. Moj posao je bio egzeku-torski. Nosio sam crnu dželatsku masku i posao mi je bio da ubijam osuđenike koje mi odrede. Mad Diablo me je prevario, pošto sam u toj rupi bio zatočen narednih sedam godina i dobijao svakodnevno pretnje telefonom da ne pokušavam da pobegnem.

Gledam stalno pobune zatvorenika i stražu koja ih brutalno guši. Uglavnom su ovde dolazile najveće propalice, koji su bili prirodna bogatstva Meksika: masovne ubice, kanibali, satanisti, pedofili i narko članovi. Brinulo se o tome da ne budem primećen i da moj identitet bude skriven, jer se znalo da me polovina država u SAD-u traži zbog bekstva, a ne bi me čudilo i da su me povezali sa ubistvom budućeg člana senata. Neće se FBI uzdržavati da pređe granicu kako bi me uhvatio, jer sam predstavljao jednog od državnih neprijatelja i zbog svega toga, po uzoru na srednjevekovne dželate, nosio sam masku koju nipošto nisam smeo da skidam, čak i kada nisam na dužnosti. Zaboravili su još jednu stvar, a to je da je doba inkvizicje odavno prošlo, a giljotina izbačena iz upotrebe. Pravila igre ipak nisu tako govorila...

... Električna stolica, tzv. Choping Block za odsecanje glava, giljotina konstruisana kao da je napravljena u fabrici eksponata, gluva soba, klatno, balon sa vodom i levkom koji je služio za mučenje zatvorenika, tako što će mu se ulivati tečnost u usta dok se ne uguši, sto za rastezanje i sakaćenje, takozvana „prstolomka", koja nanosi bol nepojmljiv čoveku... To su bila moja „sredstva za rad". Iako sam se krio pod maskom toliko dugo da sam je prihvatio kao svoje novo lice i trudio se da izbegavam kontakte, bio sam te sreće da budem većini zatvorenika potencijalna meta. Ovo je bilo mesto do kog nije dopirao nijedan zakon pisan ljudskom rukom... Ovo je bilo mesto koje se rukovodilo nepisanim ali čeličnim i bespogovornim pravilima u kojima je smrt bila glavna zakonska figura. Prolazeći blatnjavim i slabo održavanim hodnicima, čujem mnogobrojne uvrede i pretnje smrću, kao i lupanje kašikama o zatvorske rešetke iz revolta. Iz dana u dan, sve se to vuklo punih sedam godina. Zatvorski čuvari su me gledali popreko i zazirali, uglavnom bežeći od mene kao od zaraze. Gde god sam se pojavio bio sam nepoželjan, jer su me prozvali Death Bringer, a razumljivo je da niko ne želi čoveka sa takvim epitetom u blizini. Danju sam se retko kad pojavljivao, ali moje vreme dolazilo je kada se kazaljke poklope na dvanaest.

Povlačenjem poluge oduzimam jedan po jedan život. Jednog po jednog šaljem na počinak. Moja stolica im je karta za pakao u jednom pravcu. Prestao sam da brojim koliko je ljudi selo u nju. Stotine, možda i hiljade, ko zna... Koliko li sam samo puta došao u iskušenje da i sam sednem u nju i okončam ovaj bezvredni život i tako završim posao koji je trebalo biti odavno obavljen.

Nikako nisam nalazio hrabrosti za to...

... *Poslednje, sedme godine povećao se priliv zatvorenika. Kasnije sam je nazvao Godina Koja Će Promeniti Sve... i nisam bio svestan koliko sam bio u pravu... Zaista je promenila sve.*

Imao sam tzv. prekovremeno, jer sam za noć morao da smaknem i po trojicu-četvoricu. Nekada su tražili i da im odsecam glave. Nekada da nekog isprebijam do granice neprepoznavanja u gluvoj sobi. Ali znao sam zbog čega. Bogate sadističke bitange sede iza stakla i gledaju predstavu. Iako ih sa svoje strane ne vidim, znam da su tamo. Sede, puše pozlaćene tompuse i gledaju svog psa u akciji...

Zar se stopa ludaka i ubica odjednom toliko povećala? Ne bih rekao. To mi je postajalo sumnjivo. U poslednju šetnju odlazilo je sve više zatvorenika. Gledali su me uplašeno, kao demona koji je došao po svoje. Bili su prestrašeni, izgubljeni, vrištali su i otimali se. Gotovo da sam bio ubeđen da većina nije kriva za zločine koji su im se pripisivali, ali ja nisam bio sudija, već samo dželat koji povlači polugu. I povlačio sam je ravnodušno kao i uvek, a zatim posmatrao poslednje trzaje svakog od tih nesrećnika. Ipak nisam mogao da se otrgnem pomisli da se zatvor kao kažnjenička institucija polako pretvarao u brutalno gubilište. Postajao je sve čudniji ovaj zatvor... Mislim, još čudniji nego što već jeste... Bez ikakvog cilja lutajući hodnikom, jednom sam naleteo na jednog od mrtvih osuđenika kog su pakovali u vreću, ali umesto u krematorijum (kojim sam opet ja upravljao) odgurali su ga na nosilima u neku sobu koja je ličila na operacionu salu, gde su ih čekali ljudi u zaštitnim odelima i gas maskama.

Vrata su zatvorili čim su videli da ih posmatram, a čuvari su me pod pretnjom pendrecima naterali da se vratim nazad u svoje odaje. Od tada sam postao paranoičan. Nešto nije bilo u redu i to je bilo jasno kao dan. Šta će ovde ljudi koji na uniformama imaju znak za biohemijsku opasnost?

Tu sobu, u kojoj sam spavao, smatrao sam za jedinu svoju teritoriju, jedinu na kojoj sam se osećao bezbedno. Zdravlje mi je popuštalo i to sam osećao. Što zbog pića, što zbog droge, što zbog septičkog otpada, koji su mi donosili iz menze. Ništa nije bila bolje ni glava.

Tako pomućen i u raspadnom stanju počeo sam da se pitam šta je to što sam video. Ta prostorija je preuređivana i prerađena. Bila je nekada ambulanta, a sada je pretvorena u operacionu salu. To dobro znam, jer su zatvorenici taj posao radili, a ja sam bio njihov gonič i bič na njihovim leđima.

Zapravo, pitanje koje me najviše mučilo je da li je ovo samo zatvor. Pošto sam često bio neispavan i po dve-tri noći i pošto sam često pod dejstvom opojnih sredstava, stimulansa i „hemije" koja je trebalo da me drži budnim do iznemoglosti, nikad ne stignem da ozbiljno porazmislim o tome. Štaviše, pri toj pomisli glava počinje da me boli tako da zapadnem u neku vrstu polukomatoznog sna. Primetio sam da me sada čuvari gledaju s izvesnom dozom nepoverenja. Njihov pogled mi govori da mi spremaju nešto.

Možda planiraju da me ubiju? Ili sam video nešto što nije trebalo? Možda...

— Hej, Blek! — vrata male, mračne i prljave sobe sa jednim krevetom i stolom su se otvorila. Unutra je ušao bucmasti, brkati stražar. Dželat je sporo otvorio oči. Bile su krmeljive, mutne i gotovo tužne sa izvesnom primesom jeze, pošto su virile iz rupa crne, sablasne i beživotne maske.

— Diži tu guzicu i dovlači se ovamo! Imamo još jednog za smaknuće — zapovedio je vrlo neljubazno.

Maskirani čovek se bez reči pridigao i bez imalo volje se sporim koracima uputio ka vratima. U sobi za smaknuće smrtonosna stolica bila je pripremljena. Još dvojica čuvara, naoružanih pumparicama, čekala su ga ispred sobe.

Drvene klupe bile su raspoređene sa obe strane zida za eventualnu publiku, u sredini stolica ograđena staklom, a iza nje mala kabina sa smrtonosnom polugom. U prostoriji je bilo prilično pusto, tako da je sve ukazivalo na tiho smaknuće.

Veliki okrugli sat pokazivao je trideset minuta do dvanaest.

— Ovaj će biti poslednji za večeras — rekao mu je čuvar koji ga je pozvao. — Idemo po njega. Ovo ti je broj njegove ćelije.

Dželat je uzeo parče izgužvanog papira i pogledao. Pisalo je: *BLOCK 4, HELL CELL 15.*

Bez reči se okrenuo poput neme mašine i uputio se ka Bloku 4, praćen izuzetno dobro naoružanim čuvarima.

Došao je do ćelije 15 i mašio se za ključeve koji su mu visili za pojasom. Otključao je zarđala vrata i ušao bez ijedne izgovorene reči. U njoj je, na starom i izgužvanom krevetu, sedeo omaleni čovek sede i proređene kose i suvog mršavog tela od oko pedesetak i kusur godina. Imao je modrice po licu. Njegovo lice bilo je izmučeno. Ionako sažvakano godinama, sada je izgledalo zaista u lošem stanju. Dželat je bez reči stajao. Dva zakrvavljena oka gledala su zatvorenika kroz crnilo maske, poput demona koji je došao po dušu.

— Nisam ništa uradio! — rekao je uplašeno zatvorenik.

Dželat je ćutao.

Zatvorenik je ustao.

— Nisam ništa uradio šta hoćete od mene? — zavapio je nesrećni čovek.

Kada je ustao, dželat mu je počeo lagano prilaziti.

— Ne diraj me! Skloni se od mene! — opirao se čovek, kada mu je maskirani dželat pružio ruku ka ramenu.

Pokušao je da zamahne pesnicom. Snažna i ogromna dželatova ruka uhvatila je njegovu sićušnu pesnicu i uvrnula je. Zatvorenik je bio silovito prikovan licem uza zid. Stražari su se smejali gledajući nemoćno opiranje i koprcanje sićušnog čoveka, dok ga je ogromni dželat pakovao za poslednju šetnju. Bez ikakvih reči Blek je pružio ruku ka čuvarima, a oni su kroz već uvežbanu rutinu znali šta hoće.

Jedan od čuvara mu je dobacio lisice i džrlat je počeo da ga vezuje.

— Slušajte me, ja nisam kriv ni za šta! Ovo je nameštaljka, mi ni za šta nismo osuđeni! Nemamo dosije — jecao je zatvorenik, pritiskajući licem zid. — Mi nismo uhapšeni, mi smo... kndmmmm!

Poslednja reč nije bila ni izgovorena. Ne želeći da sluša trabunanja kako je neko nevin, da mu je nameš teno i slično, trabunjanja koja je otprilike znao napamet, Blek mu je crvenom maramom vezao usta, a zatim ga tako spakovanog izvukao iz ćelije. Zatvorenik je vrištao i cvileo, grebući nogama o pod.

— Manijaci! Ubice! — čulo se iz susednih ćelija.

Počeli su nemiri. Sitni predmeti leteli su ka Bleku i čuvarima, a zatvorenici su bili vrlo besni i uznemireni. Kao rulja pobesnelih pasa udarali su o zatvorske rešetke, spremni da golim grudima jurišaju na vatreno oružje ako je potrebno, svesni da je bolje pokušati spasiti se od smrti, nego čekati sigurnu smrt. Grupe čuvara su uletele kroz vrata, baš kada je džrlat napuštao blok, umešali se među najglasnije zatvorenike, podelili nekoliko batina i tako stišali situaciju. Dok je džrlat zatvarao vrata sa te strane odzvanjali su jecaji, jauci i zapomaganja od batina i brutalnog uspostavljanja zagrobne tišine u zatvoreničkoj jedinici. Zvuci su se prigušili kada su se vrata Bloka 4 zatvorila i sakrila jezive slike prebijanja.

Kaznena ekspedicija se sa zatvorenikom vratila nazad u sobu za egzekuciju, gde su ih čekala samo još dvojica čuvara i lekar koji je radio u zatvorskoj ambulanti. Nikakve publike nije bilo a na satu je stajalo deset minuta do dvanaest. Dvojica čuvara su pripremali zatvorenika na stolici, stavljajući mu ruke i noge u pravilan položaj, pričvršćujući ih dotrajalim kaiševima, fiksirajući glavu od suza i histerije izbezumljenom zatvoreniku i nameštajući mu sunđer sa gumenim provodnikom na glavu, a džrlat je zauzeo mesto u svojoj kabini, čekajući pored smrtonosne poluge.

Zatvorenik je bio spreman. Jedan od čuvara gledao je na sat. Još oko pola minuta života preostalo je zatvoreniku. Kazaljke su se poklopile. Čuvar je zatim dao znak rukom. Dželat je povukao polugu i odmah se začulo zlokobno zujanje. Starčevo telo se treslo.

Blek je tada pojačao napon, kako bi žrtvu što brže i bezbolnije usmrtio. Uz jezivo mrmljanje i zapomaganje i uz treptaj sijalica od prevelikog napona završavao se još jedan od života. Telo se beživotno opustilo i tada je Blek isključio napon. Prišao je lekar sa slušalicama i poslušao ga. Za trenutak je zaćutao osluškujući.

— Mrtav je — kratko je konstatovao, skidajući slušalice i odmahujući glavom.

— Nosite ga — naredio je jedan od čuvara.

Blek je samo kao kip posmatrao kako čuvari skidaju leš sa stolice, a zatim ga izbledelim čaršavom pokrivaju i iznose iz prostorije. Dželat je ostao sam. Nekoliko sekundi gledao je u pravcu zatvorenih dvokrilnih vrata stežući pesnicu, a zatim se okrenuo i uputio ka svojoj sobi.

Smestio se između četiri trula zida, odakle bi kroz pukotine ispuzio pokoji miš i gde je bilo hladno i neugodno. Pored zida je stajao krevet sa pokrivačem, koji je ličio na ponjavu, a prekoputa sto natrpan ostacima hrane i flašama alkoholnog pića, kojima je dželat lečio, ili pokušavao da izleči svoj duševni bol. Seo je bezvoljno.

Otvorio je fioku i izvukao flašu konjaka, koja je bila popijena za jednu trećinu. Crvenkasta etiketa je izbledela, tako da joj se rok trajanja nije mogao videti. Njega ionako nije bilo briga za to. Oslonio se leđima o zid, otvorio flašu i počeo da pije. U nekom nedefinisanom vremenu, za koje nije imao osećaj, negde pri kraju flaše, i dalje nije mogao zaspati, a nije želeo da izađe iz sobe i prošeta, niti da pogleda koje je vreme i doba i da li je dan ili noć, želevši da više niko ne dođe i ne pozove ga. Slika poslednje žrtve nije želela da pobegne ispred očiju, svaki put kada bi ih zatvorio... Iz džepa je izvadio kutijicu tableta, sipao četiri u šaku i progutao ih, isprativši ih ostatkom konjaka.

Gledao je u jednu tačku negde na plafonu. Disao je ravnomerno. Bio je usamljeniji od najusamljenijeg čoveka na planeti i bezvoljan jednako koliko i sami zatvorenici u zatvoru. Glava mu je polako padala nadole. San ga je usiljeno obuzimao, dolazeći polako u mračnim valovima. Valovi, koji su se lagano pretvarali u košmare, ponovo su se pojavljivali. Video ih je, iako nije potpuno zaspao, osećao ih, iako je bio sam u prostoriji, svestan njihovog prisustva, iako mu je svest bila poljuljana lekovima, ali je bio nemoćan da im se odupre. U svetu u koji je Blek stupao, oni su bili gospodari. Oni su određivali sve, formirali sliku, događaje i crtali prošlost i budućnost. Ruka koja je držala flašu polako se beživotno opuštala. Flaša mu je lagano klizila iz prstiju i tiho, gotovo nečujno kliknula o pod, dok su kapi kapale iz nje na hladan betonski pod. Ruka iznad flaše se nežno klatila, praćena dželatovim dubokim disanjem...

... Eksplozija...

... Dželat se od detonacije naglo razbudio i pao sa stolice, zbog laganog podrhtavanja tla. Lampa je zatreperila. Bio je budan, ali osećao se kao pregažen tramvajem. Bolovi u glavi kao da su bili kolci koji prolaze kroz same vijuge njegovog mozga. Pre nego što je uopšte pokušao da misli, žestoko klokotanje prostrujalo mu je kroz želudac. Mlaz pene, u kom su bila sva tri obroka, flaša konjaka i sve između toga suknuo je iz usta i isprskao celu prostoriju. Osećao je da će dušu povratiti.

Nekoliko trenutaka žmurio je i duboko disao. Nova kriza ili stvarnost? Detonacija se sasvim jasno čula i osetila. Svi zglobovi delovali su mu teško i nerazrađeno. Posle neznatnog olakšanja delimično mu se razbistrilo u glavi, u kojoj su se počeli vraćati sveži događaji od prošle noći. Setio se smaknuća i starca koji vrišti. Još jedan pečat na dugoj listi mrtvih osoba. Bio je žedan. Kiselina je nemilosrdno krkljala u stomaku, kao da će ga progoreti.

Želudac mu je goreo kao kazan pun ključalog ulja. Glava mu je pucala. Ustao je i oteturao se do vrata, ujedno da proveri šta ga je to probudilo.

Došao je u sobu za egzekuciju, istu onu u kojoj je stvarao nekro-umetnička dela po naredbi upravnika zatvora. Zatekao ga je prizor koji nije viđao do sada u ovom zatvoru. Nagledao se užasa, stravičnih tortura, odsečenih glava i svega ostalog, ali ovo je bilo nešto drugačije. Staklo koje ograđuje stolicu bilo je razbijeno. Odmah je izazvalo sumnju. Kretao se polako, otkrivajući sebi pogled, metar po metar. Trag krvi... Otkopčao je futrolu i izvukao nož koji je uvek nosio za pojasom. Neće mu biti od neke koristi, ako je napadač naoružan, ali biće i to bolje nego izaći goloruk. Pogledao je oko stolice. Na sedištu od nekada fino uglačane orahovine najvećeg kvaliteta opazio je rupu koja je odgovarala veličini metka. Gledajući od nje pravom linijom video je rupu u staklu iste te veličine.

Krenuo je dalje. Trag krvi se širio sve više i doveo do tela koje je ležalo potrbuške. Bio je to zatvorski čuvar. Blek je bio užasnut. Ne od tela, jer je u takvom okruženju već navikao na leševe. Bio je užasnut od rane. Tri široke paralelne linije u vidu reza pružale su se niz cela pokojnikova leđa. Nije mu bilo jasno ko ga je ubio, ali je izgledalo kao da je rane naneo mačevima. Kada se dželat sagao opazio je rupu u potiljku. U mogućoj rekonstrukciji ubistva postavilo bi se pitanje koliko bi zapravo bila nelogična ovakva situacija.

Izašao je iz kabine. Još tri tela čuvara ležala su razbacana po pros-toriji. Dvojica su imala katastrofalne rane po telu, kao da ih je naneo pas, ili neki ludak britvama i svi su imali po jednu rupu u glavi, verovatno od metka. Nije im opipavao puls, video je da su mrtvi. Četvrti čuvar sedeo je na klupi opružene glave. Blek mu je prišao. Video je da sredovečni i izmršaveli čuvar drži u ruci pištolj i da mu iz rupe na potiljku kaplje krv na ivicu klupe, a zatim se sliva i pravi baricu na podu.

Dvokrilna vrata bila su blokirana klupom koju su poprečno položili na rukohvatima.

... Isprva sam pomislio da je izbila pobuna, ali sam tu pomisao odmah odbacio. Rane koje su imali nisu mogle biti zadobijene od zatvorenika, niti od pucnjave. I zašto se čuvar ubio? Ništa mi od trenutne situacije nije bilo jasno...

Ne želeći da izigrava heroja sa nožem Blek je uzeo pištolj od mrtvog čuvara i proverio municiju. Imao je poluprazan okvir. Pronašao je još ukupno tri okvira od preostale trojice čuvara, pažljivo im pregledajući džepove i futrole na opasačima, ali Blek je napamet znao da svako od čuvara nosi po tri okvira za lično naoružanje, znači slobodna konstatacija — bilo je mnogo pucnjave u kojoj su istrošili dosta municije. Nije dobar znak, nimalo dobar znak... Oprezno je pomerio klupu, osluškujući šta se dešava u susednoj prostoriji, kako bi možda registrovao eventualnu buku, ali nikakav zvuk se nije čuo. Bilo je neobično mirno i tiho kao da su svi napustili zgradu. Krenuo je hodnikom.

Po zidovima tragovi krvi, obrisi zapravo, i to poprilično veliki i široki. To je povezao sa čuvarima u prethodnoj sobi. Trčali su ovuda bežeći od nečega i neko od njih bio je ranjen, ostavljajući trag dok se vukao uz zid. Krenuo je dalje. Još krvi po zidovima...

Hodnik se račvao levo i desno. Desno se nalazila zatvorska jedinica nazvana Blok 4, gde je išao po poslednjeg zatvorenika. Međutim, kapija je bila zaključana, a Blek nije imao ključeve od glavnih ulaza u blokove. Te ključeve nije smeo imati kod sebe, kako ne bi pobegao, jer upravo među tim svežnjem nalazio se i ključ od ulazne kapije u zgradu zatvora. Prišavši do kapije Bloka 4, kroz rešetke u polumraku ugledao je jezive prizore pomešanih mrtvih tela zatvorenika i čuvara. Ležali su jedni preko drugih u nedefinisanoj gomili i samo je mrak

sprečavao da zaista vidi gnusne i jezive prizore poklanih i rasko-
madanih tela, ostavljenih kao element zastrašivanja, ili jednostavno
pobijenih iz nekog drugog razloga.

Krenuo je drugim hodnikom, koji će ga odvesti u menzu. Još
uvek nije verovao šta vidi. Novi dan počeo je sasvim apsurdno
i neverovatno. Od „normalnih" aktivnosti ubijanja zatvorenika po
naredbi „više presude", ili možda samo po instrukciji upravnika, sada
se prešlo na nešto sasvim neobično. Kao masovna oružana pobuna
da je izbila, i to prilično ozbiljnih razmera, jer je do sada grubom
računicom izbrojao sigurno sedam-osam tela. I u drugom hodniku
naleteo je na mrtve čuvare. Smrt je ista kao kod prethodnih, stravične
rane u vidu rezova i po jedan metak u glavi. Tu ih je bilo ukupno
šest. Cifra se povećavala.

*...Jedino što sam do tada zaključio je da će im ujutru biti potrebno
dosta vreća za leševe, ako se brojanje ovim tempom nastavi i da će opet
za mene biti dosta posla.*

Ponekad bi zastao kod nekog za kog je pretpostavio da daje znake
života, sagnuo bi se i opipao mu puls, ali uzalud. Svi su bili mrtvi.
Čuvari su ležali nedaleko od dvokrilnih vrata na kojima je pisalo:
MENZA. I ona su bila blokirana pendrekom koji je neko zaglavio
na rukohvatima. Blek ga je pomerio i ušao.

Dželat je tokom svoje čudne karijere gledao mnogo pobuna u
zatvoru, mnogo gnusnih i morbidnih situacija i prizora, ali nijedna
nije ličila na ishod koji je sada video. Protrljao je oči od mučne i tur-
obne slike, pokušavajući da je obriše kao kad briše jutarnje naslage
sna na očima, kako bi se probudio i oterao tu lošu halucinaciju, ali
nije pomoglo. Slika je ostala i dalje tu, mučna i turobna kakvom ju je
već ugledao. Menza je bila oličenje masakra!

Stotine tela čuvara i zatvorenika ležala su svuda okolo. Nije se
moglo razaznati da li je više tela čuvara ili zatvorenika, ali ležali su
unakaženo i izmrcvareno. Kao u srednjevekovnoj klanici, pokidani

udovi mogli su se videti po celoj menzi, kao i to da je bila prošarana crvenim trakama sa svih strana. Sve je ličilo na horor kuću u luna parkovima. Svetlo je, za razliku od Bloka 4, ovde bilo prisutno tako da mu je sav užas sada stajao na savršenom vidiku. Rane koje je opazio nisu delovale kao da su nanete oružjem nego oruđem: pijukom, francuskim ključem, bušilicom, motornom ili ubodnom testerom možda, ali ovde toga zasigurno nije bilo, ili je bilo malo puškaranja. Stolovi su bili isprevrtani i polomljeni, zajedno s klupama. Gornji sprat sa kog su naoružani čuvari obično osmatrali zatvorenike i pazili da sve bude u redu bio je, takođe, pust, mada su se zidovi umrljani krvlju jasno opažali, ukazujući da i gore sigurno leže isti ti čuvari koji su svakog dana odatle streljali zatvorenike oštrim pogledima, pazeći da sve bude u redu.

Kod šanka sa leve strane prostorije ista situacija — isprevrtano posuđe sa rasipanim jelima i tanjirima. Stojeći otprilike nasred menze Blek je kao izgubljen gledao oko sebe sav taj užas. Šta se ovde kog đavola desilo?!

Ništa do sada korisno nije mogao naći sem rizika da se nađe među mnogobrojnim poginulim od nepoznatog, ili najverovatnije nepoznatih napadača. Počeo je da odmotava film unazad. Počeo je da kopa po zarđaloj kori velikog mozga, pokušavajući da iskopa one najsvežije događaje, koji su se sporo probijali kroz zid mamurluka i glavobolje, izazvane droga-alkohol miksom. Setio se one ambulante, onih „lekara" u operacionoj sali, počeo je da se priseća neke zavere uperene protiv njega i nekako se to izobličilo u košmar koji u tom trenutku preživljava. Žarko je želeo da je tako. Žarko je želeo da još uvek spava u stolici obeznanjen od pića i lekova, dok ga neki brkati, debeli stražar ne probudi i stavi tačku na ovaj stravični košmar, jer košmar je sada postao gospodar koji nemilosrdno vitla bičem agonije po njegovoj svesti, košmar diktira uslove, a ne Blek, košmar odlučuje kad će prestati, a ne Blek, ali niko neće doći. Toga je ipak bio svestan. Stražar neće doći, jer verovatno leži mrtav, ili u menzi, ili se ubio u nekoj od zatvorskih jedinica, iz ko zna kog razloga. To se neće desiti, jer se Blek probudio, iako je to odbijao da prihvati, proživljavajući novi dan Godine Koja Je Sve Promenila. Zatekao je četvoricu stražara, koji su umrli pod nepoznatim okolnostima, ili su se poubijali međusobno izazvani nekim ludilom. Četvorica mrtvih nisu bili problem koji se nije mogao svariti, ali stotine su bile i te kakav problem. Pomišljao je da je možda sada trenutak da se izvuče i pobegne iz zatvora, ali genije koji je izveo olujno čišćenje u stilu odreda krvnika iz Nigerije, koji su ubijali sve protivnike mačetama i sekirama, isti taj genije sigurno nije zaboravio da blokira sve izlaze iz zatvora kao i da odseče bilo kakvu komunikaciju van ovih zidina. Blek se trenutno nosio s takvom teorijom. Bolovi u glavi počeli su ponovo. Pao je na kolena.

Bolovi su bili prilično oštri. Kao da je imao neko oštećenje na mozgu. Pokušao je da se sabere. Mora, ako želi da preživi. Bolne strele probadale su njegov mozak iz svih mogućih uglova, svaki put kad je pokušao da se napreže i razmišlja. Gubio je povremeno i ravnotežu.

Nekako se pridigao i pokušao da pronađe radio vezu, ili bilo kakav vid komunikacije sa spoljnim svetom. Pronašao je jednog od čuvara čiji radio nije bio oštećen. Uključio ga je, ali sve što je čuo bilo je šuštanje, zujanje i krčanje. Niko se nije javljao, niti je uspeo bilo koga da dobije sa trenutne lokacije. Naravno, radio veza je bila mrtva, naivna je bila, uopšte, i pomisao da može nekog da pozove. Besno je udario radio o kameni pod i razbio ga u paramparčad. Razmišljao je da viče i doziva, ali nije bio siguran da su napadači, ili napadač napustili poprište masakra. Nije nikog dozivao. Rešio je da se negde pritaji, pretpostavljajući, čim je živ, da su na njega zaboravili.

Povukao se iza šanka. Rešio je da ispita kuhinju i pronađe neki zalogaj koji nije zagađen, jer se osećao malaksalo. Ipak, ni tamo nije zatekao ništa bolje. Kuvari su bili masakrirani. Njihove posivele uniforme koje su nekada bile bele, sada su skroz crvene, a jezive rane zjapile su sa svih strana, kao zlokobne izobličene oči. Sudovi su bili razbacani i polomljeni, a veliki radni sto, na kom su seckali meso i ostale potrepštine za jelo, bio je skroz isflekan krvlju. Zgadila mu se i sama pomisao na jelo.

Jela koja su bila pripremana u velikim šerpama, sada su bila potpuno hladna. Na zidu u donjem desnom uglu na kraju prostorije nalazila se rupa koja je bila velika oko jedan metar. Čovek prosečne visine provukao bi se kroz nju bez većih problema. Blek je pošao ka njoj, u želji da ispita hoće li biti dovoljna da prođe kroz nju.

Nije stigao do kraja. Iznenada se iza njegovih leđa začuo povik. Istog momenta sevnuo je jak udarac po glavi, od kog mu se zavrtelo i pao je na kolena. Crvene, ljubičaste i narandžaste trake igrale su mu pred očima, dok je pokušavao da se ponovo pridigne.

— Ti si živ? — čuo se muški glas iza njega. — Izvini mislio sam da si jedan od...

Blek se okrenuo ka njemu. Ugledao je momka prosečne visine, prilično mršavog, sa braonkastom oštrom kosom, koja mu je padala preko čela i u polupocepanoj zatvorskoj uniformi. Držao je četvrtastu drvenu motku, koja je delovala kao deo polomljenog nogara nekog jačeg stola. Kada se Blek okrenuo ka njemu, lice momka koje je bilo zabrinuto, jer je udario nevinog čoveka, odjednom se namrštilo, a momak se prekinuo usred izvinjavanja.

— To si ti gade?! — procedio je besno kroz zube mladić.

Odjednom je pocrveneo i naduo se od besa. Zamahnuo je sada još jače motkom, kako bi dokusurio dželata. Blek je sada bio spreman. Komad drveta pukao je nadvoje preko njegove ispružene ruke. Blek je pogodio pesnicom u stomak mladića i izbio mu vazduh, zatim ga je glavom udario u bradu, dok je ustajao. Mladić je pao i ispustio polomljeno drvo.

Usna mu je pukla. Pipao je po podu i napipao ispod stola kuhinjski nož, već obliven nečijom krvlju.

— Ubiću te proklet bio! — ustajao je i nanovo je besno vikao mladić.

Blek je relativno lako zaustavio taj napad, jer ga je na obuci ponovio bezbroj puta. Uvrnuo mu je ruku, pogodio ga kolenom u stomak i bacio kao vreću na drugi kraj zida.

Ponovo je mladić ustao i ponovo nasrnuo pesnicom na maskiranog čoveka. Kao munja dželat je odbio tu pesnicu i zalepio ga svojom po licu. Dodatno mu je raskrvavio lice. Mladić je nasrtao na krupnijeg čoveka od sebe, iako je primao teške udarce.

Dva udarca u stomak su ga opet spustila na kolena. Pokušao je da ustane i ponovo dobio udarac po licu.

Blek ga nije želeo ubiti, jer je jedini živ za sada na kog je naišao, ali nije prestajao da ubija dušu u njemu, iako se osećao slabo i malaksalo. Ošamućenog mladića Blek je dohvatio za vrat i bacio preko stola. Momak je preplivao preko njega, pokupio usput posuđe i tanjire i stropoštao se na zemlju. Krvnik je preskočio sto i prešao s druge strane, pokušavajući da ga podigne sa zemlje.

Međutim, za dlaku je izbegao da ostane bez šake. Spasili su ga refleksi i anticipacija. Momak je odnegde pronašao sataru i podmuklo zamahnuo njome, dok je ležao. Pokušao je ponovo da zamahne, ali ga je Blek uhvatio za zglob i stegao toliko snažno, gotovo do tačke pucanja. Dvaput ga je udario po licu i mladić više nije imao snage da se drži na nogama. Oklembesio se i visio oslanjajući se na jednu ruku, koju mu je Blek držao uspravno.

Dželat je želeo da brzo završi s njim i izvukao je nož. Kada je video veliko reckavo sečivo, momak se uplašio, kao da je tek sada shvatio da je napao najvećeg krvnika u „Don Hoze” zatvoru, kome je smrt bila zanimanje.

— Nemoj, stani, nemoj molim te! — podigao je ruku i pokrio lice.

Dželat ove reči nije ni slušao. Do sluha su mu došle neke druge reči, bolje rečeno unezvereni krici koji su dopirali iz menze. Spustio je nož i osluškivao.

— Pazi iza tebe! — povikao je momak i prekinuo tišinu, iznenada se otrgavši od stiska.

Iza dželatovih leđa video je jednog od kuvara, koji je bio brutalno iskasapljen. Zenice su mu izbledele i dobile svetlozelenkastu nijansu. Blek se naglo okrenuo, ali je bio uhvaćen nespreman, jer je pokušavao da čuje glasove koji su dopirali do kuhinje. Gnusno, izmrcvareno i naizgled mrtvo telo kuvara već je bilo u nasrtaju. Kuvar, koji je po izgledu težio preko stotinu kilograma, bacio se na dželata i oborio ga. Momak, poluošamućen od udaraca i prestrašen, počeo je da se vuče i uzmiče unazad. Uspeo je nekako da se pridigne na noge i potrčao prema menzi.

Blek je podmetnuo ruku, jer je kuvar režao i pokušavao da ga ugrize. Prvi talas užasa prošao ga je i sada je bilo vreme za akciju. Dželat se nije dvoumio da li da upotrebi nož koji mu je već bio u ruci. Silovito je zario sečivo u vrat kuvaru i on se lagano opustio, bljujući krv. Blek je pomerio glavu, da mu slučajno krv ne bi upala u usta.

Momak je krenuo ka izlazu iz menze, ali se sledio i ukočio na vratima. Kolona mrtvih čuvara formirala se iza šanka, svi sa zelenkastim nijansama u očima i sa unakaženim telima. Svi su izgledali isto tako pre nekoliko minuta, ali razlika je u tome što su sada bili na nogama! Sve ono što je naizgled bilo mrtvo, sada je polako ustajalo, sa svim fatalnim ranama i ubodima, pokrećući se i mumlajući, tupo zverajući ka momku, dok im je iz očiju bleštalo neko mutno, bolesno zelenilo, koje im je pokrilo beonjače. Vukli su se sporo i tromo, nadirući prema kuhinji, sa ispruženim rukama i neartikulisanim mumlanjem, dok su im prnje od pocepane odeće visile sa unakaženih tela. Prestravljen, mladić se povukao unazad i čuo pucnje iza sebe u kuhinji. Padali su kuvari koji su u međuvremenu ustajali i ponašali se isto kao i osoblje iz centralnog dela menze. Dželat je nosio pištolj sa sobom, ali ga je tek upotrebio pred jasnom i neposrednom opasnošću, jer ih nožem više nije mogao obuzdati. Ispalio je dva hica kuvaru u grudi, ali meci su ga samo malo izbacili iz ravnoteže i on je i dalje navaljivao ka potencijalnoj žrtvi. Dželatu ubijanje nije bilo strano, ali bio je zaprepašćen kako kuvar nije pao od tih rana. Dva metka, od toga jedan u grudni koš, drugi u plućno krilo, a monstruozni čovek nije to ni osetio. Pogodio ga je u glavu i kuvar je tek tada pao. Ne želeći više da razmišlja šta se dešava dželat je počeo pucati u sve kuvare koji su ustajali. One koji su bili na nogama oborio je hicima u glavu. Onima koji su se pridizali jednostavno bi prislonio pištolj na potiljak i okinuo.

Prvi čuvar glavom je nesvesno udario u vrata kuhinje i otvorio ih jer dečko nije imao prisebnosti da ih nečim blokira. Našao se u sendviču dve opasnosti jedne ispred sebe u vidu poludelih ili mutiranih ili kako god samo ne normalnih čuvara i jedne iza sebe u vidu manijaka s pištoljem. Privučeni prvim čuvarem koji je ušao kolona čuvara i zatvorenika je lagano krenula ispunjavati kuhinju.

Nije bio siguran koliko je vremena prošlo... Sledio se i nije imao snage da se pokrene. Izgubljeno je gledao u izranjavana lica kao hipnotisan, dok se bezbroj mrtvih tela vuklo ka kuhinji i grabilo nerazumljivo zapomažući, kao da osećaju bol, ali su izgubili moć govora i ne mogu taj bol rečima opisati. Taj trenutak trajao je previše dugo, dok ga u stvarnost nije vratila ruka koja ga je ščepala za košulju iza leđa i povukla ga nazad.

Imao sam dovoljno vremena da pobegnem, ali mi je nešto govorilo da mladića ne treba ostavljati.

— Ovuda ! — povikao je Blek, gurajući mladića kroz rupu u zidu.

Provukli su se obojica, mada se Blek, zbog svoje veličine provlačio teže i našli su se u nekoj polumračnoj prostoriji. Bila je prekrivena narandžastim prljavim radničkim bluzama, na kojima su markerom na prednjim džepovima bila ispisana imena: *Gustavo, Kastelo, Hoakin*... Bile su nemarno pobacane po klupama i sa obe strane stajali su garderobni limeni ormani, koje je već korozija davno uhvatila. Mumlanje se sasvim jasno čulo i ništa manje jezivo nije zvučalo čak ni s druge strane zida, dok su senke plesale na podu, pri slaboj svetlosti koja je dolazila iz kuhinje i jasno ukazivale da su monstruozna tela preplavila i prepunila kuhinju.

— Da blokiramo rupu ovim za svaki slučaj? — predložio je mladić, pokazujući na ormane.

Blek se bez reči složio. Prošlo je svega nekoliko trenutaka od te ideje, koju nisu mogli sprovesti u delo. Tup i posve preteći korak odjeknuo je iza ormana. Obojica su naglo zastali. Iza ormana, gledano s leve strane preživelih, nedaleko od vrata koja su vodila van te prostorije, izašlo je nešto, delimično sakriveno u mraku. Ta mračna prilika siktala je agresivno i uznemireno, približavajući se uljezima, pokrivena crnilom. Imala je tanko, ali visoko telo, mršave, duge i prilično neobične ruke i nešto što je teško zanemariti — oči veličine pesnice, koje su bile krvavo crvene. Stvorenje je oštro siknulo i iznenada se dalo u trk, nasrćući na uljeze poput predatora.

Blek je pucao, ali su meci neznatno usporavali stvorenje. Delovalo je kao da nosi pancir. Momak se paralisao od užasa i udario leđima o zid.

Stvor je protrčao preko klupe i načinio veliki skok, zamahujući rukom, ili nečim što je ličilo na ljudsku ruku. Blek se u poslednjem momentu sagao i čuo šištanje iznad glave. Na slaboj svetlosti jedne jedine lampe ukazalo se ružno i ogavno lice stvorenja koje je ličilo na hodajućeg insekta u polumutirajućoj fazi. Telo je podsećalo na ljudsko, ali puno rezova, šavova i ožiljaka, nekako sasušeno i deformisano. Nije imalo normalne ruke, već udove, šiljate na vrhu i gusto nazubljene nalik na motornu testeru, a glava je ličila na neku bubu najbližu bogomoljki, sa velikim oštrim pincetama, kojima je frenetično i uznemireno škljocala, kao zamkom za medvede, dok su mu ostaci od kose lepršali u vazduhu.

Blek je eskiviranjem udario leđima u orman i ulubio ga. Na trenutak je oklevao, posmatrajući krezubu insektoliku nakazu i ona je s rupama od metaka u telu, krvareći obilno, posmatrala njega. Kao dva duelista u areni promatrali su jedan drugog u očekivanju ko će načiniti prvi potez. Stvorenje je pokazivalo znake inteligencije i predatorskog instinkta, jer nije jurilo mahnito.

Blek je iznenada podigao pištolj i ponovo zapucao, ali monstruozna nakaza nije pala, već je gotovo iste sekunde kada je protivnik uperio „nešto" ka njoj, ponovo kidisala. Poslednja četiri metka je nije oborilo i ona se zaletela pravo na njega. Iako je telom i građom delovao nezgrapno, monstrum je bio vrlo agilan. Blek nije imao vremena da zameni okvir, već se ponesen i strahom i adrenalinom bacio u stranu, bežeći od smrtonosnog šiljka, koji mu je bio uperen ka licu. Insekt je napravio grešku i polovinu svog uda zario u limeni orman. I zaglavio se.

U kuhinji punoj teturajućih tela jedan oboleli čuvar pogledao je nadole i ugledao rupu.

Mladić je bez pokreta posmatrao dželata i monstruma od kog mu se krv sledila. Iznenada je osetio dodir po nozi i kada je pogledao dole ka rupi, video je unakažene ruke kako ga vuku kroz nju. Uspaničio se i počeo da vrišti i mlatara. Nagazio je ruku i uspeo nekako da se oslobodi. Monstrum je u tom trenutku, kao vihor projurio ispred njega i probio orman. Mladić je na klupi spazio zarđali francuski ključ.

Ne dajući novu priliku protivniku da se oslobodi i ponovo napadne Blek nije želeo da gubi vreme menjanjem okvira, već je munjevito skočio i izvukao nož. Dohvatio je protivnika za ostatke kose, povukao mu glavu naniže, tako da ga je ono krupno bogomoljsko oko gledalo odozdo pravo nagore u oči i silovito, hirurški precizno, zario sečivo pravo kroz oko. Monstrum je ispustio bolan i oštar pisak, parajući bubne opne, pišteći poput preterano pojačanog mikrofona. Vrh noža izašao je iz potiljka sa kog se cedila svetlocrvena krv monstruma i on je konačno izdahnuo viseći oklembešen za deo ormana koji je prosekao. Čuvari i zatvorenici provlačili su se kroz rupu lagano i sporo, teško jaučući i zapomažući. Momak se ovog puta odvažno zaleteo, ratoborno vrišteći i počeo divljački da tuče francuskim ključem po glavama čuvara. Razbio im je lobanje iz kojih su potekli mlazevi krvi i počeo da razbacuje delove sasušenih i sparuškanih mozgova, dok su se nakazni čuvari tresli i drhtali od udaraca.

Za trenutak ga je u stvarnost vratio tresak iza njegovih leđa i naterao ga da se okrene. Blek je vukao ogromni orman ka rupi, odloživši oružje. Mladić mu je pomogao oko toga. Ni jedan ni drugi nisu imali vremena da osećaju umor. Zajedničkim snagama bacili su orman pravo na tela i blokirali rupu. Začuo se neugodan zvuk gnječenja i krckanja kostiju, dok su nameštali težak limeni sanduk. Grebanje je i dalje odzvanjalo sa druge strane limenog okvira, dok je mladić zadihano grabio vazduh, pokušavajući da dođe k sebi, sav crven u licu, opažajući da mu ruke koje su držale krvavi francuski ključ drhte. Obojica su seli na orman, pokušavajući svako na svoj način da se pribere od snažnog i neočekivanog šoka, izazvanog nesvakidašnjim monstruoznim pojavama. Dželat se posle tridesetak sekundi ponovo pridigao i krenuo prema izlaznim vratima.

Nevoljno je i mladić pošao za njim, brišući ruke od krvi koju je tek sada primetio. Shvatio je da mu je krv došla čak do laktova.

Dželat je pažljivo otvorio vrata i čvrsto stežući dršku pištolja stupio u novi hodnik. Na vratima je pisalo na španskom *SOBA ZA ODRŽAVANJE*. Posle makljanja sa nepoznatim monstrumom ostalo mu je svega dva okvira od po petnaest metaka. Tolika „vatrena moć" neće ih daleko dovesti. Blek je toga bio svestan, ali uprkos tome morali su ispuniti glavni uslov kako bi povećali šansu da prežive, morali su nastaviti da se kreću. Prošavši pored velikih dvokrilnih vrata sa polupanim staklima, obojica su primetili senke koje se teturaju, dezorijentisane i unakažene, dok su se iz polumraka najjasnije videle sablasne zelenkaste oči, koje zlokobno cakle ka njima, šetajući i šarajući levo-desno, tražeći potencijalnu žrtvu. Nisu bili svesni kolika im je uopšte inteligencija, ali gledajući na prvi pogled međusobno jedni druge, kao da nisu primećivali, samo su kidisali na sve ono što je živo, u pravom smislu reči. Svi su bili izmešani, zatvorenici sa pocepanim uniformama, čuvari sa nepotpunom opremom koju su pogubili u trenucima incidenta, civili, tj. radnici koji su tu radili na održavanju zgrade... Sve to na jednom jezivom skupu, sve unakaženo, sve sa ranama po telima i sve sa jednom zajedničkom stavkom, a to je ono bolesno zelenilo u beonjačama. I dželat i Majkl posmatrali su bez reči kroz polomljeno staklo taj tromi ples mrtvih, ne mogavši još uvek da pojme u kakvom krvavom krkljancu su se zatekli.

Monstrumi ih nisu opazili dok su prolazili. S njihove desne strane nalazio se zid koji je predstavljao kraj tog dela zgrade. Poslednja soba koju su prošli bila je soba za održavanje. Hodnik u koji su gledali vodio je ka delu menze preplavljenom hodajućim nakazama, a sama menza razgranavala se dalje ka zatvorskim blokovima.

— Šta je moglo da prouzrokuje ovaj užas? — tiho i zamišljeno upitao je momak, buljeći kroz pukotinu u staklu. Blek je ćutao.

Nisam znao šta da mu odgovorim u tom trenutku. Jedino što sam mogao je da postavim isto pitanje. Ali odgovora nije bilo niotkuda.

Po staklu je dobovalo. Ili je padala kiša, ili se novi potencijalni gost motao u okolini. Momak je pogledao ka prozoru. Kapi kiše klizili su niz staklo, dok je kroz zatvoren prozor tiho odzvanjala grmljavina. Nastavili su dalje. Nije bilo koristi od posmatranja monstruoznih kreatura čuvara.

— Kuda sada? — pitao je momak, koristeći dželatova široka leđa kao štit i držeći francuski ključ pri ruci.

— Lift na kraju hodnika — kratko je odgovorio dželat.

Pretrčali su svega desetak metara kada je staklo iznad njih puklo i srušilo se po podu u milion kristala. Novi neprijatelj stupio je u hodnik. Uputio im je pogled, u kom se crvenkasti odsjaj presijavao u zenicama. Bale su mu u dugim talasima visile niz zube. Čovekoliki stvor napola je mutirao, jer su mu se umesto zuba formirali strahoviti očnjaci, a umesto prstiju počele su da mu rastu kandže. Jedino što mu je ostalo prirodno bila je crna kosa, mangupski začešljana i prilepljena unazad, otkrivajući golo čelo.

Zatvoreničke prnje visile su mu sa odgoljenih delova tela, dok mu je stomak bio napola otvoren, jer su mu šavovi popucali. Urlik koji je ispustio prolomio se kroz hodnik, odzvanjajući brzinom promaje. Blek je odmah otvorio vatru i ispalio je sedam brzih hitaca u njegovo telo, koje se čak nije ni pomaklo. Monstrum se zaleteo. Ovaj se stvarno razlikovao od ostalih. Trčao je i bio ekstremno žilav. Blek je ispalio još četiri metka pokušavajući da pogodi glavu. Gad je dobro manevrisao glavom levo-desno, kao brisač na automobilu i bilo ga je teško pogoditi. Pucao je dželat u noge sa dva metka, pokušavajući da ga zaustavi, ali nije pomoglo. Monstruoznom trkaču ostalo je još desetak metara. Skočio je u vazduh i zamahnuo kandžom. Dželat je pažljivo nanišanio, ovog puta ne želeći da manevriše udarac.

Ne znam šta mi je u tom momentu prolazilo kroz glavu. Mislim da sam išao na sve ili ništa...

Usledio je još jedan pucanj. Klizač na pištolju tada je ostao nazad, otkrivajući golu i zadimljenu cev. Monstrum je sleteo na pod. Poslednji metak završio je u njegovom grkljanu. Opružen i pun rascvetanih rana od metaka, krkljajući krv koja mu se slivala niz pomodrele obraze, monstrum je činio svoje poslednje trzaje. Blek je polako prišao do tela i kleknuo. Opazio je neka slova iznad prednjeg džepa uniforme, ali se od krvi nije moglo pročitati do kraja.

— Šta radiš to? Idemo dalje! — uspaničeno je vikao momak iza njega.

...*dina* je bilo jedino što je mogao pročitati. Obrisao je taj deo rukom i video puno ime — *Frančesko Medina*.

Bilo mi je poznato to ime. Frančesko Medina je momak kog sam ubio među poslednjih desetak zatvorenika. Bio je osuđen za ubistvo šestočlane porodice u siromašnoj četvrti Huareza. Tražili su od mene da mu nabijem peškir u usta i sečem mu prste u gluvoj sobi. Zatim je umro, jer sam mu isekao vene i iskrvario je na smrt. Znam i ja da je kazna pomalo čudna, ali izgleda da od nje nije umro i izgleda da mu je neki umobolnik našao bolju zamenu za prste. Kakva ironija, morao sam da ga ubijam po drugi put, ali nisam želeo da ga ovog puta ostavljam u poluumirućem stanju. Meci su mi bili dragoceni, tako da sam uzeo nož i okončao mu muke, nadam se ovog puta zauvek.

Začulo se pucanje na dvokrilnim vratima. Vrata su pala na pod, razvaljena pod pritiskom stotine mrtvih tela. Jedno krilo popustilo je iz šarki, staklo je popadalo po podu, a zatim i čitava vrata. Uznemireni bukom, treštanjem i pucnjima monstruozni teturajući čuvari provalili su u hodnik, pravo iz menze.

Blek se okrenuo i pojurio ka drugom kraju hodnika. Mladić ga je pratio u stopu. Na kraju hodnika čekao ih je lift ograđen zarđalim rešetkama, isprepletanim u sitne kvadratiće. Lift je već bio na gornjem spratu. Morali su da ga čekaju. Teturajući monstrumi su metar za metrom sužavali distancu između dvojice preživelih. Srce mladića tuklo je kao ludo, dok mu se niz čelo cedio vruć znoj.

— Brže malo govno jedno! — glasno je psovao.

Lift je konačno došao i Blek je brzo otvarao vrata. Okrenut leđima, nije video šta se dešavalo i to da su došle i prve ruke do momka. On je panično zavrištao i opalio ključem monstruma po glavi, odgurnuvši ga nazad, taman toliko da mogu ući. Blek je ušao, vukući mladića za sobom, ali ga je nekoliko monstruma dohvatilo za ruku, vukući ga van lifta. Sada je postojao dvostruki rizik, da ga monstrumi raskomadaju, ili da ga prepolove vrata lifta, koja će se zatvoriti svake sekunde.

— Pomozi mi! — prestravljeno je zapomagao. — Skini ih!

Blek je potegao nož i odsekao ruku koja je držala zglob mladića. Drugog monstruma je odgurnuo nogom. Od siline monstrum je, izgubivši ravnotežu, njih nekoliko iza sebe oborio i popadali su kao čunjevi na kuglanju. Lupali su i udarali na vrata lifta, gurali ruke između, jezivo zapomažući dok ih je dželat zatvarao i sklanjao glavu, kako ga ne bi slučajno neko ogrebao. Režali su sa iskolačenim očima, u kojima se izbliza nije mogao videti nijedan delić razuma, koji bi trebalo biti deo ljudskog uma. Samo tanke, tanušne crvene linije, nabrekle, pomodrele i razgranate po vratovima ljudi ispred lifta, a njihova lica realni izgled onoga što je „Don Hoze" zatvor zapravo iznedrio. Blek je nekako uspeo na vreme da ih zatvori pre nego što su ušli.

Mumlanje se postepeno utišavalo, dok ih je lift nosio naviše, a senke lagano klizile preko njihovih zadihanih i oznojenih tela. Momak je konačno malo predahnuo i pogledao dželata u oči.

— Nisam stigao od ove jurnjave da ti zahvalim što si me dvaput izvukao iz sranja.

Zbog mog neobičnog posla ponekad sam imao utisak da sam zaboravio da govorim.

— Nema potrebe — kratko je odgovorio Blek.

— Zaista to mislim. Uzgred, ja sam Majkl.

— Blek — odgovorio je dželat.

Mračne i zakrvavljene oči i dalje su ga kroz dželatsku masku posmatrale sa velikim nepoverenjem.

— Zašto si me napao?

Majkl je uzdahnuo i pogledao u pod.

— Mene si možda spasio, ali si mi oduzeo oca. Tvoja poslednja žrtva, sećaš se?

Blek se zamislio na trenutak. Nesrećni starac kom uvrće ruku, zapušuje mu usta kada ovaj hoće nešto da kaže, grebe nogama i zapomaže, a od njegovog kreštanja ceo blok se uznemirio, stražari koji utrčavaju i počinju da dele batine redom po ćelijama kod najglasnijih i najagresivnijih, najsvežiji užas na koji je, ipak, senku bacio trenutni užas, mnogo jeziviji i krvaviji od bilo koje zatvorske torture. Blek je zaćutao i na neki način bacio sebe u razmišljanje koliko još njih bi moglo sa pravom da mu kaže da im je nekog od najmilijih oduzeo. Zaista, broj im se ne bi mogao videti.

— Shvatio sam da si imao naređenje. Ne ljutim se zbog toga — nakratko je zaćutao posramljeno gledajući u pod. — Zaista se ne ljutim...

— Imam jedno pitanje — oglasio se Blek.

Majkl je podigao pogled sa zemlje.

Lift se zaustavio.

— Reci...

— Kasnije — odmahnuo je dželat. — Vreme je za pokret.

— Kako stojiš s municijom? — pitao je Majkl.

Blek je ubacivao okvir u prazan pištolj.

— Ovaj mi je poslednji.

Polumračna prostorija pokrivena betonskim podom sa jednim malim zarđalim viljuškarom se prostirala ispred njih. Neke zone bile su obeležene žutim linijama, a neka burad žute boje ležala su naokolo uredno naređana jedno na drugom po prostoriji. Desno od njih se na jednom delu zida prostiralo tri-četiri velika prozorska okna, sastavljena jedno s drugim, postavljena iskosa na tupom uglu, kako bi nadole posmatrač imao jasan pregled na dvorište i krug zatvora.

Slabašno mumlanje čulo se iz polumraka, dok su neki ljudi u radničkim uniformama ležali mrtvi. Jedan je ležao potrbuške na viljuškama viljuškara, a nekoliko njih vuklo se iza neke gomile pokrivene debelim šatorskim krilom.

— Ima ih i ovde — progunđao je Majkl.

— Oprezno! — prošaputao je Blek, nišaneći u daljinu i držeći čvrsto pištolj obema rukama.

Pucao je. Meta je trznula glavom unazad i pala. Isto to je uradila i druga. Treća je dobila metak u oko i spustila se lagano na zemlju, kao da će spavati. Četvrtoj je metak prošao kroz usta, lomeći joj zube i vilicu i diskretno je spuštajući na pod. Prolaz je sada bio čist.

— Izvini, gde se mi ovo nalazimo? — pitao je Majkl.

— Rezerve goriva u potkrovlju — odgovorio je Blek. — Zato sam i nišanio oprezno, da ne pogodim neki barel.

Stigli su do vrata na donjem desnom kraju prostorije, nakon što su prošli gomile pokrivene šatorskim krilima, viljuškar i pobijene radnike. Vrata su bila čelična sa ogromnim rukohvatima i solidne građe, dovoljno jaka da izdrže udar ručnog bacača.

— Ovde ćemo ostati dok ne dođe pomoć, ova vrata ne mogu da probiju — rekao je Blek.

Pogurao je ogromne ručke, ali vrata nisu popustila. Tek kada je gurnuo malo jače, vrata su se otvorila i izvela ispred sebe tri izujedana i unakažena tela kojima su bila zakrčena. Odmah iza vrata sevnula je čeljust uz preneraženo groktanje. Blek mu je pucao u glavu i čuvar je pao ispred vrata. Kada je otvorio, bio je zaprepašćen, kao da su ga Vijetkongovci uhvatili nespremnog.

Soba je bila preplavljena nakazama. Najmanje trideset ih je bilo u velikoj sobi, u kojoj je sedeo šef zadužen za zalihe goriva. Jedino su vrata njegove prostorije bila dovoljno snažna da zadrže nakazne zatvorenike i čuvare, ali šefovo telo ležalo je na stolici raskomadano bez ruke, bez noge i pojedeno i oglodano, gotovo do kostiju, jer je kreten bio dovoljno spor da se zaključa unutra.

Čim su videli da je svež obrok na vratima, svi kao jedan pružili su ruke, bleštaći onim bolesnim sjajem u očima. Neki su imali uniforme zatvorenika, neki uniforme čuvara, ali svi ujedinjeni u zajedničkom cilju, cilju koji se dvojici preživelih nije svideo.

Nadirali su ka njima režeći, pobesneli od gladi za ljudskim mesom. Blek se udaljio i nanišanio. Ali nije pucao.

Imao sam samo jedan okvir i nisam mogao sve da ih pobijem. Zato sam imao običaj da kad se nađem u kritičnim situacijama poslušam prvu misao. To sam učinio i ovog puta...

— Blek, ustaju i ovi! — panično je rekao Majkl.

Mrtvi radnici oko barela i po ostalim delovima prostorije, kojih je bilo više nego što su na prvi pogled videli, dobili su ono bolesno zelenilo u zenicama i ustali. Počeli su se teturati i sužavati krug oko Bleka i Majkla. Dželat je stisnuo usne. Umesto prema glavama monstruma, naglo je okrenuo pištolj prema prozorima i počeo brzo da puca.

— Šta to radiš?! — upitao je i odmah počeo da očajava. — Oh sranje, sranje, sranje! Nećeš valjda?! — povikao je uspaničeno Majkl, shvativši na kakvu se suludu ideju dželat odlučio.

Blek ga nije slušao. Meci su teško probijali, jer je staklo bilo ojačano protiv metaka, ali posle sedmog-osmog počelo se raspadati, a popucalo je kada ga je dželat udario nogom. Majkl je dotrčao do ivice i pogledao dole. Video je obrise prikolice, ili nekog prtljažnika, ali napolju je bio potpuni mrak, a do zemlje je bilo najmanje pedesetak metara po njegovoj laičkoj proceni, zapravo bilo je mnogo više. Takav pad bi ih zasigurno mogao ubiti. Dželat se očigledno nije obazirao na tu činjenicu.

Blek je zbacio kamuflažno šatorsko krilo s jedne gomile i otkrio desetak barela bočno naslaganih jedan na drugi.

Odvrnuo je poklopac na jednom od njih. Gorivo je snažno šiknulo u širokom mlazu. Jedna od nakaza dohvatila mu je kragnu. Zbacio ju je snažnim trzajem. Drugoj, koja mu se približila spreda, pucao je u glavu. Sklonio se od gužve i došao na samu ivicu, gde je Majkl skupljao hrabrost za samoubilački potez. Nestajalo je prostora. Dole su bili obrisi vozila, ali se od mraka nije moglo jasno videti, jer su reflektori slabo radili, a većina ih je posle incidenta bila i uništena.

Dželat je još jednom bacio pogled na burad s gorivom i izvadio zippo upaljač. Majkl je zaprepašćeno pogledao upaljač i zaustio da nešto upita. Ali kasno... Upaljač je već bio u vazduhu, a Blek je iskoračio preko ivice, povlačeći za sobom i Majkla. Celo potkrovlje uzdrmala je strahovita eksplozija od koje je pao i deo krova. Iz šupljine gornjeg dela zgrade suknuo je ogroman mlaz plamena, kao iz zmajevog grla.

Ko god je rekao da je vreme relativno lagao je, jer je vreme zaista usporilo onog momenta kad sam prešao preko te ivice. Bio je to jedan dug pad, kao kroz kilometrima duboku jamu bezdana, dok su mi sva sećanja proletela ispred očiju. Padao sam satima, dok konačno nisam dotakao njeno dno. Nekim čudom, ili ludom srećom i dalje smo bili živi.

Majkl je kašljao i gušio se. To je prvo što je dželat čuo, nakon što je dotakao tvrdu površinu, snažno zaronivši u nju. Obrisi prikolice iz mraka nisu ih zavarali. Prikolica je bila kamionska i dvojica preživelih imali su sreće da je bila puna sitnog uglja, koji je stigao kasno popodne, ali nikada nije stigao na svoje pravo odredište, jer je njegov vozač završio zaklan u nečijoj kancelariji, osvežavajući se smećem, koje su kuvali umesto kafe, tako da su se prizemljili samo sa modricama i ugruvani neznatno.

— Gospode Bože, mislim da će me strefiti infarkt — dahtao je Majkl plivajući kroz more crnih kamenčića.

Blek je nakratko privirio preko stranice prikolice i video brojne senke, koje se teturaju i sapliću u mraku, zelene sablasne tačkice, koje sijaju, plesale su po crnoj mračnoj zavesi, praćene bolnim jaucima i zavijanjem. Situacija je bila gora od svake pobune, a zatvorski krug bio je preplavljen nakazama. Plameni zapaljenih kućica, vozila, mrtva tela na sve strane, hodajući mrtvi koje nikakav zdrav razum i logika nisu bili u stanju da objasne bio je prizor koji ih je zatekao kada su se prizemljili sa vrha zatvorske zgrade. Sve se nalazilo u dvorištu... od zatvorenika, do kancelarijskih službenika i sporednog osoblja. Iako sa fatalnim ranama i ugrizima, bili su življi nego ikad, ispuštajući bolesne jauke, od kojih se ledila sama dlaka na koži, a i krv unutra. Na telima, nogama i rukama, mahom su preovladavali ujedi, dok su neka tela imala i velike rezove. Neka tela su se kretala i bez ruku. Zalazili su po prevrnutim džipovima, zapaljenim vozilima, divljački poput kanibala proždirući mrtva, ili ostatke mrtvih tela. Najupečatljivije od svega što je ostavljalo trajan pečat u ljudskoj svesti bio je taj ogavan, bolesni kez, koji je otkrivao zube koji su na pojedinima počeli mutirati u očnjake i to nejasno, bolesno zelenilo na beonjačama, koje je imalo efekat kao da su žrtve pogođene nekim hemijskim oružjem.

Ono što sam video bilo mi je dovoljno za zaključak da je svaki otpor u zatvoru ugašen i da su ga monstrumi preuzeli. Šanse su bile ravne nuli da naiđemo na neku organizovanu odbranu protiv ovih noćnih mora, možda samo na ponekog očajnog pojedinca, koji je do sada imao sreće da ne nastrada na veoma užasan i morbidan način. Bili smo prepušteni sami sebi...

— Je l' si lud? Mogao si obojicu da nas pobiješ! — prebacio mu je Majkl, dok se migoljio da se izvuče iz gomile uglja.

— Imaš li ti bolje rešenje? — upitao je Blek i nije želeo ni da čuje odgovor, jer je već znao da se Majkl prestravio i da nije razmišljao o tome.

Majkl je otresao prašinu sa sebe.

— Gde ćemo sad?

Neke ispružene ruke pojavile su se iza stranice kamiona. I Majkl i Blek su ih na vreme primetili i povukli se. Izašao je čuvar, Blek mu je prepoznao lice i to je bio jedan od čuvara koji je bio u pratnji kada je izvodio Majklovog oca na egzekuciju.

Vukao se unakažen, krvavih ustiju i sa pocepanom zelenkastom košuljom, koja je u dronjcima visila s njega. Vukao se sporo i tromo ka njima.

— Pucaj, šta čekaš? — povikao je Majkl.

Blek je gledao naokolo. Vrata kamiona bila su otvorena i video je jedan komad gvožđa kako viri iza sedišta.

— Odvuci mu pažnju — odgovorio je.

— Šta? Jesi li ti normalan? — zaprepašćeno je upitao Majkl.

— Mogu ja i da sačekam, pa da ga sredim dok te bude jeo.

— Gade! — prosiktao je Majkl.

Pošao je malo u stranu, sve dok ga zombioliki čuvar nije primetio i pružio ruke k njemu. Blek je dohvatio šipku, koja je više bila komad punog gvožđa dugog četrdesetak santimetara.

Vozač ga je, verovatno, koristio za samoodbranu, jer, po svemu sudeći, s pravom nije imao preterano poverenje u meksičke drumove. Čekajući pogodan trenutak, kada je priglupa teturajuća nakaza promenila smer i uputila se ka Majklu, Blek je pritrčao i silovito ga udario po glavi.

Uz odvratni i gnusni zvuk pucanja i raspadanja jedna strana lica otpala je i zombi se stropoštao i dalje žalosno mumlajući.

Majkl je bio užasnut. Ruke su mu bile sklopljene oko obraza i preko njih virile su samo prestravljene, iskolačene oči.

Blek je izvukao nož i prerezao mu grkljan. Zombi je prestao da mrda.

— Gade sadistički! — dreknuo je Majkl, gotovo suznih očiju. — Zašto se iživljavaš? Zašto jednostavno nisi pucao ti prokleti...

Majkl nije završio rečenicu. Blek ga je zgrabio za grkljan i privukao ga sebi.

— Pogledaj! — pokazao mu je, okrećući mu glavu ka mraku i teturajućim senkama koje su se i dalje vukle i saplitale naokolo, bez ikakve promene u ponašanju i nakon što je Blek ubio monstruoznog čuvara.

— Nisu nas primetili — procedio je dželat kroz zube. — Želiš da pucam, pa da ceo krug nasrne na nas? Razumeš li sad?

Poplaveo u licu i krkljajući, Majkl je jedva primetno klimnuo glavom.

— Odlično — složio se dželat i pustio ga, a Majkl je duboko udahnuo vazduh i počeo da kašlje. Blek je pokazao na mrtvog čuvara.

— Uzmi njegov pištolj i prati me. Negde se moramo skloniti.

Majkl je poslušao. Uz izraz gađenja, kao da skida nečije uneređene gaće, lagano je otvorio čuvarevu futrolu i iz nje izvukao pištolj. Futrola je bila zakopčana i naizgled netaknuta. Kao da čuvar nije uspeo ni da upotrebi svoje naoružanje. Tada nerado prihvatajući činjenicu da će morati da se osloni na pomoć onoga kog je najmanje hteo videti, ipak je pošao za maskiranim čovekom.

Pravi horor šou čekao ih je kada su im se oči malo privikle na mrak. Neka vozila bila su prevrnuta i zapaljena. Jedan ofucani džipčić, čiji je zadnji deo bio prekriven ceradom, stajao je razbucan s prednje strane, zakucan u stub reflektora, dok je njegov mrtvi vozač izvirivao kroz polomljeni vetrobran.

Jeziva i unakažena tela čuvara ležala su po blatu i monstruozni teturajući leševi su ih jeli, otkidajući im meso sa delova tela i režeći pohlepno, kao izgladneli lešinari. Od njih su se nazirali samo prigušeno režanje i neznatni mukli vapaji, bez ijedne razumne reči, ili bilo kog razumnog pokreta, osim proždiranja i masakriranja.

Još jezivije izgledao je čitav taj zatvorski prizor, kada bi povremeno pokoja munja raspalila nebo i dala malo svetlosti prikazujući sekunddva najvećeg užasa koji je negde u Meksiku ljudsko oko moglo videti. Bio je to potpuni slom uvrnutog zakona i reda koji je vladao u „Don Hoze" zatvoru, a kao epilog su se pojavili sa svih strana hodajući mrtvaci. Zgrade u plamenu... Mehanizacija uništena... Čitav krug preplavljen talasima stravične gomile, koja je u nekom trenutku izgubila razum i inteligenciju, postajući gomila hodajućih leševa ili unakaženih ljudi. Uz sve to, postala je gomila bezumnih i agresivnih, naspram koje je teror u samom zatvoru prema zatvorenicima mogao značiti dečju igru.

Padala je kiša, koja je pravila dodatne probleme, ali to u ovom momentu nije bilo toliko važno koliko trenutna situacija.

Ćutali su obojica. Pratilo ih je samo šljapkanje pod njihovim cipelama i stravični jauci poludelih čuvara. Bili su nešto dalje od njih i još uvek ih nisu primećivali. Ali teturajuće senke su bile svuda po krugu. Gledale su ih, pružale ruke k njima, zbunjeno i izbezumljeno zverajući očima i gotovo naivno kriveći lice, dok su dva preživela stanovnika morbidnog zatvora bežali stazom.

Kretali su se duž centralne zatvorske zgrade, koristeći je kao zaklon. S druge strane, prekoputa objekta, nešto dalje pružao se teren za rekreaciju, koji je sadržao dva obruča sa mrežicama za košarku i držače za tegove. Bio je ograđen žicom, ali se na njoj nalazilo nekoliko velikih rupa kroz koje su teturajuće senke prolazile. U tim trenucima začuo se monstruozno jak prasak. Ali ovog puta nije došao sa neba kao posledica vremenskih neprilika. Blek i Majkl pretrčali su oko dve trećine od ukupne dužine glavne zatvorske zgrade i tada je zagrmela strašna eksplozija. Ogromni vatreni mlaz suknuo je visoko iznad krova. Delovalo je kao da će dotaći samo nebo i spaliti ga.

— Gospode, šta se ovo događa? — zabrinut je bio Majkl.

— Samo trči i ne osvrći se — brekćući je odgovorio Blek.

Uskoro su stigli do kraja zida.

— S one strane nalazi se zatvorska bolnica — pokazivao je Blek kada su zastali da uhvate dah. — Moguće je da tamo još uvek ima nekog živog. Kad izađemo iza ugla, trči stazom što brže možeš. Ja ću te pokrivati. Jesi li razumeo?

Majkl je klimnuo.

Uskoro su došli do kraja zgrade, oprezno gledajući na sve strane, da odnekud ne izađe neka od nakaza. Napukla betonska staza vodila je u dva smera. Majkl i Blek su skrenuli desno. Staza je polukružnom putanjom zavijala udesno. Bila je to staza koja će ih po priči dželata odvesti na ulazna vrata ambulante. Ambulanta je zbog mera predostrožnosti bila udaljena od centralne zgrade, u kojoj je glavnina zatvorenika bila smeštena. Na stazi je popreko stajalo prevrnuto vojno vozilo, koje je u zatvorskoj radionici rastavljeno i prepravljeno za potrebe oružanog obezbeđenja. Od njega je sada ostala samo olupina. Pratili su popločan put samo nekoliko desetina metara, a zatim se obojica ukopali u mestu.

Zgrada koja je trebalo biti bolnica sa ambulantom gorela je u plamenu. S desne strane, kao gomila zgužvanog lima, goreo je kamion-cisterna, koji se iz nekog razloga zakucao pravo u zid građevine i ušao do polovine svoje dužine unutra.

— Nemoj samo da mi kažeš da je ovo bolnica — promrmljao je Majkl.

— Bila je — odvratio je Blek i okrenuo se.

Vratili su se nazad na raskršće, gde se betonska staza račvala.

— Gde sad? — nervozno je pitao Majkl. — Ovi postaju nervozni.

Blek je pogledao u pravcu Majklovog prsta, odakle se nazirala grupa teturajućih senki, koja se približavala. Delovali su kao da su nešto osetili, jer su se kretali u njihovom pravcu. Blek je pogledao okolo. Raštrkane grupice od po pet-šest monstruma, povremeno osvetljene jezicima plamena i munjama, sakupljale su se u jednu veliku grupu, prilazeći polako prema stazi i stežući obruč oko nje, očigledno pokrenute drugim monstruoznim nakazama, koje su se uznemirile i krenule.

Koliko sam do sada uspeo da shvatim, bili su prilično spori za nas i mogli smo da im umaknemo bez pucnjave. Ali video sam neke od njih koji su bili vrlo brzi i na otvorenom prostoru bi nas sigurno sustigli. Morali smo što pre da se sklonimo iz dvorišta, u kom je bilo prilično mnogo obolelih... Ili šta god da su bili...

— Idemo ovuda! — povikao je Blek i potrčao drugim delom stazice koja je vodila nalevo.

Dok su jurili, jauci i krici postajali su sve jasniji. Majkl je povremeno zatvarao oči, da ne bi gledao užase pored kojih je prolazio. Mrtvi zatvorenici, raskomadani, fatalno izranjavani čuvari sa dubokim i gnusnim ranama, jedan od njih nije imao glavu, a u ruci držao okrvavljeni dvogled, čak i neke životinje nisu bile pošteđene, mahom zatvorski rotvajleri, koji su služili da se uz njihovu pomoć smiruju pobune i izvrši potraga za nekim ko bi, eventualno, probao da pobegne. Staza ih je dovela do velikog dvorišta i jedne još uvek netaknute zgrade, veoma široke, koja je bila podeljena na četiri ulaza. Sva vrata bila su metalna i zatvorena, a po dvorištu ležalo je razbacano nekoliko visokih kolica, pomoću kojih se podižu automobilski motori, ili druge teške stvari i jedan viljuškar. Ali dvorište nije bilo pusto. Po mraku su se caklili parovi zelenkastih očiju i obrisi senki iz mraka. Dvojica preživelih bili su na pedesetak metara od dvorišta i tu su zastali. Blek je piljio u daljinu i naprezao oči, ali uzalud. Mrak i kiša činili su svoje, maksimalno otežavajući očajničke pokušaje da ostanu živi.

— Ništa odavde ne vidim — progunđao je dželat.

... Čovek sa odsečenom glavom koji drži dvogled...

Ova slika je kroz trzaje užasa prošla kroz Majklovu svest.

— Sačekaj me ovde — rekao je i otrčao nazad.

— Budi oprezan — upozorio ga je dželat i ne pitavši ga kuda će.

Majkl je otrčao natrag, pažljivo gledajući stazu i mrtve po njoj. Pažljivo je zagledao svakog mrtvog, usput dodatno mučeći svoju svest uznemirujućim slikama, od kojih kiselina u stomaku bukti kao plamen, a mozak zauvek kolabira, noću tokom spavanja izbacujući te stravične slike u formi košmara. Da nije zabunom video nešto? Nešto što liči na dvogled? Da možda ne čini grešku? Šta ako i oni ustanu sa staze, kao što su to uradili u menzi? Drhtalo mu je celo telo od niza turobnih misli, dok je gledao pažljivo po svakom telu i pred licem bi mu nanovo blesnuo svaki bolni kez, ili grimasa u kojoj je dotični proveo svoje poslednje minute. Bio je mrak i svetla koja su dolazila, dolazila su sa velike razdaljine od strane reflektora koji su nasumično švrljali zatvorskim krugom. Dok mu se niz lice slivala voda pomešana sa znojem, bio je prestravljen, ali odlučan po prvi put u životu. Obrisao je oči od suza i pronašao istog onog čuvara sa odsečenom glavom pored kog je ležao dvogled. Ipak ga ni kiša ni mrak nisu zavarali i shvatio je da će morati ponešto i sam da učini, a ne da čeka da uvek neko to učini umesto njega. Počeo je shvatati da se nalazi u okruženju u kom je životinjsko preživljavanje postalo prioritet.

Podigao ga je sa zemlje i delom uniforme mu obrisao sočiva od krvi i prljavštine...

***

... Kao sova, oličenje mudrosti i strpljenja, koja je u stanju satima da čeka na plen pre nego što će delati, iako trenutno nema taj luksuz dželat je, uprkos kiši koja je padala sve jače, slabosti u zglobovima i mrtvima koji divljaju po zatvorskom krugu, strpljivo klečao pored staze.

Opazio je Majkla, koji se zadihano vraćao.

— Zašto si se uopšte vraćao? — upitao je dželat, buljeći u tamu.
Majkl mu je pružio dvogled.

— Rekao si da ne vidiš. Možda ovo pomogne — odgovorio je.

— Da vidimo — prihvatio je dželat pomoć. — Dobro si se setio
da nađeš — mrmljao je, dok je osmatrao kroz sočiva.

Međutim, dvogled nije imao noćno osmatranje. Dželat je i dalje
bio strpljiv. Pažljivo je kružio sočivima, očekujući da ugleda bilo šta
što će pokazati pravac, ili eventualno rešenje trenutnog problema.
Najednom se sreća dvojici očajnika malo osmehnula. Munja je oštro
prosekla nebo i dala nešto svetlosti. Dželat je to iskoristio. Ugledao je
kroz okrugla sočiva jasno četiri ulaza. I dalje je bio strpljiv, oslanjajući
se sada samo na sile prirode i njihovu volju. Prošlo je još oko minut,
dok je mokar do kože strpljivo čekao. Ponovo je zagrmelo i munje su
zaplesale, dajući svetlost. Kod četvrtog ulaza bio je parkiran viljuškar.
Vrata su bila izrađena od lima i pored svakih nalazio se po jedan
šestougaoni žleb. Dželat je uhvatio i taj blesak, iskoristivši ga da
osmotri veći deo garaža u kojima su zatvorenici popravljali zatvorske
krševe od vozila, odlažući im tako put ka otpadu i ujedno radeći
nešto korisno tokom boravka, kako bi im vreme prošlo. Ponovo,
posle otprilike jednog minuta, munja je uz oštro ječanje i tutnjavu
prosekla nebo, dajući trepćuću svetlost. Blek je jasno spazio kurblu
koja viri sa sedišta viljuškara, ali problem su predstavljale teturajuće
nakaze, koje su se oko viljuškara nalazile. Odblesak je dao svetlosti
dve-tri sekunde. Dovoljno...

— Uzmi dvogled — naredio je Blek. — Vidiš li viljuškar?

— Vidim — potvrdio je Majkl.

— Po dvorištu ima desetak ovih nakaza. Ja ću ih zaokupiti. Na
sedištu viljuškara imaš kurblu. Pomoću nje podigni jedna garažna
vrata, dovoljno da mogu da se provučem ispod. Kad budem unutra,
onda ćeš mi dobaciti kurblu, da zadržim vrata s druge strane. Tamo
su garaže i trebalo bi da je sigurno. Jesi li razumeo?

Majkl je udahnuo duboko i klimnuo.

— Pokušaj samo da se ne uspaničiš. Idemo! — rutinski je krenuo džClat.

Ti trenuci bili su mi gori od onih u Vijetnamu. Samo parovi zelenih očiju i iz tame odsjaji nakaznih lica. Nečiji košmari postali su moja stvarnost i ja sam, svestan toga ili ne, koračao pravo kroz njih. Ne znam kako to da objasnim, ali straha nije bilo.

Prvo zatvoreničko lice razjapilo je čeljusti ka dželatu. Metak je razneo njegovu vilicu i on se srušio u blato. Blek je stupao na deo dvorišta koji je dragi upravnik Galjardo naredio da se nedavno betonira. To je bila jedna od njegovih poslednjih naredbi, pre nego što će neobjašnjivi incident izbiti i sve otići do đavola.

Pucao je Blek i oborio još jednu nakazu. Trećoj je u trku proburazio vrat nožem.

Bilo je prilično mračno i mogao sam da budem zahvalan što su u očima imali zelenkasti odsjaj u mraku. To mi je bila jedina orijentacija gde da gađam.

Nakaze su ga spazile. Parovi ruku, praćeni krkljajućim neartikulisanim zvucima, krenuli su ka njemu.

Majkl je to pažljivo pratio. Video je trenutak kada je dželat odvukao zaraženu rulju levo od viljuškara i krenuo.

Pucnji su odzvajali jedan za drugim. Blek se vešto kao vreteno kretao u svim pravcima i pucao im u glavu samo kada bi prišli dovoljno blizu da vidi njihove obrise.

Jezivo ječanje pozombljenih čuvara i zatvorenika pratila je mukla grmljavina.

Sa leve strane iza barela izleteo je čuvar i zgrabio dželata za nogu. Blek je bio priseban i na vreme izvukao nogu, a zatim razneo glavu monstrumu. Dolazio je blizu žičane ograde. Ponestajalo mu je mesta.

Tada sam odlučio da rizikujem ne razmišljajući o posledicama!

Nanišanio je i ispalio metak u barel pored kog je prošao. Kovitlac plamena je uz snažnu eksploziju zaigrao po dvorištu. Na desetine monstruma je ili bilo razbacano, ili zapaljeno. Sada je bilo svetla, dok su nakazni napadači ignorišući plamen na svojim leđima i dalje nasrtali na žive zatvorenike.

Majkla je presekla eksplozija i plamen koji se digao. Video je da zapaljeni barel leti u vazduh, dok dž/elat obara jednog po jednog monstruma. Ali mnogo rizikuje. Pušta ih da priđu relativno blizu, jer ne može od mraka da se orijentiše gde su tačno. Zato je i razneo barel.

Kurbla!

Na trenutak je zaboravio. Pretrčao je još nekoliko metara do viljuškara. Kurbla se nalazila zavučena iza sedišta i samo je nekoliko santimetara virila izvan. Pokušao je da je izvuče, neprestano se osvrćući. Disao je ubrzano, dok mu je u grudima tuklo veoma snažno. Užasan krik ga je prenuo. Sa druge strane viljuškara grabio je zatvorenik u pocepanoj uniformi, pokušavajući da se popne na sedište.

Majkl se za trenutak ukočio, gledajući u bolesne iskežene zube i mutne oči. Jednostavno se paralisao, videvši taj prazan i mutan pogled, koji je buljio u njegove oči, prazan i beživotan kao dve jame bezdana. Shvatio je šta znači pogledati izbliza nakazu. Dovoljno blizu da se i sama krv sledi. *Pokušaj da se ne uspaničiš* — gotovo da su odzvonile reči onoga koji ga je upozorio na to. Drugog trenutka ga je ječanje i mumlanje obolelog vratilo u stvarnost i otkočilo mu prste oko drške pištolja. Pucao je nakazi u glavu, napravivši joj crvenu rupu posred čela i zombioliki zatvorenik je skliznuo niz sedište, ostavljajući na njemu trag krvi. Izvukao je potom kurblu koju je neznatno uhvatila korozija.

Blek se i dalje borio.

Zapaljeni barel davao je koliko-toliko osvetljenja. Nakaze su se videle bolje nego pre plamenog kovitlaca.

Pucao je precizno pogađajući zombije u glavu i grkljan, pazeći da mu ne odseku stranu koja je vodila ka garažnim vratima. Stezali su obruč oko njega. Ograda iza njegovih leđa je zazvečala. Inficirani čuvari, iziritirani bukom koja ih je privukla, ječeći od besa i neke nepojmljive agonije, koja ih je terala na agresiju, udarali su izranjavanim dlanovima po žici.

Kao ludaci u sanatorijumu, gurali su tanku žičanu mrežu, koja se pod njihovim pritiskom uvijala.

Pored stopala dželata, u blatnjavu kaljugu pao je prazan okvir. Novi je ubacivao u pištolj.

Ispred njega ležalo je osam mrtvih zombija, koji su se batrgali kao ribe na izdisaju. Mali broj u odnosu na one koji su nailazili.

Ubacio je poslednji okvir. Krenuo je prema najređem delu obruča, gde su se tiskala trojica čuvara, udarajući trapavo jedan o drugog. Ispalio je tri hica u trku i sva trojica pljesnuli su u blato. Ograda je u tom momentu pukla i razdvojila se, kao makazama rasečena.

Horda je pojurila unutra, grabeći ka odbeglom dželatu. Blek je krenuo ka unutrašnjem delu dvorišta, navlačeći rulju na sebe.

— Možeš ti to, Majkle, možeš ti to! — cedio je kroz zube Majkl, ohrabrujući se i grleći kurblu, kao davljenik slamku. Naslonio se na sedište viljuškara, ukočen užasom sa kojim je bio suočen.

Krupne suze tekle su mu niz lice. Duboko je disao. Celo telo bilo mu je u podrhtavajućem stanju pred šok.

Najednom je duboko udahnuo, zadržao dah i izleteo, pojurivši ka prvim vratima koja je video. Teturajuće nakaze su ga spazile i nekolicina je krenula ka njemu. Blato mu je dodatno otežavalo kretanje, usporavajući ga. Patika mu je tonula skoro do članka. Nagli trzaji u stranu su ga spasili od ruku monstruoznih gnusoba, koje su pokušavale da ga ščepaju. Stigao je do betoniranog dela i jurio kao mahnit.

Stupajući na betonsko dvorište Blek je samo oprezno nišanio, želeći da poslednje metke ostavi za krajnju nuždu. Na nekoliko metara sa svoje desne strane ugledao je mrtvog čuvara koji drži pumparicu, a skoro polovina tela je nedostajala. Na njemu su se mogli spaziti samo tragovi ujeda. Skočio je do nesrećnika i zgrabio oružje. Repetirao je. Još uvek je imalo municije.

Polako se kretao ka vratima, prema kojima je išao Majkl. Spazio ga je kako mimoilazi zombije koji pokušavaju da ga zgrabe. Nanišanio je monstruma koji je nešto bržim korakom krenuo ka Majklu. Na leđima mu je ostao niz rupa od sačme i on je licem pao na beton, praveći potok krvi koji je brzo razvodnjavala kiša. Potrčao je nešto dalje od njega i počeo pucati po trojici obolelih, koji su, takođe, jurili Majkla. Popadali su kao klade i Majkl je imao čist put do vrata garaže.

Majkl je čuo gromovite pucnje iza sebe, ali nije se usuđivao da se osvrne. Samo je grabio do vrata, kao da okončanje agonije leži iza njih.

Blek se okrenuo i spazio da ga samo dva-tri metara deli od zagrljaja desetine zombija zelenkastih zenica, koji su mu se iza leđa približavali, dok je Majklu čistio put do garažnih vrata.

— Sranje! — stegao je zube Blek.

Pucanj je oborio trojicu koji su bili blizu jedan drugome. Krv je pljuštala kao iz probijenog hidranta. Drugi najbliži je od pucnja bio prepolovljen nadvoje. Loša vest!

Blek je ostao bez municije. Zombiji su uporno navaljivali. Sledećeg najbližeg je dželat udario kundakom u glavu. Dovoljno da ga odgurne par koraka, jer je jedva imao snage da se drži na nogama. Iza leđa su tog zombija gurali nadolazeći, pružajući ruke preko njegovih ramena. Blek je ponovo izvukao pištolj i pogodio tog zombija u glavu i onog iza njega. Obojica su pali od jednog metka.

Po principu jedan metak jedno ubistvo Blek je lagano izmicao unazad potisnut ruljom. I sa leve i sa desne strane su mu prilazili. Padali su od hitaca, ali njihov broj se nije smanjivao, jer se u neprekidnom mlazu iz susednog dela zatvora nova horda selila kroz upravo probijenu ogradu.

Majkl je leđima udario u vrata garaže i tek tada se osvrnuo. Blek je pucao i odstupao ka njemu. Ne časeći ni časa gurnuo je kurblu u šestougaoni žleb i pokušao da okrene. Nije želela da krene. Godine neodržavanja i nezamenjivanja stare opreme pretile su da uzmu danak u najkobnijem trenutku. Mehanizam nije mogao da se pokrene zbog korozije. Majkl je zastao i brektao, pokušavajućui da dođe do daha. Dlanovi su mu pocrveneli i imali tragove ogrebotina. Maltene su prokrvarili.

Udahnuo je duboko i pogurao još jače kurblu. Kratko krckanje je usledilo i nakon mučnog natezanja mehanizam je konačno krenuo. Majkl je okretao kurblu, a vrata su počela da se podižu naviše. Podigao je vrata nešto manje od pola metra i tu zadržao.

— Ej! Požuri! — urlao je očajnički Majkl.

Blek se na sekund osvrnuo i odmah pojurio, čim je video otvorena vrata, ne obazirući se više na hordu koja je nadirala k njemu. Pretrčao je kao od šale kratak prostor do Majkla i proklizao u bejzbol stilu ispod vrata, četrdesetak santimetara podignutih od zemlje.

— Daj mi kurblu, brzo! — povikao je čim se našao unutra. Majkl ju je izvukao i ubacio kroz otvor. Vrata su momentalno krenula nadole. Nakaze su halaplivo grabile ka sada jedinoj žrtvi. Blek je napamet znao raspored unutar garaža, iako je bio potpuni mrak. U mraku je napipao žleb. Gurnuo je kurblu i silovito počeo da okreće, sa mnogo više snage nego što je to radio Majkl. Uz cviljenje i škripu mehanizam se ponovo pokrenuo i vrata su krenula naviše.

— Provuci se! — vikao je dželat.

Monstrumi su bili na svega pet-šest metara od Majkla kada je legao na zemlju. Provukao se, grčevito grebući nogama i rukama ka garaži, nakon čega su vrata pala. Svega dve-tri sekunde nakon ulaska Majkla u garažu usledio je silovit tresak podivljale mase o limena vrata. Kombinovani zvuk jauka, urlika, udaranja pesnicama i grebanja noktima razlegao se i odzvanjao kao samrtni eho.

Dželat je pipao rukom po zidu i pronašavši prekidač nedaleko od žleba upalio je svetlo. Majkl je obrisao znoj sa prašnjavog i prljavog lica.

Svetlo je kroz neonske sijalice ispunilo garažu i otkrilo veliku prostoriju, koja je imala po jedna vrata na levoj i desnoj strani i dva kanala za automobile u razmaku od nekoliko metara. Na jednom od kanala stajao je model automobila bez motora i još nekih delova. Postojao je i niz radnih stolova u čelu prostorije, koji su imali stege, a pored jednog od njih sedela su dvojica čuvara, koji su bili okrvavljeni svuda po sivim uniformama, dok su im košulje bile pocepane.

Otvorili su oči i pogledali nove pridošlice, otkrivajući bolest u zelenkastim zenicama. Ustali su.

Blek se ovog puta nije nimalo dvoumio. Dva pucnja su ih gotovo momentalno vratila na zemlju i obojica su završili s rupama u čelu. Prišao im je, koračajući oprezno preko kanala za automobile pokrivenog daskama. Povadio im je pištolje iz kojih su ispala dva okvira. Dobacio je jedan Majklu.

— Budi ovde, a ja ću proveriti ostatak — rekao je Blek. Majkl je klimnuo.

Dželat je oprezno koračao ka vratima s desne strane. Otvorio ih je i munjevito upao. Nedugo zatim, Majkl je čuo tri pucnja s tri kratka odbleska, koji su se videli kroz otvorena vrata.

Gotovo istog momenta je izašao.

— Trojica — kratko je konstatovao i rutinski, kao nekad u „Fokama", prišao kod drugih vrata, koja su bila zaglavljena četvrtastim komadom drveta. Dželat ga je sklonio. Otvorio vrata. Ušao. Začulo se pet pucnja uz pet odbleska. Izašao. Sve za nekoliko sekundi.

— Još petorica — dodao je.

— A šta ćemo sa ovima van? — pitao je Majkl, pokazujući palcem na garažna vrata, koja su se uvijala od pritiska desetine tela.

— Ništa — odmahnuo je dželat. — Udaraće neko vreme i otići će, ako ne budemo pravili i suviše buke.

— Nadam se da tako i misliš.

Dželat se vratio u prostoriju u kojoj je ubio pet monstruma i iz nje izneo još četiri okvira i sačmaru. Bacio ih je na radni sto i okrenuo se ka Majklu.

— Nadam se da imaš jak želudac — rekao je.

— Zašto?

— Tamo unutra se desio masakr. Treba mi tvoja pomoć da uklonimo tela, ili će možda još neko ustati — pokazao je na prostoriju.

— Šta imaš na umu? — pitao je Majkl.

— Da ih uklonim alternativno. Ne znam ko od njih jeste mrtav, a ko će ponovo ustati, a metkove moramo da prištedimo. Malo ih imamo — objasnio je smireno dželat.

Majkl je tek kad se adrenalin malo smirio osetio užasan smrad, koji je dopirao iz prostorije na koju je Blek pokazao. Prišao je i kroz odškrinuta vrata privirio. Oči su ga zabolele od količine krvi koju je video.

I ta prostorija je bila garaža sa limenim vratima i žlebom za kurblu, samo što je izgledom bila nešto bolje opremljena nego ova. Imala je hidrauličnu platformu, koja je podizala automobil i na kojoj je trenutno visio zatvorski džip. Po prostoriji ležali su razbacani leševi, rasporeni i pobijeni na užasan način. Nedostajale su ruke, noge, glave, pojedini unutrašnji organi rasuti po radionici. Majkl je zatvorio usta rukom i užasnuto zalupio vrata. Najviše je bilo zatvorenika i nekoliko čuvara među njima, takođe.

Majkl je duboko disao.

— Šta se ovde dešava? — bledo je upitao.

— Nemam pojma, ali bolje da ih što pre uklonimo. Neću da rizikujem.

— A gde ćemo s njima?

Dželat se osvrnuo oko sebe i onda je sklonio jednu dasku s poda.

— U kanal — odgovorio je. — Vidim da je prazan.

Taj deo posla izgledao je kao da smo radili u nekom nacističkom logoru. Prenosili smo leševe i bacali ih u kanal kao vreće đubreta na deponiji. Okruženi terorom, hteli ili ne, morali smo da pronađemo zajednički jezik i dogovorimo se radi obostranog preživljavanja.

Ja sam imao neko vojno iskustvo, ali nikakva obuka na svetu nije me mogla pripremiti na ono što sam doživljavao i što me je čekalo...

Kanal je bio ispunjen telima otprilike do polovine. Iskežena i izbuljena lica, svedoci užasne smrti, virila su iz spleta ruku i nogu. Poslednje telo je palo. Pokupili su i trojicu iz alatnice i pobacali ih u zajedničku grobnicu. Majkl je u licu bio bled kao krpa i odavao je utisak da će se srušiti istog trena.

Dželat je sa radnog stola uzeo flašu sa uljem i krpicu. Polio je tela gustom tečnošću, zapalio krpicu i bacio je u rupu.

Neko vreme obojica su ćutke stajali pored kanala, posmatrajući plamen koji proždire tela.

— Ovo mi baš ne liči na sahranu. Da li bi trebalo nešto da kažemo? — pitao je Majkl, koliko da prekine mučnu tišinu.

— Oni su barem videli kraj ove agonije — odsutno je prokomentarisao dželat.

— Možemo li da računamo na neku pomoć? Da sredi ovo sranje?

— „Don Hoze Kargadores" — odgovorio je Blek. — To znači „Don Hozeovi jurišnici". Snage koje su gušile pobune. Ne znam odakle im finansije, ali izgledaju opremljenije nego S.W.A.T. i koriste trenirane rotvajlere. Ali nisam siguran da se na bilo kog može računati u ovom trenutku, jer mislim da su i „Kargadoresi" gotovi, kao i ceo zatvor. Po čitavom krugu je haos, što znači da ni oni nisu mogli da zadrže kontrolu.

— I hoćeš da kažeš da smo prepušteni sami sebi?

— Tako nešto.

— I to govoriš tonom kao da se ništa posebno ne dešava?

Blek je uputio hladan i prazan pogled ka Majklu. Dve čelične zenice virile su kroz rupe crne maske.

— Zato što sam obučen da ne paničim. Ovo nisam video nikada, a u Vijetnamskom ratu nagledao sam se svega i svačega.

— Odlično. Spolja me čekaju nakaze, a unutra sam zatvoren sa šiznutim ratnim veteranom, koji me može udaviti golim rukama, ako mu se u glavi nešto otkači — gunđao je Majkl, vrteći glavom.

Ta konstatacija gotovo da me je naterala da se glasno nasmejem. Većinom zato što je bio u pravu. U glavi se zaista nešto otkačilo, ali mogao sam da zadržim još uvek kontrolu nad sobom. Sećam se užasa i mrtvih kojih sam se nagledao, ali prvo i osnovno i ujedno ono što sam navikao da vidim je da mrtvi ostanu mrtvi, što očigledno nije scenario koji ću ovde doživeti. Bio sam u prilično nezgodnoj situaciji, zatvoren, dok slušam jauke polumrtvih i unakaženih. Čekali su nas tamo napolju, u to nema sumnje, trebalo je samo da zadržimo hladnu glavu i ne paničimo.

— Ne moraš od mene da čuvaš leđa. Ja sam tu priliku već imao — odvratio je dželat. — Ali iz meni nepoznatog razloga sam je propustio. To bi trebalo da ti je dovoljno.

— Dobro, i šta ćemo sad? Hoćeš li me vratiti nazad u ćeliju, da me dokusuriš kad se uspostavi kontrola nad ovim? — pitao je Majkl.

— Ne! — polušapatom je odvratio dželat.

— Ne? Šta ne?

— I jedno i drugo — odgovorio je dželat, odsutno zureći u gomilu ugljenisanih tela. — Neću nigde da te vraćam i ne za drugo pitanje — zastao je i ponovo polušapatom odgovorio — mislim da neće biti ponovnog preuzimanja kontrole. Ovo mesto je gotovo.

Repetirao je pištolj i ponovo je pogledao Majkla prodornim čeličnim pogledom.

— Znaš li šta jedino naučiš u ratnoj zoni?

Majkl je zbunjeno odmahnuo.

— Da voliš život. Jer jedino na takvim mestima zaista naučiš da ga voliš.

Gledao sam u taj dim koji kulja, a kroz njegove obrise u polu-ugljenisana lica, koja zjape i sijaju tim bolesnim zenicama. Ovako nešto bilo mi je poznato. Viđao sam ove prizore u masovnim grob-nicama u Vijetnamu i Nigeriji. Spaljivane, ugljanisane... To su bili civili. Nedužne žrtve...

... Osetio sam da se iznenada i meni zavrtelo u glavi. Trauma je bila probuđena. Gušio sam se i neprimetnim koracima povukao se u najmračniji ugao. Horor... Ponovo živi horor... Samo umesto Vijetkonga gledao sam pokretne mrtvace, koji su nekako odjednom oživeli. Majkl je šaputao u sebi molitvu i dozivao Boga da ga spasi ovog užasa. Da zaista ima Boga i da mu je želja da ga sačuva, onda, verovatno, ne bi ni dozvolio da završi na ovom mestu. Teško sam podnosio stradanja iz vremena ratova i iznenadna strela prošlosti pogodila me direktno u lobanju, razbijajući mi sliku pred očima u gomilu polomljenih staklića.

Zaista, i pored svega što sam rekao, verovali ili ne, košmari su tek bili u fazi pripreme...

***

Šuštanje...

— Karlose jesi li tu? Odg...

Ponovno šuštanje.

Karlos je besno lupio radio o zid.

— Radi, govno jedno!

Zaglušen tutnjavom kamiona u kom se vozio, jedva je čuo glas s druge strane veze.

— Karlose... Ovde Pančo... *(neprekidno šuštanje)* Dođite u ambulantu... Ima pre *hhh...* osob... Ranjeni su g *hhhhh...*

— Vozi do ambulante — naredio je Karlos vozaču. On se nije okrenuo, niti mu se išta od glave videlo. Njegov šlem je samo klimnuo u znak razumevanja.

Edvard je sedeo pored Stena i obojica su imali okrvavljene i pocepane zelene zatvorske uniforme. Oko njih Kargadoresi u punoj opremi, kojih je bilo dvadesetak, sedeli su na klupama u zadnjem delu vozila, čeličnih, ravnodušnih pogleda, koji su virili iz otvorenih vizira i koji su bili prikovani za pod.

— Zašto se vraćamo, čoveče? Bežimo odavde! Zar ne vidiš da su sve pobili? — pobunio se Edvard.

— Cállate![1] — dreknuo je Karlos i pošao kao da će mu opaliti šamar, a zatim se zaustavio i progunđao u sebi: *Maldita negro!*[2] — Ja sam tako odlučio i odgovaraj samo kad ti se obratim. Comprender?[3] Vodim vas samo zato što imam naređenje da nikog ne ostavljam i bolje ćuti!

Sten je lagano ćušnuo Edvarda da ćuti i ovaj je sagao glavu.

Kamion je zakočio i zaustavio se. Karlos je prvi izašao.

— Seguro entrada![4] — povikao je mašući rukom ka ulaznim vratima, dok su „Jurišnici", jedan po jedan, u sinhronizovanoj koloni iskakali iz vozila i kretali se ka ambulanti, naoružani do zuba.

Njihova puna oprema sastojala se od kevlar pancira, koji nije bio standardne proizvodnje, već vanserijsko čudo, koje je moglo „9 milimetara" zaustaviti iz neposredne blizine, bez većih poteškoća, kao i svaki ubod ili oštricu. Dobra šansa bila mu je i protiv sačmare i većih kalibara, koje je mogao da apsorbuje uz pokoju modricu, ili povredu prilikom udara. Imali su jurišne puške: Hekler i Koh, opremljene laserskim nišanom i baterijskom lampom, koja je davala svetlo jako kao far „Audija", glok kao tzv. sajd-arm, a na bokovima visile su im po četiri ručne granate i dve šok bombe. Na opasačima ređale su im se pravougaone, glatke, kožne futrole, u kojima su držali municiju, a na glavama nosili su šlemove, na kojima su stajali viziri za zaštitu očiju. Inače, kada su intervenisali, menjali su opremu i umesto puški nosili štitove i prateće rekvizite za razbijanje demonstracija.

Grupa formiranih „Jurišnika", nakon ludačkog incidenta, počela je raspoređivanje ispadajući iz kamiona jedan po jedan. Petorica su zauzela uglove ambulante i obližnje zaklone oko olupina. Karlos je ušao kroz dvokrilna vrata i projurio pored prijemnog šaltera, na kom je vladao popriličan nered, od papira, flaša i pikavaca. Taj deo bio je prazan, bez ljudi. Karlos je oprezno osmotrio prostoriju, držeći pušku vrlo blizu obraza. Začuo je korake na spratu i lagano krenuo naviše. Nije mogao sa sigurnošću da krene. Ko će znati, možda i gore ima nekog obolelog?! Nije smeo ništa stavljati na rizik. Kada je krenuo naviše, naleteo je iznenada na sivu uniformu na stepenicama, prenuo se i dreknuo misleći da je on još jedan od obolelih, ali nije... Bio je to jedan od čuvara, zadihan i porumeneo u licu, dok mu je znoj tekao niz zacrvenele buckaste obraze.

— Karlos, venido rapido![5]

— Lo, que pasa?[6] — upitao je Karlos, ali mu ovaj nije ništa odgovorio, jer je grabio dah i odmahivao glavom. Samo je povikao u radio vezu da ga „Jurišnici" prate.

Čuvar je pojurio uz stepenice, pokušavajući da stigne što pre, a Karlos nije imao vremena da pita naknadno. Pojurio je za njim, dok ga je grupa od desetak „Jurišnika" pratila. Stepenice su bile pokrivene krvavim tragovima i Karlos je uz put video nekoliko tela u pižamama i čuvarskim uniformama, naslonjenih uz zid, sa po jednim metkom u glavi, iskeženim licima i onim specifičnim bolesnim, bledim zelenilom u očima.

— Pacijenti! Poludeli su! — povikao je čuvar. U hodniku ambulante nekoliko čuvara borilo se s monstruoznim kreaturama u pocepanim pižamama, pokušavajući kundacima sačmara da ih odgurnu od sebe. Praštale su puške i pljuštala krv, dok su nakaze iskakale iz malobrojnih bolničkih soba, kidišući pravo iz postelja na preneražene i malobrojne čuvare. Karlos se na trenutak sledio. Čuvar leži pokidanog grkljana. Jedan se rve s trojicom. Trećeg kidaju golim rukama, noževima i komadima stakla, koje su dohvatili sa polomljenih prozora. Čuvari su vrištali. Brzo se Karlos trgao i počeo ponovo razmišljati, nakon trenutka užasa koji ga je sledio.

— Gubimo kontrolu, ne možemo da ih zadržimo! — vrištao je čuvar.

— Fuegooooooo![7] — povikao je Karlos i otvorio prvi vatru, izrešetavši rafalom obolelog Meksikanca sa komadom razbijene flaše u ruci.

Brzi i kratki rafali obarali su monstrume koji su kasno obratili pažnju na „Jurišnike". „Jurišnici" nisu štedeli ni polumrtve čuvare. Pucali su i na njih. Znali su da je zaraza prenosiva kontaktom. Za toliko su shvatili do sada. Deo njih počeo je upadati u sobe, gde su mahom bili zauzeti ubijanjem čuvara koji nisu mogli da ih obuzdaju. Jedan ili dva pucnja odjekivali su svaki put kada bi „Jurišnik" upao u sobu. Mnoge sobe bile su oličenje klanice sa mnoštvom krvi po zidovima i tragovima nasilja. „Jurišnici" nisu bili svesni koliko se ambulanta, zajedno sa njenim braniocima otrgla kontroli. Brojni pacijenti i ranjeni čuvari, koji su u prethodnim borbama zadobili povrede, ustajali su iz svih uglova i soba, mumlajući, sveže pretvoreni i gladni nasilja.

— Ne dozvolite da vas opkole! Ima ih previše! — urlao je Karlos, dok je menjao okvir na svom oružju.

Znajući šta to znači „Jurišnici" su se postavljali leđa uz leđa jedni drugima, jer su monstrumi počeli da se pomaljaju i sa druge strane hodnika. Sablasni zvuci, a zatim njihova bolesna lica ispunjena tamnim krastama virila su iza ugla, a onda su iza istog ugla počeli jedan po jedan da se klate i sapliću, vukući se ka specijalnim formacijama „Don Hozeovih Kargadoresa". Po teturajućim telima švrljale su brojne tanke, crvene linije lasera, posle kojih su sledili pucnji. Hici u glavu su za sada bili delotvorni. Serija rafalnih pucnjeva pokrila je svaki krik ili povik. Već koliko-toliko priviknuti na trenutni užas „Jurišnici" su se prisebno držali, precizno skidajući sablasne hodajuće leševe, ne dozvoljavajući im da priđu, niti da ih opkole, iako ih privatni kampovi, u kojima su prošli obuku, nisu pripremili na ovo. Zapravo, čitave operacije, koje su izvodili u zatvoru, morale su biti improvizacija. Ugao je bio počišćen. Desetine tela ležalo je na njemu, gotovo ga zakrčivši. Karlos je podigao ruku, glasno vičući da prestanu sa vatrom.

Monstruozni pacijenti ležali su u lokvi krvi. Stražari zajedno s njima. Masakrirani, unakaženi...

Karlos je spustio zadimljenu cev. Samo je oštro šarao očima po hodniku i prostorijama, očima pred kojima su stalno prolazile bizarne slike brutalno pobijenih i prinudno neutralisanih mecima.

— Horhe, kakva je ovo ludnica?! — povikao je zadihano spustivši pušku, da mu lagano visi na ramenu. „Jurišnici" su se polako raštrkali po hodnicima, rutinski čisteći sobe, jednu za drugom.

— Ne znam — odgovorio je čuvar, ubacujući nove metke u sačmaricu, dok su mu krupne graške znoja blistale na čelu.

— Mali broj je bio ovakav, ali se brzo raširilo. Kao neko oboljenje, nemam pojma šta. Dali smo sve od sebe da ih zadržimo — dok je čuvar pričao Karlos je gledao iza njegovih leđa, slušajući samo delimično ono što ima da kaže. Iznenada, u pola njegove reči, kapetan je zgrabio pištolj i ispalio metak iza njegovih leđa. Jedan od obolelih, koji je bio sav unakažen sačmom, puzio je ka Horheu i pošao da ga uhvati za nogu. Karlos mu je prosuo mozak, baš kada je njegova šaka dohvatila Horheovu nogavicu.

— To, očigledno, nije dovoljno — progunđao je kapetan „Jurišnika", vraćajući glok u futrolu. Čuvar je ostao zbunjen i iznenađen.

— Dobro onda. Nemamo vremena za priču, moramo da izađemo odavde — rekao je Karlos.

— Ovde više nema nikog — pokazao je Horhe sprat. — Dole su još petorica, čuvaju prozore koje smo obezbedili daskama.

— Dobro, pokupi ih i idemo odavde — Karlos je pritisnuo dugme na svom radiju, koji mu je stajao pričvršćen na levom ramenu i oglasio se:

— Okupite se u glavnom hodniku. Krećemo za dva minuta.

Vrlo brzo su „Jurišnici" iz svih delova ambulante dolazili i sakupljali se oko Karlosa.

— Gubici? — pitao je Karlos.

— Niko — odgovorio je jedan od „Jurišnika".

— Sve je počišćeno — raportirali su.

— Pokupimo preživele i idemo! — rekao je kapetan i krenuo ka stepenicama.

***

Zagrmela su dva silovita pucnja. Još dva monstruozna čuvara pala su u blato. Preživeli su znali da sada ne smeju usporavati ni po koju cenu, iako su osećali da će talas obolelih preplaviti biblioteku, čim su odjeknuli gromoviti pucnji iz zgrade u kojoj su se krili.

Police sa knjigama. Između njih ležali su pobijeni stariji zatvorenici, koji su vodili računa o „Don Hozeovoj" biblioteci. Začuđujuće, bile su ispunjene raznim knjigama o psihologiji, parapsihologiji, nekim uvrnutim filozofijama i psihodeličnim ispovestima. Sva ta dela nalazila su se na policama uredno numerisana i poređana po alfabetnom redosledu. Govorilo se i da su stariji zatvorenici doživeli neke psihološke poremećaje čitajući te knjige, pre nego što će incident izbiti, a sada su kao oboleli stradali od metka.

Dva čuvara sa pumparicama, Delgado i Erik, su pazila na prozore, dok je glavom i bradom upravnik zatvora Galjardo trčao među policama, pazeći da se ne saplete o neki od okrvavljenih leševa, pored kojih je pokušavao da prođe. Lični telohranitelj upravnika je na stolu šefa biblioteke poređao okvire i popunjavao ih mecima koje je pronašao u kutijicama, a koje je opet dragi upravnik držao kod sebe u tajnim zalihama u poslednjoj fioci stola i naravno ta fioka bila je uvek pod ključem. Prvi put je morao da je odmandali i prospe mozak sopstvenoj sekretarici i to iz svog zlatnog revolvera, koji je iz sentimentalnosti i ljubavi prema takvom oružju držao kod sebe.

— Upravniče, moramo da krenemo. Dolaze! — vikao je Erik, dok je Delgado pucao. Jedan od monstruma srušio se na stepenicama.

Galjardo je dotrčao do svog telohranitelja.

— Jesi li gotov?

— Poslednji okvir, gospodine — rekao je telohranitelj. Ubacivao je okvir u svoju beretu. Upravnik je imao svoje metke za zlatni revolver, koji nije bio predviđen da se iz njega ispali bilo koji metak, ali koji je za bojevu municiju, ipak, bio u savršenom stanju.

— Idemo, gospodo! — rekao je upravnik.

Vrata biblioteke su se otvorila.

Praćeni upravnikom Galjardom i njegovim ličnim telohranitelem trčali su kroz tamu što su brže mogli, boreći se i sa kišom i neugodnim terenom i najtežim mogućim — živim hodajućim hororima, koji su jurili za njima. Napustili su svoje sklonište iz male biblioteke, kada su mislili da su se nakaze malo razišle, ali pogrešili su. Tamo negde u tami lovci su čekali na njih, lovci koje nisu želeli da sretnu.

Krici iza njih davali su im vetar u leđa. Šljapkanje po blatu sve se jače, brže i dinamičnije čulo iz daljine, a senke koje su ih progonile su ih i sustizale. Trčale su kao na Olimpijadi. Pomahnitali zatvorenici imali su neke čudne rane po telima i jasno izražene crvene zenice, dok su dahtali i režali kao vukovi u hajci. Kao sitne tačkice, letele su po mraku. Iznenada, iz senke su izletela dvojica obolelih, dok su preživeli trčali bežeći od njih. Imali su prisebnosti da brzo ustrele jednog od tih napadača, ali drugi je Erika ščepao za nogu i zario zube u njegov članak. Erik je zajaukao. Telohranitelj je obolelom pucao u glavu i usmrtio ga, ali kasno. Nesrećni čuvar oslonio se na pumparicu i nije pokušavao da pođe dalje, stiskajući lice u bolnu grimasu.

Grupa je zastala i pogledala ga. Svi su zatim pogledali u njegovu ranu iznad članka. I svi su znali šta sledi posle toga.

— Idite! Zaštitite upravnika! Znate da ću se uskoro pretvoriti! — siktao je Erik odmahujući rukom.

— Idemo — rekao je upravnik, svestan da je ono što se slutilo istina i da ne vredi voditi sa sobom budućeg monstruma.

Erik se ukopao u mestu i duboko udahnuo, svestan da daje svoj život. Već je bio povređen. Imao je brazgotinu na ruci i sada ugriz za članak, a već su svi znali šta se tada dešava. Repetirao je pušku.

Sada su se već oblikovale senke u mraku. Šljapkanje se pretvaralo u frenetično odzvanjanje cokula, kao velika potera rulje za linčo-vanje. Siktali su bolesni od ludila, grabili mahnito nasrćući i postajali sve jasniji i vidljiviji.

Erik je stisnuo zube i pucao. Krik se čuo dok se zatvorenik prevrnuo u vazduhu.

Sada ih je osvetlio snop svetlosti iz reflektora koji je prešao preko njih. Stravičan izgled poluraspadnutih i bolesnih, zgrčenih lica. Sa njih su visili dugi račvasti jezici, koji su imali šiljke na krajevima.

Erik se prestravio.

— Dios mío![8] — povikao je i pucao ponovo. Glava monstruma odletela je u paramparčad. Pucao je treći put i monstrum mu je pao ispred nogu.

Monstruozni zatvorenik je iskočio iz mraka. Erik je pokušao kundakom da ga odgurne, ali nije uspeo. Nije imao snage, niti ravnoteže, jer se nije mogao držati na povređenoj nozi. Na leđa monstruma, koji je kidisao na Erika, skočio je još jedan i oborili su čuvara. Erik se otimao, ali nije mu bilo spasa. Sevnula su dva šiljka iz račvastog jezika i zarili mu se pravo u lobanju, parališući ga i nanoseći mu smrtonosnu ranu. Oko Erikovog tela razlila se barica krvi.

... Iza cisterne je izletela grupa monstruma. Pucnji, ili neki drugi zvukovi su ih pokrenuli i oni su na grupu preživelih odmah kidisali.

Upravnik je dobro gađao iz zlatnog revolvera, a njegov telohranitelj Negredo, takođe. Imao je iskustvo s gađanjem i Delgado pumparicom. Pogađali su ih precizno u glavu.

Delgado je nanišanio, ali mu je Negredo spustio cev puške i oštro ga pogledao.

— Stani! Pogodićeš cisternu! Idi startuj kamion! — naredio je.

Čuvar je klimnuo. Negredo i upravnik su pucali na malobrojne monstrume, koji su u trku grabili ka njima i uspešno ih odbijali. Iz mraka je iznenada iskočio sakriveni monstrum i dohvatio Negreda. Krupni Meksikanac rvao se sa monstrumom i odbijao mu glavu, izbegavajući fatalan ujed. Nakazni uniformisani čuvar je masivnog telohranitelja držao za ruku i rame, pokušavajući da mu zubima otkine deo debelog sloja mesa, kojim je njegov vrat bio tapaciran. Hitac je iznenada odnekud prošišao i pogodio u glavu monstruoznu nakazu, skinuvši je sa Negreda. Upravnik je neočekivano dobro gađao i ovog puta on je zaštitio svog telohranitelja. Dovlačila se rulja zombija iz nekoliko pravaca, pružajući ruke. Bili su raštrkani u nekoliko grupa, koje su izazvane pucanjem. Talasi isprepletanih tela ljuljali su se kao talasi uzburkanog mora i bezbroj zelenkastih, bolesnih zenica buljio je pravo u njih.

Zabrundao je kamion, ispuštajući oblak dima iz cevi na kabini.

— Hajde, upravniče, ulazite! — viknuo je Delgado, vireći kroz otvorena vrata.

Pojurili su oko kamiona ka vratima suvozačevog sedišta. Upravnik je tada prestrašeno povikao i doslovno ostao ukočen u mestu.

Na svega nekoliko metara pružale su se ruke zombiolikih monstruma, uz hor stravičnih jecaja. Hor stravičnih jecaja i horda monstruoznih nakaza... To ih je dočekalo s druge strane kamiona kada su pojurili ka vratima suvozača. Ta horda kretala se sa zadnje strane kamiona. Nisu je mogli videti ni Delgado ni upravnik sa telohraniteljem. Negredo je odmah pucao u najbliže monstrume, štiteći od straha paralisanog upravnika, kog su za sekund mogli da dograbe. Bilo ih je na desetine. Drugom rukom vukao je upravnika Galjarda, kom su se noge odsekle od straha i doslovno ga ugurao u kamion.

— Malditooooooooos![9] — urlao je Negredo, pucajući histerično. Uspeo je da uđe u kamion, ali ruke zombija dohvatile su mu nogavicu. Prvi zombiji, oslanjajući se na njegove ruke i nogavice, počeli su lagano da se penju unutar kabine. Negredo im je pucao u glavu, ali mu je nestalo metaka posle trećeg hica.

— Negredo, zatvori jebena vrata! — vikao je Delgado, pokušavajući da nadglasi histerična vrištanja upravnika.

Negredo je konačno uspeo da šutne zombija, koji ga je grčevito držao za ruku i otrese ga sa sebe, a zatim je zalupio vrata na kamionu, grčevito grizući usnu, do granice kada je mogao zubima da je rakrvari. Vozilo se tada pokrenulo. Sada, kada su bili u pokretu, mogli su malo da predahnu. Bili su na bezbednom, u visokoj kamionskoj kabini, dok su oko nje iziritirani monstrumi skakali i divljali.

Pokrenula se ogromna grdosija, kojom je upravljao zatvorski čuvar. Neko vreme pratilo ih je lupanje i odzvanjanje pesnica, grebanje kandži o karoseriju i dobovanje, ali nisu na to obraćali pažnju previše. Bili su u pokretu. To je bilo najvažnije.

— Bićeš unapređen posle ovoga, Delgado. Samo da se dokopam telefona — potapšao ga je upravnik po ramenu.

***

Sedeći mirno pored upravnika i ne shvatajući da je nesvesno sam sebi napravio veliku nevolju Negredo je tek posle nekoliko minuta, kada se adrenalin stišao, osetio bol u desnoj ruci. Po sećanju, baš za tu ruku držao ga je zombioliki zatvorenik, pre no što ga je cipelom u lice otresao sa sebe i izbacio iz kabine. Pogledao je diskretno u tu desnu ruku. Rukav bele košulje je pocrveneo i prokrvario. Pažljivo, dok je upravnik razgovarao s vozačem, otkopčao je rukav. Na ruci iznad samog zgloba su se ocrtavale tri linije. Zombi ih je nenamerno ostavio kada je snažni Meksikanac otrgao iz zagrljaja, koji mu je monstruozna nakaza priredila, a potom ga odgurnuo nogom. U padu, zombi je noktima ostavio duboke ogrebotine. Tri crvene linije počele su da poprimaju modru boju. Pogledao je naniže. Nije to bio jedini bol. Nije ni primetio... Na savršeno ispeglanim pantalonama bila mu je pocepana nogavica i sa nje se na podu vozila, kap po kap, pravila barica krvi. Tek tada osetio je i strahovit bol u nozi, od ujeda koji nije ni primetio.

***

Prošlo je izvesno vreme otkako su prozborili prve reči, jer su ipak šok i strah učinili svoje.

— Kako sada da izađemo odavde? Kojim putem da idem? Kapija je bila zatvorena, ako se dobro sećam — pitao je čuvar ne skidajući pogled s puta.

— Samo nas ti dovezi do kapije. Ja ću je otvoriti — nasmejao se pukovnik. — Imam daljinski. Otvoriću je uz pomoć ključ-senzora.

Izvadio je svežanj ključeva na kojima je bio veliki crni privesak sa dugmetom na sredini. Set ključeva sa specijalnim senzor priveskom imao je samo određen broj privilegovanih osoba, među kojima i upravnik Galjardo. Smejao se pobedonosno, kao da se divi sam sebi, pošto je ovako neočekivanu situaciju uspeo da prevaziđe. Ipak, upravnikov zadovoljni kez nije dugo trajao. Jedan sekund... Jedan sekund bio je dovoljan da se ljigavi, licemerni osmeh upravnika, na kom je sijao jedan zlatan zub, pretvori u samrtničku bolnu grimasu. Iznenada su blesnule crvenkaste, bolesne zenice, baš pored njega, uz agresivno režanje, a zatim ručerde koje su ga zgrabile za vrat. Negredo je neočekivano skočio i dohvatio upravnika za ruku kojom je tako ponosno pokazivao ključ spasa iz zatvorskog košmara. Galjardov kez pretvorio se u preplašenu grimasu i počeo je da zapomaže.

Negredo je zario zube u njegov zglob, koji je počeo da krcka, dok je nesrećni Galjardo vrištao od bola.

— Negredo! Kurvin sin je bio inficiran! — proderao se Delgado i dohvatio pištolj. Međutim, kako je krupni telohranitelj nadjačao upravnika navalivši svom težinom na njega, obojica su ga pritisli telima i pištolj mu je ispao. Negredo je otkinuo komad mesa sa upravnikovog vrata i mlaz krvi zapljusnuo je vetrobran. Delgado je imao velikih poteškoća da drži volan.

Cisterna je počela da krivuda levo-desno, razbacujući zombije. Negredo je dohvatio i Delgada i zagrizao njegovo lice. Zgrabio ga je zubima za obraz, razvlačeći ga kao žvakaću gumu. Čuvar je bolno mrmljao i zapomagao, mlatarajući rukama, dok je upravnik ležao opružen na sedištu, s velikim ujedom na vratu.

***

... Edvard je uglavnom kunjao, buljeći u pod i ne usuđujući se da pogleda u oči „Jurišnicima" koji su ih pazili. Bili su surovi. Par puta je osetio na svojim leđima kako to izgleda. Bili su suroviji od čuvara i intervenisali bi samo ako bi izbila veća pobuna a tada... tada bi naterali one koji su se bunili da se pokaju što im je to uopšte palo na pamet. Nekada bi pojedine za primer puštali rotvajlerima, koji bi ih do smrti izujedali. Od pravog linča od strane „Jurišnika" ga je spasla reč upravnika Galjarda, koji je rekao da ga ostave jer je potencijal. Ni dan-danas Edvard nije mogao znati kakav potencijal. Je li upravnik video neki talenat, ili sposobnost u njemu? U tim trenucima nije ga bilo briga, samo da se izvuče brutalnoj ruci „Jurišnika" i još brutalnijim metodama Onog Pod Maskom, čije ime nije ni znao niti ga smatrao za čoveka, već samo za avet bez duše, koja uzima živote slično kao onaj sa ogrtačem i kosom. „Jurišnici" su samo sedeli u kamionu kao roboti manufakturno sklopljeni u nekoj fabrici i po jednom kalupu, prodorno gledajući obojicu, spremni da reaguju istog momenta na neki nepoželjan potez. Pucnji su ih trgli. I zatvorenike i njihove čuvare. „Jurišnici" su se pokrenuli istog trenutka i počeli pomerati ceradu, iskačući napolje jedan po jedan.

— Šta je sad? — promrmljao je Edvard.

Svi ljudi pod punom opremom iskočili su iz kamiona, ostavljajući zatvorenike. Praštali su rafali po krugu ambulante praćeni žalosnim kricima i povremenim povicima i dovikivanjima na španskom. Ne mogavši da se obuzda, Edvard je pomerio ceradu i kroz trougao prostora formiranog između dva parčeta tkanine ugledao stravičan prizor svetlećeg šou-programa. Raspoređeni „Jurišnici" u polukrugu oko ulaza pucaju na nadiruću masu mrtvih, koja je nailazila iz tri-četiri pravca, privučena aktivnostima u tom delu zatvora, ili ko zna čime.

— Edvarde, sad nam je šansa! — šapnuo je Sten.

— U pravu si. Samo polako — složio se Edvard.

Izmigoljili su se ispod cerade, ali istog trenutka kada su nogama dodirnuli tlo spazio ih je „Jurišnik" koji ih je čuvao.

— Šta tražite napolju? Ulazite unut... — „Jurišnik" nije završio svoj preneraženi uzvik i odjednom je počeo da zapomaže, jer nije gledao na pravu stranu.

Gledao je u zatvorenike, ne obraćajući pažnju na to šta mu se približava. Iz mraka ga je dohvatio i oborio zombi, koji mu se prišunjao s leđa. Zgrabio ga je noktima, strgavši mu kacigu. Odmah je zario zube u nebranjeni deo između kacige i pancira i „Jurišnik" je počeo da jauče i urliče od rana koje mu je nanosio raspomamljeni oboleli čuvar. Krv je potekla niz njegov pancir.

Sevali su blicevi vatre koji su padali po zombijima, ali što su više branioci pucali, sve ih je više dolazilo privučeno upravo tim pucnjima i stezalo obruč oko ulaza.

Na Edvarda i Stena niko više nije obraćao pažnju. Krug oko ulaza nije se mogao održati, jer je previše obolelih nadiralo. Prešlo se u „svako za sebe" poziciju, jer je oko „Jurišnika" pritiskalo sa svih strana. Mrtvi nisu imali, niti su znali šta znači milost. Znali su samo za glad i agresiju, a to je ono što ih je guralo kao nevidljiva ruka. Dvojica zatvorenika naglavačke su uleteli u bolnicu, koristeći vatreni štit, koji su „Jurišnici" privremeno uspostavili, pre nego što su prešli u „svako za sebe" poziciju. Videli su ispražnjen prijemni šalter i hodnik, kao i stepenice koje su vodile na sprat ka bolničkim sobama i lekarskim ordinacijama. Dobro su i jedan i drugi poznavali taj deo, kada su ih doneli posle pobune da im se ukaže pomoć, nakon prebijanja i disciplinovanja. Sten je pokazao prstom na stepenice i pojurili su odmah gore. Kada su počeli da se penju, doslovno su se sudarili sa Karlosom, Ramirezom, i kolonom „Jurišnika" koja je išla za njim. Videvši zatvorenike, „Jurišnici" su odmah uperili puške u njih. Edvard nikada nije verovao da će mu biti drago što vidi Karlosa, ali to se obistinilo.

Ipak, bilo mu je drago...

— Šta ćete vi ovde? Vraćajte se odmah u kamion! — dreknuo je komandant „Jurišnika".

— Čoveče, zombiji nadiru. Svuda ih je! — odvratio je Edvard.

— Šta?! Mierda![10]

Pojurio je ka izlaznim vratima i video da poslednje snage „Jurišnika" nestaju u krvavom piru obolelih zatvorenika. Talasi mrtvih probili su fragilnu i tanku blokadu od desetak „Jurišnika". Tela razbacana svuda ispred ulaza i zombiji koji su ih savladali i brutalno masakrirali — to je bio prizor ispred ulaznih vrata. Karlos je zatekao još par njih, koji su se držali sipajući poslednje očajničke rafale u monstrume, ali su i oni uskoro oboreni i savladani.

Zombiji su se častili njegovim saborcima. Halapljivo su ih kidali i proždirali.

— Proklete bitange! — procedio je Karlos.

Tanak laser prošetao je po obrazu zombija, koji je jeo palog „Jurišnika". Hitac ga je ostavio na mestu. Dvojica su, takođe, klečali i proždirali mrtvog „Jurišnika". Laser je prošetao i po njihovim glavama i dva hica su ih ostavila na mestu. Karlos je relativno lako čistio monstrume ispred samog ulaza, koji su bili zaokupljeni mrtvim „Jurišnicima".

— Ramirez, dovedi ostale! — razdrao se čuvaru, koji je tek sada stigao.

Monstrumi su čuli njegov prodorni glas i podigli se sa osvojene gozbe. Prepoznatljivo radoznalo mumlanje, a zatim prvi koraci sa pruženim rukama. Počeli su da se teturaju ka ulazu. Karlos je otkačio dve bombe.

— Fire en el hoyo![11] — dreknuo je, a Ramirez se odmah sklonio iza ugla. Sten i Edvard stajali su pribijeno uz zid, dok su „Jurišnici" u koloni protrčavali pored njih, kako bi pružili podršku.

Dve eksplozije ispred ulaza napravile su krvavi masakr, u kom su letele glave i delovi tela.

Karlos je naslonio pušku na pult za prijem i otvorio vatru po preostalim zombijima, koji su se ponovo grupisali. Njegovo iskustvo bilo je zavidno. Nijedan njegov metak nije promašio metu i zombiji su padali relativno brzo. Delovalo je kao da su petorica iza tog pulta. Ostali „Jurišnici" poređali su se pored Karlosa i iza prevrnutih klupa, pružajući mu podršku. Zombiji su padali jedan za drugim, dok je sada složnija i sinhronizovana vatra tukla po njima. Izmešani rafali heklera i koha zadržavali su stotine nadirućih obolelih, koji su razvezli svoju jezivu mrtvačku pesmu, dok su sa ostalih nebranjenih snaga pristizali novi, udarajući u prozore, sporedne ulaze, krećući se duž zidova sa stražnjih delova zgrade. Pritisak je bio na samim vratima. Pred noge zombija dokotrljala se granata i grunula u samoj masi. Eksplozija ih je ponovo bacila unazad, a vrata neznatno proširila, razvalivši i njih u paramparčad. Poprilična gužva bila je napravljena, jer su se na uskom ulazu tela i tela grupisala, padajući jedna preko drugih. „Jurišnici" su bacali bombe koje su im preostale, a stotine zombija navaljivalo je na ta vrata, koja su postajala previše uska da prime svu tu masu. Međutim, eksplozije su brzo razbile tu veliku grupaciju i ukazala se prilika da naprave proboj iz zgrade. Raskomadana tela u krvi su ležala na ulazu. Ugljenisane kreature polumrtve su se tresle sa usijanim gelerima u telu, dok su „Jurišnici" odvažno iskoračili van zaklona i krenuli ka izlazu, usput pucajući na sve što je preostalo od zombija.

Mumlanje i jecaji i dalje su se razlegali, dok je desetak jurišnika za sada hrabro držalo ulaz, odbijajući talas za talasom mrtvih, potpomažući se ručnim granatama, kako bi razbili velike grupe. „Don Hoze" zatvor pretvorio se u košmarnu ratnu zonu, u kojoj su za nekoliko sati sva pravila izbrisana.

Karlos je prvi ustao i pozvao saborce napred. Preskakali su desetine leševa i došli do samih ulaznih vrata, koja su bila isprljana krvlju. Trebalo je da još otprilike dvadesetak zombija pobiju oko kamiona, ali neočekivana svetlost zablesnula je i zombije i „Jurišnike". Prvo se začulo nezgrapno brundanje i čangrljanje motora, koji zavija zbog neprilagođene brzine, a potom je ogromna kamionska grdosija krivudala nesigurno pod teretom cisterne i neznatno proklizavajući blatnjavim i loše održavanim krugom zatvora, blešteći velikim svetlima kao kakva mehanička zver. Uz put se očešala o parkirani džip, zatim razbacala nekoliko zombija i zakačila stub reflektora, koji ju je usmerio baš ka bolnici.

— Bežite! — stigao je samo panično da poviče Karlos, pre nego što je pojurio što dalje od nekontrolisanog čudovišta.

Grdosija je oduvala i parkirani kamion i zombije ispred vrata, prošavši direktno kroz zid. Ogromna eksplozija, od koje se zemlja zatresla, gotovo je demolirala zgradu.

**

... Sten i Edvard bili su na spratu prislonjeni uz zid. Kada je grunula eksplozija, obojici se tlo izmaklo ispod nogu, kao da je usledio katastrofalan zemljotres. Svetla su zatreperila i čuli su zvuk rušenja, dok su se stepenice rušile i obrušavale ispod njihovih nogu, a zid počeo pucati i rasparčavati se. Ogromna količina prašine i komadi građe padali su po njima. Neznatno im se svest zamutila i neko vreme ništa nisu čuli, sem zvonjave u ušima.

— Stene, jesi li dobro, čoveče? — promrmljao je Edvard, puzeći ka Stenu.

Sten je podigao svoju ćelavu glavu na kojoj su crvenele rane od opekotina.

— Jesam — odgovorio je kašljući.

Jak, gust dim, od kog se nije moglo disati, ispunjavao je prostor. Nesnosan, opojni miris uvukao im se u pluća i nozdrve, drastično im otežavajući disanje i terajući im suze na oči. Temperatura se veoma brzo podigla do granice podnošljivosti, kao da su se našli pored peći za livenje. Vazduh ispunjen teškim mirisima izazivao je odvratnu iritaciju i grebao im pluća kao da su progutali brusni papir. Nekako su se pridigli.

Stepenice koje su vodile u prizemlje bile su porušene. Ležali su na gomili šuta i kamenja. Polako su se vukli ka onome što se nekada zvalo hol za prijeme, osećajući veliku teškoću u leđima i nogama. Zagušljiv dim postajao je sve gušći. U holu, gde se nalazio pult za prijeme, taj deo sada je bio pretrpan kamenčinama i popadalim gredama. Na ulazu je zjapila ogromna rupa, jer je gotovo ceo prednji deo bio odvaljen. Temperatura je postajala sve jača i osećali su kako ih peče po obrazima i izloženim delovima tela. Gomila zgužvanog lima gorela je jakim intenzitetom, praćena sporadičnim manjim eksplozijama, a vrelina je bila do granice topljenja, dok im je istovremeno gust dim potpuno zaklanjao pogled na manje od jednog metra. Jedino su mogli između sebe da se vide, jer su išli jedan pored drugog.

Kada se dim malo razgrnuo od vazduha koji je strujao iz probijene rupe na ulazu i oči se malo priviklo na njega, videli su da gaze po telima „Jurišnika". Pored nekih tela oboleli su klečali i rastrzali ih kao divlje životinje, mučeći se sa pancirom i debelim slojevima odeće. Deo tog gnusnog prizora dešavao se i napolju. Iznenada je jedan pucanj odjeknuo kroz zavesu dima. Zatim tresak o pod koji je bio pun sitnih kamenčića.

— Hej! — začuo se slabašan, i od gomile prašine hrapav glas.

Skroz desno od njih sasvim usamljen i priklješten gredom ležao je Karlos, držeći pištolj u ruci. Pored njega ležao je zombi koji se još uvek trzao od metka u glavi, pošto ga je komandant ubio.

— Pomozite mi! — promrmljao je nerado Karlos, teško dišući zbog ogromnog tereta na grudima.

Edvard je trenutak razmislio. Karlos je za njega bio obično meksičko ženskaroško đubre, koje je imalo nasilničku prošlost, najobičniji arogantni skot, koji koristi položaj u zatvoru da demonstrira silu i iživljava se nad zatvorenicima. Po njemu, kopile koje ne bi mnogo načinilo štete kada bi umrlo.

— Da ga pokupimo? — pitao je Sten.

— Ma, pusti stoku neka umre — odbrusio je Edvard.

— U nezgodnoj smo situaciji, ne možemo sami da se probijemo. Potrebni su nam svi koji mogu da drže oružje — ubeđivao ga je Sten.

Jaukanje je opet počelo da nadjačava zvuk plamena i pucketanje zapaljenih greda. Edvard se razvrtao okolo, ali zaista su svi bili mrtvi. Nije bilo nikog ko bi im se mogao naći pri ruci osim njih dvojice, koji su pukom srećom ostali živi, samo zato što ih je Karlos ostavio na stepenicama do kojih detonacija nije stigla. Edvard je nerado priznao sam sebi. Karlos im je možda nenamerno spasio život. Jedina alternativa tj. jedina osoba na koju se mogu pouzdati, iako je, možda, poslednja koju bi on lično izabrao bio je upravo Karlos.

— Ako me još jednom udari, zaklaću ga sopstvenim zubima — promrmljao je namrgođeno Edvard i pošao prema Karlosu.

Zauzevši obe strane pored komandanta „Jurišnika", zatvorenici su zajedničkim snagama pomerili i zbacili tešku gredu sa Karlosovih grudi. Poduprt dvojicom zatvorenika nekako se pridigao na noge.

Nije bio preterano krupan, ali je bio ekstremno žilav i bio u stanju da izdrži ono što mnogi ljudi ne bi mogli ni zamisliti.

Par izranjavanih ruku se pojavio kroz veliku rupu u zidu, a za njima iz gustog oblaka pepela i prašine izvirilo je jezivo unakaženo lice jednog od „Jurišnika". Karlos je pucao u momentu dok su ga Sten i Edvard postavljali na noge i zombi se s rupom u čelu lagano spustio na zemlju.

— Još ih dolazi! — rekao je Karlos. — Moramo da se probijemo kroz dim!

Sva trojica gušili su se kašljući od jakog dima, koji je kružio po sobi. Prema koracima zaključili su da ih je još nekolicina napolju, ali nisu delovali kao da će navaliti unutra. Držali su se što dalje od goruće cisterne, ali iako maksimalno udaljeni od nje, temperatura od zapaljenog goriva i isparenja pomešanog s vlagom izvan, bila je kombinacija koja je teško podnošljiva za ljudski organizam. Bio je to otrov za pluća, koji je strujio vazduhom.

Karlos je menjao okvir, ali iznenada je osetio jak stisak oko članka. Ruka koja je izvirila iz gomile kamenja čvrsto ga je držala za nogu. Nešto dalje odatle, režanje i siktanje se oglasilo od jednog pripadnika „Jurišnika", koji se iznenada aktivirao, iako usmrćen fatalnim ujedima. „Jurišnik" bez šlema se batrgao, zatrpan komadima plafona, ali ih je naposletku lagano zbacio i ustao. U očima mu je blesnula bolest i sa lica su mu padali sitni kamenčići. Tekle su mu bale i ispuštao je zastrašujuće jauke sa krvavog i izranjavanog lica. Za njim, jedan po jedan, „Jurišnici" su počeli ustajati, pokazujući to bolesno zelenilo u očima i izdužena mrtva i beživotna lica. Karlos je užasnut pokušao da izvuče nogu, ali stisak oko nje je bio jak, a vođa „Jurišnika" nije više imao snage. Telo mu je bilo zdrobljeno i uništeno. Jedva se držao na nogama.

Panično je pokušavao da otkopča futrolu u kojoj je imao rezervne okvire, kako bi jedan ubacio u pištolj, ali je pucanj odjeknuo pre toga i monstrum je legao pored Karlosove cokule, ispuštajući mlaz krvi iz usta i puštajući njegovu nogu. Sten je ispalio hitac i spustio pištolj, kada je monstrum bio zaista mrtav.

Kamenje i šut po podu počelo je da mrda i da se pomera, kao da je oživelo. Kada su se komadi plafona razmakli ispod njih, počeli su da ustaju pobijeni „Jurišnici" kao da ih je Stenov hitac probudio. Panciri su im sada labavo visili sa tela, kao posledica trzanja i rastezanja, oštećene baterijske lampe treperile su sa uniformi, a crne bluze i rukavice bile su pocepane. U ovom drugom životu koji su živeli ništa im od te opreme neće više biti potrebno.

Karlos i dva zatvorenika počeli su da gegaju ka izlazu, zaobilazeći kamenčine i prevrnute klupe, pokušavajući da što pre napuste poprište buđenja obolelih „Jurišnika" i bežeći od mogućnosti da se desi još koja sporadična eksplozija.

Napolju su se među zombijima šetali i „Jurišnici", pretvoreni od katastrofalnih rana i ujeda, koji su pokušavali zadržati obolele ispred ulaza u bolnicu. Videli su i cisternu koja je gorela zakucana i zgužvana unutar zgrade. Bolesni izgled Karlosovih nekadašnjih saboraca i zastrašujući zvuci terali su ih da ne misle ni na umor ni na povrede, već samo da se kreću izbegavajući te slike živog užasa, koji su mogli pojmiti samo u filmovima. Masa se teturala oko vojnog kamiona, kojim su se dovezli do ambulante. Jedan hitac aktivirao bi ih momentalno, kao roj pobesnelih stršljena.

— Mnogo ih je oko vozila — zaključio je Karlos. — Ne možemo tim putem da se probijemo.

Dok je Karlos to govorio, Edvardov pogled je lutao. Opruženi „Jurišnik", koji je ležao na pločniku, bio je usmrćen ujedom za vrat. Iz te rane krv je istekla i napravila baru. Međutim, nije Edvarda interesovalo beživotno telo jednog od mnogih nesrećnika, već ono što je u svojoj desnoj ruci držao. Bila je to jedna od standardnih Benneli sačmarica koje je formacija „Kargadoresa" posedovala u svom skladištu. Ipak, nije bio siguran da li je „Jurišnik" zaista bio mrtav. Znao je odlično da nisu potpuno mrtvi i prestao da veruje u smrt kao kraj života. To verovanje prestalo je onog trenutka kada je iz svoje ćelije video da je usmrćeni zatvorenik, kog je ubio Onaj Pod Maskom, ustao sa nosila i zgrabio lekara pored sebe. Potom je ubio i uspaničenog čuvara početnika, koji se našao u blizini. Potom je čitav haos krenuo i na nekoliko drugih mesta, gde su se oboleli zatvorenici našli. Slušajući to svoje iskustvo, kao neku vrstu upozorenja, Edvard, iako ga je mamila puška pored koje bi se osetio sigurnije, ipak se dvoumio da li da priđe ili ne. Onda je presekao. Šta će biti neka bude! Nije želeo da je ostavi. Želeo je to oružje za sebe.

— Kuda onda? — upitao je Sten pomalo nervozno.

— Kapija... — odgovorio je Karlos, a potom se osvrnuo. — Edvarde, šta radiš?

— Treba nam oružje — odvratio je.

Čim je načinio par koraka i dohvatio kundak, kao po očekivanju, „Jurišnik" koji je spokojno „počivao u miru" otvorio je oči iz kojih je blesnulo prepoznatljivo zelenilo u beonjačama. Podigao se u sedeći položaj i pogledao paralisanog Edvarda, pokazujući mu zube. Potom je odjeknuo pucanj i „Jurišnik" se vratio u prvobitan ležeći položaj.

— Uzmi municiju, kad već to radiš. Za opasačem mu je — sumorno je dobacio Karlos, osvrćući se. Lica koja su zatupljeno zverala u pod odmah su se okrenula za pucnjem i pošla ka njemu. Parovi zelenih očiju u neverovatno malom vremenskom razmaku su se okupila i krenula.

— Edvarde, požuri! — povikao je Sten.

— Evo, skinuo sam — rekao je Edvard, omotavši opasač „Jurišnika" oko ruke.

— Moramo ručno otvoriti kapiju, inače nam nema spasa — rekao je Karlos.

— OK, idemo tamo onda... skakaćemo preko zida ako treba — složila su se obojica.

Krenuli su ka prvom slobodnom prostoru u krugu ambulante. Pucali su na četiri-pet zombiolikih, koji su im se našli na putu, pogađajući ih precizno u glavu. Karlosovi hici nisu promašivali mete. On je zaostajao za zatvorenicima, jer je bio povređen. Sve više zombija pojavljivalo se iz tame, iza zamračenih uglova, iz senki pomoćnih zgrada, iza kontejnera i iza prevrnutih vozila. Horor slike sitnih zelenkastih očiju, koje se pomaljaju i cakle iza svakog ugla, povećavale su im puls gotovo do granice neizdrživog, dok su bežali kroz krug zatvora, praćeni bolesnim pogledima.

Edvard se znojio. Ruke su mu se tresle, očajnički stežući komad gvožđa i drveta koje je bilo jedino što stoji između njega i čitavog ludila, koje je zahvatilo „Don Hoze" zatvor, a upravo to drvo i komad gvožđa sačuvaće mu život kroz čitav taj pakao.

Monstruozni čuvar — plavokosa žena je izašla iznenada iza ugla i primetila ga. Oči... Zelene, bolesne zenice susrele su se s njegovima i on se sledio, gledajući u to bolesno zelenilo u beonjačama. Koliko god puta ga video, nije se mogao privići na to. Uvek ga je, izbliza gledano, ta stravična pojava paralisala.

— Sranje, sranje! — panično je podigao pušku i uperio je tačno između te dve bolesne zenice, pokušavajući da okine i raznese joj glavu.

Iako takav, taj izgled devojke, ipak ga je naterao da okleva. Prepoznao ju je, iako su bili u mraku. Bila je to zgodna, ali brutalna plavuša, koju je gledao u zatvoru mnogo puta, slušao njen prodoran glas, uz mnogo psovki i temperamenta i uz čije bi lice noću masturbirao ispod pokrivača u nedostatku drugih zadovoljstava. Nije joj mogao znati ime, nije progovorio ni reč, ali ju je svakako prepoznao i setio se perioda kada ju je žarko želeo, makar za jednu noć, ma kolika bila cena.

Karlos ga je zgrabio za rukav i spustio mu pušku, na čijem okidaču mu se prst ionako paralisao. Izvadio je nož, prišao zombiju i zario sečivo ispod brade nekadašnjoj brutalnoj, temperamentnoj plavuši. Spustila se na zemlju bez jauka.

— Idiote nerazumni! — odgurnuo ga je Karlos u stranu.

Oprezno je privirio, bacivši pogled na prostor između dve zgrade, gde je šetalo i teturalo se na desetine nakaza, odakle je jedna od njih (na Edvardovu žalost baš Brutalna Plavuša) zalutala na otvorenom i koja je tiho ubijena. Edvard je disao duboko, dok su mu suze užasa klizile niz lice.

— Ne upotrebljavaj to sranje na otvorenom. Hoćeš ceo krug da navučeš na nas? — opomenuo ga je Karlos, brišući sečivo od krvi nekim parčetom tkanine, koja mu je virila iz džepa.

Edvard ga nije ni čuo. U glavi mu je i dalje ostala ta neispunjena želja da u svojim rukama oseti Brutalnu Plavušu koje više nema. U vreme incidenta to je bila neproverena, a sada i definitivna činjenica. Ovaj incident zaista je imao visoku cenu. Poput one koja se plaća u ratnoj zoni. Da, da... Baš na to ga je i podsećalo dešavanje u zatvorskom krugu... Na ratnu zonu.

Nastavili su dalje, pokušavajući da privuku što manje pažnje u svom nastojanju da pronađu sklonište od užasa koji je zahvatio čitav krug zatvora. Uzanim prolazom između pomoćnih zgrada provukli su se neopaženo i izašli na čistinu koja je bila, zapravo, teren za rekreaciju. Voda se slivala niz njihova tela, dok je kiša radila svoj nemilosrdni deo posla, ometajući ih dok su se kretali kroz pomrčinu, koja je činila da neki delovi zatvorskog kruga deluju nepoznato i čudno. Zapravo, izgledali su čudno, kao da ih prvi put vide. Tu i tamo po terenu se saplitao poneki zombi, koji sam po sebi kao individualac nije predstavljao neku opasnost. Ipak, odoleli su iskušenju da pucaju u njega dok se teturao oko čeličnog stuba. Najčešće je horda počinjala od jednog-dvojice, a završavala se stotinama.

Stubovi koji su držali koševe imali su krvave obrise. Po klupama su ležali mrtvi čuvari i zatvorenici, ostavljeni poluoglodani da istrule na otvorenom. Gadan zadah smrti i rastrgnutih tela osećao se kroz vazduh koji čak ni obilan pljusak nije mogao da spere, ili bar ublaži. Par vozila, zapaljenih i uništenih, nalazio se kod držača za tegove. Mali kamion, koji je dovozio zalihe, udario je u metalni stalak za tegove od pet pa do trideset kilograma, uz pomoć kojih su štelovali težine za vežbanje. Jedan od čuvara stravično je završio kod suprotnog obruča za košarku, sedeći prislonjen uz njega, dok mu je lice, izbodeno ekserima i obliveno krvlju, bilo svedok kobne i užasne smrti. Nekim zatvorenicima nedostajale su glave; obezglavljena tela ležala su razbacana po blatu. Rez je izgledao kao precizno pretesterisan. Brojna tela otkrila bi se samo kada bi s vremena na vreme reflektor prošpartao tim delom zatvora, praveći svoj uobičajeni, programirani krug. Pokušavajući da ne gleda previše sav taj užas, Karlos je na nekom nižem postolju spazio jedan reflektor koji je radio i nalazio se ograđen metalnom ogradom u obliku kvadrata, na samoj ivici terena za sport i rekreaciju.

— Vas dvojica me pokrivajte. Izvidiću situaciju — rekao je Karlos.

Obojica su poslušala i postavili se leđa uz leđa pored stepenica koje su vodile do reflektora. Komandant je spazio „Jurišnika", videvši da se pored same ograde nalazi i jedan od čuvara kom je lice bilo napola odgrizeno i telo užasno izmrcvareno, a pored nogu ležala mu je puška sa optičkim nišanom. Karlos se sagao da je podigne. Iznenada, i on je doživeo sličnu situaciju kao Edvard. Oči su se iznenada otvorile i presekle ga pogledom. Besan izraz lica. Zenice jarko crvene.

Čuvar je skočio, besno režeći i dohvatio ga za ramena. Karlos je imao toliko prisebnosti da ga zgrabi za vilicu. Njegove kandže mahale su i cepale kevlar kao da je od stiropora, ali srećom nije dohvatio meso. Dok mu je krv tekla iz usta, pokušavao je nazubljenim očnjacima, kao kod ajkule, da ga ščepa za lice. Karlos je poslednjim naporom dohvatio kosu monstruma i snažnim trzajem mu polomio vrat. Zatim ga je bacio preko ograde. Ustao je, brzo otresajući se trenutnog šoka koji ga je uhvatio nespremnog. Bio je previše pohlepan. Video je pušku i odmah posegao za njom. Moglo mu se to osvetiti.

Počeo je reflektorom da šeta po terenu i spazio proređene zombije i dosta prostora između njih. Ipak, nije postojao deo kruga koji nije bio pokriven njima. Teturajuće prilike šetale su, držeći sada apsolutnu vlast u celom zatvoru. Šetale su spremne da na svaki zvuk momentalno reaguju i kidišu. Ali usledila je loša vest. Otkrio ju je kružeći reflektorom od jednog do drugog kraja zatvora. Pošto je znao napamet raspored zgrada, uhvatio je svetlom i kapiju, a ispred nje osvetlio more teturajućih leševa, koji su se oko nje tiskale i kretale. Iako je do sada shvatio da su bezumni, delovalo mu je da čak pritiskaju i lupaju pesnicama o kapiju, kao da žele napolje. Ali kapija je bila dovoljno snažna, napravljena od debelog sloja čelika, kako ne bi popustila pod teretom velikog broja obolelih tela, koja su pak umnogome smetala u slučaju bekstva.

— Do đavola! — progunđao je Karlos. — Loša vest — okrenuo se ka Stenu i Edvardu. — Zaboravite kapiju. Ima ih tuce na toj strani.

— Ne seri! — povikao je Edvard.

— Dođite i vidite sami.

Popeli su se na osmatračnicu pored Karlosa i kada su osmotrili teren, ostali su bez teksta. Horda koja je divljala ispred kapije obojici je ukočila jezike i skoro im ubila svaku nadu u bekstvo.

— Mora da ih je na stotine. Nikad nećemo moći da se probijemo do kapije — izgubljeno buljeći u masu konstatovao je Edvard.

— Nemamo ni vozilo da se dotle probijemo — nadovezao se Sten.

— Možda ga, ipak, negde ima — odvratio je Karlos. Obojica su ga pogledali. Uperio je svetlo dalje od kapije i osvetlio deo zgrade, oko koje je šetalo desetak monstruma.

— Tamo su garaže. Nema ih mnogo u tom delu, a u našem posedu imamo snajper. Počistiću ih odavde koliko god imam municije, a zatim trčimo što brže do njih. Tamo je možda jedina šansa da postoji neko vozilo u ispravnom stanju, a ako nema tamo ćemo se zatvoriti i nadati se da će pomoć uskoro stići.

— Čoveče, već je prošlo pola dana. Ti si gadno povređen, a ako nema vozila, možemo gladni da umremo dok neko dođe, ili da umremo od ovih ovde — pobunio se Sten.

— A i ako dođu, šta te sprečava da nas ponovo vratiš u ćeliju?

Karlos je bio u nedoumici. Dva zatvorenika gledala su ga s nepoverenjem i s pravom su sumnjali. Oni su prestupnici, a on je predstavljao zakon u zatvoru. Delovali su kao da su spremni da ga izrešetaju i nastave sami.

— Slušajte, vratio bih vas svakako da je drugačija situacija, ali zar ne vidite da je sve otišlo do đavola?! — besno je upitao Karlos. — Ovo je neočekivana situacija i moraćete da mi verujete. Imam neke veze u Meksiku i srediću da budete slobodni, ako se izvučemo živi. Ili sudeći po tome da ste me spasili, ovog momenta vas ja lično oslobađam. Siđite sa kule i snalazite se sami kako znate i umete. Dakle, birajte.

Ćutali su neko vreme. Sten i Edvard su se pogledali. Karlos je u neku ruku imao pravo. Odjednom je položaj u društvu, veze, novčana i imovinska moć, uticaj, poznanstva ljudi na visokom položaju, sve je palo u drugi plan i svi su se odjednom izjednačili i pronašli se u jednom zajedničkom cilju: da ostanu živi. One tamo Koji Se Teturaju, ili Obolele, ili Zombije, ili Monstrume, ili kako god ih nazvali... njih nije bilo briga ni za šta i ni za koga... Svi su za njih bili još samo jedan komad mesa. I ništa više.

Toga je bio svestan i Karlos, a i dva zatvorenika pored njega.

— OK, dogovoreno — klimnuli su obojica. — Ali ako me izigraš, lično ću da te ustrelim — zapretio je Edvard.

— Takođe, Negro — odvratio je Karlos i repetirao snajper, tražeći na nišanu prvu metu.

***

Garaža... Bila nam je jedino koliko-toliko sigurno utočište za sada. Ništa nismo govorili međusobno.

Koliko će potrajati mračna predstava nisam mogao da procenim, ali barem me odvukla od svakodnevne rutine brutalnog ubijanja, mučenja zatvorenika i danonoćnog potpaljivanja krematorijuma. Smešna je bila i sama pomisao da tražim išta pozitivno u ovakvoj situaciji, jer pozitivnih stvari nije bilo.

Prava opasnost pretila je i iznutra, isto koliko i spolja. I ja i Majkl bili smo svesni toga. Nije to rekao, ali pročitao sam to iz njegovih očiju. Glad, paranoja, umor, strah... Sve su to bili potencijalni neprijatelji s kojima ćemo se suočiti pre ili kasnije, ukoliko ne izađemo. Osećao sam umor i malaksalost, a Majkl je delovao kao da ne može psihički da podnese ovaj pritisak. Same kosti delovale su teške, kao da su betonske ploče, a samo nas dvojica u takvom stanju nismo mogli mnogo da učinimo povodom ove noćne more. Mogli smo samo da sedimo i čekamo, boreći se protiv sopstvenih najmračnijih misli i monstruma istovremeno. Ovde je ležala neka tajna, koja očigledno nije želela da bude otkrivena. Sada je sve izgledalo kao probuđeno zlo, za koje se moglo čuti samo u pričama i koje mi gledamo i proživljavamo koliko god odbijali tu činjenicu da ovo nije stvarno. Na našu žalost, skotovi sa druge strane vrata bili su tu da nam stave do znanja da smo se prevarili. Bili su opipljiva stvarnost, a ne fikcija. Još uvek nisam mogao da shvatim šta je uzrok, ali nešto mi je govorilo da mi se neće svideti čak i da otkrijem.

Dok je Majkl čuvao stražu, pretraživao sam još jednu prostoriju koju sam pronašao u međuvremenu. Ličila je na neki podrum. Samo, nije mi jasno šta je bila njena svrha. Držali su neki alat, prazne sanduke i kutije i ništa drugo osim toga. Nisam se sećao da je uopšte postojala, ali to nije bilo važno, jer unutra nisam našao ništa što bi moglo koristiti...

Dželat je ugasio baterijsku lampu, popeo se stepenicama nazad i zatvorio vrata. Majkl se oglasio stojeći na merdevinama i osmatrajući kroz prozor.

— Blek! Zombiji padaju!

Isprva mu se učinilo da nije čuo dobro. Prišao je.

— Kako to misliš padaju?

— Mislim da ih neko ubija. Ne vidim odavde.

— Osmatraj i dalje — odgovorio je Blek i izvukao pištolj koji mu je stajao za kaišem.

— Ponovo su uznemireni, ali ne idu ka nama, idu u suprotnom pravcu od nas — rekao je Majkl.

— Čekaj! — zapiljio je još više u daljinu.

— Neko ide ka nama. Mislim da nisu zombiji.

— Kako izgledaju? — pitao je Blek.

— Jedan je visoki crnac sa dredovima, drugi je manji i ćelav, nose zatvorske uniforme. Čekaj... Ima još jedan, ali ne znam da li je vojnik ili policajac. Nosi neki pancir i plavu maramu oko glave. Ne, ne, ovi nisu zombiji definitivno.

Krvnik je na pomen plave marame skockao kiselkastu facu.

— Taj s maramom je „Jurišnik"! — procedio je. — Gde si ostavio kurblu?

— Na radnom stolu — pokazao je Majkl.

Blek je uzeo kurblu i sačmaru sa stola i prišao vratima.

— Dođi ovamo i otvori im. Ja ću te pokrivati — rekao je dželat.

Majkl je brzo skliznuo niz merdevine i uzeo alat.

***

... Zakrvavljene čeljusti zjapile su iz mraka na preživele zatvorenike. Sten i Edvard trčali su kroz pakleni vihor, ne želeći da se osvrću. Edvard je pumparicom oduvao zombija ispred sebe, koji je stajao otprilike nasred betonske staze. Prolazili su pored starog viljuškara. Iza njih je nešto sporije dolazio Karlos sa pištoljem u ruci i snajperskom puškom na leđima. Držao se za stomak, na mestu gde se jasno videlo da se krv neznatno crvenela na uniformi.

— Tamo, niz stazicu — pokazao je Karlos, pokušavajući da dođe do daha. Pojurili su njome i našli se u dvorištu koje je otkrivalo na desetine mrtvih, pobijenih mahom od metaka u glavu. Ta slika dala im je ohrabrenje, jer oboleli nisu znali da pucaju. Neko je tim pravcem već prošao. Tek nekolicina obolelih, koja je bila u blizini, ih je primetila i krenula.

— Sve su zatvorene — rekao je Edvard. — Kako ćemo da uđemo?

Karlos je znao napamet gde stoji kurbla, ali kada je došao do viljuškara i kada je zavukao ruku iza sedišta, nje nije bilo.

— Užas! — progunđao je pljujući.

— Evo ih, dolaze — povikao je Sten, dok se brzo okretao sa svih strana.

Nekolicina zombiolikih zatvorenika pomaljala je svoja odvratna lica iza ugla zgrade i mumlala, teturajući se ka preživelima.

— Karlose, požuri, okupljaju se! — vikao je Edvard.

— Kurbla nije ovde — povikao je Karlos. — Mora biti tu negde, bez nje ne možemo da uđemo.

— I to tek sad kažeš? — urlao je besno Edvard. — Kako ćemo sad da uđemo, kretenu jedan?

Iz pravca kojim su došli počeli su se grupisati monstrumi koji su ih jurili. Konture koje su se ocrtavale sve više su ispunjavale koliko-toliko vidljiv prostor ka terenu za rekreaciju. Sve se više zelenkastih zenica caklilo u mraku. Prvi zombiji stigli su do njih, prišavši sa njihove desne strane. Trojica preživelih počela su na njih pucati, videvši da im druge nema.

Hici su ih pogađali u gornji deo tela i u ramena, jer dva zatvorenika nisu bila neki naročiti strelci.

Kada bi prišli previše blizu, obarali su ih hicima u glavu. Bežeći unazad naleteli su na bizarnu sliku, koja je otkrivala tela i tela mrtvih monstruma, koji su buljili negde u vis, iskeženih lica. Već su bili pobijeni. Velika masa ih je potiskivala unazad, ka zidovima. Zevajući i jaučući nemilosrdno su prevaljivali te poslednje metre, posle kojih će ščepati žrtve. Za tili čas oko garaža se okupilo preko pedeset obolelih. Monstruozne ruke su se pružale ka njima, dok su ih pucnji naprosto dozivali, kao signalna pištaljka. Monstrumi su bili uznemireni i halapljivo nadirali, dok su tri očajnika pucala u gomilu, nadajući se da će se desiti čudo koje će ih izvući.

— Edvarde! — vukao ga je Sten za rukav.

Crnac je urlao, dok je njegova sačmara grmela.

— Edvarde!

— Šta je? — odazvao se i to u pauzi dok je ubacivao novu sačmu.

— Otvaraju se vrata!

I Karlos i Edvard bacili su pogled iza sebe i zaista, vrata garaže lagano su se podizala, dok se s druge strane čuo nečiji glas.

— Ovuda ! Ulazite brzo!

Sva trojica su prestala da pucaju i čim su se vrata podigla pola metra od zemlje, odmah su počeli da puze unutra.

***

Zadihani i prestrašeni Sten, Edvard i Karlos pokušavali su da uhvate dah pod okriljem garaže, još uvek ne videvši ko ih je spasio.

— Sad ste na sigurnom — rekao je Majkl.

— Hvala, čoveče, dužnik sam ti.

Blek je mirno posmatrao situaciju, prekrštenih ruku, naslonjen na radni sto.

... Dva zatvorenika i Karlos. Nije bilo nešto na šta se čovek mogao preterano osloniti, ali je, ipak, bilo nešto za početak. Trebalo je da znam da će dupelizačka gnjida, kakav je bio Karlos, preživeti i ovako nešto. Ma kakvi! Mislim da bi i nuklearni rat preživeo i mutirao gore nego bubašvaba. Nije me mnogo voleo, a iskreno nisam ni ja njega, pa mi je sve ovo ličilo na rijaliti horor šou u kom su sastavljeni svi oni koji očima međusobno ne mogu da se vide, dok se bogate, debele bitange naslađuju u nekoj VIP-loži, duvaju pozlaćene tompuse od 500 $ i gledaju ovo ludilo, kladeći se svako na svog konja. Ali to sam bio samo ja i moje bolesne fantazije. Stvarnost je, verovatno, bila mnogo gora od toga.

Konačno su se malo pribrali i pogledali oko sebe gde se nalaze.

— 'Ej, pa to je Onaj Pod Maskom, onaj što ubija zatvorenike — pokazao je Edvard na Bleka. Dželat je ćutao.

Sten mu se nije obratio, jer je jednom već osetio na sebi bes maskiranog čoveka. Znao je da je lud i nepredvidiv, kao što su glasine među zatvorskim zidinama kružile. Nije se usuđivao da mu se obraća.

— Jesi li našao još nekog? — pitao ga je Karlos.

Dželat je odmahnuo.

— Samo njega — pokazao je na Majkla.

— Svi „Kargadoresi" su gotovi, a ne znam hoće li biti neke intervencije spolja — rekao je Karlos.

— Kako stojite s municijom?

Dželat je pokazao ka drugom radnom stolu.

— Pet okvira za pištolj i sačmara.

— I kod nas jedan snajper, dva pištolja i sačmara.

— Neće nas to daleko odvesti — negodovao je dželat.

— Imaš li onda neki plan?

— Planiram usput — odvratio je dželat. — Ti si ovde mnogo duže od mene. Trebalo bi da znaš bolje.

— Samo prema kapiji, ali tim putem nikako ne možemo. Preplavljen je prilaz onim nakazama.

Karlos je razgledao oko sebe.

— Neko vozilo?

Dželat je zloslutno odmahnuo.

— Samo krševi. Ništa od ovoga nije u voznom stanju.

— Biću kod prozora, ako zatrebam nekom — javio se Majkl i izgubio se u susednoj prostoriji.

— Ništa odavde ne možemo učiniti — konstatovao je Karlos. — Možemo samo da se nadamo da će neko primetiti ovaj haos i uspostaviti red.

— Ti stvarno veruješ u to? — nadovezao se Edvard.

Karlos je zaćutao na trenutak.

— Naravno da ne — odmahnuo je crnac, odgovorivši umesto njega. — Bio si ubeđen da imamo ovde prevoz i prešao si se. Sad pričaš o nekom spasavanju. Koja je sledeća priča koju ćeš da nam serviraš?

Blek je posmatrao sve to skrštenih ruku i stajao nepomično kao voštana lutka.

Karlos je zakoračio korak ka Edvardu.

— Misliš da sam lagao? — pitao je.

— Mislim da si se uplašio i ne znaš šta da radiš. Izgubio si se kad su ti pajtosi izginuli — podrugljivo je odvratio Edvard.

— Je li? Deluješ kao da imaš još nešto da mi kažeš u lice, crnčugo smrdljiva, zato ajde reci — prišao je Karlos sasvim blizu, postavljajući lice ispred Edvarda i očekujući da ga crnac udari.

— Reći ću ti ko je crnčuga — procedio je Edvard i podigao pumparicu. Trebalo je da je repetira, ali jedan zvuk ga je pretekao i oglasio se pre tog grandioznog repetiranja, posle kog će uslediti pucanj. Zvuk škljocanja, koji je došao sa njihove leve strane, sa koje se nalazio radni sto.

Blek, koji je stajao nepomično, sada se potpuno neprimetno, iznenada aktivirao i neobjašnjivom brzinom uperio pištolj u pravcu obojice.

— Još jedna reč i obojica dobijate po dva u glavu, pre nego što shvatite šta vam se desilo. Izgleda da ste zaboravili koje sam zaduženje imao u ovoj rupi.

I Karlos i Edvard su zaćutali.

Video sam nelagodnost u očima obojice. Znali su šta ih čeka. Obojica su bili svesni da sam brži od njih, čak i u ovim godinama i da ću ih pobiti za najmanji pogrešan potez. I nisam blefirao. Bio sam spreman na to, jer sam i previše puta okrvavio ruke da bih razmišljao o tome ko je sledeći. Jednostavno, nije bilo važno. Svi su bili isti za mene.

Meso za odstrel...

Edvard se udaljio od Karlosa.

— Jebi se, govno rasističko! — gunđao je, dok ga je Sten odvlačio u drugi ugao.

Karlos je, takođe, spustio pištolj i povukao se. Majkl je došao iz susedne prostorije, čim je začuo viku i zatekao Bleka kako drži uperen pištolj.

— Hej, smiri se! U redu je! — pokušao je da smiri situaciju.

Dželat je spustio pištolj.

— Kreteni nisu još uvek svesni šta ih je snašlo — promrmljao je Blek. — Ko zna iz kojih rupa su ih iskopali.

— Ej, seronjo, nisam ja iskopan ni iz kakve rupe — brecnuo se ponovo Edvard i krenuo ka dželatu. Blek je ignoriosao dobacivanje. Sten ga je zadržao.

— Nego odakle si onda došao? — pitao ga je Majkl. Sten je nešto šapnuo crncu u uho. Zastao je na trenutak.

Edvard se malo ohladio i duboko uzdahnuo.

— Bronks — tiho je promrmljao. — Bronks, okrug Njujorka. Tamo sam i odrastao.

— A kako si dospeo ovde? — radoznalo je upitao Majkl.

— Ja... Morao sam da radim nešto, znaš... Živeo sam samo s kevom i bila je bolesna, a Bronks je bio siromašan i opasan kraj. Morao sam da radim bilo šta da zaradim kintu za njene lekove, jer nije imala ni zdravstveno.

Edvard je seo na jednu od stolica.

— Isprva sam radio samo s malim količinama. Koliko da zaradim. Onda me lova povukla. Radio sam sve krupnije i veće kombinacije. Imao sam lovu, ribe, dva auta, oružje, zlato na sebi, kupio kuću.

— Sve to krvavim novcem — dodao je dželat.

— To nema nikakve veze s ovim — rekao je Karlos.

— Ima — ispravio ga je Edvard. — Imao sam kombinaciju u Meksiku. Posao da obezbedim i sebe i kevu do kraja života. Roba je dolazila direktno iz Kolumbije i preko Meksika pravo na ulice Amerike. Povezao sam se s jednim tipom i posle toga je usledila sačekuša u nekoj izolovanoj zabiti i našao sam se ovde. Više ne znam ništa.

— Mad Diablo! — polušapatom je izgovorio dželat.

— Kako si znao? — iznenađeno je upitao Edvard.

— Imam svoje izvore — odvratio je Blek, gledajući u pod.

— Sten je završio na sličan način — rekao je Edvard. — On je prodavao automobile na crno. Vruća roba, ali kvalitetna. Radio je samo sa prefinjenim modelima. Ali to je krađa. Nikog nismo ubili.

— Nije čak bilo nikakvog suđenja. Direktno smo prebačeni ovde — dodao je Sten.

Karlos, a zatim i zatvorenici su pogledali u Majkla. On je odmah znao šta će ga pitati.

— Ja sam turista — mirno je izjavio. Svi su se zaprepašćeno pogledali između sebe. Čak i dželat, koji je uvek bio hladan kao kamen, nije mogao ostati ravnodušan i podigao je pogled ka Majklu. Nije ni sam mogao da poveruje u to. — Bio sam sa ocem na odmoru u Meksiko Sitiju i tamo sam kidnapovan u hotelskoj sobi. Ovde smo završili i otac i ja, a oca su mi već ubili.

Pogled...

Optužujući pogled Majkla pao je na mene u tim momentima. Nije morao ništa da mi kaže, razumeo sam sve kada me je pogledao. Duša njegovog oca ležala je na mojoj savesti i tu činjenicu nisam mogao da negiram. Ali ono što samo mogu da upitam jeste koliko očeva, koliko majki, braće, sestara, koliko žena u Avganistanu koje su kopilad koristila kao živi štit? Koliko samo?! Ne mogu više ni da ih izbrojim, niti želim to. Ali znam jedno da kad god sklopim oči oni su tamo, stoje i gledaju me istim optužujućim pogledima kao Majkl. Svi upiru optužujući prst u mene. Stavljaju mi do znanja da ću im se pridružiti. Zašto? Zašto Donosioče Smrti? Ponekad čujem njihove glasove, koji me to pitaju i sam ne znam zašto sam ih pobio. Za nečiji interes? Za svoju naciju? Zato što volim svoju zemlju? Zato što verujem u slobodu? Zato što će svet biti bolje mesto kad njih ne bude bilo? Ne! Nisam siguran ni u šta od toga. Mrtvi su, ali me ne ostavljaju na miru i kad su mrtvi. Koliko god želeo da ova situacija s hodajućim mrtvacima bude samo loša halucinacija u našim glavama, ipak je bila stvarna. A ja sam morao da se priberem.

— Ma daj, i u zatvoru si, jer si samo došao na odmor? — pitao je Edvard.

— Kao što vidiš. Nismo počinili zločine za električnu, a ipak nas ubijaju ovde — rekao je Sten. — Ovaj mali samo je putovao, a ovde je među nama, koji zločin je počinio? Što je na odmoru?! Nisam pravnik, ali poslednji put kad sam proverio, to nije bio zločin.

Majkl je izvukao nešto iz džepa. Razmotao je šareni, glatki papir, tj. tanku knjižicu na čijoj prvoj strani je stajala slika — zalazak sunca, suncobran i bazen okružen zelenilom, iza kog se nalazila otmena bela zgrada.

— Ovo je prospekt hotela u kom sam odseo. Čim smo ušli u sobe, napadači su nas zaskočili i uspavali nas — objasnio je momak, dok su ostali bacili pogled na pamflet hotela.

— Očito je da niko od nas ovde nije izvršio krivično delo za smrtnu kaznu. Zašto smo onda ovde uopšte? — pitao je Sten.

— Zato što je zatvor samo paravan. Mora da izgleda kao zatvor — mirno je konstatovao dželat. — On sigurno zna više o tome — pokazao je na Karlosa. Svi su potom pogledali u komandanta „Jurišnika". Edvard je među prvima skočio.

— O čemu on govori?! Karlose, šta ti znaš o ovom sranju?! — dreknuo je Edvard.

— Ja? O čemu pričaš? — zbunjeno je upitao Karlos. — Ne znam ja ništa o tome.

— A glavnokomandujući si svih „Jurišnika" — oštro ga je pogledao Blek. — A i dalje se praviš naivan? Hajde, reci im ono što ne znaju. Otkrij im tajnu s kojom će ovde i umreti.

— Kunem se da ne znam. Zar bih u ovakvoj situaciji gledao sebe?

— Ne bi me čudilo — cinički je odvratio dželat. — Dobro znaš šta sam ja video i šta si ti video tamo, šta god da ste mutili, nije vam se isplatilo.

Karlos je zaćutao i pokušao da se priseti.

— Video sam neke koji su ličili na naučnike, ako na to misliš, ali ne znam ništa o tome. Nisu mi dozvolili ni da im priđem.

— Naučnici? — pitao je Sten. — Šta je onda ovo?

— Zatvor sigurno nije — progunđao je Edvard.

— Ćutite — zašištao je Majkl. — Slušajte ovo — pokazao je ka napolju.

Svi su ućutali i oslušnuli.

Kao u horu jauci su odzvanjali dvorištem, ali delovalo je kao da se pojačavaju svake sekunde. Majkl je otrčao do merdevina i popeo se uz njih.

— Bože! Deluju uznemireno i okupljaju se oko garaže — drhtavim glasom je rekao Majkl. — Ima ih mnogo...

Majkl je ponovo dobio onaj prepoznatljiv izbezumljeni ton. Iznenada, čula se buka i unutar garaže. Zvuci u vidu obaranja predmeta i lomljenja stakla, dolazili su iz nepoznate prostorije, koja je ličila na podrum i koju je Blek proverio, pre nego što se Karlos sa zatvorenicima pridružio. Zvuk rušenja — kao da je sa police palo nešto lomljivo.

Svi su zgrabili oružje sa radnog stola. Majkl je skliznuo sa merdevina i pribio se uz dželatovo rame, koristeći ga bukvalno kao zid. Sve cevi bile su uperene u ta vrata, uprkos rulji koja se okupljala sa spoljne strane. Napetost je rasla. Jaukanje iza garažnih vrata bilo je sve jače i nesmanjenom brzinom povećavalo tenziju. Jedna kap znoja skliznula je sa Stenovog lica.

Konačno, šarke su zacvilele i vrata su se lagano otvorila.

— Ko je tamo?! — pitao je Karlos.

— Ne pucajte, preživeli idu — začulo se s druge strane.

— Da vidim ruke! — naredio je Karlos.

Tanka ruka sa oštrim lakiranim noktima pojavila se na vratima podignuta u vazduh. Za njom žena, a za njom muškarac sa podignutim rukama. Blek je delovao iznenađeno i zaprepašćeno. Oboje su bili odeveni u bele laboratorijske mantile i nosili su ID kartice na grudima. Žena je imala plavu kosu umotanu u punđu i naočare sa tankim, prozirnim staklom, koje su joj davale onu intelektualnu crtu, imala je oko tridesetak godina i bila dosta visoka, dok je muškarac bio nešto niži, crne kose vezane u rep.

... Te oči, lice, bili su mi poznati, ali možda me je svest varala, jer sam dosta pio i uzimao lekove. Nisam bio siguran da li sam je

negde video, ali izgledala mi je veoma poznato. Bila je sigurno među naučničkim gadovima koji su nešto radili u zatvoru u momentu kada sam ih opazio u hodniku. Video sam nešto što nije trebalo da se vidi i što nije trebalo da se zna. Sada su bili uhvaćeni na delu i iznenađeni. Monstrumi s jedne strane, moj pištolj s druge strane. Nije bilo čuvara da ih zaštite. Nije bilo „Jurišnika", osim jednog patetičnog pacova s moje desne strane. Nisu imali kud...

Oboje su držali ruke u vazduhu.

— Ne pucajte, molim vas! — rekla je žena. — Mi nismo monstrumi!

Oružje je bilo spušteno vrlo brzo. Ipak skoro sve.

— Šta ste radili sa zatvorenikom, kad sam vas video? — pitao je Blek i dalje držeći uperen pištolj u njih.

— Ja ne znam o čemu govorite — rekla je naučnica.

— Ne pravi se glupa. Kako ste ušli ovuda? — pitao je dželat.

— Blek, spusti pištolj! — naredio je Karlos.

— Umukni! — procedio je Blek.

— Tamo nema ničega, nikakvih vrata, već sam proverio. Kako ste ušli u tu prostoriju? — tiho i uznemirujuće mirno je postavio pitanje dželat. Čelični pogled bio je uperen u naučnika s kosom vezanom u rep. Pištolj je škljocnuo. Čelo zbunjenog muškarca stajalo je na nišanu pištolja. Čovek pod maskom nije se šalio.

— Gospodine, ja ne znam o čemu govorite — odgovorio je naučnik pomalo drhtavim glasom.

— Spusti pištolj, *maldito!* — viknuo je Karlos i ščepao dželata za ruku. Ovaj je naglo istrgao ruku i udario Karlosa laktom po licu.

— Ruke s mene, šljame! — režao je Blek, oslobodivši delić agresije koja se neko vreme sakupljala u njemu.

Oboje naučnika delovali su uznemireno.

— Čoveče, unosiš paniku. Spusti pištolj — rekao je Edvard, ali se nije usuđivao da mu priđe.

— Reći ćete sada istinu, ili ostati ovde. Niko ne ide nigde, dok se neke stvari ne razjasne — tiho je preteći rekao Blek a potom samo glavom pokazao iza sebe. — Naši prijatelji tamo provaliće svakog trenutka. Vi ste ovde neki intelektualci, što znači da vi imate i objašnjenje za ovo napolju. Dakle, neću vam ponavljati pitanje i nemate puno vremena.

— Skote bolesni, ubiću te! — drao se Karlos iz pozadine, dok mu je iz nosa curila krv. Sten ga je držao, kako ne bi nasrnuo na dželata.

U tom trenutku odjeknuo je snažan tresak o vrata garaže. Svi su prestrašeno poskočili. Ponovo je usledio tresak. Vrata su se ulubila. Svi su počeli panično da se deru i postavljaju zbunjena pitanja.

— Sranje!

— Šta je ovo?

— Jebeni mostrumi će provaliti unutra! — vrištao je Majkl.

Jauci su se sada jasno čuli. Udaranje i grebanje o limenu površinu bilo je sve jače i agresivnije. Kao da su rešili da se po svaku cenu probiju unutra, dok su se vrata talasala od pritiska i udaraca. Zapomaganje i mumlanje, pomešano sa frenetičnim režanjima, dovodilo je situaciju do usijanja, a samo usijanje došlo je vrlo brzo, već za nekoliko sekundi.

Kroz vrata je prošlo sečivo. Veliko sečivo probilo je debeli lim garažnih vrata i čitavih pola metra izašlo s druge strane.

Vratilo se zatim nazad. Ponovo je napravilo još jednu rupu. Treći put sečivo je probilo rupu, praveći trougao od njih u razmaku od oko metar i nešto. Rupe su bile većeg obima. Čovek osrednje građe mogao bi kroz njih provući ruku. Ubrzo je usledio strahovit tresak, od kog je ceo komad lima izleteo i srušio se na pod, a kroz rupu je ušao napadač.

... Priznaću: za trenutak sam se sledio. Bio je to luksuz koji sam retko kad mogao sebi da dozvolim. Jebena noćna mora stupila je u garažu...

Monstrum je bio visok preko dva metra i imao veoma mršavo telo, ali nabreklo od vena i mišića. Oči su mu bile krupne, bezbojne i bez zenica, a telo unakaženo rezovima i šavovima. Jedna ruka bila mu je krupna kao lopata, ali koliko-toliko normalna, a druga je imala nastavak u vidu nekog ogromnog povijenog sečiva od oko jednog metra, dovoljno jakog, debelog i oštrog da njime ubija ajkule. I to one najveće.

Na glavudži je imao bolesno iskežena usta, a na ustima su se jasno videli oštri zubi, gusto nazubljeni, kao kod neke džinovske pirane.

Monstrum je zašištao, a zatim se dao u trk. U dva koraka pretrčao je skoro pola garaže. Tek tada su usledili pucnji.

Blek se trgao i prvi opalio hice, a zatim je za njim krenula haotična vatra iz sveg oružja. Pucali su mahnito, sipajući sve na iznenadnog ogromnog napadača.

Monstrum je zakreštao i usporio, jer ga je silina i količina hitaca neznatno zaustavila. Grunula je pumparica. Silina udara je monstruma vratila unazad, korak unazad. Edvard je repetirao i opalio ponovo. Monstrum je mahao sečivom oko sebe, krešteći i rušeći police po garaži. Edvard je opalio i treći put, repetiravši pumparicu i monstrum je pao na kolena, zadržavajući se na svom veštački izraslom oružju.

Vatra je utihnula, jer su svi ispraznili pištolje i puške u nepoznato stvorenje. Neki su panično, neki su smireno ubacivali nove okvire. Usledila je serija zvukova klizanja i proklizavanja starog okvira i škripe novih, dok je ranjeno čudovište naizgled delovalo onesposobljeno. Ali ono je posle kratkog predaha napravilo iznenađenje. Kao da ništa nije palo po njemu, opet je ustalo i za sekund se našlo na nogama, užasno zapomažući, dok mu se krv cedila između zuba. Zakoračilo je ponovo napred, ali je odjednom iza leđa Karlosa i dželata odjeknula složna i rafalna paljba. Naučnici su se umešali, pucajući iz heklera koji su im bili ispod mantila, viseći im na kaiševima oko ramena i koje niko nije primetio. Izranjavano i povređeno čudovište nije imalo više snage da se probija kroz kišu metaka i palo je na kolena, dok je Edvard ponovo grunuo iz puške. Monstruozni džin je konačno pao i na leđa, ponovo odbačen silinom pumpraice, ali nije ostao naivan. Jednu kofu punu neke tečnosti probio je šiljkom, a potom je odlučno i neverovatnom silinom zavitlao ka paru naučnika. Kofa ih je pogodila i odbacila neki metar dalje, razbijajući ih kao čunjeve na kuglanju. Monstrum je brzo iskoristio momenat da ustane i za svega nekoliko trenutaka ponovo je bio na nogama. Njegove oči i glava brzo i hiperaktivno su se pokretale, kao da skeniraju čitav prostor i žrtve u njemu.

— Razdvojite se! — povikao je naučnik, pokušavajući da vrati nazad svoje naočare, koje su mu ispale.

Istog trenutka Blek, Sten, Edvard i Karlos raštrkali su se u različitim pravcima. Monstrum je švrljao pogledom i samo za trenutak se zbunio, videvši raštrkane mete. Ali jedna je stajala ukočeno. Gotovo paralisano. Majkl. Monstrum je krupnim koracima pojurio ka Majklu.

— Beži! Majkl! Beži od njega!

Edvard je bio najkrupniji među njima. Njegov prodorni glas probio je tu parališuću barijeru, zbog koje bi ga raspomamljeni i ranama iznervirani monstrum verovatno isekao nadvoje. Videvši najzad da čudovište divlje nasrće na njega pojurio je nazad. Začula se pumparica. Jedan hitac iskopao je beton između njegovih stopala, drugi ga je pogodio u nogu, ali njegov nadljudski nataložen mišić nije to ni osetio. Niz stolova — to je ono ka čemu je Majkl trčao. Skočio je kao da skače u bazen i zaronio ispod stolova, rizikujući da razbije glavu o zid. Monstrum je samo sekund kasnije pritrčao. Ali u tesan prostor između nogu stola nije se mogao zavući, već je samo zamahnuo stravičnim šiljkom. Tik iznad obraza u magičnim santimetrima Majkl se provukao, videvši u trenutku to povijeno moćno oružje, koje se zarilo u zid. Kada ga je monstrum povukao nazad, odlomio je čitav komad zida.

Naučnici su ustali, ali kada su hteli da pruže podršku i spasu nesrećnog momka, tek tada su shvatili da vrata garaže stoje širom otvorena. Teturajuće nakaze počele su da ulaze jedna po jedna. Usledili su kratki rafali, koji su ih neutralisali.

Dželat je spazio priliku. Monstrum je, očigledno, zaglavio šiljak u nečemu. Da li u zidu, ili u Majklu, nije bio siguran, ali bitno je da je kleknuo i da je otkrio tu tačku između vrata i ključne kosti. Pritrčao je da zada taj ubod, ali baš u tom trenutku monstrum je iščupao oružje odvaljujući i nogu stola i čitav komad zida. Dželat se prevario. Ovo nije bio slučaj naivne bogomoljke. Ovo je bilo nešto gadnije i nije uspeo da ponovi isti postupak. Od siline, kako je zaneo svoj otežano izrasli deo ruke, monstrum je pogodio dželata pravo u glavu. Na sreću, pogodio ga je tupim delom oružja i bacio ga na haubu. Grunula je pumparica, a potom i pojedinačni hici, kada su Edvard i Sten istrčali iz zaklona. Sačmarica je napravila ogromnu brazgotinu na grudima monstruma. Ispustio je strašan urlik i zamahnuo šiljkom kojim je probio nekoliko santimetara drvene površine radnog stola, kao da je od papira. Majkl se, krijući se baš ispod tog stola, preneraženo izbuljio, kada mu je odvratni vrh monstrumove ruke blesnuo pred očima. Istrgavši sto iz samog betona, zajedno za zavrtnjima kojima je bio pričvršćen za pod, monstrum je čitav sklop sa stegom zavitlao ka zatvorenicima. Videvši da grdosija leti ka njima, obojica su skočili iza stuba u koji je snažno udario radni sto. Majkl je, shvativši da je njegov zaklon bio iščupan iz zemlje, počeo puziti kroz tunel drugih stolova, koji su se nalazili jedan pored drugog. Monstrum, pošto je raščistio ometače oko sebe, bacio se na progon sirotog mladića, skočivši na gornju stranu stola. Majkl je zadihano puzio između stolova, dok su prasak za praskom odzvanjali iznad njega, kako je mostrum nasumično probadao sa gornje strane. Došao je do kraja tunela na kom nije bilo svetlosti. Samo automobil sa desne strane, na samo dva metra od stola. Brzo je ispuzao. Nije ništa video iznad sebe, ali je osetio kao kratak udar vetra koji je prošišao iznad njegove glave kako mu je u trenutku zadnji deo zatvoreničke uniforme odleteo sa tela. Ostao je samo u majici kratkih rukava, dok su dronjci uniforme visili na oružju monstruma. Primetivši da žrtva beži prema autu, monstrum je direktno sa stola skočio na krov automobila. Zamalo ga nije ulubio, ali ostao je tu. Majkl, videvši da nema kud, otvorio je suvozačeva vrata i pokušao da se provuče kroz auto do centralnog dela garaže, gde su bili naučnici koji su se heklerima borili protiv obolelih na probijenim vratima. Monstrum je shvatio njegovu nameru i zario šiljak u krov, otvarajući ga kao sardinu. Kao za inat, bravica na vozačevom sedištu bila je polomljena i nije mogao otvoriti vrata. Monstrum je otvorio krov i gledao ga odozgo spremajući se da ga probode i izvuče iz rupe.

Njegova agilnost bila je impresivna, ali ipak nije imao oči na leđima.

Monstrum je ispustio krik, a Majkl ostao zatečen situacijom. Iznenada se iza auta pojavio dželat i zario neku zarđalu sekiricu pravo u izloženu potkolenicu čudovišta. Bolan, zaista bolan krik ispustio je monstrum i kleknuo na jednu nogu, gde je oružje nanelo neočekivano bolnu ranu. Majkl se ohrabrio. Imao je pištolj kod sebe i uperio ga, ali je zažmurio, ne želeći da gleda to odvratno lice. Ispalio je samo jedan hitac. Kada je ponovo otvorio oči, monstrum više nije bio na krovu.

— Sad možeš da izađeš — konstatovao je dželat.

Dvoje naučnika nisu više mogli da zadrže nadiruću rulju, iako su im se zatvorenici pridružili.

— Jebote, šta je ovo? — zadihano je pitao Edvard. — Samo nailaze.

Niko mu nije odgovorio, jer su svi bili izbezumljeni košmarom koji je bez problema prosekao garažna vrata, a zatim poput pomahnitalog bizona uleteo unutra. Više ih je prestravilo stvorenje, iako je bilo polumrtvo, nego činjenica da sada na garažnim vratima zjapi ogromna rupčaga. Naknadni tresak o vrata i jaukanje na njima ih je ponovo trglo i vratilo u stvarnost.

Naučnica se okrenula i dok je menjala okvir na hekleru, spazila polumrtvo stvorenje. Išlo je, dezorijentisano mahalo rukama i režalo, a umesto jednog oka sada je zjapila krvava rupa.

Izranjavane ruke s druge strane pružale su se kroz rupu koju je monstrum napravio, praćene gladnim zavijanjem mrtvih. Prvi oboleli stupili su u garažu.

Svi su zamenili okvire i ponovo otvorili vatru.

Naučnica je povikala, pokušavajući da nadglasi pakleno zapomaganje i praštanja rafala.

— Stanite! Ne pucajte! Previše ih je! Pratite me ovuda!

Blek, iako je bio pod paljbom, savim jasno je čuo ovo i pošao za njom, povlačeći usput Majkla i Karlosa, koji je pružao podršku u neutralisanju obolelih na ulazu u garažu.

Sten i Edvard krenuli su poslednji.

Uskoro je rupa postala pretesna za sve koji su hteli da kroz nju prođu. Već je desetak zombija bilo unutra, šetali su oko tela polumrtvog monstruma i otprilike isto toliko na podu koprcalo se od hitaca kojima su ih preživeli pogađali. Pomahnitali monstrum rušio je sve oko sebe, bacao obolele, sekao ih i šutirao. Polako privučeni njegovim divljanjem, pakovali su se oko njegovog tela, grizući ga sa svih strana. Garažna vrata su se opasno naginjala i talasala, dok je garažom odzvanjala rika i urlanje mrtvih. Svi su bili kod ulaza kroz koji je došlo dvoje naučnika, kada je krckanje prešlo u glasno škripanje i cviljenje, a zatim je odjeknuo strahovit tresak o pod, kao da se avion srušio na tom mestu. Garaža je sada bila skroz otvorena, vrata su se zajedno sa onima koji su ih pritiskali srušila na pod i horda mutiranih i bolesnih je pokuljala unutra.

Grupa preživelih je počela silaziti niz stepenice prostorije za koju je Blek tvrdio da ničemu ne služi. Prostorija se sastojala samo od četiri gola zida sa policama na kojima su stajale poređane metalne kutije u kojima je bilo alata, nekoliko većih ključeva za odvijanje točkova i rezervni delovi za automobile raznih modela.

Dvoje naučnika dotrčalo je do kraja zida i počeli su da ga merkaju pogledom, kao dvoje inženjera koji planiraju rekonstrukciju. Ponovo se začulo krckanje iza njih, a zatim zvuk pucanja drveta. Kada su se okrenuli, videli su da se ostaci vrata kotrljaju stepenicama i da su prvi oboleli počeli da silaze niz stepenice.

— Šta radimo ovde? U klopci smo! — jaukao je panično Majkl. Monstruozne kreature sišle su niz stepenice i zateturale se ka žrtvama. Prvi hici su se oglasili. Neki monstrumi pali su od njih, ali iza palih, grabili su odmah novi. Uskoro se toliko zombiolikih sakupilo, da nije imalo mesta ni za kamen da se baci između njih.

— Šta čekate? Preduzmite nešto! — drao se Edvard preko ramena na naučnike koji su rukama opipavali zid. Preživeli su pružali očajnički otpor. Pucali su na nadiruće mrtve, koji su sve više sužavali prostor. Soba, iako velika, postajala je sve manja zbog nadiruće mase. Bolesna i unakažena lica padala su ukrašena rupama, na čelu, ili na oku, ali odmah iza njih pojavljivala bi se nova, jeziva, izmrcvarena i puna bolnih užasnih krikova, koji su kuljali iz njih.

Iznenada, naučnica je zaustavila prste na jednoj cigli. Pokušala je da uvuče nokte što više između stranica dveju cigala i počela je da klati levo-desno ciglu koju je nekako obuhvatila noktima. Relativno lagano i prilično neočekivano cigla je iskliznula iz ležišta, potom je bilo lako pomeriti još nekoliko oko nje i otkriti mali digitalni brojčanik od devet cifara i displejem iznad.

Zombiji su bili na svega desetak metara. Najbliže monstrume Blek i Karlos pobili su hicima u glavu. Buljuk bolesnih gotovo da je stigao do grupe. Bio je toliko blizu da su miris njihovih poluraspadnutih tela mogli sasvim jasno osetiti. Naučnica je otkucala nekoliko brojeva prilično brzo i smireno. Imala je brze prste, ali to u tom momentu niko nije primetio. Ruka joj u tim trenucima nije zadrhtala.

Menjao sam okvir kada se desila neočekivana stvar, koja nam je bar za malo produžila život. Blesnula je bela svetlost. Za trenutak sam se okrenuo i spazio ogroman prolaz, koji zjapi u zidu. Čitava polovina tog zida zapravo su bila vrata, koja su vodila ka svetlosti, slična onoj koja vas zablesne kada treba da stupite u raj. Svetlost... A da li je značila spas, ili raj? Nisam mogao sa sigurnošću tvrditi...

— Brzo, ovuda! — vukla ih je naučnica.

Nakaze su bile veoma blizu. Svi preživeli su halapljivo grabili ka svetlošću obasjanom ulazu, dok su im izranjavane ruke bile gotovo za vratom prvih žrtava. Sten i Edvard ušli su poslednji, a koji sekund kasnije prve nakaze pružile su ruke unutar prostorije. Naučnica je brzo pritisla taster i vrata su se zatvorila automatskim mehanizmom. Par ruku bio je pokidan i jedno monstruozno telo bilo je smrvljeno dvokrilnim vratima, koja su se sastavljala. Snažan udar mase mrtvih je odjeknuo sa druge strane vrata, niz koja se cedilo mnogo krvi od zdrobljenih tela.

Udaranje se nastavilo. Odzvanjala su dobovanja po metalnoj konstrukciji, ali ipak, vrata su delovala dovoljno čvrsto da zadrže monstrume van, iako su po udarcima oboleli izgledali uporni da uđu unutra. Svi su bili zadihani i ćutali su. Strah je bio prisutan na licima svih. Grčevito su stiskali svoje oružje, kao slamku koja ih je upravo spasila davljenja, ne mogavši da shvate još uvek da su sada monstrumi sa druge strane čelične zavese. Ipak, u ušima svakog od preživelih i dalje je zvonilo zajedničko ječanje stotina obolelih, pesma mrtvih koja im je pulsirala u glavama i počela im remetiti rasuđivanje i oduzimala im u izvesnoj meri dodir sa stvarnošću, oduzimajući im gotovo zauvek pogled na svet kakav je nekad bio i uvodeći ih u neki novi, nestvarni svet, koji je delovao kao najgora moguća oživljena noćna mora.

Počeli su da zagledaju novo okruženje, kog isprva nisu bili ni svesni. Hodnik osvetljen neonskim svetlom, u kom je pokoja lampa treperila, ili nije radila. Metalni zidovi i miris koji nije oslikavao standardnu zatvorsku trulež. Dva zatvorenika zaprepašćeno su blenula u svetla, okrećući se oko sebe. Udarci spolja su polako jenjavali. Iako bolesni i bezumni, protivnici su verovatno uvideli da tu metalnu prepreku neće proći i po svoj prilici počeli odustajati.

— Moramo dalje. Ne možemo ovde stajati — rekla je naučnica posle nekoliko minuta predaha i krenula hodnikom.

Ostali su se pridigli i krenuli za njom. Niko čak nije nikog pogledao u oči. Svi su buljili u pod, dok su išli za naučnicom. Tišinu je remetilo jedino odzvanjanje cipela. Niko nije progovarao ni reč. Svetlo za svetlom se smenjivalo, kako su prolazili. Jaukanje je sada nestalo.

Novi svet...

Tako bih mogao jedino da opišem ono u čemu smo se nalazili. To sam zaključio samo prolaskom kroz taj hodnik. Nisam mogao stvoriti predstavu šta ću još videti od čuda, ali definitivno je ovaj kompleks odavao utisak da sa tehnologijom ide nekoliko decenija ispred našeg vremena. Mi smo bili obični smrtnici i nismo mogli razumeti te stvari, ali ipak, neki od nas odavno su sabrali dva i dva i zaključili da je zatvor samo morbidno gubilište, koje podseća na kaznenu instituciju. Dovoljan dokaz je bila činjenica da su prisutni zatvorenici dovedeni na izvršavanje smrtne kazne za zločine koji čak nisu toliko teški kao ubistvo. Majkl, koji je bio turista, je posebna priča.

Najluđi košmari nisu mi mogli predočiti ovako nešto i pokušavao sam mentalno da se priberem, kako bih se izvukao iz ovog paklenog zatvora. Ovo je bilo nešto novo za mene. Nešto nepoznato. Ulazili smo u kružnu prostoriju sa providnim vratima, od providnog neprobojnog stakla, koja su se otvarala elektronski, uz pomoć kartice. Ovaj šou vodili su sada naučnici. Pravila igre diktirala su da moraju sarađivati s nama, svidelo im se to ili ne. Isto je važilo i za nas. Stavili smo živote u ruke dvoje sumnjivih ljudi.

Odlučio sam da za sada pratim tu igru, iako nisam mogao da garantujem imaju li stvarno predstavu kako doći do izlaza...

---

1 Umukni! (španski)

2 Prokleta crnčuga! (španski)

3 Razumeš? (španski)

4 Osigurajte ulaz! (španski)

5 Dođi brzo! (španski)

6 Šta je bilo? (španski)

7 Pali! (španski)

8 Gospode Bože! (španski)

9 Prokletnici! (španski)

10 Sranje! (španski)

11 Fire in the Hole (španski) — upozorenje da je granata izbačena kako bi se svi sklonili u zaklon

II

Galerija užasa

— Ja sam Ketrin — rekla je naučnica. — Ovo je Brajan — pokazala je na kolegu.

Sten, Edvard i Majkl su se predstavili, ostali nisu ni morali.

— Postoji način da se izvučemo odavde, ali potrebna mi je vaša pomoć — rekla je naučnica.

— Šta je uopšte ovo? — pitao je Edvard.

— Naučni istraživački centar za kancerogene i epidemijske bolesti.

— Zašto je onda sakriven u planini ispod nekog zatvora? — pitao je Majkl.

— Jer ceo projekat finansira nepoznato lice, koje želi da ostane anonimno, kao i njegov rad — odgovorio je Brajan, koji je sve vreme do sad ćutao. — Njegov novac finansira nas, zatvor, čuvare, „Jurišnike", opremu, sve, ali morao je da se skloni, jer bi eventualni javni uspeh napravio kolaps u svetu među konkurencijom.

— Vi ste krivi za ovo — rekao je Sten.

— Ovo nije naša greška — rekla je Ketrin. — Mi smo samo radili naš posao, za koji smo plaćeni. Projekat na kom smo radili trebalo je biti lek za neke neizlečive bolesti danas. Zato je projekat i držan u tajnosti, jer ako bi se saznalo da imamo rezultate, konkurentske glavešine bi nas pojele. Nekom nije u interesu da recimo lek protiv side dospe u Afriku, niti da se trajno izleče neke kancerogene bolesti, ili da se neke srčane tegobe dovedu do nestajanja, jer bi sve to bio težak udarac za farmaceutsku industriju i na kraju bi počeli da nas uklanjaju, ili da nam nameste neko krivično delo. Naravno, sve zbog novca.

— Mogu da kažem da već imate neke rezultate — javio se Karlos, pokazujući ka površini.

— Šta je onda krenulo naopako? — pitao je Majkl.

Brajan je odgovorio.

— Neko je u eksperimentalne uzorke ubacio ćeliju koja mutira i modifikuje potpuno strukturu postojećeg uzorka, a to je dalo ove užasne rezultate. Od matične grupe test subjekata nastao je sav ovaj haos, jer nije bio problem samo u njima, već u tome što se jedinjenje našlo i u vodi za piće u ovom postrojenju, tako da je za nekoliko sati nastala ludnica, jer svako ko je uzimao vodu u poslednjih dvanaest do petnest sati našao se na udaru nepoznate bolesti.

— Naša je sreća što je nismo konzumirali u tom vremenskom periodu, već smo pili sokove i kiselu vodu iz automata — rekla je Ketrin.

— I od spasilaca ste postali uništitelji — dobacio je Edvard.

— Kada je uzbuna nastala, kasno je aktiviran bezbednosni sistem i neka od tih nakaza uspela je da prođe na površinu i raznese zarazu dalje. Došla je u dodir i sa rotvajlerima, koji su prenošenje ubrzali.

— Dobro, i kako da se izvučemo odavde? — pitao je Majkl.

— Kada nastane opasnost najvišeg stepena svi izlazi automatski se zatvaraju. Otvaraju se samo pomoću bezbednosnih šifri, koje zna samo glavni supervizor i koji je nažalost mrtav. Ja sam otvorila izlaz na koji se više ne možemo vratiti. Svi ostali izlazi su zapečaćeni.

— Kako onda? Da čekamo pomoć? — pitao je Karlos.

Ketrin je odmahnula.

— Ne možemo opstati. Zalihe hrane su ili kontaminirane, ili uništene. Nemamo nikakav kontakt sa spoljnim svetom, a nemamo ni dovoljno municije da se branimo. U nižim nivoima još uvek ima zaraženih.

— Govori već jednom! — dreknuo je Edvard i podigao pumparicu.

Brajan je uperio hekler u crnca. Sten je uperio pištolj u Brajana, a Karlos centrirao svoj pištolj ka Stenovoj glavi. Svi su držali svoje mete. Jedan sekund, jedan trenutak nepažnje bio je dovoljan da se paranoidno ludilo pretvori u pokolj.

— Ajde kučko, daj mi razlog — mrmljao je u sebi Karlos.

... *Tenzija, strah i očaj pretili su da dovedu situaciju do tačke pucanja. Bili su na korak da se poubijaju međusobno...*

— Stanite! Ovako nećemo ništa postići! Karlose, spusti pištolj! — povikala je Ketrin. — I ti, Brajane! Spustite prokleto oružje i čuvajte ga za monstrume. Postoji lift za hitne slučajeve, koji je dizajniran da izdrži i najjači zemljotres ikada izmeren na ovoj planeti, ali mora biti aktiviran ručno.

Posle ovih reči naučnice tenzija je opala na trenutak i Edvard je spustio pušku.

— Neko će morati da mi pomogne da se probijem do njega — nastavila je naučnica — jer komandni centar se nalazi nekoliko nivoa niže.

— Nema šanse! — usprotivio se Sten.

— Jedva smo ostali živi svi zajedno! Masakriraće nas pojedinačno! — dreknuo je Edvard.

— Ne svađajte se, nećemo ovako ništa uraditi... molim vas pobiće nas ovde... — očajavao je Majkl, uhvativši se za glavu.

... *Da, svađali su se, jer nisu imali predstavu kako će sprovesti zamisao. Dvoje su znali očigledno više nego što su rekli, a ostali su bili previše uplašeni, ili sa govnom umesto mozga da bi razmišljali trezveno. Lek za rak i sidu koji je mutirao... Da, kako da ne... Bila je to samo kišna glista na udici za naivčine. Nisam zagrizao mamac. Bili su mi sumnjivi. Radili su oni nešto mnogo gore od toga, a ja nisam verovao u idealiste.*

Nalazili smo se u sobi sa nekoliko desetina monitora. Šolje za kafu i limenke sode su bile razbacane po stolu, a sve je još uvek mirisalo na dim od gomile opušaka u pepeljarama. Iako nikad nisam mario za kompjutere, zadubio sam se u jedan od monitora, ne obraćajući pažnju na raspravu iza mene. Kamera za prismotru bila je fiksirana za jedan sto. Prostorija je ličila na neku eksperimentalnu laboratoriju, a na njenoj sredini nalazio se sto i na njemu, pored svih raštrkanih instrumenata i staklarije, otvoren kofer i jedna bočica, koja se ponosno izdizala kao toranj iz porušene tvrđave.

„Sample X". To je bio njegov naziv. Pogledao sam u naučnike. Delovali su, takođe, uplašeno, ali mislim da nisu rekli sve što znaju. Nešto su krili, u to sam bio siguran. Većina monitora treperila je, ili je bila isključena. Ova kamera koju sam gledao je bila nameštena da u kadru drži neki „Sample X" i to sigurno nije bilo slučajno. U kadru se pojavio još neko. Trzao se kao da ima grčeve. Pocepan laboratorijski mantil i krvave ruke. Nije mi trebalo mnogo da zaključim šta je u pitanju. Prostrujao je pravi užas u meni, kada je okrenuo lice u kameru. Izmučeno i izmrcvareno lice sa tragovima grebanja. Oči crvene, kao iz pakla. Njegove zenice delovale su kao dva krvna ugruška, koji su se talasali u beživotnim očima. Nikako nije bio trom, već se kretao normalno, kao čovek. Trzaji su ga odavali. Monstruozno biće, koje je nagoveštavalo da smo se spustili doslovno u gnezdo pravih nakaza, u centar glavnog pokolja i da ćemo imati najdužu jebenu noć u životu...

— A ti? Ćutiš sve vreme! Šta misliš ti? — dobacio je Karlos.

Čovek sa maskom se okrenuo. I ćutao.

— Dakle? — Karlos je bio nestrpljiv.

— Šta nama ostalima garantuje da ćemo stići do lifta? — pitao je Blek.

— Brajan će vas odvesti. On zna put — odgovorila je Ketrin. — Vaš rizik je manji.

— A ko će nas podeliti? Meni niko neće više određivati šta da radim — bunio se Edvard. — Čuvari su mrtvi i ja više nisam zatvorenik.

— Misliš da možeš sam? Sada naučnici vode glavnu reč i pomiri se s tim — tiho ga je opomenuo Blek podmuklo prebacujući glavnu kartu na naučnike.

— Bolje ga poslušaj — upozorio ga je Karlos. — Inače, neće ti se svideti nastavak rasprave.

— Jebite se obojica! — odmahnuo je Edvard. — Sad se razmećeš, dok ti je pas pri ruci, govnaru rasistički. Trebalo je da ostavim tvoju guzicu ispod one grede.

— Ljudi, hajde da se svi smirimo malo — predložila je Ketrin. — Ja ću povesti Stena i Edvarda do komandnog centra. Tamo ćemo, možda, naći još nekog preživelog, jer nikog ne smemo ostavljati. Brajan neka povede Karlosa, dželata i Majkla ka liftu. Može li tako? — okrenula se ka zatvorenicima.

Sten je slegnuo ramenima.

— Kako god... — odmahnuo je crnac. — Samo da sam što dalje od ovog *cocksucker*-a.

— Brajane, vodi ih do lifta i molim te, potrudi se da se ne pobiju međusobno — rekla je Ketrin.

Brajan je klimnuo i ustao sa stola na koji je bio oslonjen.

— Idemo — kratko je rekao.

— Upamtite ovo — rekla je naučnica. — Ne pravite previše buke. Ovde postoje monstrumi koji čuju bolje nego bilo koji čovek i oružje upotrebljavajte samo u krajnjoj nuždi. Srećno!

Grupa se, počevši od sobe za monitoring, razdvojila. Vrata sa tamnoplavom lampom iznad otvorila je naučnica i obe grupe pripremale su se da krenu u susret sopstvenim sudbinama.

***

Pravougaona, metalna vrata su se razdvojila i Ketrin je sa dvojicom zatvorenika stupila u drugi deo podzemnog kompleksa, ostavljajući s druge strane kolegu sa Majklom, Karlosom i dželatom. Nalazili su se na raskrsnici hodnika, koji su vodili levo i desno. Na samom razdvajanju stajale su fluorescentne ploče, na kojima su strelice pokazivale gde hodnici vode. Jedna od njih pokazivala je nadesno i krupnim slovima pisalo je: *LAB SECTOR A*. Na drugoj ploči pisalo je: *SECTOR B*.

Hodnik je zaudarao na miris koji je pomalo podsećao na miris trulog mesa i pokvarenih jaja. Zatvorenici ga nisu odmah prepoznali. Kako su se približavali, nesnošljivo isparenje je postajalo sve jače. Bio je to zapravo odvratni i nesnošljivi smrad, sada kada se mogao dovoljno jasno osetiti i prepoznati. Bio je to smrad tela u raspadu. Toliko je bio snažan, da je udario u oči i kroz nozdrve Stena i Edvarda. Miris je dopirao i do laboratorijskog sektora i uprkos dobroj izolaciji prostora, prodirao je kroz ventilacione otvore, koji su se nalazili duž hodnika.

Nekoliko barica krvi se nakupilo u hodniku. Crvena tečnost kapala je iz ventilacionih rupa, gomilajući se i praveći jezerca. Po svemu sudeći, neki nesrećnik je izabrao neugodno mesto da tu skonča.

— Kakav smrad! — progunđao je Edvard, držeći ruku preko usta.

— Navići ćeš se — odgovorila je Ketrin.

— Odakle dolazi?

— Bolje da ne znaš.

Mirno je odgovarala, odavajući utisak da se već nadisala dovoljno dugo te truleži, pa nije nešto posebno reagovala na to kada je ponovo stupila u zonu smrada.

Sten je počeo da menja boju. Ipak se trudio da ostane pribran, iako je delovao prilično izgubljeno. Dobio je skoro bledu mrtvačku boju, dok su mu se pluća i želudac ispunjavali neugodnim vazduhom u kome su se pokolj, krv i smrt mogli osetiti. Bunili su se žestoko unutrašnji organi. Postrojenje u kom se nalazio je za njega predstavljalo novu planetu. Mars sa civilizacijom, običajima i stanovnicima, ali bez zakona i reda. Na skretanju desno ugledali su stravičnu sliku. Jedan od naučnika, koji je imao samo polovinu tela, ležao je nasred hodnika. Donji deo bio je istrgnut, dok su iz preostalog gornjeg dela virili ostaci unutrašnjih organa i creva, a iz leđa nazirao se jedan patrljak, koji se nekada davno mogao nazvati kičma. Niz hodnik pružala se široka traka krvi, završavajući se kod beživotnog i unakaženog tela.

— Isuse... — promucao je Edvard, zabezeknuto buljeći u preostali komad mesa.

Trgao ga je Stenov urlik iza njegovih leđa. Kada se okrenuo, Sten je bio na kolenima, dok je vodopad svarenih splačina iz zatvorske menze tekao iz njegovih usta, jer nije više ni sekund mogao da izdrži. Sten je bio čovek koji je zarađivao uz pomoć fensi-odela i volana, kradući skupocene automobile. A za taj prefinjen zanat nisu mu bili potrebni čak ni ključevi, jer je gotovo svaki automobil startovao ručno. Bilo je to njegovo zlatno doba, ali *Zlatni Kadilak* mu je došao glave. Tako ga je iz milošte nazvao, jer je dobio ponudu koju bi samo nenormalan čovek odbio. Suma koju bi dobio za pet oldtajmera u dobrom stanju mogla bi ga poslati u srećnu penziju sa kojom bi uživao do kraja života. Ipak, Sten je naseo na lažnu ponudu, jer poslednji peti oldtajmer imao je u sebi ugrađen senzor koji je otkrio njegovu lokaciju. Bio je to poslednji auto koji je ukrao, pre nego što ga je napadač sa omamljujućom iglom stavio u komatozan san, a potom se Sten probudio u čeljustima žive noćne more, koju je trenutno preživljavao.

Sada je mogao dušu da povrati od odvratnog prizora, jer je njegova navika bila elegancija, a ne surova i krvava borba za preživlavanje. Sten je praktikovao čist posao, bez borbe i puškaranja, jer je bilo dovoljno da se na autu ošteti retrovizor i morao bi da ukrade novi, pošto bi poslodavci često imali visoke standarde i zahteve za koje su, naravno, plaćali dobar keš.

— Kad završiš s tim, idemo u ovom pravcu — rekla je Ketrin, pokazujući ka Sektoru B.

— Dobro, daj mu minut. Vidiš li da mu nije dobro? — Edvard ga je držao za rame, da kojim slučajem ne bi izgubio svest i licem pao u sopstvenu bljuvotinu.

— Razumem, ali moramo se kretati. Ne možemo stajati predugo u jednom mestu — upozorila je Ketrin. Izvadila je nešto iz džepa i bacila ga Edvardu.

— Evo, daj mu ovo, to je protiv mučnine.

— Stene, uzmi ovu tabletu. Biće ti lakše — rekao je Edvard.

Providan u licu i kolutajući očima Sten se nije mnogo dvoumio. Progutao je tabletu bez razmišljanja. Ustao je i krenuli su dalje, pokušavajući da u širokom luku zaobiđu unakaženo telo. Hodnik ih je doveo do metalnih dvokrilnih vrata, iznad kojih je lampa bila razbijena. Pored vrata bila je postavljena tabla sa devet tastera i slotom za karticu. Svoju ID karticu Ketrin je provukla i rutinski iskucala nekoliko brojeva, koje je do sada otkucala bezbroj puta i verovatno bi to uradila i vezanih očiju. Vrata su se otvorila.

Ponovo novi splet hodnika. Srećom, Ketrin je dobro poznavala ovaj kompeks, tako da je barem taj problem oko nalaženja puta za sada bio odstranjen. Naleteli su na novu raskrsnicu sa znacima i usmeravanjima. Na uglu je stajao znak isto fluorescentne boje, na kom je pisalo: *LAB SECTOR B.* Taj hodnik je vodio desno. Na uglu hodnika levo, na ploči je pisalo: *ENGINE ROOM.* U tom hodniku, koji je bio kraći, nedaleko od znaka postojao je lift na kom je visila tabla sa natpisom: *OUT OF ORDER,* a hodnik se završavao vodeći negde naniže stepenicama.

Imali su hodnik ispred sebe, koji je, takođe, obeležen znakom: *BODY AREA* i preko puta tog znaka nazirala su se dvokrilna vrata. Pored njih, nekoliko metara široko neprobojno i neprozirno staklo. Hodnik je bio prljav, iako je nekada odavao utisak velike pedantnosti. Krv i tela naučnika i osoblja, pobijenih na veoma gnusan način, su se ubrzo pojavljivala u razmacima od nekoliko metara, kako su se približavali trokrakom raskršću hodnika. Ponegde se samo mogao videti ud, ruka ili noga, nepravilno odsečena od tela. Slabašna neonska svetlost otkrivala je sav taj užas. Poneko svetlo je treperilo, dok su pojedini delovi hodnika bili neosvetljeni. Sve je za sada bilo preteće mirno i tiho.

— Čoveče, koliko je veliki ovaj kompleks? — mrmljao je Edvard.

— Podseća me na nuklearno sklonište — odvratio je Sten.

— Mnogima od nas bilo je ovde odlično, jer smo bili dobro plaćeni i imali vrhunske uslove za rad — rekla je Ketrin. — Ovo ovde postoji možda od sredine pedesetih, ali se vremenom širilo. Krenulo je sa manjim brojem ljudi. Kasnije se broj mozgova povećao i bilo ih je iz celog sveta. Ovo nije trebalo da vam otkrijem, ali vanredna situacija je u pitanju.

— Nema veze — odmahnuo je Edvard. — Ionako me to ne interesuje, sem ako se ne tiče rešenja kako da izvučem guzicu odavde.

— Samo drži tu pušku pri ruci i ne uzdržavaj se da pucaš u bilo šta što se ne ponaša kao ljudsko biće — savetovala je Ketrin.

— Ne moraš da kažeš dvaput, devojko. To barem mogu — odvratio je Edvard.

Nastavili su pravo, kada su stigli na trostruko raskršće. Taj hodnik označen je bio kao: *BODY AREA*. Bio je tih kao katakombe. Savršenu harmoniju tišine remetilo je samo povremeno zujanje i pucketanje pokidanih utičnica i kablova koji su visili s plafona. Ketrin je otkočila hekler. Počela je da se kreće sporije i sa što manje buke, osluškujući svaki zvuk i trudeći se da ne čini nikakve nagle pokrete. Na uglu hodnika označenog sa: *BODY AREA* ispratila ih je bezbednosna kamera, koja je još uvek radila.

Odjeknuo je iznenadni prasak iza njihovih leđa. Pakleni tresak, kao da je lokomotiva pala iza njih, ili je strah preuveličao jačinu. Naglo su se okrenuli svo troje. Iza njih tresnula je rešetka sa ventilacionog otvora. Koji sekund kasnije odozgo je sletelo telo sa kog je lepršao pocepani beli mantil. Monstruozno biće imalo je crvene oči, čije su zenice bile poput kapi zgrušane krvi, koje su se talasale u beživotnim očima. Na prstima počele su da mu rastu kandže i očnjaci umesto zuba. Ne čekajući ni momenat monstrum je posmatrao svoje tri žrtve. Video je tri sočna obroka i njihova tela koja su otkrivala svoju temperaturu, išarana crvenkastim linijama za koje bi monstrum, da ima bar malo razuma, mogao zaključiti da su vene i da je namirisao plen poput predatora.

Zaleteo se divljački ka žrtvama, pakleno urlajući. Presekao ga je rafal jedne od žrtava i usporio ga. Sten se koliko-toliko pribrao i počeo pucati. Gađao je glavu, ali monstrum je bio prilično pokretljiv, a i Stenu je drhtala ruka. Ketrin je ispucala desetak metaka u monstruma koji još nije padao, ali se od rafalne paljbe ponovo zateturao unazad.

— Edvarde, skini ga! — vrištala je Ketrin.

***

Sitni zvuci, kao peckanje mušica, remetili su miran san. Spavač je trzao glavom. Grunuo je zatim strahovit pucanj, koji je odzvonio hodnicima. San je bio prekinut. Zombi je pogledao u tom pravcu i ustao.

***

Edvard, koji se za trenutak sledio, sada je bio glasom Ketrin, koja mu je vrištala da puca, vraćen u stvarnost i opalio iz puške. Monstrum je odleteo nekoliko metara unazad i proklizao hodnikom, a zatim se tu zaustavio, ne ustajući više.

— Čoveče, ovaj je bio baš žilav — Edvardu je poteklo nekoliko kapi znoja niz čelo.

— Tiše! — šištala je Ketrin. — Slušajte!

Malo-pomalo se pojačavalo zavijanje. Zidovi su ih donosili kao eho. Odjekivalo je hodnicima, jezivim i sablasnim kao vekovne katakombe.

Iz pravca raskrsnice počele su prvo da šetaju senke po osvetljenom podu i zidovima, a zatim su prva odvratna lica izvirila iza ugla.

Ketrin je pogledala iza ramena. Tamo pravo, gde je trebalo da krenu, okupljalo se još monstruoznih bića, pokrivenih senkama, zbog nedostatka svetlosti. Nije bilo zatvorenika. Samo naučnici i laboratorijsko osoblje, čije su se prnje od mantila vukle hodnikom.

— Edvarde, mislim da si ih pozvao na ručak s tom puškom — promrmljao je Sten.

— Ne seri, Stene, morao sam da pucam, ona mi je rekla — pokazao je na naučnicu.

— Ne svađajte se — povikala je Ketrin. — Zaokupite ih!

— Šta?! Jesi li ti normalna chica[1]? Na desetine ih je! — povikao je Sten, ali kad se okrenuo, Ketrin je već trčala napred.

— Gde ćeš? Stani! — vikao je Sten, ali se Ketrin nije osvrtala.

— Stene, umukni i pucaj! — rekao je Edvard.

Nakaze su prilazile, pružajući ruke.

Edvard je ispalio hitac iz sačmare u gomilu. Siloviti udar prepolovio je zombija nadvoje i još dvojicu pokupio iza njega. Gužva se neznatno ustalasala. Nadirali su, pružali ruke, njihove oči bile su bolesne, jezive, košmarne. Sten je pogađao u glavu iz blizine. Padali su, ali preko njih dolazili su novi.

— Ako ovako nastavimo, celo podzemlje će se skupiti ovde! — urlao je Sten.

— Umukni i pucaj! Ne odustaj! — odvratio je Edvard, a puška je ponovo grunula. Dva zombija poletela su i udarila o zid, ostavljajući krvavu mrlju. Treći hitac. Zombiji su leteli unazad, padajući jedni na druge. Sten je pobio desetak njih samo pucnjima u glavu. Pištolj mu se ispraznio.

Još jedna prazna čaura pala je pored Edvardove blatnjave cokule.

— Umrite, skotovi! — vrištao je crnac, repetirajući pumparicu, dok su mu dredovi plivali kroz vazduh. Zanesen adrenalinom, nije primetio da su mu se suviše približili. Ruke su bile na manje od jednog metra. Edvard je skinuo još trojicu sa desne strane, kako ga ne bi opkolili. Onda se okrenuo sa prednje strane i pritisnuo okidač. Ruke nakaza su bile baš ispred njegovih očiju. Ali puška je škljocnula.

— Jebem ti... — opsovao je. Zombi ga je zgrabio za kragnu košulje. Masivni crnac udario ga je kundakom. Monstrum je odmah popustio. Nogom ga je odgurnuo nazad. S njegove desne strane čuo je grozni urlik. Čeljusti sa oštrim dugim zelenim jezikom bile su u naletu. Tada je odjeknuo pucanj i metak je pogodio monstruma u slepoočnicu.

Sten je prišao i povukao Edvarda za rukav, pucajući u najbliže nakaze.

— Moramo nazad, čoveče. Potiskuju nas! — rekao je Sten.

Edvard je sa opasača vadio nove metke i ubacivao ih u sačmaricu.

Ketrin je u trku pogodila četiri zombija u glavu. Spustili su se lagano, kao pred spavanje. Protrčala je pored njih. Hodnik je bio dug. Tutnjava pumparice čula se iza njenih leđa. Edvard je urlao, ali to su sada bili sporedni zvuci. Bila je fokusirana samo na svoju zamisao.

Još tri raštrkane nakaze posrtale su hodnikom. Nije neka prepreka. Tri hica u glavu lagano su ih neutralisali. Negde na sredini hodnika utrčala je u jednu od soba sa desne strane. Jedan od monstruma klečao je na kolenima i proždirao ostatke nekog tela, dok je oko njega bilo jezerce krvi. Nosio je laboratorijski mantil, koji je bio poprilično umazan krvlju. Metak u glavu izbio mu je zeleno bolesno oko i naočare. Spustio se pored svog jela.

Ketrin je otvorila ormarić koji je bio čitav i u jednom komadu u toj sobi. Na vratima je bilo zakačeno nekoliko svežnjeva sa ključevima. Skinula je jedan sa plavom pločicom i brzo krenula nazad.

Iznenada je naglo zastala. Prednja strana hodnika kojom je išla sada je bila preplavljena hordom zombija. Bezbroj pari očiju, uz jezivo mumlanje i palacanje jezicima. Pružali su ruke ka njoj. Nije ih bilo u trenucima kada je ulazila u sobu po ključeve. Otkud sad ovde? Ketrin je spretno i bez oklevanja potrčala unazad i zaustavila se kod jedne kontrolne table išarane crvenim tasterima i slotom za karticu. Provukla ju je i brzo otkucala nekoliko cifara.

Čulo se tandrkanje i škripa uz lagane vibracije poda koje su se mogle osetiti, a zatim su se par metara ispred nje pojavila dvodelna debela metalna vrata, išarana žutim i crnim prugama, izašla iz širokih žlebova na zidovima. Na njima je pisalo: *EMERGENCY DOOR*.

Sastavila su se na vreme ispred bujice zombija, koji su počeli udarati o njih.

— Edvarde, vrata se zatvaraju — rekao je Sten, osvrćući se iza sebe i čuvši mehaničko drobljenje iza leđa. Spazio je i naučnicu koja se sada vraćala ka njima, pošto je obavila ono što je trebalo.

Edvard je bio zaokupljen ubijanjem monstruma. Nije se ni okrenuo. Ubrzo im se pridružila Ketrin, koja je heklerom počela brzo da smanjuje buljuk nakaza. Sitni i kratki rafali obarali su jednog za drugim od obolelih, probijajući im lobanje i neutrališući ih. Smireno i hladnokrvno Ketrin je pucala, bez trunke panike na licu, našavši za svaki metak mesta u glavi jednog od obolelih. Nijedan od dvojice zatvorenika nije primetio tu pribranost. Edvard je ispucao gotovo svu municiju koju je imao. Posle par minuta nakon što se Ketrin pridružila zatvorenicima, sve se utišalo.

Mukla tutnjava na vratima za hitne slučajeve predstavljala je jedini zvuk koji se čuo.

— Zašto si uradila ono? — pitao ju je Edvard, pokazujući na novu metalnu barikadu, koja je zaustavila lavinu obolelih, koji su iznenada nagrnuli. — Zar ne treba da idemo u tom pravcu?

— Da — klimnula je Ketrin — ali moramo prvo u *Engine Room*.

— Zašto? — pitao je Sten.

— Nemam vremena da objašnjavam. Krećimo se brzo, ili će još njih doći.

Raskršće hodnika sada je bilo bizarna scena na desetine pobijenih zombija. Pregršt zelenkastih očiju utuljeno je zevalo u plafon, bez trunke života u sebi. Prolazeći kroz sav taj masakr, troje preživelih stiglo je ispred prostorije označene sa: *ENGINE ROOM*. Stepenice su ih vodile naniže. Spustili su se polako i otvorili masivna vrata, koja su vodila u pogonsku sobu.

Velika prostorija je bila samo delimično osvetljena. Neka svetla nisu radila, ali parovi zelenkastih tačkica u polumraku ukazivali su da je još neko tu. Jedan od monstruma stupio je na svetlost. Nosio je tamnoplavi radnički kombinezon i u ruci krvavi francuski ključ. Donja vilica mu je nedostajala, a umesto nje visilo je samo pokidano meso. Iza njega pojavljivali su se nekadašnji radnici na održavanju pogona i svi su nosili alat: čekiće, ubodne testere, zarđale šipke, ključeve, odvijače, jedan od njih nosio je i veliki pajser i svi su se sinhronizovano kretali ka stepenicama na kojima su preživeli stajali.

Ketrin je uključila laser na svom hekleru.

— Štedite municiju — rekla je kratko.

Prebacila je oružje na pojedinačnu paljbu. Crvena tačkica šetala se između očiju zombija sa francuskim ključem. Hitac mu je napravio rupu u čelu i on se spustio na pod. Tako je bilo i sa ostalima. Brzo i vešto, po sistemu jedan hitac jedno ubistvo, svi su bili eliminisani. Mahom su bili pogoci u glavu i nijedan naučnica nije promašila. Centralni deo bio je počišćen. Ali nisu svi delovi prostorije bili potpuno osvetljeni.

— Pazite, moguće je da se neko još krije — upozorila je Ketrin i krenula oprezno napred.

— Za jednog naučnika, gađaš prilično dobro — primetio je Sten.

— Ubrzan i prinudan kurs iz streljaštva, kada je izbila ova nezgoda — ironično je odvratila Ketrin.

Došli su do vrata prostorije na kojoj je pisalo: *POWER SUPPLY ROOM — personel only.*

— Zašto smo ovde? — pitao je Edvard. — Rizikujemo. Ako one nakaze dođu, nemamo gde da bežimo.

Ketrin je brzo izvadila iz džepa ključ sa plavom pločicom i otključavala vrata. Ništa nije odgovorila na zatvorenikovu primedbu. Edvard je pogledao Stena, a on samo slegnuo ramenima.

Ubrzo su ušli u novu prostoriju, u kojoj su videli dva ogromna generatora s krajnje leve strane velike prostorije. Gomila alata se nalazila na metalnim policama duž zida i poređanih zelenih barela sa onom poznatom nalepnicom plamena i upozorenja da je smesa nestabilna i zapaljiva. Zatekli su i tela pobijenih ljudi koji su nosili *Cargadore* oznake, razbacana po svim delovima dvorane.

— Moram da proverim generatore — rekla je Ketrin, ne osvrćući se na zatvorenike. — Jer ako nema dovoljno struje u postrojenju, neće nam ništa vredeti lift. Zato smo ovde.

Sten i Edvard pogledali su se međusobno.

— „Jurišnici” su bili naoružani. Iskoristite koliko možete njihovu municiju, ja idem da proverim generatore.

Dok su Sten i Edvard preturali po telima mrtvih, Ketrin je pogledala na kompjuteru status ogromnih mašina za proizvodnju struje.

— Jedan je prestao sa radom — doviknula je. — Drugi je već pri kraju.

Edvard i Sten sakupili su nešto municije od mrtvih „Jurišnika”. Nije to bilo nešto bogzna koliko, jer su i oni sami u poslednjim minutima svojih života ostali na poslednjim rezervama. Sten je pronašao M4 jurišnu pušku i poslednja tri okvira kod nesrećnika čija glava nije mogla da se razazna od udaraca nekim teškim predmetom. Pronašao je i za svoju beretu još tri okvira od „Jurišnika” koji je sedeo uspravljen uz zid. Niz pancir se prolio potočić krvi i tu se osušio, dok je pištolj ležao nedaleko od njega. Otvoren vizir na njegovoj kacigi pokazivao je spokojno mrtvo lice, niz čije obraze su se slile dve linije krvi. U ruci je držao sliku na kojoj je bila prikazana mlada crnpurasta nasmejana žena, kako sedi na ljuljašci u nekom parku i grli dva mala ženska deteta. Sten je ostao zamišljen gledajući u tu sliku, na koju je palo dve-tri kapi krvi. To je bio jedan običan i u neku ruku nesrećan čovek. Imao je porodicu i radio samo da bi zaradio za njih. Radio je samo da bi nasmejana lica na slici održao nasmejanim. Radio je u nekom postrojenju, čuvajući nešto za šta nije ni znao šta je, niti ga je, verovatno, zanimalo. Zadesila ga je nesreća, iz koje se mogao izvući samo zahvaljujući onome što je naučio na obuci. Iz njegovog radnog mesta oslobodio se živi košmar. Ono što mu je donosilo zaradu i hleb na stolu njegovoj porodici, sada mu je oduzelo život i tu istu porodicu, kojoj se tako mučenički posvetio. U poslednjim minutima svog života gledao je u jedino što mu je vredelo na ovom svetu, mislio samo na to koliko ih voli i koliko će mu nedostajati pre nego što je očajan i verovatno plačući od nemoći stavio pištolj u usta, nadajući se jedino da će njima biti dobro i da se njegovo mrtvo telo neće pridružiti živim košmarima, koji su pomerili granice verovanja u nadrealno.

Sten nije bio emotivan čovek, zbog prirode posla kojim se bavio. Sada je počeo da razmišlja drugačije. Koliko je još ovakvih stradalo zbog nečije bolesne ideje? Zaboga, to su, ipak, bili samo ljudi!

— Momci, treba mi pomoć ovde! — povikala je Ketrin.

Sten se prenuo iz misli kada je Ketrin doviknula. Shvatio je da drži tri okvira za pištolj u ruci, kleči i zvera u nečiju porodičnu sliku ko zna koliko dugo, dok mu u mislima i dalje pliva slika očajnog čoveka, koji u ruci drži fotografiju svoje porodice i sakuplja hrabrost da okonča sebi muke.

— Šta se dešava? — pitao je Edvard.

— Sistem automatski isključuje struju u nepotrebnim sektorima, kako bi uštedeo za najvitalnije delove, jer generator ostaje bez goriva. Ima ga, otprilike, za manje od pola sata — rekla je Ketrin, gledajući status na jednom od monitora. — Pomozite da ga dopunimo i uspostavimo struju u svim delovima postrojenja. Neki kreten je namerno isključio struju kod izlaza za hitne slučajeve, zato lift i ne radi.

— OK — složio se Edvard. — Stene dolazi ovamo!

— Idem — javio se Sten i počeo da stavlja okvire u džep. Iznenada, kroz otvoren vizir blesnule su bledozelenkaste zenice i pogledale ga pravo u oči. Pošteni Porodični Čovek sa kim je maločas toliko saosećao, toliko žalio njegovu, sada već udovicu i njegovu decu, nad čijom tragedijom je toliko razmišljao ispustio je sada bolno mumlanje i otvorio usta iz kojih je skliznuo oštar, dug i mutiran jezik. Pružio je ruku ka Stenovoj glavi sporo i nežno kao da želi da ga pomiluje.

— Sranje! — dreknuo je Sten, iskolačivši oči. Počeo je da uzmiče unazad i pao na zadnjicu, panično se vukući nazad.

Ruka mu je zadrhtala ali Porodični Čovek bio mu je prilično blizu, dok je i dalje pokušavao da ga dohvati rukama. Više nije bilo mesta za saosećanje. Odjeknuo je hitac koji mu je probio lobanju i ostatke njegovog mozga razmazao po zidu. Porodični Čovek skliznuo je tada leđima niz zid i više nije ustajao. Sada je sklopio oči... Zauvek...

— Sranje, ovi nisu mrtvi! — povikao je Edvard.

Sten se osvrnuo. „Jurišnici" su počeli da ustaju, oživljeni nepoznatom zarazom, besno mumlajući i režeći, probuđeni iz dremke, kada je Sten vratio pokoj Porodičnom Čoveku. Uzvrpoljio se i brzo ustao dišući histerično i uzbuđeno. Pored svog uzbuđenja i straha opet mu je pogled pao na tu sliku, koju je nesrećni „Jurišnik" ispustio iz ruke. Nije mogao skinuti pogled sa nje. Kao da ga je savest pekla, kao da se tek sada, u kovitlacu nezamislivog pakla, u vihoru krvi i užasa probudila ljudskost u njemu. Bez nekog logičnog objašnjenja zašto to radi, sagnuo se, pokupio tu fotografiju i strpao je u džep.

— Skotovi! — povikao je Edvard i nišanio pumparicom najbližeg koji je ustajao na dvadesetak metara od generatora.

— Nemoj! — spustila mu je pušku Ketrin. Edvard ju je zbunjeno pogledao. — Ovde su svuda bareli s gorivom, dići ćeš nas u vazduh, budalo. Štedi municiju, imaju pancire.

Sten je, zadihano ponesen mešavinom emocija i adrenalina, stigao do njih dvoje.

— I šta onda predlažeš? — pitao je Edvard.

— Ja ću se pobrinuti za njih, vas dvojica sipajte prokleto gorivo u generator — rekla je Ketrin i krenula ka središnjem delu postrojenja. Nanišanila je prvog i ustrelila ga između očiju. Izašla je u središnji deo prostorije.

Sten i Edvard otišli su iza generatora, gde je postojala gomila naslaganih barela i kolica prislonjena uz zid.

— Stene, uzmi ona kolica.

Sten je klimnuo i otišao po njih. Edvard je skinuo jedan barel. Sten je brzo stigao nazad do njega s kolicima i postavljali su barel na njih. Pucnji su već praštali.

Svuda oko Ketrin klimali su se otrovni i oštri zelenkasti jezici, niz koje su se slivale bale. Naučnica je imala prisebnost. „Jurišnici" su ustajali i dolazili iz svih pravaca. Pucala je brzo i precizno. Hici u glavu su ih obarali. Morala je non-stop da se kreće. Nije smela da dozvoli opkoljavanje. Videla je kako izgleda kada taj oštar jezik probije ljudsku lobanju i nije bila nimalo prijatna ta situacija. Znala je da infekcija napada telo posle toga mnogo brže nego prenesena ujedom i da žrtva postaje deo tih nakaza, posle relativno kratkog vremena.

— Hoće li biti jedno dovoljno, Edvarde? — pitao je Sten, dok su obojica pridržavali barel, sipajući gorivo.

— Nemam pojma. Prvi put vidim ovo sranje — odgovorio je Edvard, povremeno se osvrćući unazad u pravcu Ketrin.

Doneli su još jedan barel i sipali. Obojici se činilo kao neverovatno dug posao sipanje goriva u generator, kako ne bi oslabio s proizvodnjom električne energije.

Mumlanje kao i pucnji iznenada su utihnuli. Baš kada su spuštali prazan barel pojavila se Ketrin, na čijem je licu bilo nekoliko kapi krvi, a na mantilu bilo je takođe crvene tečnosti.

— Jeste li završili? — pitala je neuobičajeno mirno, dok joj je lice povremeno podrhtavalo.

Klimnuli su i pokazali ka rezervoaru. Ketrin je prošla pored njega i bacila pogled na monitor, kako bi videla status generatora.

— Biće dovoljno — rekla je i zatvorila rezervoar. — Idemo odavde.

Sten i Edvard su, vraćajući se sada, videli da je sva rulja pobijenih „Jurišnika", koja je ustala u toj prostoriji bila mrtva. I to mahom hicima u glavu.

— Pronašla sam ručne granate kod „Jurišnika". Kad otvorim ona masivna vrata, kojima su ostali blokirani, baciću ih u gomilu, a vi se sklonite u zaklon — rekla je Ketrin, dok su se kretali kroz pogonski sektor postrojenja.

Vratili su se nazad u hodnik obeležen kao: *BODY AREA*, Ketrin je provukla svoju karticu kroz slot i brzo otkucala ponovo neku šifru. Sigurnosne šifre za otvaranje *Emergency* vrata znao je samo mali broj osoba u postrojenju i prava je sreća bila za dvojicu zatvorenika da je Ketrin bila jedna od njih. Panel je promenio boju iz crvene u zelenu i uz oštar pisak *Emergency door* su počela da se otvaraju. Sten i Edvard povukli su se u malu sobu, odakle je naučnica uzela ključeve za *Engine Room* i zatvorili uši.

Čim su masivna čelična vrata napravila koliki-toliki prostor, ruke su odmah privirile divlje mašući i grabeći vazduh. Dezorijentisano i divlje, kao psi pušteni iz kaveza, monstruozne gnusobe zateturale su se napred i pokuljale u hodnik, kidišući na naučnicu. Ketrin je izvadila iz džepa tri ručne granate i poskidala osigurače iz svih, držeći ih spretno među tankim prstima, kao teniske loptice. Kada su se vrata malo više raširila, okupljen buljuk nakaza pojurio je odmah kroz njih, grabeći napred. Ketrin je tada bacila bombe i poletela nazad kod Stena i Edvarda. Odjeknula je serija eksplozija, a pojedini udovi i krv doleteli su čak ispred prostorije u kojoj su se njih troje nalazili. Nakon toga su izašli.

Stravična slika raskomadanih monstruoznih tela razbacanih kao na bombardovanoj pijaci u Iraku zatekla ih je u tom hodniku, dok su zidovi bili obojeni u crveno, kao u kući strave. Preostala nekolicina, koja je imala sreće da preživi eksploziju, rutinski je bila počišćena hicima u glavu, dok se poluživa batrgala raznesenim nogama.

Jurili su preostalim delom hodnika. Vrata, jedna za drugim, „protrčavala" su pored njih, smenjivale su se boje i znaci raznih sadržaja. Sve je to bila gomila raznobojnih mrlja i tačaka, dok su leteli dugim hodnikom i dok je adrenalin tukao divljački, a um zacrtao samo jedan cilj — doći do lifta.

Tek na kraju hodnika zastali su da uhvate dah. Ketrin je otvorila vrata sa desne strane. Našli su se u nečemu nalik čekaonici. Nosila na točkovima stajala su pored zida, pokrivena belim čaršavom umazanim krvlju. Neke tanke noge virile su preko njih. Pored zida sa druge strane stajala je drvena klupica i pored nje, usečena u zidu, neka vrsta prijemnog šaltera. U toj predvojenoj sobici na stolu je još uvek stajala upaljena lampa, osvetljavajući gomilu papira, obrazaca i razne druge papirologije i dokumentacije, na kojima je bilo nažvrljano bezbroj škrabotina. Sten je ipak zadržao pogled na tim sablasno tankim nožicama na nosilima i čaršavu koji je prokrvario. U tom trenutku mali Meksikanac se uznemirio.

— Nadalje može biti opasno — upozorila ih je Ketrin. — Samo pokušajte...

— Ketrin. Noge se pomeraju — pokazao je Sten u pravcu nosila prekinuvši je.

Tanke nožice na nosilima zaista su mrdale. Ispod čaršava lagano je izvirila neka tanka izmršavela ruka i zbacila ga sa sebe. Nakaza se oslonila na noge nagrizene krastama i ranicama. Mršavo i jezivo polugolo telo pojavilo se ispred skamenjenih preživelih, telo na kom je glava podsećala na žensku, ali u poodmakloj fazi mutacije. Sa glave su visili samo ostaci kose, a sa tela samo prnje i oklembešene grudi, gore nego kod trudnice. Na telu su se brojala sva rebra i kosti. Zapravo čitavo telo bilo je kao živi kostur.

Jezivo ječanje izazivalo je pomešan osećaj užasa i sažaljenja. Povijenih leđa i ruku koje su se izdužile do zemlje počela je da se vuče ka žrtvama. Edvard i Sten od viđenog prizora nisu imali mentalne snage da povuku okidač. Osećaj sažaljenja i saznanje koliko zapravo telo može biti dovedeno u jadni položaj oduzelo im je snage u prstima. Odjeknuo je samo jedan pucanj.

Ketrin je ispalila hitac, dok joj je krupna suza klizila niz obraz. Metak je završio tamo gde je trebalo. Neman se zateturala unazad, pala na nosila, a zatim samo skliznula niz njega i stropoštala se na pod. Klizila je tako sporo, tako nestvarno i tako nestvarno se izobličila.

***

— Ketrin, ovde Megi. Jesi li slobodna večeras?

— Jesam — odgovorila je Ketrin. — Jesi li sama?

— Naravno, zato te i zovem — Megi se zakikotala. — Samo požuri, ne bih volela da mi se muž vrati ranije sa tog sastanka.

— Važi, srce, dolazim.

— Ponesi i tu novu igračku, koju si kupila — i dalje se kikotala Megi. — Gorim od želje da je isprobam. Spremiću neku laganu klopu.

— Moramo da proslavimo. Na današnji dan dobila si nov posao i vidim da si zadovoljna — rekla je Ketrin s nekim skrivenim osmehom.

— Naravno da jesam — smejala se i dalje Megi. — Tri puta veća plata od crkavice koju sam dobijala kao farmaceut. Koji idiot bi odbio tako nešto?

Ketrin se smejala.

— Ja sam taj dan obeležila i želela sam da proslavimo.

— *Nisam zaboravila, zato sam te i pozvala* — odgovorila je.

— Ketrin!

— *Naravno, ne bih uspela da se ti nisi založila za mene* — nastavila je Megi. — *Večeras ću ti se zbog toga posebno zahvaliti. Nećeš to nikad zaboraviti.*

— Ketrin!

— *OK, dolazim budi tamo.*

— Ketrin!

***

Ketrin je znala tačno koga je ubila. Prepoznala je, tj. sećanje ju je pogodilo kao nožem. Zaklela se da nikada neće biti emotivac, otkako ju je poslednji muškarac silovao. Lakše je reći nego ispuniti. Imala je, ipak, svoju skrivenu emotivnu tačku. Bila je to Margaret Medison, ili Megi, devojka koja je posle završene farmaceutske škole, na preporuku upravo Ketrin, stigla u ovaj kompleks, kako bi bila uz školsku drugaricu. Zapravo, drugarstvo je preraslo u nešto više. To je Ketrin shvatila kada je počela da oseća prezir prema muškarcima. Skrivala je to dugo. Dok je Blek ubijao zatvorenike i nesvesno ih slao dole kod njih, Ketrin nije mogla više da drži u sebi tajnu da oseća nešto posebno prema Megi. Vrhunac je bio kada se vlažila svaki put dok je mislila na Megi i to sve uz kombinaciju sa poslom predstavljalo je vrlo veliki pritisak za nju, toliko veliki da je između pauza u zasebnim sobama morala da zavlači ruku na najvrelije mesto koje žena ima, kako bi zadovoljila svoje prljave fantazije. Megi je jednom bila dežurna, nadgledajući reakciju novih mrtvih tela, koja je Blek poslao. Eksperiment je zahtevao stalni nadzor, praćenje i evidentiranje svake promene. Ketrin je odlučila da uđe u sobu za nadgledanje i iskreno joj kaže sve. Megi je slušala, slušala jednu tajnu koju je Ketrin dugo skrivala od nje.

... I ništa nije rekla... Nije rekla ništa, nakon što je Ketrin govorila petnaestak minuta. Samo je nagrnula na nju i zalepila joj strastven poljubac. Rvanje jezicima trajalo je nekoliko minuta, uz razuzdano hvatanje za kosu i bacanje delova odeće, a zatim su podelile ono što su godinama krile jedna od druge. Nikog nije bilo ko bi ih video, čak ni uz bezbednosne kamere. Tačno su znale svaki ugao koji je njima bio pokriven. I koji nije...

... Dok su one delile najvatrenije strasti, usledila je prva reakcija leševa u laboratoriji i tada su videle mrtva tela, koja su ustala i počela da divljaju u izolovanoj eksperimentalnoj sobi. Dok su one vodile ljubav na radnom mestu, istorijski trenutak dešavao se na svega pet metara od njih. Nastao je život posle smrti. To je bio neki novi početak, koji će kasnije, nažalost, doneti neki novi kraj i iako su njihovu tajnu vezu nastavile dugo posle toga, valjajući se među čaršavima, Megi će spletom okolnosti biti među prvima pogođena strašnom zarazom, koja će se raširiti van granica i otrgnuti se svakoj kontroli, a Ketrin će je naći osakaćenu, mutiranu, jadnu i dostojnu sažaljenja, kliziće joj jedna suza niz obraz, pre nego što povuče okidač i spasi je muka gorih od smrti.

***

— Ketrin! — posle iznenadnog povika nestao je predivan, slatki i umiljati glas Margaret Megi Medison. Nestao u jednom trenutku i ostao samo kao predivan nedosanjani san.

— Ketrin šta ti je? — pitao je Edvard.

Diskretno je prešla dlanom preko obraza, zauvek uklanjajući dokaz o svojoj strastvenoj vezi sa koleginicom.

— Ništa. Pazite, ulazimo u mrtvačnicu — odgovorila je Ketrin i krenula ka vratima, odvraćajući pogled od blede senke nekadašnje

Megi i od pogleda zatvorenika. Zauvek će ostati na tom mestu i u njenom srcu.

Otvorili su vrata mrtvačnice. Zatečen prizor izgledao je kao da su otvorili vrata pakla. Sa njihove leve strane nalazilo se debelo polomljeno neprozirno staklo, koje se pružalo desetinama metara dalje. Na velikim šiljatim komadima, koji su ostali visila su dva tela u belim mantilima. Jedan je ležao potrbuške sa masivnim tragovima ujeda, drugi je ležao licem okrenut ka plafonu. Lice mu je stravično zjapilo, bledo i bez kapi krvi u obrazima. Ketrin ih je obojicu prepoznala. Kirk i Smit, glavni forenzičari, zaduženi za taj sektor. Njih dvojica bili su dobri ljudi i sigurno nisu bili dostojni ovakve smrti. Iza njih, u izdvojenoj prostoriji nalazio se niz fioka, obeleženih po abecednom redu, gde su skladištili tela. Više od polovine fioka bilo je otvoreno, a neke su bile i nasilno odvaljene. Gotovo na svakoj je postojao trag krvi. Svuda po mrtvačnici ležala su rasuta tela, neka se nisu mrdala, od nekih su postojali samo ostaci, a neka su se vukla žalosno mumlajući. Sa druge strane, prekoputa abecedno obeleženih fioka za tela šetali su monstrumi. Spoticali su se o stolove i stočiće koji su u žaru paklene žurke bili razbacani po prostoriji. Nešto što se moglo zvati naučnicima ležalo je po stolovima, brutalno raskomadano i pobijeno. Zidovi umazani krvlju. Nimalo ugodan prizor, a po sobi šetaju poligoli subjekti, prilično modre i na nekim mestima natečene kože, kao da su pretrpeli ujede otrovnica. Oči su im bledozelenkaste, a rane i šavovi svuda su im se razaznavali. Među njima se čak i poneki član osoblja teturao tamo-amo, dok mu je povremeno poderani mantil zapinjao o ivice stolova, teturao se čak i neko od paravojnog osoblja iz formacije „Jurišnika".

Na drugoj strani Ketrin je pokazala ka dvokrilnim vratima ne govoreći ništa. Preostala vrata po prostoriji bila su blokirana šipkama, lancima, aparatima za požar, stolovima i svim mogućim priručnim predmetima, ali nezgoda je, verovatno, izbila kada su leševi iz fioka poskakali i napravili masakr.

— Hladniji je vazduh ovde nego u drugim sektorima, zato možda i ne reaguju na nas — rekla je Ketrin. — Krenimo oprezno.

Pokušali su da izbegnu centralni deo, kojim su šetali monstrumi. Nisu ih za sada primećivali. Ispod nogu su osećali kako im krcka polomljeno staklo, dok su se monstruozne kreature i dalje ponašale kao da se ništa ne dešava. Širina prostorije ipak nije bila mala. Od posrtajućih nakaza za sada se čulo samo preteće šištanje, krkljanje i mumlanje, kao da nisu sigurni da li je još neko prisutan. Kao da se hladniji vazduh postavio u ulozi saveznika. Troje preživelih je prolazilo kraj razbijenog stakla. Edvard je video svoj izvitoperen i iskrivljen odraz u krupnom komadu stakla sa kog je klizila kap krvi. Iznenadno režanje ih je preseklo i iznenadilo. Gospodin Kirk režao je kao podivljali pas, držeći Ketrin za mantil. Zenice su počele da mu menjaju nijansu u crvenkastu. Trzao se u grčevima, ali nije se mogao pomeriti, jer je bio nabijen na veliki komad stakla, koji mu je prošao kroz telo. Sten je prestravljeno odskočio u stranu, odbijajući se o Edvarda kao o komad stene. Forenzičar, koji je leđima bio nasađen na staklo, iskrivio je glavu i pogledao ga zakrvavljenim očima.

Od novonastale buke monstrumi, koji su do sada mirno patrolirali svojom stranom prostorije, počeli su da se osvrću u tom pravcu. Ketrin je pokušala da pobegne, da pocepa mantil i na taj način da pokuša da se otrgne od monstruoznog i zabalavljenog gospodina Kirka. Pokušala je da skine hekler sa ramena, ali silovit trzaj joj je poremetio ravnotežu, kada ju je monstruozna nakaza povukla k sebi i hekler joj je ispao. Spas u poslednjem trenutku bio joj je upiranje nogom o zid, kada je monstrum pokušao da je privuče k sebi. Elastična i savitljiva, poput balerine, brzo se sagla i izvukla skakavac iz futrole na nozi. Sečivo je pritiskom na dugme munjevito izletelo i isto tako munjevito naučnica ga je zarila nakazi u potiljak. Glava mu je zajedno sa drškom od noža samo klonula i stisak je popustio. Odmah zatim pored nje grunuo je snažan pucanj. Naučnik je agresivno zarežao, ispuštajući prodoran krik ka Stenu, a Edvard, ne razmišljajući o posledicama, opalio je iz puške. Glava gospodina Smita, drugog glavnog forenzičara, prsla je kao lubenica bačena sa petog sprata. Istog trenutka sa druge strane stakla tela su počela da ustaju, a monstrumi koji su šetali oko stolova prekoputa njih, kao po komandi posle Edvardovog pucnja okrenuli su se u tom pravcu i krenuli, pohlepno pružajući ruke. Ako im je hladan vazduh pravio neku zabunu onda je to pucanj iz puške otklonio. Nekoliko monstruma zarežalo je kod fioka. Niko nije primetio da su im se oči opasno zakrvavile, poprimajući tamnocrvenu boju zenica. Jedna monstruozna devojka stajala je u istom mestu, dok su joj oči menjale boju, a zatim se iznenada aktivirala kao na tasteru i zatrčala se ka naučnici. Ketrin se sagla u poslednjem momentu kada je monstrum skočio na nju. Zaražena devojka je promašila metu i preletela preko nje. Umesto na naučnicu, pala je na jedan od stolova i kao divlja mačka hitro se okrenula i gledala iz polučučnja u svoje žrtve.

— Kurvo! — povikao je Edvard, nakon čega je odjeknuo gromovit pucanj. Devojka je uz vrisak odletela unazad i pala na sto koji je od siline popustio i polomio se.

— Edvarde, pazi! — dreknuo je Sten, primetivši da iz pravca fioka trči još jedna nakaza. Panično je ispalio nekoliko hitaca preko Edvardovih leđa, skinuvši sledeću neman, koja je već bila u vazduhu i padala pravo na leđa mišićavog crnca. Monstrum je uz krike pao i to nekom srećom pravo na oštre komade stakla, koji su ga dokusurili. Krv je prsla iz njega kao iz krpelja. Ketrin je uspela da dohvati hekler sa zemlje.

— Edvarde, ovi trče, čoveče! — urlao je Sten.

— Bežimo! — drao se Edvard. — Ketrin, idemo odavde brzo!

Tanka crvena linija ponovo je zaigrala po telima još dve nakaze, koje su halapljivo grabile ka naučnici. Sa po dva-tri metka Ketrin ih je ispogađala u glavu i oborila ih, iako su trčali. Fioke sa telima počele su podrhtavati. Poklopci, jedan za drugim, padali su, dok su u nekom slepom besu zaražena tela mlatarala rukama, pokušavajući da se oslobode. Masa nakaza prekoputa njih rušila je stolove i agresivno grabila ka žrtvama. Edvard se okrenuo i ispalio dva hica iz sačmare, skinuvši pri tom četiri nakaze, koje je delio svega jedan metar od prve žrtve. Povlačili su se pazeći da se ne nađu u sendviču dve grupe obolelih. Ketrin se plašila onih koji mogu da trče. Njima je mnogo teže umaći. Videla ih je prvi put na delu kada je incident izbio i bila svesna njihovih mogućnosti, kada su skakali na „Jurišnike" i interventne jedinice, izazivajući konfuziju i pometnju, čak i među psihički najstabilnijim ljudima.

Povlačili su se i istovremeno pucali, ubijajući samo one najbliže nakaze, dok je buljuk uz strašne jauke grabio ka njima. Prvi poklopci pali su sa fioka i iz njih su ispuzali Ketrinini strahovi. Njihove crvene zenice bleštale su kao demonske, dok su siktali i penili na usta, kao besni psi. Jedan od osoblja frenetično je trzao glavom, dok se nije oglasio pucanj. Tada je zastao i posle jedne sekunde kao na daljinskom je pojurio u pravcu pucnja. Ostali su pojurili za njim.

Ketrin je prva prošla kroz dvokrilna vrata.

— Brzo izlazite! — vrištala je iza njih. Sten je vukao Edvarda, koji je i dalje sipao vatru po raspomamljenim monstrumima. Padali su po dvojica, zbog sačme koja se rasipala u širokom luku, ali su preko njih silovito grabili ostali monstrumi, ispuštajući zastrašujuće vriske i režanja. Izašla su oba zatvorenika. Ketrin je za njima odmah zalupila vrata, a Sten i Edvard legli su celom težinom na njih. Prošlo je najviše dve sekunde posle toga, kada je usledio siloviti udar desetine tela na vrata s druge strane. Obojicu zatvorenika je to odgurnulo korak-dva nazad, ali su oni telima ponovo pritisli vrata.

— Ketrin, provaliće ovamo, ne mogu da ih zadržim! — vikao je Edvard.

— Ima nekih koji trče, nećemo moći da im pobegnemo — sav zajapuren u licu je procedio Sten.

Ketrin je ubrzano letela očima po novom hodniku, trkajući se s vremenom i podivljalim pulsom.

— Izdržite još malo — rekla je.

Odjurila je nešto dalje niz hodnik. Sten i Edvard osetili su još jedan snažniji udar na vratima, kao da se nagomilalo još monstruoznih stvorova, koji će preplaviti hodnik, ako provale unutra. Jedan za drugim gruvali su udari s druge strane, praćeni stravičnim jecajima, dok su Sten i Edvard upirali svom snagom u vrata. Znoj im se cedio niz vratove. Ketrin je dotrčala do staklenog pravougaonog okvira. Umotala je šaku rukavom svog mantila, a zatim silovito zamahnula i razbila staklo. Pazeći da se ne poseče na oštre komade, izvukla je dugačku sekiru, koja je stajala tu u slučaju požara. Dojurila je odmah do zatvorenika i mahnula im rukom da se sklone od brave. Sekiru je pažljivo uglavila između širokih rukohvata na vratima i barikada je bila uspostavljena. Vrata su pokušavala da se otvore i ponovo su se vraćala nazad, zbog prepreke koja ih je blokirala. Dva zatvorenika malo su odahnula.

— Ovo bi trebalo da ih zadrži. Hajdemo. Skoro smo stigli — konstatovala je Ketrin i proverila koliko još ima municije.

— Koliko je to „skoro"? — pomalo iziritirano upitao je Sten, brekćući od umora. — Još jednu ovakvu hajku nećemo moći da izbegnemo.

— Vrlo uskoro — rekla je Ketrin i uputila mu misteriozan osmeh. Sten se zbunio. Pogledao je Edvarda u nadi da će, možda, naći neko objašnjenje, ali Edvardovo lice samo je, jasno kao dan, objašnjavalo da je umoran kao pas.

— I hoćemo li? — pitala je ponovo Ketrin.

— Hoćeš li mi dati sekund, molim te?! Jedva dišem! — povisio je glas Edvard.

— Ja hoću, ali mislim da oni neće — mirno je pokazala ka vratima koja su se i dalje ugibala od siline i navalice, dok su kroz mali prostor između dva krila virili prsti, prljavi nokti i ruke pune ranica.

Okrenula se i krenula dalje. Sten je samo bespomoćno pogledao Edvarda i krenuo za njom.

— Jebeni zatvor... — mrmljao je crnac, ali hteo to ili ne, morao je naterati sebe da se ponovo pokrene.

Udaljili su se od blokiranih vrata i nastavili tim hodnikom, u želji da što dalje odu od njih. Hteli su da budu što dalje odatle, ako se obolelima upornost isplati i provale kroz njih. Usput su prošli pored nekoliko vrata i sa desne i sa leve strane. Neka su bila ručno zabarikadirana, neka zaključana, a neka oštećena, da bi se i mogla otvoriti. Kod jednih, velika šipka stajala je zaglavljena između rukohvata. Sten se okretao. Jedna pored kojih je prolazio, blokirana su velikim stolom sa točkićima, na kom se raznosio laboratorijski pribor. Krv po njemu... Šapat iz tog pravca: *Steeene...* Preko stola puzala je k njemu žena kojoj je sijao zelenkasti, zlokobni pogled i ružan odvratan kez, njeno lice prelivalo se i menjalo oblike, dok je prolazilo između širokih epruveta. Nešto nalik bljuvotini cedilo joj se iz usta, usta koja nisu imala skoro ni jedan zub.

— *Nećeš preživeti!* — uperen prst k njemu i kez uz zlokobno predviđanje.

Sten je vrisnuo i odskočio, udarivši leđima o zid. Bereta mu je ispala. Ketrin se iznenađeno okrenula i odmah podigla hekler.

— Stene, šta ti je? — pitao ga je Edvard.

Sten je unezvereno pokazivao prema stolu za laboratorijski pribor, pribijajući se uz zid i pokrivajući oči. Disao je ubrzano.

— Tamo je... — drhtavim glasom je rekao. — Oni mogu da govore... Rekla mi je da neću preživeti... — nepovezano je pričao. Suze su mu potekle. — Edvarde, umrećemo, zar ne? Umrećemo u ovom jebenom lavirintu, zar ne? — tupo je zurio u pod, držeći se za glavu.

— Nećemo, Stene! Stene! — drmao ga je Edvard.

— Pogledaj me!

Sten je podigao pogled k njemu. U tom pogledu više se nije ogledao čovek, već dete preplašeno jezivim horor filmom.

— Tamo nema ničega, čoveče — pokazao mu je Edvard k stolu.

— Samo ti se pričinilo. — Ketrin je prišla i pogledala iza i ispod stočića. Zaista nije bilo ničega. Prišla je i do Stena i potapšala ga po ramenu.

— Stene, smiri se, uskoro će sve biti gotovo, veruj mi.

Sten je pogledao u Ketrin. Ona se sagla i pružila mu beretu, koju je panično ispustio. Prijatno mu se obratila.

— Hajde, nemoj sad da se gubiš. Potreban si nam — i pružila mu je njegov pištolj, držeći ga za cev.

Nešto u njenom pogledu nagnalo ga je da prikupi ponovo malo hrabrosti. Pogledao je u svoju ruku, pruživši je da uzme pištolj. Drhtala je. Edvard je zabrinuto gledao u Stena, pokušavajući da shvati da li mu se obraz pomera od bola, ili zato što mu se pojavio tik. Delovalo mu je da će izgubiti razum uskoro i da će možda završiti slično kao zarobljeni nesrećnici, koji su u ovom kompleksu preživeli najgori talas terora, ali su ostali zarobljeni po hodnicima i potom počeli masovna samoubistva iz očaja. Metak kroz lobanju nije bio nerealno rešenje, imajući u vidu da se pred njima ispod kolosalno beskrajne planine nalazi zbunjujući splet postrojenja, u kom je, osim gubitka života, gubitak razuma sasvim očekivana pojava. Masivni crnac želeo je Stena razumnog, ne zbog toga što ga je cenio, već zato što je bio još uvek živ i u mogućnosti da barata oružjem.

Krivudave trake krvi nastavljale su se nekud pravo po zidovima, dok se pred njima pružao misteriozni i gotovo nečujni hodnik. Žalosno mrtvačko zavijanje na zaglavljenim vratima jedva da se čulo, nestajući poput udaljenog, veoma udaljenog dozivanja izdaleka. Sten je obrisao lice od prljavštine i pridigao se, nošen jedino voljom kao pokretačem za preživljavanje. Sve slike iz prošlog perioda života ostale su kao nejasno bledilo. Najoštrija i najjasnija bila je slika jezivog, košmarnog kompleksa i mrtvih u njemu.

— Kuda idemo sad? — pitao je Edvard.

— Tamo do onih vrata na kraju — pokazala je ka vratima koja su se još nejasno videla. Jedina vidljiva činjenica je da su dvokrilna i široka. Ketrin je prišla do Edvardovog uha. — Oni mogu da nas pronađu — tiho je šapnula.

— Šta? — trgnuo se Edvard, a Ketrin mu je prstom na sopstvenim ustima pokazala da spusti glas.

— Oni koji mogu da trče. Video si ih u prethodnoj prostoriji. Mogu nas naći, ako previše dugo stojimo u mestu. Mogu pratiti naš trag i miris, kao psi, razumeš? Osećaju krv, naročito ako je rana sveža.

Edvard je nesigurno počeo kolutati očima.

— Nemoj ništa da govoriš Stenu. Uspaničiće se ponovo i ako previše galami može ih dovesti pravo kod nas. Hajdemo! — Ketrin se okrenula, kao da ničeg nije bilo i pošla dalje, pretvarajući se da ništa nije rekla Edvardu. Pod novim utiskom i nelagodnošću Edvard je pomogao Stenu da se sabere i krenuli su za naučnicom.

Uskoro su stigli i do željenih vrata.

Novi hodnik pred njima račvao se ponovo na tri strane. Znaci obaveštenja su još uvek stajali na zidovima, neoštećeni i srećom netaknuti. Jasno je pisalo:

CHEMICALL AREA — *pravo*

ELEVATOR — *levo*

LAB SECTION — *desno*

— Ovo je naš hodnik — pokazala je Ketrin ka hodniku sa natpisom: *ELEVATOR*.

— Tamo iza ugla je lift. Odvešće nas do kompjutera kojim ću osposobiti lift za hitne slučajeve. On vodi direktno na površinu.

— I bilo je krajnje jebeno vreme — progunđao je Edvard, za nijansu raspoloženiji. Potom se okrenuo ka Stenu.

— Je l' si čuo, Stene? Idemo kući uskoro.

Sten je onako poluizgubljen jedva primetno klimnuo glavom. Gledao je nekud napred, ne primećujući baš mnogo od okoline. Dok su išli hodnikom, naleteli su na prizor koji je, ostavljen namerno ili slučajno na tom mestu, trebalo na nešto da ih upozori. Krv...

U širokom pojasu išla je hodnikom, u početku bledunjava, ali kasnije sve jasnija i jasnija. I novost nije nimalo prijala, jer je široki trag krvi išao u njihovom pravcu. Baš u pravcu u kom su se kretali. Nisu želeli da gaze po njemu. Hodali su sa strane. Kasnije su se pomaljali i tragovi po zidovima. Pogledano malo bolje, imali su oblik šaka sa nerealno dugačkim prstima. Kao da se neko hvatao rukama za zid, ostavljajući tragove, dok ga je neko vukao.

— Bože, kakav pakao — cvokotala je Ketrin, pokušavajući da prekine sablasnu tišinu, koja je u neku ruku uznemiravala.

— Imaću košmare posle ovoga, sigurno.

— Svi ćemo ih imati — dodao je Edvard.

Konačno se kroz hodnik strave pojavio ugao i na njemu obaveštenje i strelica koja pokazuje u tom pravcu. Pisalo je: *ELEVA-TOR*. Preživeloj trojci je možda neobična tišina na ovakvom mestu više smetala, nego urlici i jecaji.

Iza ugla, videli su na kraju hodnika polomljena i izvaljena vrata, koja su na samo jednoj šarki visila sa polomljenim staklom. Ostaci vrata bili su samo komadi zdrobljenog okvira i sveža krv se presijavala na čistim staklićima.

Zakoračili su unutra. Pucketanje i krckanje komadića stakla im se od podivljalog adrenalina i napetosti činilo kao da neka grdosija od mašine drobi kamenje. Velika prostorija sa klupama i ponekom ukrasnom biljkom bila je ukrašena još nekim neobičnim ukrasima. Lift je bio pravo ispred njih. Pod je bio sav krvav, ali krv je kapala nekud odozgo. Kap po kap. Dobovala je po čistom skupocenom mermeru, praveći barice tu i tamo. Letimično su, po normalnoj reakciji, bacili pogled naviše, u pravcu kapanja. Prizor na plafonu ih je sledio. Brojna tela visila su unakažena i obešena o kablove. Moglo se po odevanju zaključiti ko je bio šta u prošlom životu. Po nekoj prnji od mantila, ili košulje, ili nekim komadom zaštitnog odela, ili dela pancira. Mnoga od njih, ako ne i sva, imala su tragove masivnih ujeda. Neka su bila polovična, bez nogu, unakažena, bez udova, raskomadana. Odavala su utisak kao da su se našli u menzi kanibala. Naučnici, osoblje i „Jurišnici" su uglavnom bili među obešenima, sa ponekim izuzetkom. Bolje proučavanje poda nije samo otkrilo tragove krvi, već i kože, delove kostiju, komadiće mesa. Sav onaj osećaj ljudske truleži brzinom svetlosti uvukao im se u nozdrve, izmamljujući im šum u ušima i blagu vrtoglavicu. Kao u menzi kanibala, i to prilično neurednih kanibala, koji ostavljaju nered za sobom.

— Isuse — prošaputala je Ketrin.

— Šta je ovo j... — iznenada, kao da se sad rasvestio, glasno je počeo da jauče Sten, od agonije i užasa. Do tada nije reč prozborio, niti pokazao neku posebnu reakciju. Velika Edvardova šaka mu je prekrila usta.

— Tiše bre čoveče, ne viči — prosiktao je crnac.

Sa druge strane prostorije nalazio se lift, a desno od njih novi hodnik, u kom je rasveta kao i bilo šta drugo, bila masivno oštećena. Oštećeni su bili i zidovi na kojima su čitavi paneli koji su ih sačinavali bili odvaljeni, ili oštećeni masivnim ogrebotinama, kao da su titanijumski plugovi prešli preko njih. Krenuli su polako ka liftu, strepeći. Strepeli su od čitavog zastrašujućeg prizora, od kog su jedva naterali sopstvene noge da se pokrenu.

— Budite oprezni, ovde se ne radi o bezumnim monstrumima — upozorila ih je Ketrin.

Načinili su nekoliko nesigurnih koraka ka sredini prostorije, kada ih je prenuo iznenadni tresak o pod. Sve cevi momentalno su bile uperene u tom pravcu. Sve što su videli bilo je telo jednog zaraženog naučnika, koje se kotrljalo po podu i potom se negde nasred prostorije zaustavilo. Kada se konačno zaustavio, poput točka krvavog ruleta „loptica" je pokazala užasno iskrivljeno lice, na kom nije bilo zenica i očiju, već samo prazne jame, poput presušenog jezera, a njegove grudi bile su otvorene i prazne. Noge su nedostajale kao odstranjene ogromnim kasapskim noževima. Neko mumlanje, takođe je dopiralo iz mračnog hodnika.

Odjednom je prestalo i umesto toga odjeknuo je zamah i zvuk sečenja mesa. Potom još jednom, a uz to, kao da su začuli i zlokoban fijuk kroz vazduh. Koraci posle toga, krupni koraci pribbližavali su se sobi u kojoj su visila obešena tela.

— Pozvaću odmah lift — rekla je Ketrin i odmah otrčala do njega. Niko je nije ni čuo, niti odgovorio. Hipnotisani od iščekivanja, nisu znali šta je tamo to što fijuče i seče, ali nečeg je tamo bilo, sigurno, i nekako su tamo u podsvesnom strahu znali da će doći i do njih.

Dvojica preživelih zatvorenika, ukopani u mestu i sve više stežući svoje oružje, sa zebnjom su iščekivali šta će se pojaviti iz mračnog hodnika, koji je izgledom podsećao na vrata neke dimenzije strave.

Strašan urlik koji je odjeknuo kao nevidljiva eksplozija, naterao ih je da obojica padnu na zemlju. Koraci su se pojačavali, kao da ubrzavaju, dok je zemlja u dobujućim vibracijama odzvanjala od koraka. Grozna kreatura iskočila je iz mraka. Pojavila se pravo ispred njih. Visoka oko četiri metra i pokrivena samo dronjcima od nekog odela, dok su joj telo išarale previše nabrekle vene, verovatno od hemikalija. Umesto dve, imala je četiri ruke, na kojima nisu bili nokti, već nešto što je podsećalo na ogromne srpove za žetvu. Delovali su oštrije nego što bi iko mogao zamisliti i povijeni tako da se prilikom hvata čvrsto zariju u meso. Glava je odavala utisak najgore strave, koja se u nečijem bolesnom umu može stvoriti. Odavala je utisak izvitoperene, olinjale životinje, koja je samo ličila na grozomornu kopiju zabalavljene hijene s ogromnim očnjacima. Monstrum strave i užasa, kog u glavi niko nije mogao zamisliti, dok ga nije video, bio je u raspadajućem stanju, sa očnjacima poput noževa i dva krupna zakrvavljena oka, u kojima se zenice nisu mogle ni razaznati.

— Ketrin! Bežimo odavde! — proderao se preplašeno Edvard.

— Sranje, lift ne.... — prekinula se rečenica naučnice. Ponovo strašan urlik zaglušio ih je sve troje, urlik koji je bio sklop režanja i zavijanja i koji je tako oštro zaparao vazduh, cepajući ga kao nevidljivim žiletima.

— ....že da ...đe odmah n... mo... poz... pro...leti ...ift o...ah

Zvonilo im je u ušima.

Zver je jednog zombiolikog monstruma nosila nabodenog na jednu od kandži. Zamahnula je i bacila telo kao lutku od sunđera.

Pogodila je Edvarda. Crnac je odleteo zajedno sa mrtvim zombijem nekoliko metara dalje od Stena. Pokušavao je da se brzo pridigne, prestravljen masivnim i nadljudskim čudovištem, koje je jedino mogao da „istripuje", dok je bio na hemiji, ali sada u strejt stanju, čuvši paklen urlik mutirane, pogrbljene, humanoidne dvonožne životinje, nije mogao da se pomeri iz mesta. Noge su mu se odsekle, a ruke, na kojima je svaka vena tukla kao da će pući, drhtale su mu toliko da nije ni puškom mogao da nanišani. Zver se spremala da odmah kidiše na žrtvu koja joj je kao na tacni stajala.

— Stene, skloni se! — vrištala je Ketrin.

On je nije čuo. Košmar je bio serviran tu na „tabli" i on je zverao u kreaturu, kao hipnotisan. U stvarnost ga je vratio rafal. Ketrin je raspalila po monstruoznoj životinji, koja je već bila na pola puta do Stena. Sten se trgao i odmah pogledao po podu, gde je izgubio pištolj.

U dva skoka došao je do njega i dohvatio ga. Iziritirana mecima, zver je usmerila brzo pažnju na Ketrin, gubeći interesovanje za Stena.

Razbesnele oči gledale su je, dok su se bale cedile iz vilice nazubljene neprirodnim očnjacima i monstrum je uz urlik jurišao na naučnicu. Edvard je zbacio telo zombija sa sebe i dovukao se do puške.

Ketrin se brzo pomerila, a monstrum sa oba para ruku zagrebao po zidu, u divljačkom zamahu ostavljajući tragove i varnice za sobom. Ketrin je počela trčati ka drugom kraju prostorije, menjajući okvir. Sten nije ispalio nijedan hitac još uvek. Monstrum se ponovo okrenuo i počeo da merka narednu žrtvu. Žena u belom i Mali Ćelavi bili su mu na sličnoj razdaljini, ali Mali Ćelavi stajao je mirno, dok je Žena u Belom bežala.

— Stene, šta to radiš? Skloni se od njega! — vikao je Edvard.

— Ćuti — tiho je odvratio Sten, odjednom neobično mirno.

Zver se ponovo zaletela i tada je odjeknuo jedan pucanj. Metak je završio monstruoznoj kreaturi pravo pored oka i mlaz krvi šiknuo je niz lice, razlivajući se po telu. Oko je bilo previše veliko za zrno od devet milimetara. Sten nije bio neki strelac, ali pogodio ga je negde pored oka, zaklanjajući ga delimično. Čudovište je ciknulo, trzajući glavom i mlatarajući ostalim trima rukama, dok je jednom zaklanjalo oko. Oštra cika i zavijanje paralo je vazduh, razarajući i natežući bubne opne čoveka do granice pucanja. Neko pritajeno cviljenje osetio je Sten u ušima kao da je pored njega grunula eksplozija.

Mali Meksikanac kao da nije bio svestan da je monstruoznog diva samo još više razbesneo. Čudovište je pojurilo ka njemu brzinom koja bi po svim kriterijumima bila nemoguća za tu veličinu. Sten kao da nije shvatio šta je uradio, odjednom je izgubio onu malopređašnju snajpersku pribranost i ruka mu je zadrhtala. Pucao je pokušavajući da ponovo pogodi glavu, ali meci su pogađali ramena. Monstrum je strahovito kidisao i ne osećajući te hice. Ketrin je pokušala da ga zadrži novim rafalom, ali sada čudovište nije osećalo ni te hice, ili ih je jednostavno ignorisalo. Divlje mlatarajući, proleteo je između Ketrin i Stena. Naučnica je manevrisala i bacila se u stranu. Sten je bio pogođen. Ipak, omaleni zatvorenik imao je ponovo mnogo sreće. Udarac je bio onim što bi se moglo nekad nazvati nadlanica kod ljudske ruke i ona ga je pogodila u lice. U gorem slučaju prepolovila bi ga nadvoje. Sten je pao ošamućen. Nakaza se zaustavila tek kada je razbacala sve oko sebe, gledajući koga da dokrajči.

Edvard je zaurlao iza njega, kao drogirani domorodac, koji trči u boj.

Grunula je pumparica. Hitac je nakazu pogodio u nogu i otkinuo komad mesa sa nje. Zver je ponovo kriknula, više iziritirana ometanjem, nego bolom. Ali nije pala, kao što je to pošlo za rukom dželatu kod prethodnog monstruma u garaži. To je ona loša vest. Noga ovog monstruma bila je višestruko deblja, poput četinarskog balvana u kanadskim šumama.

— Umri, skote nakazni! — drao se crnac na sav glas i pogodio monstruma u leđa.

Veliki krug crvenog šarenila u sitnim rupicama mu se napravio na leđima. Ketrin je ležeći odrezala žestok rafal, pogađajući čudovište u stomak i grudi. Monstrum je konfuzno mlatarao kandžama sasvim okrvavljenog tela, uhvaćen u nekoj nesinhronizovanoj unakrsnoj vatri. Edvard je ponovo gađao istu nogu koju je malopre pogodio. Još jedna zadimljena čaura pala je u baricu krvi.

Gnusoba se donjim udovima uhvatila za stomak i više nije mogao da stoji. Pala je na kolena, teško i duboko dišući. To disanje je podsećalo na potišteno režanje uspavanog medveda, koji krklja pokušavajući nešto da iskašlje. Sten je brisao krv s lica.

— Pogledaj, Stene, sredio sam nakazu! — trijumfalno se smejao Edvard, prilazeći monstrumu kao ponosan lovac, koji je odstrelio vuka. Prislonio mu je cev na deset santimetara od glave, želeći da je raznese.

— Umri, ružni! — prošaputao je Edvard, ali ga je njegova glupost koštala života. Gledajući spreda, Ketrin je jasno videla kada je monstrum blago odškrinuto i samo naizgled smrtno ranjeno zdravo oko najednom iskolačio. I pre nego što je reagovala, pre nego što je uspela da vrisne iz sveg glasa monstrum se naglo okrenuo:

— Pazi!

Krik je usledio previše kasno. „Bolno oko" monstruma, koje se naglo izbuljilo, predstavljalo je jednu jasnu poruku. Iako je bilo fizički neizvodljivo da nakaza kaže ijednu reč „Bolno oko" je reklo jasno i glasno: „Prevario sam te, naivčino". Crnac se smejao, ali mu se smeh odjednom pretvorio u zbunjenu bolnu grimasu. Niz njegova usta je kliznuo potočić krvi. Tek sekund kasnije video je da mu se u lice unosi odvratna krvava njuška i jedno krvavo oko. Kroz seriju drhtaja, osećajući da više nije svoj, pogledavši dole, video je da mu je kroz telo, tačnije kroz stomak, prošlo pet tankih ali jezivo oštrih sečiva.

— Edvarde! — dreknuo je Sten, pružajući ruku u tom pravcu, kao da će istrgnuti druga i cimera iz smrtonosnog zagrljaja nakaze. Ali Edvardu nije bilo spasa. Crnac je zaurlao, dok mu je krv šiktala iz usta, promenivši mu boju zuba u crveno. Zaurlao je i monstrum, zajedno s njim otkrivajući svoje odvratne očnjake, između kojih je stajao zaglavljen pokoji komadić mesa. Poslednjim atomima snage pokušao je da podigne pumparicu i uperi je u lice čudovišta. Ali njemu je samo jedna ruka bila zauzeta. Zamahnuo je drugom kandžom i Edvardova ruka, zajedno s puškom pala je na pod, dok je crnac i dalje bespomoćno kukao i zapomagao, raskomadan kao u klanici. Sten je okrenuo glavu, ne mogavši da gleda kada je Edvard konačno prestao da jauče. Stvor je nastavio nemilosrdno da ga mrcvari. Zario je zube u njegov vrat i trzajem mu otkinuo glavu, prekraćujući mu muke.

Sten je video Edvardovu glavu sa iskolačenim očima i grimasom bola, koja se dokotrljala.

Ketrin je skočila na noge i koristeći njegov trenutak trijumfalnog urlika laserskim nišanom pokušavala da nacentrira potiljak monstruma. Pokazao je i pored ponašanja jedno prvobitno lukavstvo, kada je nasamario Edvarda ubedivši ga da je smrtno ranjen. Sada kao da je imao šesto čulo, naglo se okrenuo i zavitlao iskasapljeno telo ka naučnici. Ketrin, iznenađena ovim potezom, nije ga mogla izbeći, već se otkotrljala zajedno s trupom nekadašnjeg Edvarda. Komadina mesa pritisla je naučnicu i monstrum je polako prilazio do nje. Edvardu je neko jednom rekao ovim rečima:

— *Ne forsiraj previše teretanu Edvarde, ili će ti doći glave, ili ćeš njom nekom doći glave.*

Ko zna šta je pod tim mislio zatvorenik po imenu David Mendoza iz Čilea, verovatno, ako s nekim dođe u fizički obračun, ili će ga prebiti, ili će biti prebijen, ali sigurno na ovu ovakvu situaciju nije mislio. Ironično, i mrtav i raskomadan Edvard je bio na dobrom putu da dođe Ketrin glave, zbog velike mišićne mase i telesne težine kojom je držao visoku devojku prikovanu za pod.

Ketrin se mučila da ga zbaci sa sebe, ali nije mogla odmah. Pogledala je slučajno nagore, dok se batrgala i pogled joj se zaustavio kod tela jednog od „Jurišnika", na kom je spazila cev koja izviruje iza njegovih leđa. Koprcala se kao da je automobil legao na nju, a monstrum je prišao tačno iznad i pripremao se da je probode kroz telo. Nekako je iskobeljala noge. Kandža je prošla kroz mrtvo meso i pored nje jer se u poslednjem momentu praktično iskrivila na stranu oponašajući smajlijev osmeh svojim telom. Monstrum je besno odbacio Edvardovo telo i nastavio da bode. Još jedan ubod je izbegla ali samo se kotrljala nije mogla da ustane. Iziritiran monstrum pokušao je da je nagazi kako bi je smirio. Rafal iz heklera presekao ga je po nozi i to tačno po članku kada je uspela da zgrabi pušku. Monstrum je zarežao i neznatno izgubio ravnotežu držeći više od tri tone mase, mišića, hemikalija, kostiju i mesa. Ketrin je ustala izbegavši još jedan zamah kandžom ali kada je konačno bila na nogama i zaobilazila monstruma manja kandža niže izrasla iznad kuka monstruma ju je zakačila po ramenu. Ketrin je vrisnula i uhvatila se za rame na kom je sada mantil bio pocepan. Ukazala se jedna crvena linija koja je pokušala da potekne niz rukav.

Udarac ju je zateturao i srećom, udarila je u zid, inače bi ponovo pala. Monstrum je pokušao da je dokrajči, ali kada je pojurio k njoj, ponovo mu je hitac iz pumparice ispravio leđa, uz odvratan zvuk prskanja izdrobljenog sloja mesa.

— Beži! — viknuo je Sten, držeći Edvardovu pumparicu.

Ketrin je iskoristila priliku i pobegla od smrtonosnih kandži. Sten je ponovo ispalio hitac. Monstrum, pogođen u rame se zateturao unazad.

Ketrin je pokušavala da dođe do daha, dok je Sten repetirao pušku i ispalio ponovo hitac. Iako joj to nije specijalnost, Ketrin je prepoznala oružje koje je videla, zatrpana Edvardovim raskomadanim telom.

— Nemam više municije! — povikao je Sten, škljocajući praznom puškom.

— Odvuci mu pažnju — rekla je Ketrin.

Sten je zbunjeno pogledao u Ketrin, ali verujući joj bez razmišljanja krenuo je bliže monstrumu, kako bi ovaj jurišao na njega. Izmrcvaren, okrvavljen i sav dodatno unakažen ranama, monstrum nije imao više snage da potrči. Neznatno je hramao. Sten je dotrčao do ostatka Edvardovog tela, iz njegovog kaiša izvukao pištolj i počeo pucati na monstruma.

Ketrin je pažljivo nišanila. Ruka joj je drhtala, ali samo njoj znana psihička snaga joj nije dozvoljavala da sada promaši. Nije ni trepnula, držeći pažljivo svoj hekler, koji baš i nije bio idealan za veće daljine. Sten je bežao po prostoriji i pucao na čudovište koje ga je u stopu pratilo.

Preznojavajući se, Ketrin je pažljivo nanišanila tu tanku sivu liniju, koja je držala za vrat obešeno telo. Ispalila je kratak rafal u nizu, pazeći da joj puška ne mrdne ni milimetar. Kabl je pukao i telo je sletelo na pod. Odmah je naučnica potrčala ka njemu. I nije se prevarila, prepoznala je oružje koje je bilo prebačeno preko tela mrtvog „Jurišnika". Bio je to RG-6. Ručni bacač ruske proizvodnje, ilegalno uvezen i korišćen kao naoružanje za „Jurišnike".

— Stene!

Zatvorenik se na trenutak okrenuo. Bez ijedne reči gurnula je smrtonosno oružje njemu. Bacač je klizio i Sten ga je nogom zaustavio.

— Budi spreman — upozorila ga je.

Monstrum se i dalje gegao na povređenoj nozi koju mu je naučnica povredila rafalom, ali uporno je kreštao i zavijao, rešen da se dočepa svoje žrtve.

Ketrin je iz unutrašnjeg džepa izvadila malu zaštitnu kapsulu, tridesetak santimetara dugu i desetak široku, koja je bila otporna na udare i padove i brzo je razvrtela poklopac. Izvukla je iz nje staklenu epruvetu sa tamnoljubičastom supstancom. Pojurila je prema monstrumu, vrišteći na njega kao podivljala Amazonka, koja trči u borbu. Monstrum se okrenuo.

Zavitlala je bočicu pravo ka monstrumu čim se okrenuo k njoj. Tanko staklo se lako razbilo o telo gnusobe, a hemikalija je počela neverovatnom brzinom da nagriza ionako unakaženo telo čudovišta. Pakleni jauci i urlici razlegli su se hodnicima, gore nego u inkvizitorskim podrumima za mučenje, dok je nepoznata supstanca bukvalno proždirala gornji deo tela nakaze. Počeo je obilno krvariti iz svih rana koje mu je hemikalija nanela a doslovno se mogao čuti zvuk cepanja kože, veštačkih mišića i unutrašnjosti.

— Sad! Raznesi skota! Pucaj! — drala se Ketrin.

Sten nije poznavao oružje, niti ga je ikada uhvatio u ruke, ali video je gde je okidač. Kao kod puške, barem je tako mislio. Nanišanio je, zatvorio oči i pritisnuo okidač.

Granata je u leđa, tačno između lopatica, pogodila monstruma i od udara su mu otpale obe gornje ruke, dok su mu glava i ramena i grudi u eksploziji bili razneseni u paramparčad. Crvena tečnost je prsnula kao da je neko zgnječio džinovskog komarca, koji se pretovario krvlju.

Prepolovljeno telo, samo s nogama, konačno se s treskom srušilo na pod. Ubili su čudovište.

Sten je zbunjeno zverao oko sebe i tek kada se smirio, shvatio je koliko drhti. Muklu tišinu prekinuo je kratak i sladak zvuk elektronskog zvonceta i klizanja vrata. Lift je stigao.

— Edvard je mrtav — rekao je, izgubljeno buljeći u pod.

Ketrin mu je prišla, držeći se za povređeno rame.

— Znam, Stene, ali moramo da nastavimo, ne možemo ovde ostati. Ko zna ko je sve čuo ovo vrištanje i eksplozije.

Sten je bledo klimnuo glavom i oteturao se do lifta...

***

... Nisu ništa govorili u liftu.

Oboje, svako na svoj način preplavljen neprestanim talasima bezumnog užasa, ćutali su, pokušavajući da zaborave groteskvnu nakazu na koju su naleteli. Pokušavali su da ga izbrišu, iako im je oboma to nenormalno kreštanje još uvek pištalo u ušima. Sladunavi zvuk ponovo se oglasio, kada je na kontrolnoj tabli zasvetlelo: *SECTOR C*.

Sektor C sastojao se od glavne kompjuterske sobe, sistema za nadzor, kako unutrašnjeg tako i spoljašnjeg, nekoliko laboratorija i niza soba sa tuš-kabinama i menzom koju su koristili visoko rangirani biohemičari, inženjeri i naučnici.

Kada su stupili u menzu, sve su ih videli. Bili su tu na okupu, kao nekada kada su raspravljali o nekom važnom projektu, ili zajedno ručali, ćaskajući o privatnim stvarima. Sada nisu ćaskali, već bezumno mumlali i spoticali se o stolice i stolove, balaveći i isijavajući sablasnim zelenkastim zenicama.

— Kako stojiš s municijom? — pitala je Ketrin.

— Mislim oko pola šaržera i ovaj bacač — rekao je Sten.

— Samo ciljaj glavu i pazi kako gađaš — rekla je Ketrin i krenula prva.

Blizu jedno uz drugo, Ketrin i Sten su prolazili centralnim delom menze. Svako od nekadašnjih njenih kolega koji bi pružio ruke ka njima i pošao dobio bi metak u glavu. Ketrin je pobila petoricu na svom putu. Sten trojicu. Nisu nijednom promašili.

Kod poslednjeg mrtvog tela Ketrin je zastala. Brzim pokretom spretno je skinula kaiš sa mrtvog tela, a zatim izašla. Grupa preostalih napadača iz menze doslovno je prejahala sto, na kraju ga i oborivši, a potom je navalila na vrata. Kada ih je zatvorila, Ketrin je rukohvate vezala kaišem. Monstrumi ih nisu mogli otvoriti i tukli su po njima, po sada već uobičajenoj praksi.

Prošavši niz od četiri laboratorije, koje su izgledale kao da je kaznena SS ekspedicija protutnjala kroz njih, došli su do vrata na kojima je pisalo: *MAIN COMPUTER ROOM AUTHORISED PERSONELL ONLY!*

Soba je bila polumračna. Na brojnim monitorima moglo se videti stanje napolju. Pakao je još uvek vladao u krugu „Don Hoze" zatvora bez znaka da će prestati. Sten je tek sada video da su za sve vreme njihovog boravka bili posmatrani. Jedan šematski prikaz pokazivao je kompletnu trodimenzionalnu šemu zatvora, zajedno sa podzemljem, koja je izgledala kao piramida. Drugi niz monitora pokazivao je podzemni kompleks i određene prostorije, u kojima kamere još uvek nisu bile oštećene. Za jedan od kompjutera je sela Ketrin i počela unositi neke podatke. Sten je samo mogao bezumno da bulji, kao i monstrumi protiv kojih se bori, jer zaista nije imao mozga za kompjutere. Nizali su se podaci na monitoru, učitavanja, šifre koje naučnica kuca brzinom svetlosti. Ređaju se zvezdica za zvezdicom u praznom pravougaoniku.

Nije mu trebalo mnogo mozga da kasnije pročita ono što se konačno ispisalo na ekranu a to je bilo: *EMERGENCY ELEVATOR ONLINE, POWER RESTORED!*

Naučnica se spokojno naslonila na stolicu, dok joj je neki čudan osmeh sijao na licu.

— Ketrin, uspeli smo, lift je osposobljen — rekao je Sten sa izvesnom dozom olakšanja.

— Da, Stene, uspeli smo — odahnula je naučnica, dok joj je ruka počivala na mantilu. Iznenada osmeha je nestalo, uozbiljila se.

Naglo se okrenula, zajedno sa stolicom na točkićima, izvadila pištolj i hladnokrvno ispalila hitac u Stena. Pravo u srce...

Zbunjeno, iznenađeno Sten je pogledao u ranu i pokušavajući nešto da kaže, ili možda da upita zašto, zateturao se unazad, oborivši nekoliko čaša sa stola, a zatim se bez ikakvog glasa srušio, iskolačenih beživotnih očiju.

— Obećala sam ti da će uskoro biti gotovo. Ispunila sam obećanje — tiho je prokomentarisala Ketrin.

Ustala je sa stolice i skinula mantil. Iz njega je izvukla jednu vakcinu i zubima pokidala omot, a zatim pocepala rukav mantila i ostatak bacila. Vezala je ruku jednim krajem, dok je drugi držala u ustima i stegla je ruku, a potom ubola sebe u venu, ubrizgavši sadržaj vakcine. Skinula je i naočare i izvadila ukosnicu koja joj je držala punđu, tako da joj je plava kosa pala preko ramena.

Njena odeća ispod mantila nije uopšte odavala utisak da je ona naučnik. Nosila je ispod crnu tesnu bluzu, a na leđima tregere spojene u iks. S jedne strane futrola sa pištoljem, s druge futrola za šaržere i radio veza. Na donjem delu tela nosila je tamne pantalone, koje se, takođe, nisu dobro videle od mantila. Niko nije posumnjao na to ko je ona i šta je...

Posle vakcinisanja pocepala je deo laborantske odeće i zavila ranu na ruci i oko ramena, koju joj je monstruozna zver napravila. Opružila se nakratko na mekom naslonu u udobnoj stolici. Misli su joj bežale, raštrkale se kao radosna dečica u dvorištu za rekreaciju...

— Ponesi i tu novu igračku koju si kupila.

— Ne mogu, srce, ti si mrtva, ubila sam te — odgovorila je Ketrin zamišljeno.

— Jesi li slobodna večeras?

— Jesam — suza joj je klizila niz obraz. — A ti si sama, kao i obično.

Kikotanje...

— Dođi, Keti, nedostaješ mi.

— Nedostaješ i ti meni. Zašto, Megi? Zašto si morala da uzmeš dežurstvo baš te večeri? Zašto nisi ostala sa mnom?

Suze su joj i dalje tekle...

— Dođi, Keti, nedostaješ mi!

— Ti si bila nešto posebno, Megi, nešto posebno...

— Dođi, Keti, nedostaješ mi!

— Ne mogu...

— Dođi, Keti, nedostaješ mi!

— Oprosti mi, Megi, morala sam, nisam mogla onakvu da te de gledam... Oprosti mi — glasno je plakala, ne mogavši više ni trenutak da to drži u sebi.

— Dođi, Keti, nedostaješ mi!

— Ne mogu ovako... Moram da završim posao do kraja.

— Dođi, Keti, nedostaješ mi!

— Ovo je već previše... Ljubav ovde nema mesta, u ovom užasu... Glupa sam bila što sam uopšte na to i pomišljala.

— Dođi, Keti, nedostaješ mi!

— Sabraću se evo samo momenat...

— Dođi, Keti, nedostaješ mi!

— Evo, još malo... Skoro sam spremna.

— Dođi, Keti, nedostaješ mi!

— Dođi, Keti, nedostaješ mi!

— Ja sam još živa, a ovo je prošlo... Ne mogu da dozvolim da me i dalje zaustavlja, moram to izbaciti... Ali uvlači se u moju glavu...

— Dođi, Keti, nedostaješ mi!

— Evo još malo... Skoro sam spremna.

— Dođi, Keti, nedostaješ mi!

— Ja sam živa, ona nije... Najdublje zadovoljenje izvlačim iz najpliće barice života... Čekaj, o čemu govorim?

— Dođi, Keti, nedostaješ mi!

— Evo, još malo... Skoro sam spremna.

— Dođi, Keti, nedostaješ mi!

— Rekla sam, neću proživeti nikad više taj horor, nikad više pogledati u oči one koje volim...

— Dođi, Keti, nedostaješ mi!

— Evo još malo, skoro sam spremna.

— Dođi, Keti, nedostaješ mi!

— Dođi, Keti, nedostaješ mi!

— Dođi, Keti, nedostaješ mi!

— Dođi, Keti, nedostaješ mi!

— Dođi, Keti, nedostaješ mi!

— Dođi, Keti, nedostaješ mi!

— Dođi, Keti, nedostaješ mi!

— Dođi, Keti, nedostaješ mi!

— Dođi, Keti, nedostaješ mi!
— Dođi, Keti, nedostaješ mi!
— Dođi, Keti, nedostaješ mi!
— Dođi, Keti, nedostaješ mi!
— Dođi, Keti, nedostaješ mi!
— Dođi, Keti, nedostaješ mi!
— Dođi, Keti, nedostaješ mi!
— Dođi, Keti, nedostaješ mi!
— Dođi, Keti, nedostaješ mi!
— Dođi, Keti, nedostaješ mi!
— Dođi, Keti, nedostaješ mi!
— Dođi, Keti, nedostaješ mi!
— Dođi, Keti, nedostaješ mi!
— Dođi, Keti, nedostaješ mi!
— Dođi, Keti, nedostaješ mi!
— Dođi, Keti, nedostaješ mi!
— Dođi, Keti, nedostaješ mi!
— Dođi, Keti, nedostaješ mi!
— Dođi, Keti, nedostaješ mi!
— Dođi, Keti, nedostaješ mi!
— Dođi, Keti, nedostaješ mi!
— Dođi, Keti, nedostaješ mi!
— Dođi, Keti, nedostaješ mi!
— Dođi, Keti, nedostaješ mi!
— Dođi, Keti, nedostaješ mi!
— Dođi, Keti, nedostaješ mi!
— Dođi, Keti, nedostaješ mi!
— Dođi, Keti, nedostaješ mi!
— Dođi, Keti, nedostaješ mi!
— Dođi, Keti, nedostaješ mi!
— Dođi, Keti, nedostaješ mi!

— Dođi, Keti, nedostaješ mi!
— Dođi, Keti, nedostaješ mi!
— Dođi, Keti, nedostaješ mi!
— Dođi, Keti, nedostaješ mi!
— Dođi, Keti, nedostaješ mi!
— Dođi, Keti, nedostaješ mi!
— Dođi, Keti, nedostaješ mi!
— Dođi, Keti, nedostaješ mi!
— Dođi, Keti, nedostaješ mi!
— Dođi, Keti, nedostaješ mi!
— Dođi, Keti, nedostaješ mi!
— Dođi, Keti, nedostaješ mi!

***

— Crna Udovice, javi se, ovde Gnezdo, prijem.

— Ovde Crna Udovica, prijem — odgovorila je Ketrin, brišući oči. Na stolu je stajao njen pištolj, okvir s municijom, prazan špric vakcine i kutijica antidepresiva.

— Koji je tvoj položaj? Prijem...

— U glavnoj kompjuterskoj sobi.

— Da li je *Sample X* u tvom posedu i zašto nisi odgovorila do sada? Prijem...

— Iskrsli su problemi. Imam problema sa psihom, mislim da u vazduhu ima neke hemikalije, koja mi utiče na rasuđivanje, a i neki preživeli zatvorenici upravo su uklonjeni. Naišla sam na jak otpor ovde u kompleksu. Veliki broj obolelih kreće se hodnicima i nije lako probiti se na bezbednu poziciju. Postoji još par uzoraka i na putu sam da povratim jedan od njih. Prijem...

— Zapamti da je od vitalne važnosti da ga povratiš.

— Mogu li računati na tim za brza dejstva? Prijem...

— Žao mi je Crna Udovice, ali situacija se otrgla kontroli, previše je aktivnosti trenutno napolju i prevelika je opasnost za tim da se sada iskrca. Ne bi sigurno volela da posle ovoga imaš misiju spasavanja izgubljenih specijalaca, zar ne? Prijem...

— Valjda je tako. Prijem...

— Učini šta možeš sa trenutne pozicije i ostani u vezi. Trenutno se razmatra predlog da se pošalje bombarder koji će raščistiti dvorište. Tada će tim moći da se iskrca i da počisti nered koji ostane, a zatim da pređe i u odaje pod planinom. Ukoliko možeš da povratiš *Sample*, učini to, ali ni pod kojim okolnostima ne pokušavaj da napustiš zatvor, jer je preplavljen nakazama. Prijem i odjava.

— U redu. Odjava i kraj.

Ketrin je vratila radio za pojas i duboko uzdahnula. Bila je sama, a težak izazov stajao je pred njom...

***

— Šta je bilo ono stvorenje u garaži? — upitao je Majkl.

— SB 1 — kratko je odgovorio Brajan.

— SB 1?

— Žargonski Shark Boy 1. Tako su ga barem nazvale pokojne kolege u šali. Neočekivana mutacija donela je neku vrstu fenomena, ali kasnije i ogromnu štetu, kada se oslobodio.

Karlos je sumnjičavo pogledao dželata, koji je delovao kao da ne sluša o čemu se govori. Staložen, neočekivano hladnog pogleda i maksimalno zatvoren u sebe ćutao je i kretao se odavajući utisak kao da je robot kojim upravljaju na daljinski.

— Ne usuđujem sa ni da pitam da li je onaj bio jedini kog smo ubili — rekao je Majkl.

— Onda bolje nemoj, jer da si pitao rekao bih ti da nije i onda bi bio razočaran — odgovorio je Brajan.

— Zato je bolje da ne pitaš.

— Pravo ohrabrenje pred nastavak pakla.

— Ako ti je neka uteha, oboleli se i prema njima ponašaju neprijateljski.

— Slaba će biti uteha, ako mi odseče glavu.

Dug hodnik vodio ih je nešto naniže, osvetljen neonskim svetlom i na njegovom kraju naleteli su na vrata od neprobojnog stakla. Pored njih, nalazila se kontrolna ploča sa slotom za karticu. Brajan je otkucao pristupnu šifru i vrata su se otvorila.

— Koliko ima do tog lifta?

— Mnogo pitaš mali — odvratio je Brajan. — Budi strpljiv, stići ćemo.

Majkl je zaćutao. Sablasna tišina ga je u neku ruku uznemiravala, tako da je postavljao bilo kakva pitanja, računajući i kategoriju idiotskih, samo koliko da ubije tišinu. Neobična hladnoća dopirala je iz novog hodnika, u kom su se našli. Pojačavala se kako su prilazili tom hodniku. Na njegovom kraju dočekala su ih vrata ispred i vrata s leve strane. Sa desne je uzan hodnik vodio negde u nepoznatom pravcu.

Vrata levo bila su teška, masivna, čelična konstrukcija, kružnog oblika i imala su na ivicama komadiće leda, a talasi ledene hladnoće izbijali su kroz njih. Vrata pravo, takođe, visoka i masivna imala su pravougaoni oblik i pored njih na zidu monitor sa pokretnom tastaturom, koja se preklapala kao kod laptopa. Na svu sreću, nije delovala oštećeno.

— Ovde je baš 'ladno — progunđao je Karlos.

— Zato što smo blizu hladnjače. Neke hemikalije zahtevaju ekstremno nisku temperaturu — pokazao je Brajan na zaleđena vrata.

— Tamo je naš put — pokazao je na vrata pravo.

— Zašto onda stojimo? — pitao je Majkl.

— Vrata su sigurno blokirana šifrom — Brajan je, gunđajući, prišao do monitora i rasklopio tastaturu, u želji da proveri status. Bila su zaključana elektronski.

— Ovde će biti malo teže — promrmljao je Brajan. — Sistem automatski menja šifru na svakih 24 sata, a ne znam koju je odabrao sada iz baze podataka.

— Kako onda da prođemo? — pitao je Karlos.

— Pogledaću u telefon — rekao je Brajan i izvadio spravicu nalik mobilnom telefonu. — Za svaki slučaj iskopirao sam sve moguće šifre koje sistem koristi, ali trebaće mi malo vremena dok je budem premostio.

— Nadam se da znaš šta radiš — drhtao je Majkl.

Dželat nije ništa govorio, ali je na uzanom hodniku opazio trag krvi koji je vodio ka njegovoj unutrašnjoti. Diskretno, korak po korak, ne slušajući priču ostale trojice, počeo ga je pratiti. Pištolj mu je bio tačno ispod brade i bio je fokusiran kao predator. Obrisi su postojali i na zidovima, dok je u samoj unutrašnjosti vladao veliki nered. Hodnik je zatim, pod pravim uglom skretao levo. Čim je skrenuo, naleteo je na prve mrtve. Ležali su na leđima, potrbuške, sedeli naslonjeni uz zid, sa rupama uglavnom u glavi i telu.

... Jezive, crvene iskolačene oči staklasto i prazno zevale su u mene i neočekivano me naterale da se prisetim onog naučnika kog sam video na monitoru, kada smo ušli u postrojenje. Jedino što sam u tom trenutku otkrio je da nije samo on u onakvom zastrašujuće trza-lačkom stanju. Još jedan masakr se ovde odigrao i činjenica da su svi monstrumi na ovom mestu ležali mrtvi sigurno neće popraviti utisak da nam se smeši još mnogo novih slika u galeriji užasa. Bez ikakvog ustezanja nastavio sam da istražujem.

Znam, kaže se da je radoznalost ubila mačku, a nadao sam se da mene neće ubiti moja...

Hodnik u kom je ležalo razbacano i mecima izrešetano oko dvadesetak pobijenih monstruma, doveo ga je do kraja. Našao je vrata koja su bila odškrinuta nekoliko santimetara i jedan od monstruma, koji se između vrata i zida zaglavio, ležao je potrbuške. Prostrelna rupa zjapila je iz njegovog potiljka, ostavljajući izlaz, kao neka ružna pećina. Na sobi je pisalo: *BREAK ROOM*. Mesingana pločica na kojoj je stajalo obaveštenje bila je neznatno nakrivljena i visila je samo o jednom ekserčiću.

Blek je držao pištolj bliže sebi, dok je nežno vrhovima prstiju dodirnuo, a potom lagano odgurnuo vrata. Komadići polomljene brave pali su pred njegovom cipelom, kada je dželat pokušao da otvori vrata. U prostoriju je najpre stupio pištolj, potom ruka, a onda se pojavio ceo Blek.

Pod sobe bio je išaran krvlju. Odmah na ulazu zatekao je dvojicu mrtvih sa svoje leve strane, koji su sedeći u ćošku, kao kažnjena deca, nosili maslinasta odela, slična vojnim, gas-maske, boce s kiseonikom i na ramenima oznake za biohemijsku opasnost. Obojica su imali masivne rane po telu, kao da je neko na njima radio rezbarenje. Jedan od njih imao je rez na vratu. Drugi komad stakla, koji mu je kroz masku bio zabijen u oko.

Kod stola na kom su stajale šoljice za kafu, limenke sode, rokovnici, papirići i neke raskupusane novine sedelo je dvoje naučnika. Dvoje je ležalo pored stola. Po telima masivne rane i rezovi na vratovima. Dvojica za stolom oklembešeno su visila, ali samo sa po jednom ranom. Prostrelna rana iz potiljka, dok mu je krv bila razlivena po ustima, a drugi od naučnika je imao rupu u slepoočnici.

Naučnica koja je, takođe, bila deo istraživačkog tima, sedela je na dvosedu obloženom nekom glatkom nežnom tamnoplavom presvlakom, opružena i držeći pištolj u ruci. Krv joj je bila oko usana i neznatno je potekla niz obraz.

... Nekoliko trenutaka stajao sam samo posmatrajući novu sliku iz galerije užasa, pokušavajući da dokučim šta se ovde kog vraga desilo. Hodnik za hodnikom otkrivao je sve bizarnije i bolesnije slike, koje su bile, možda, jezivije i od samih monstruma. Bili smo usred nečega što je samo po sebi bilo jedna ogromna tajna, za koju sam siguran da neće hteti da bude otkrivena. A kada je krenula na put sopstvenog otkrića, otkrila nam je svoje pobačaje koje je izrodila. Dva jadnika za stolom delovala su kao da su izvršili samoubistvo. Barem je položaj tela na to ukazivao. Uostalom ko ih može kriviti? Igrali su se nečim za šta i sami nisu bili sigurni šta im može prouzrokovati i kada su dobili ishod bilo je i suviše kasno. Gotovo sam bio siguran da niko više nije preživeo ovaj užas i da smo mi šačica nesrećnih kopiladi, koja će pre nego što umre groznom smrću imati prilike da vidi šta se sve izdešavalo u ovoj rupi strave i kakve su sve strahote ljudi preživeli u poslednjim satima njihovih života. Smrt će sigurno doći, ali straha nije bilo...

Blek je polako krenuo ka stolu. Između isprevrtanih šoljica kafe spazio je otvorenu beležnicu i modroplavu olovku, išaranu pozlaćenim prstenovima. Shvativši da ništa posebno neće naći, bacio je letimično pogled na stranice. Bila je razlistana. Redovi ispunjeni nekim formulama, računicama, beleškama o nekim dešavanjima u „tom i tom sektoru, na takvim i takvim projektima" i informacijama uglavnom o rezultatima istraživanja, a ponegde bi se i našao poneki spisak za trebovanje komponenata, koji su zapravo bili ništa do kombinacije slova i brojeva. Za čoveka kakav je bio egzekutor prosto rečeno — Nerazumljiva Zona.

Okrenuo je list. Ponovo sitno ispunjeni redovi brojnim obrascima, koje dželat neće razumeti ni za naredna dva života. Takođe, liste nekih sastojaka, hemikalija i pribora potrebnih nekom za nešto. Samo još jedna stranica bila je ispunjena slovima pre nego što je Blek naišao na bele listove. I to je dželat razumeo savršeno. Razumeo je, jer je napisano krupnim slovima, koja onako iskrivljena deluju kao pisana rukom očajnika, ili prestravljene osobe, koja ne može ni olovku držati pravilno, napisano histeričnim i drhtećim pokretima za koje nije potreban grafolog da protumači da je osoba bila doslovno rečeno proždrana panikom dok je te redove ispisivala:

... Mi smo jedini koji su preživeli incident. Interventne snage pobile su većinu naših kolega. Jednostavno ih poređali uz zid i streljali, kao nekada, za vreme rata. Naređeno im je da nas čuvaju po svaku cenu. Mi smo nezamenljivi. Tako govore. Svi mogu poginuti ali ne mi. Ni po koju cenu. Sve se otrglo kontroli. Svi subjekti su podivljali i počeli da ubijaju osoblje.

Gospode Bože, probili su barikadu...

Interventne snage su nestale. Poslednji od njih, Bog ih blagoslovio, Šejn Retklif i Devon O'Denijels, poginuli su u poslednjem naletu obolelih i dali živote braneći nas. Moje kolege sede i leže pored mene... Jedan po jedan počeli su da lude... Ne znam zbog čega. Kao da na ovom mestu nešto utiče i na psihu. Poslednjeg kolegu, po imenu Metju Ričardson, ubio sam lično, kako bih se odbranio od njega... I on je skrenuo... Ko zna šta je video kada je krenuo k meni. Sada sedim sam i pišem ovo... Nadam se samo da ću završiti poruku pre nego što me čuju i pronađu. Neki od njih mogu namirisati živo prisustvo. Eksperiment se potpuno otrgao kontroli. Željeni rezultati nisu postignuti, a umesto toga napravili smo incident koji je sve nas koštao života... Nikom neće dozvoliti da napusti postrojenje. Shvatio sam to i ja i moje kolege. Tajna mora biti sačuvana. Mi smo prouzrokovali sve, jer mi smo glavni tim inženjera, koji ima zadatak da kreira oružje za masovno uništenje i globalnu dominaciju... Žao mi je...

Ovo će biti moj poslednji zapis. Rečeno nam je da „Sample X" ne sme pasti u ruke konkurencije, vlade ili terorista, a interventna je dobila naređenje da nas po svaku cenu izvuče, kako bismo nastavili istraživanje. Jedno je sigurno... Mi nećemo više oduzimati živote na takav način. Na prevaru smo dovedeni ovde i držani pod pretnjom. Dosta je više toga. Mrtve nas ne mogu naterati da radimo ono što oni žele... Ovo ću izvršiti mirne savesti, kao pokušaj da prekinem i iskupim se za ludilo u čijem stvaranju sam bio deo... Jedino će mi nedostajati moja kćer Nataša, koju volim najviše na svetu i koja ne zaslužuje ovakvog monstruma od oca... Ostavljam samo ovu belešku, kao moje poslednje zbogom ovom bolesnom svetu i nadam se da će moje mrtvo telo neće ponovo ustati...

.... Posle toga je verovatno usledio pucanj kao poslednje zbogom. Naučnik koji je ovo napisao zvao se Aleksej Fedorov Vasiljevič i bio je negde iz Novgoroda — Rusija, četrdeset devet godina, po zanimanju inženjer. Dole pri dnu stajalo je pet potpisa i jedan otisak prsta... verovatno njegov. Pored beležnice pronašao sam kutijicu u kojoj je bio tisak za pečate. Njega je upotrebio za sopstveni otisak a verovatno je imao želju da stvori dokaz koji će izaći odavde ali nije imao snage i volje da se izbori sa ovom košnicom ludila. Dvojica, koju pominje u poruci, su verovatno bili dva tipa u uniformama u uglu sobe. Delovi teksta bili su umrljani krvlju. Nisam mogao da pročitam sve, ali i ovo što sam pročitao dovoljno mi je bilo da shvatim o čemu se, zapravo, radi. Govnari su se odlučili na kolektivno samoubistvo tek kada su shvatili kakvo sranje su napravili. Bili su poput policije. Uvek kasne. Sva tela iz zatvora završila su ovde, očigledno u ovom paklu. Test subjekti, zamorčići za neki bolestan projekat. Po prvi put uhvatio me je užas kakav dugo vremena nisam osetio. I bes istovremeno. Bio sam izmanipulisan. Sve što su mi rekli bila je laž. Mad Diablo imao je ovde veze, a tamo izvan je narko-bos. Odjednom mi se to učinilo kao plemenita profesija u odnosu na ono što sam video ovde. Ko zna, zapravo, šta je Mad Diablo pod maskom bosa zapravo bio. On je bio sigurno njihov čovek. Ko zna ko je bio senator kog sam ubio. Da li sam ubio Džejni? Ko je iza ovoga? Zavera laži... I ko zna da li će se

ispostaviti da je osuđenik na smrt u autobusu bio zapravo čovek ove organizacije maloumnika, koji su iz senke organizovali prepad, a ja se sasvim slučajno zatekao tu. Moj mentalni sklop gotovo da je pukao od bujice lančanih eksplozija, koje su se dešavale dok sam odmotavao to začarano klupko bolesnika. Nisam mogao odmah da svarim ovoliku promenu, koja je delovala kao talas vrele vode na skroz hladno telo. Ipak, taj talas imao je nešto pozitivno. Otvorio mi je oči. Na neki način me probudio. Na pomolu je bila velika zavera. A ja sam upravo saznao nešto iz najbližeg kruga ljudi. Obezbedili su mi na kraju krajeva predstavu u prvom redu za gledaoce...

Nije mi se svidela...

Nimalo...

... Do sada su me u životu održale neka luda sreća i improvizacija. Ne znam koliko ću moći još da se izvlačim na njihov račun. Za ovakve situacije nisam bio treniran i pripreman, a koliko sam mogao da vidim, poginuli su i oni koji su upravo za to pripremani, tako da smo maltene živeli na pozajmljenom vremenu, koje će isteći kada Ketrin i Brajan umru. Pre ili kasnije, svi ćemo za njima, jer ne znamo izlaz iz ovog tek-lavirinta smrti, niti smo znali išta o naprednoj elektronici.

Telo mi je bilo poprilično iscrpljeno, a ako je tip koji je napisao poruku u pravu, pobiće nas sve, pre nego što uopšte namirišemo izlaz. Ipak, bio sam rešen da istrajem. Stisnuo sam zube i nastavio dalje. Morao sam to. Na kraju krajeva, ili to, ili sam jednostavno mogao da sednem za sto i pridružim se ovim nesrećnicima... Uz oproštajnu poruku...

— Blek, gde si? Sranje, šta se ovde dogodilo? — začuo se Karlosov glas i koraci koji se približavaju. Odmah je skockao izraz gađenja, kada je spazio užas u kom je džalat, kao nemi posmatrač, stajao. Blek je diskretno gurnuo beležnicu preko ivice stola. Džalat je bio dovoljno brz i dovoljno diskretan. Sklopio je papir sa porukom i stavio ga u džep. Sekund kasnije kroz vrata izvirila je Karlosova glava.

— A tu si. Šta radiš tu? Šta se ovde desilo?

— Istražujem — odgovorio je dželat s nekom bolesnom, gotovo arogantnom mirnoćom, šetkajući po prostoriji.

— Ko su ovi? — pitao je Blek, pokazujući na dvojicu mrtvih sa gas-maskama.

— Ne znam, prvi put ih vidim — odmahnuo je Karlos.

Dželat je podigao sa zemlje M4 pušku, koja je ležala pored tela i pružio je Karlosu, zajedno s opasačem za šaržere. Vojnik, nažalost, nije ni stigao sve da ih iskoristi.

— Potrudi se da je upotrebiš — rekao mu je Blek, ostavljajući Karlosa sa poluiznenađenim i poluiziritiranim pogledom. Delovalo mu je kao da mu se dželat ruga. Prokleta bitanga; i u ovoj situaciji njegovoj podrugljivosti moralo se naći mesta. Iritirao ga je dok je „Jurišnicima" pokazivao tehnike samoodbrane, koristeći priliku da ga povređuje i dobacuje neku opasku. Nije ni sada izostao u tome.

Zastao je u hodniku. Gledao u pod. Razmišljao.

— A odakle su onda došli? — poluglasno je promrmljao zverajući oko sebe.

— Šta? — pitao je Karlos.

— Rulja je odnekud navalila i našla se u uzanom hodniku, ali odakle? — prošetao je Blek po sobi.

Karlos se samo diskretno prekrstio, gledajući u čoveka pod maskom.

— Brajan provaljuje šifru, odatle nisu mogli, ta vrata su elektronski zaključana, odande smo došli, nisu mogli ni otuda — mrmljao je i dalje dželat, zamišljeno kao detektiv koji naglas rekonstruiše zločin.

— O čemu brbljaš? Jesi li konačno počeo da ludiš? — podrugljivo je dobacio Karlos. Blek ga nije čuo. Bio je fokusiran samo na svoje istraživanje.

— Ne umeju da se ukopavaju, niti da progrizu metal, tako da kroz zidove nisu prošli — šaputao je dželat, šarajući pogledom po podu i pipkajući površinu.

— Kako su onda... — pitao je, a onda mu je pogled mahinalno odlutao naviše. I tu je prekinuo svoje izlaganje u pola rečenice, koju bi mogao završiti sa „slučaj zaključen". Četvorostrana ventilaciona cev i otvorena rešetka tačno iznad njega. Kap krvi pala mu je pravo na masku.

***

— Hajde, proklet bio, otvori se — nervozno je gunđao Brajan posle trideset i nekog pokušaja.

— Kada bi samo...

— Stani malo — prekinuo ga je Majkl. — Čuješ li ovo?

Ubrzano kloparanje iznad njihove glave se čulo kao da puzi ogromna bubašvaba po komadu lima. Majkl je bacio pogled naviše. Tresak rešetke ga je presekao, kada je glasno odzvonio o pod. Na svega par metara od njega sleteo je naučnik. Pocepan mantil i odeća vukli su se za njim. Bio je jarko crvenih razjarenih očiju i stegnutog lica, kao u nekom neverovatno velikom grču bola. Usta zabalavljena i krvava. Dreknuo je i pružio ruke ka zaleđenom momku, ali iza njegovih leđa odjeknuo je pucanj. Majkl je osetio da mu je zrno zazviždalo baš pored uveta. Monstruozni naučnik srušio se s rupom u čelu.

— Majkl, beži nazad! — urlao je Brajan, mašući rukom. Vratio je pištolj i izvukao hekler ispod mantila. Uz seriju frenetičnih dobovanja po limu, počeli su još da ispadaju iz rupe na ventilacionoj cevi. Još četvorica podivljalih i pobesnelih članova osoblja. Brajan je imao stabilnu ruku. Sa dva hica skinuo je dvojicu. Majkl je oborio trećeg.

Brajan opet četvrtog. Cev se tresla kao košnica nervno rastrojenih stršljenova.

Ispadalo je još nakaza. Još trojica. Nešto dalje cev je pukla na još jednom mestu. I iz te rupe počeli su ispadati monstrumi. Prve tri nakaze Brajan je ponovo precizno ustrelio, koristeći laserski nišan. Majkl je pokušavao da nekog nanišani, ali mu je ruka previše drhtala, a monstrumi se nisu šalili, već trčali svom snagom ka njima. Dalja grupa nakaza bila je nešto veća i oni su, čim su njihove noge dotakle tlo, momentalno krenuli u siloviti agresivni trk, kao pobesneli psi. Usledili su novi hici sa boka. Iz susednog, bočnog hodnika izleteli su Karlos i Blek i oborili nekoliko nakaza.

... Trčao sam pravo na njih. Nije bilo straha...

Brajan nije mogao zaustaviti bujicu sam. On i Majkl našli su se pravo na udaru nakaza, držeći se blizu jedan do drugog, da ih barem ne razdvoje, ako ništa drugo. U njihov vidokrug iznenada je uletela figura dželata, poput neke crne žive sile. Jednog je skinuo u trku, dok je drugom pucao u glavu iz sasvim neposredne blizine. Treći monstrum kidisao je na dželata, ali se on nije dao iznenaditi i spretno postavio nož. Monstrum je na sečivo bukvalno natrčao grkljanom. Načinio je snažan trzaj u stranu i glava se odvojila od tela. Okrećući se oko sebe, kao pokretna tvrđava, dželat je anticipacijom otprilike odredio gde će biti naredni protivnici. Nije se prevario.

Kada se posle trzaja noža inercijom okrenuo na drugu stranu, dva zabalavljena iskežena lica bila su mu pred nosom. Pucao je jednom u čelo, ali se drugi bacio na njega i oborio ga. Dželat nije paničio. Spretno je podmetnuo ruku s pištoljem u putanju monstrumove kandže, koja mu je trebalo od lica napraviti froncle, a zatim mu u slepoočnicu zario sečivo i gotovo istog trenutka ga nogom odbacio. Spretno, poput mačke, dželat se ponovo našao na nogama. Majkl i Brajan su iskoristili vreme koje je fanatični čovek pod maskom stvorio zaokupivši protivnike i stali pored njega. Sa strane Karlos je kleknuo i sipao žestok rafal iz M4 po preostalim monstrumima, ne mareći gde ih pogađa.

Rasipnička, ali opet korisna taktika, jer su i od toga padali. Nasrtali su i dalje kao skakavci u najezdi.

Pali su još petorica, ovog puta zajedničkim snagama sjedinjene trojke.

— Karlose, šaržer! — dreknuo je Blek, pružajući ruku u vazduhu. Karlos nije dozvolio da ga adrenalin obuzme. Čuo je sasvim jasno dželatov prodorni glas i istog momenta iz pojasa izvukao šaržer i zavitlao ga u vazduh.

Pouzdano i sigurno Blek ga je uhvatio i u deliću sekunde pištolj mu je bio pun. Magija prstima nije izbledela ni posle toliko vremena, odrađujući tu čaroliju elegantnog punjenja oružja bez pogleda nadole. Dželat je ponovo načinio prve korake ka monstrumima koji su u još jednom talasu izlazili iz rupe. Svestan je bio da mu je ovo jedini šaržer i zato je ostao maksimalno u fokusiranoj zoni. Ništa nije postojalo u toj prostoriji. Samo on, pištolj i meso za odstrel na drugoj strani. Ko se nađe u njegovoj fokusiranoj zoni ima posebnu čast, jer je njemu i samo njemu posvećena maksimalna pažnja.

Ohrabreni dželatovim odvažnim (ili ludim) istupanjem napred, krenuli su i Brajan i Majkl. Pridružio se i Karlos, usput ubacujući novi šaržer u M4.

Oči dželata videle su perfektno ono što je trebalo videti. Glava. Čelo. Čak i bore na njemu i sitne ranice zadobijene samopovređivanjem prilikom infekcije. Urlici i vrištanje ga nisu pokolebali nijednog sekunda. Samo pucanj. Jedan za drugim. Čuo je samo svoj pištolj i odvratan zvuk probijanja lobanje i rasipanja mozga. Tup tresak tela o pod, kao vreće peska. Jedna za drugom padaju. Dželat gazi preko njihovih leševa i ide napred. Bukvalno čuje svaku praznu čauricu kako zvecka i pobedonosno pleše po podu, nakon što je Blek njen sadržaj poslao tamo gde mu je mesto — između očiju nekog od monstruma. Ne mari za svoj život, samo je fokusiran i izvodi magiju s pištoljem. Nijedan hitac ne promašuje metu. Oni ne znaju za strah, ali se i on ne plaši njih. Nije dželat ustuknuo nijednog sekunda, ali meci neće trajati večno, a samim tim i nestaće magija koju prstima i oružjem izvodi. Konačno, u jednom trenutku, pucnji su prestali. Batrgao se poslednji zombi smrtno izranjavan i gotovo žalosno zapomažući. Blek mu je uperio pištolj u lice. Škljocnuo je. Ponovo je pritisnuo okidač. Škljocnuo je. Kao hipnotisan, zverajući u jadno lice zombija, dželat je ponovo pritisnuo okidač, kao da želi silom da natera oružje da opali. Samo je hipnotisano zverao u lice monstruma, zaboravljajući da se „isčekira" iz Fokusirane Zone.

Brajan ga je potapšao po ramenu.

— Mislim da nemaš više municije — rekao je i ispalio metak, prekidajući muke zaraženom kolegi. Dželat se trgnuo od pucnja i potom se gotovo izgubljeno zablenuo u Brajana.

— Bio si dobar — ponovo ga je potapšao Brajan. — Uzmi pet minuta, hoćeš li?

***

... Pojam o vremenu bilo je teško steći u okruženju u kom se šačica očajnika, srećom ili nesrećom našla. Brajan je neumorno listao kombinacije, pokušavajući da nađe pravu šifru, dok se ostatak preživelih nervozno šetkao, iziritiran hladnoćom i mirisom truleži, koja je dopirala od pobijenih monstruma.

... Da li je vreme prolazilo sporo ili brzo malo je verovatno da je iko to mogao zaključiti. Nemilosrdno i neumitno u svačijoj glavi odzvanjali su medeni tikovani zvuci, koji su dolazili od Brajanovog kucanja šifara. Delovali su kao zvuci brojčanika koji polako ali sigurno, nekome otkucavaju poslednje minute. Svi su se nervozno šetkali po hodniku. Blek je stajao leđima prislonjen uz zid, prekrštenih ruku i pogleda fiksiranog u jednu tačku.

Hladnoća koja je dopirala iz hladnjače i u kombinaciji sa mirisom tela monstruma činila je okruženje na granici podnošljivog. Pobili su sve monstrume koji su kroz ventilacionu cev pokušali da uđu. Moglo bi se reći da su imali sreće da se postave tako, da im svi monstrumi budu u jednom pravcu i da dželat iznenada pomahnita i prestane da razume reč promašaj. Svesni su bili da koji god ih je faktor spasio raspomamljene družine pobesnelih trkača, da isti faktor neće biti prisutan uvek u tim situacijama. Sva četvorica su ćutala, svako zadubljen u sopstvene mračne misli, dok su im povremeni odblesci odvratnih iskeženih lica izlazili pred oči. Trudili su se da ne gledaju ta izdužena i deformisana lica. Izgledala su tako nestvarno, tako zastrašujuće...

Nestajalo im je razuma, isto onako kao što autu nestaje goriva na dugim relacijama. Lako se to moglo utvrditi povremenim trzajem glava Majkla i Karlosa, kao da im otprilike dosadna muva zuji oko ušiju. Niko to, međutim, nije primećivao, jer je svako bio zadubljen u svoje tmurne misli. Mesto u kom su se nalazili dozvoljavalo je samo takvim mislima da isplivaju, dok je sva ostala potiskivalo, kao bledo sećanje. Majkl se nije usuđivao da gleda u pod, gde su desetine izbuljenih, crvenih zenica zlokobno sijale i dalje podižući jezu, iako su bile mrtve.

Zvuk, nešto drugačiji nego monotono kuckanje, odjednom je odjeknuo i svi su se trgli i pošli ka vratima, kao deca kada čuju zvonce sladoledžijskog kombija.

— Konačno! Kurva je popustila — odahnuo je Brajan.

Ogromna masivna vrata počela su sporo i tromo, ali barem sigurno da se razdvajaju, otkrivajući nov širok hodnik, podeljen žutom linijom kao na autoputu. Nedaleko od vrata stajao je jedan parkiran viljuškar. Nešto dalje od njega tela rasuta niz hodnik ležala su pobijena na prilično užasavajuć način.

— Kakav masakr — rekao je Majkl.

— Sreća što je ovo postrojenje izolovano miljama unaokolo, tako da se neće preliti ni u jedno naseljeno mesto — rekao je Brajan. — Inače ne bismo imali masakr, već genocid.

Imali smo sreću da nađemo bilo kakve oružane snage u ovom kompleksu. Municija nam je bila na izmaku. Sa praznim pištoljem prilično sam predstavljao laku metu. Morao sam poput lešinara da iskopavam ostatke municije sa leševa, ako ih je uopšte i bilo.

Karlos je kleknuo kod jednog ubijenog vojnika. Pregledao mu je opremu uz izraz uznemirenosti na licu, koji bi se možda mogao i protumačiti kao rana faza tikova. Brojni rezovi po telima, kao da je jadnik poslednje sate proveo u nekom mučilištu. Pronašao je neke ručne granate. Tri ručne granate tipa M26 pronašao je i zamislio se na trenutak. Nije mu ta stvar bila strana. Karlos je bio zakleti antivladin vojnik. Sećao se kako je držao svoje prve granate kada je bio dečak. Kasnije ih je bacao na pripadnike meksičke vojske tokom borbi Armije Nacionalnog Oslobođenja, za koju se borio i vladinih snaga.

Bacao je granatu gore-dole, kao sočnu jabuku u čiju koru se sprema da zarije zube i pored svih nedaća se osmehnuo. Osmehnuo se, sa setom se sećajući nekih stvari, dok je gledao glatku zelenu površinu granate. Kada je vojska brutalnim merama počela da vraća sve teritorije, koje je ova paravojna organizacija držala, Karlos je dobio anonimno pismo u kom su mu obećana dobra primanja, budućnost, automobil, stan u Meksiko Sitiju, odmor na egzotičnim mestima svake godine i što je još važnije nestaće kriminalni dosije, koji je bio po uličarskom rejtingu poprilično zavidan. Bezbroj pljački, prvo onih prostijih otimačina, zatim oružanih pljački, otmice, iznude, višestruka ubistva, učešće u antivladinim sukobima, seksualna uznemiravanja i napastvovanja, brutalna prebijanja radi reketa, drugim rečima Karlos je bio na vladinoj crnoj listi, što je stupanjem u „Don Hoze" zatvor (ili je on mislio da stupa samo u zatvor) izbrisano, kao da nikada nije ni postojalo. Pa čak i odmor na egzotičnim ostrvima.

Ponuda koju malo koji razuman čovek može odbiti, a kako su stvari stajale, anonimni poslodavac bio je spreman da mu kupi i kupaće gaće za odmor na egzotičnim ostrvima, ako je potrebno (jer Karlos je spadao u niži siromašni sloj, koji je živeo ispod granice dostojne čoveka), samo da ga dovede u svoje redove, kao iskusnog vojnika s dosta borbenog iskustva. I Karlos će, naravno, pristati, ne znajući kakav užasan papir je sebi potpisao i naravno, polakomiće se na dobru platu, koju je zarađivao i naravno, iskoristiće svoj poboljšani status da sebi prisvoji vrelu cicu, koja je po čarobnom glasu bila poznata u prestonici i dobiće s njom četvoro dece, ali status će mu biti poljuljan, jer će kasnije doći čovek pod maskom, koji je i do ovog trenutka velika misterija za njega, čovek koji iz nekog razloga nešto vredi, čovek koji će biti instruktor snagama nad kojima će Karlos preuzeti komandu, nakon što lud od ambicije otruje svog šefa. Čovek koji nosi masku i čije lice nikada nije video, čovek na kog će biti ljubomoran, čovek kom na treningu ne može da zada nijedan udarac, a da posle toga ne završi na podu i čovek koji će se, nažalost, s njim boriti rame uz rame, kada se njegova iluzija sruši i zatvor preplavi nešto što Karlos nije ni sanjao da postoji, a cela njegova epopeja o poslu iz snova se završi na prilično brutalan i krvav način. Karlos će, nažalost, sve to doživeti iz prve ruke i imaće sreću da se pred njim podmetnu trojica odanih „Jurišnika" koje će monstrumi raskomadati kada izbije prvi incident i tako dobiti na vremenu, dok njegove odane saborce u slast jedu oboleli, da se probije kroz inficiranu zonu i dođe do glavnine svoje vojske.

— Karlose, nešto nije u redu? — pitao ga je Brajan.

— Ma ne, sve je OK — odmahnuo je i ustao.

— Već duže vreme držiš tu granatu, mogao bi da se povrediš.

— Ne seri, Brajane! Znam kako se rukuje s tim, nisam glup — brecnuo se Karlos.

— OK, samo da te upozorim da moramo krenuti dalje, ne možemo da stojimo dugo u jednom mestu.

— Ma ajde pričaj mi o tome — prezrivo je mrmljao Meksikanac i pogledao u Death Bringer-a. On mu je bio okrenut leđima i delovao je zaokupljen nečim, klečeći pored nekog tela. Karlos je bio sebični i osvetoljubivi gad. Dotakao je usnu jagodicama kažiprsta.

Još uvek se sećao onog lakta koji mu je sevnuo u lice kada je pokušao da mu spusti pištolj koji je držao uperen u Ketrin. Kako bi bilo... Mračne misli počele su da mu kruže glavom. Osvrnuo se. Majkl i Brajan su odmakli. Blek je zauzet. Stegao je dršku M4 i kažiprst je poput podmukle zmije puzio ka okidaču. Ipak, mala nelagodnost ga je zadržavala, sada im je bio potreban svako, ali što da ne, to je samo jedan krš od čoveka, nikom neće nedostajati. Opet mala nelagodnost u njegovoj glavi i poslednji bastion razuma, koji ga je opominjao da se mane te opake namere da puca u leđa dželata. Zašto?

Kučkin sin je ponekad odavao utisak da ima oči i na leđima. Šta ako se okrene odjednom i saspe mu dva posred čela. Niko se nije zamerio Karlosu i ostao mu dužan, ali sa ovim je bilo drukčije. Iako je bio okrenut leđima, Karlosu je u njegovom već uznemirenom umu kolala ona pomisao da se možda samo ne pravi da nešto čačka oko tela, a da je već video njegovu nameru. Ili ima neko šesto čulo, koje je stekao u vojsci... Bio je u vojsci... Tako je Karlos čuo i to u „Fokama". Slušao je Karlos o njima da nisu normalni, šta su sve u stanju i čemu ih sve uče. Ali nije bio siguran... Mada, mogao bi i da puca. Ako je dželat nekakva „Foka" nije Supermen, neće se metak odbiti o njegovu glavu, već će mu prosuti mozak kao i svakom normalnom ljudskom biću... Da li to da uradi? Dlanovi su mu se znojili.

— Vas dvojica, idete li ili ne? Nemamo vremena — oglasio se Brajan s kraja hodnika.

Dželat je ustao i krenuo. Usput je stavljao šaržer u pištolj i repetirao ga, prolazeći baš pored Karlosa. Razmenili su poglede. Kao da je egzekutor osećao šta je Karlosova namera, otprilike se mogla pročitati podrugljiva arogancija iz njegovih očiju, tipa „nemaš petlje, seronjo... Plašiš me se!" Karlos je odbacio svoju lošu nameru iz glave... Bar za sada...

Morao sam da se zadovoljim s dva šaržera, koja sam pronašao kod iskasapljenog pripadnika interventne. Neće poslužiti za bogzna koliko, ali bolje je i to nego biti goloruk. Nisam mogao tačno da procenim koliko još ima do lifta, ali sudeći po Karlosovom ponašanju, delovalo mi je kao da ga je uhvatila panika kada je saznao da u svakom slučaju neće izaći živ iz ovog lavirinta smrti. Sve nas je gledao sumnjičavo. Kao da pokušava da proceni da li mu neko radi o glavi. Tipični gerilci... Muka mi je bilo od njih. Nisu imali ni časti ni ljudskosti, sumnjali su i u najrođenije, a sada se taj šljam dovukao da nekom umobolniku bude čuvar.

Ali ko sam ja da bilo kog osuđujem?

Ja sam bio egzekutor istom tom umobolniku, što je mnogo bolesnije od bilo kog gerilca...

... Prošli su pored niza vrata koja su imala raznobojne oznake i obaveštenja. *LAB SECTION, SAMPLES, BODY SAMPLES, EXAMINE ROOM A, B, C, D, E... STAFF ROOM, SUPERVISOR ROOM, LAB SUPERVISOR ROOM, MATERIALS...* Boje i znaci nizali su se u hodniku koji se pružao daleko ispred njih, dajući im novu dugu rutu za pešačenje. Neka od vrata bila su deformisana, po nekima su se jasno mogli zapaziti tragovi ogromnih ogrebotina, neka su bila blokirana šipkama, praznim sačmarama, čivilucima, ormanima, metalnim pločama, delovima stola i drugim improvizovanim barikadama.

Kraj hodnika doveo ih je do masivnih metalnih vrata, koja su imala mala pravougaona stakla na sebi i pored njih slot za karticu. Crveno svetlo iznad slota označavalo je da su zaključana elektronski. Brajan je već držao karticu u ruci, ali je zastao, zbunjeno gledajući u staklo.

Svi su pogledali kroz to malo providno staklo i ostali bez ijedne reči, jedino se čulo Majklovo tiho zamuckivanje. Suvišan je zapravo bio svaki komentar. Hodnik je s druge strane bio krcat nakazama koje su se tiskale jedne uz druge, kao na mitingu. Bezbrojni talasi zelenila u očima pružali su se desetinama metara napred kroz hodnik. Mumlajući i nespretno se saplićući hodnikom, tromo su se vukli tamo-amo, bukvalno čekajući prvu naivčinu da dođe, otvori vrata i pusti ih unutra. Neki su sedeli uz zid i nisu radili ništa više od kunjanja i debilnog zevanja u pod. U svakom slučaju bilo ih je dosta. S tom ravnodušnom bolešću u očima, na usnama i ranicama po telu samo su kukali i zavijali kroz ta vrata, bezidejni kao i uvek, čekajući prvi znak koji će ih pokrenuti. Svima je bilo jasno da kada Brajan provuče tu stvar kroz slot za karticu, a vrata se razdvoje, da će to možda biti jedan od poslednjih zvukova koje su čuli. Jer trenutna vatrena moć kojom su raspolagali nije bila dovoljna da ih zaustavi, a sa druge strane bilo je stotine zgusnutih nakaza niz dug hodnik da bi se mogli kojim slučajem probiti kroz njih. Talas će pokuljati čim se vrata otvore, za toliko su barem shvatili njihovo ponašanje, a Brajanu je delovalo da nisu daleko od epicentra, tj. dela postrojenja najteže pogođenog zarazom. Bio je to upravo Sektor N, odeljak za nadgledanje prvih test-subjekta kada je eksperimentalni lek bio u ključnoj fazi i kada su smenu imali Ketrin, Megi i Brajan u istom sektoru... Međutim leka... Brajan se diskretno okrenuo preko ramena i pogledao ekipu koja je bukvalno iščekivala njegovu dalju instrukciju kako bi napredovala. Ni Karlos, ni Blek nisu pojma imali kakav je zapravo lek bio u pitanju. Za Karlosa je znao da nije preterano vičan naukama i da neće shvatiti te stvari. Dželat je bio nešto drugo. Ni on pojavom i ponašanjem nije odavao utisak da je mnogo inteligentan, ali predstavljao je neku svojevrsnu čeličnu zavesu. Nije se moglo videti da li je nešto shvatio, ili nije i da li zna nešto ili ne. To je ona mala sumnja, koja je zatitrala u Brajanovom mozgu. Šta je dželat, odnosno Blek, odnosno Death Bringer za kog se čulo sa donjih nivoa? Najviše se plašio ubačenih agenata sa strane, a gledajući tu neprozirnu crnu masku, dva čelična oka poput jama bez dna i čoveka koji malo govori još manje razmišlja, to je bio za Brajana idealan profil ubačenog čoveka. Međutim, to je bila samo sumnja. Nije se smeo polakomiti da sumnja u tom trenutku, ne kada ga je nekoliko santimetra čelika delilo od horde obolelih.

Brajan je uzdahnuo i leđima se naslonio na vrata.

— Šta sad? — pitao je Karlos. — Tamo definitivno ne možemo.

— Postoji još jedan put, ali biće duži, jer zaobilazi ovaj hodnik, kao i sektor iza nas — rekao je Brajan.

— Koji put? — pitao je Karlos.

— Kroz laboratorije. To je jedini način, ali moramo se kretati brzo i držati se blizu jedni drugih, tamo su... — zastao je na trenutak.

— Ko je tamo? — pitao je Majkl.

— Tamo su, verovatno, monstrumi, možda još gori nego ovi. Moraćemo da rizikujemo. Tamo se krije... — potom je Brajan zastao. — Moraćemo da pokušamo na tu stranu — Brajan je na brzinu sklepao odgovor i krenuo. — Moramo se vratiti.

Svi su krenuli za njim.

Možda sam ja bio paranoik, ali u tom trenutku mi je delovalo da je zamalo rekao suviše. Često sam govorio razne stvari, neke su čak zvučale besmisleno u pojedinim trenucima, a neke kao da nisam pri sebi, ali sada gotovo da sam bio ubeđen da nešto krije. Morao sam da sačekam i saznam to kasnije, a za sada jedina moguća stvar je igrati po pravilima koja će mi sačuvati glavu na ramenima...

***

— Laboratorije su međusobno povezane. Kretaćemo se od jedne do druge, dok ne izađemo u nov hodnik. Jeste li razumeli?

Svi su klimnuli. Nekoliko trenutaka kasnije Brajan je stajao pored vrata koja su bila blokirana lancem. Katanac nije postojao, već je lanac bio samo upleten oko rukohvata.

— Budite spremni — upozorio je naučnik. — Ko zna šta se krije u laboratorijama.

Počeo je da odmotava lanac koji je zveckao. U tom momentu vrata su se iznenada zaljuljala napred. Krila su se razdvojila nekoliko santimetara, ali nisu mogla do kraja, zbog lanca. Kroz mali prostor između krila provirila je jedna šaka, izbrazdana svežim ožiljcima, pokušavajući da nešto uhvati, dok se strahovito besno siktanje čulo s druge strane. Brajan se trgnuo unazad, ostavljajući se odmotavanja. Dok su svi zabezeknuto gledali u šaku kao u svetsko čudo, dželat je munjevito izvukao pištolj i ispalio hitac pravo kroz nekoliko santimetara tesnog prostora. Šaka se lagano povukla unazad i sa druge strane čuo se samo prigušen tresak o pod.

— Hoćeš li konačno otvoriti jebena vrata? — tiho je upitao Blek.

Brajan je bez reči nastavio da odmotava lanac, dok je dželat tik uz njegovo rame stajao prislonjen uz zid, čvrsto držeći pištolj obema rukama uz sebe. Čim je naučnik sklonio lanac Blek je grunuo na vrata, a odmah za njim ostali preživeli. Monstruozni laborant ležao je odmah pred vratima sa rupom od metka u čelu i crvenim zlokobnim zenicama, koje su beživotno zurile u plafon.

Laboratorija je bila u teškom stanju nereda. Na stolu je umesto pribora ležalo doslovce pokidano i rastrzano telo sa razbacanim iznutricama, čiji je smrad probijao sterilnu zavesu ove prostorije. Creva nesrećne žrtve su pala na pod, dok je njegova glava bila bačena desetak metara dalje od stola. Majkl nije mogao ni jedan tren da izdrži.

Čim je video odvratnu sliku, toliki nalet mučnine je proleteo kroz njegov želudac, da je počeo prodorno da povraća, kao da je u ustima imao vatrogasno crevo.

— Sranje, zar ne možeš nimalo da se uzdržiš? — pitao je Brajan, dok je ponovo namotavao lanac oko rukohvata.

— Da nisi previše labavo namotao to? — sumnjičavo je pitao Karlos.

— Moraće za sad da posluži, idemo brzo. Ne možemo ovde da stojimo, jer smo otvorili vrata. Miris hemikalija privlači ih kao jebeni magnet, ovde će ih biti buljuk za nekoliko minuta.

Prošlo je samo par sekundi od toga što je Brajan rekao. Majkl se još uvek borio sa svojim užasno slabim i iziritiranim želucem.

Na vratima, koja je naučnik upravo „blokirao", začuo se tup udar, kao da je bizon rogovima nagrnuo na njih. Iste sekunde čulo se i užasno režanje i grebanje po fino uglačanoj metalnoj stranici.

— Eto, o tome ti govorim — dreknuo je Brajan, pokazujući na vrata koja su se veselo ljuljala napred-nazad. — Idemo ovog momenta! Majkl, ustaj!

Momak je pobeleo u licu. Pokušao je nešto da kaže, ali je izgledao kao da će se srušiti vrlo brzo. Samo je mumlao, pokušavajući da izusti reči, dok su mu prljave bale zamućene bljuvotinom visile sa usne. Oči su mu lelujale, a čelo je bilo pokriveno krupnim, hladnim kapljicama znoja.

— Karlose, pomozi mu! — rekao je Brajan i krenuo ka drugom kraju prostorije. Karlos je jednom rukom uhvatio Majkla ispod pazuha i pošao za naučnikom.

Dželat je već stajao tamo na drugom kraju laboratorije i kroz staklo na sledećim vratima gledao u susednu prostoriju. Brajan mu je prilazio. On se okrenuo ka naučniku i pogledavši ga ispružio četiri prsta na ruci. Sekund posle toga ponovo se okrenuo, otvorio vrata i uleteo unutra. Četiri pucnja je odjeknulo, kada je Brajan već bio na vratima. Video je kako su dva zatvorenika pali, ustreljeni u glavu.

Čim je ušao, dželat je već trčao ka sledećim vratima, dok su iza njega ležala dva zaražena laboranta i zatvorenika sa rupama u čelu. Ušao je potom i Karlos, vukući Majkla za sobom.

— Još dve i izlazimo! — doviknuo je Brajan. Dželat je klimnuo i počeo prilaziti ka sledećim vratima. Istog momenta jak urlik prolomio se tačno iznad njegove glave. Začulo se i lomljenje rešetke koja je s treskom zveknula o pod. Nakazni zatvorenik sa pocrvenelim očima obrušio se poput leoparda na dželata i sklopio ruke oko njegovog vrata.

— Sranje! Brajane, skini ga! — urlao je Blek, teturajući se zajedno s pomahnitalim zatvorenikom na leđima. Brajan je pokušao da nanišani, ali nije imao čistu metu. Blek se trzao levo-desno, telom pokušavajući da se otrgne iz zagrljaja monstruma. Brajan je rizikovao da pogodi i njega. Karlos je bio uznemiren kada je video da su se našli otprilike u nekom sendviču dve horde monstruma. Labavo namotan lanac na vratima držao je onu tamo grupaciju na ulazu, to im je bila jedina sreća u ovoj nesreći. Iznenada, u bezuspešnim pokušajima da zbaci nakazu sa sebe dželat je snažno i pod nezgodnim uglom nogom zakačio ivicu stola i pod teretom naglo izgubio ravnotežu. Žestoko se zateturao, kao auto koji je pri velikoj brzini naleteo na poledicu i zajedno s monstrumom su kroz vrata uleteli u sledeću laboratoriju.

— Blek! — povikao je Brajan, ali iste sekunde kroz rupu u ventilaciji počelo je ispadati još nakaza koji su mahnito jurili k Brajanu.

— Monstruos malditos![2] — povikao je Karlos i bacio Majkla od sebe podižući M4.

Sjedinjenim snagama obojica su žestokim rafalima raspalili po monstrumima, jer ih je manje od deset metara delilo do žrtava. Karlos je pucao, ali bio je neoprezan. Monstrum koji je zaobilazio stolove prišao je Meksikancu s boka i kidisao. Iznenada, odnekud je izleteo Majkl i presekao mu put, nasrćući telom na njega, kao ragbi igrač. Izbacio ga je iz ravnoteže i monstrum je pao na svega metar od Karlosa. Hladnokrvno je izvukao pištolj iz Karlosove futrole, na njegovo iznenađenje i pucao mu u glavu. Brajan je bio nešto bolje sreće i oprezno nišaneći heklerom u teturajuće klimavce rešetao im je glave i obarao ih sa bezbednije daljine.

Iako su obojica pala na pod, čelični zagrljaj monstruma nije popuštao. Tada je diskretno i gotovo tajanstveno niz grudi dželata potekao mlaz krvi, koji on nije primetio. Pištolj mu je ispao. Morao je da sačuva prisebnost, iako je po prvi put osetio da gubi borbu. Monstrum ga je stegao jako poput anakonde, omotavajući i ruke i noge oko njegovog tela. Nije ga mogao ujesti, jer je dželat lukavo uvukao vrat među ramena i podignuta kragna na njegovoj jakni je učinila da se priglupi monstrum zbuni, jer nije video izloženo meso, ali oštri nokti od četiri santimetara zariveni u meso imali su pouzdan argument da plen neće nigde pobeći. Pohlepni monstrum dograbio je kragnu i pokušao da je strgne, kako bi ga ugrizao za vrat. Dželat je skupio svu snagu, predosetivši taj momenat. Naglo je trgnuo glavu unazad i udario monstruma potiljkom u lice. Iskoristivši sekund kupljenog vremena, izvio se i ponovo uspeo da izvadi nož. Istog momenta osetio je da mu ruka iza leđa sklanja i jaknu i majicu i otkriva mu vrat. Adrenalin u telu je poludeo, jer anticipacija govori da sledi smrtonosni ujed, trka s vremenom, ko će biti brži, ljudska volja za preživljavanjem, ili monstruozne ralje. Dželat je okrenuo nož u kontra smeru prema sopstvenom licu i zamahnuo silovito, tik pored svog obraza. Sečivo je ušlo do korice… začuo se taj zvuk pucanja zuba i lomljenja vilice dok je preoštar nož prodirao. Prodirao je tačno tamo gde je trebalo — u glavu monstruma. Blek nije ni pogledao unazad, već je po improvizaciji pustio sečivo tamo gde je očekivao da bude glava. Nošen divljačkim adrenalinom, dželat se poput mačke prevrnuo u mestu i našao se iznad obolelog, gledajući ga pravo u krvavocrvene zenice. Snažno je zamahnuo obema rukama i provrteo lobanju zatvoreniku, besno uvrćući sečivo uz gnusno krckanje i mrvljenje kosti lica, time ga dokrajčujući i ostavljajući njegovo lice kao haotičnu gomilu zdrobljenog mesa i polomljenih zuba.

Nije dozvolio da ga bes odvede u smrt, bar ne još uvek. Neznatno podižući pogled, spazio je kod glave već pokojnog monstruma otrcane pantalone i prljave cipele. Čim je pogledao naviše, iznad njega su zverali zatvorenici bolesnim zelenkastim očima. Gnusoba u vidu ćelavog belca, sa mnogo rana na licu, pružila je ruke, dok je oštar jezik palacao u vazduhu sa kog su kapale zarazne bale. Blek ovog puta nije dozvolio da ga uhvati. Zasigurno bi skončao na tom mestu, jer ih je bilo petorica koji su išli ka njemu i ušli su iz naredne poslednje laboratorije (barem po Brajanovoj priči), privučeni pucnjima i bukom. Oboleli čovek grabio je napred ka žrtvi, a Blek je snažno odgurnuo prvog ćelavog zatvorenika. On se trapavo zaneo i odgurnuo ostale monstrume unazad. Klečeći, dželat je ubrzano jurio pogledom po sobi. Pištolj! Pao je na tri-četiri metara od zatvorenika. Nakaze su ponovo počele da se vuku k njemu, pružajući ruke.

Nije imao vremena ni da ustane. Grebao je i rukama i nogama po podu, vukući se maltene četvoronoške i bacio se na pištolj, kao davljenik na svog spasitelja. Potom se okrenuo na bok. Ispaljivao je brzo jedan po jedan hitac i obarao nakaze koje su iznenada ubrzale korak. Četvorica su pala dobivši precizne pogotke u glavu. Peti je telom pokušavao da poklopi svoj plen i zarije oštar jezik u glavu maskiranom čoveku. Dželat se sklupčao poput mačke koja se sprema da zaspi i skupio je noge u poslednjem trenutku. Zaglavljena između njegovih kolena, glava monstruma tresla se kao neka frenetična lutka, praćena histeričnim siktanjem i palacajući jezikom levo-desno, ciljajući isključivo glavu. Rukama koje su interesantnim zahvatom bile neutralisane, monstrum je pokušavao da mu razdvoji noge. Dželat je poslednjim delićima snage precizno uperio cev u čelo monstruma, pazeći da ne raznese sopstveno koleno i opalio hitac koji je smirio poludelu nakazu. Samo je skliznula nadole i opružila se, ostavivši mu potočić krvi na kolenu.

Tek kada je oboleli skliznuo na pod, dželat se skroz opustio, ispružen koliko je dug, dok mu se stomak kao ogromni meh visoko podizao i spuštao od dubokog i ubrzanog disanja. Snage u rezervoaru zaista je bilo malo. Nekako je uspeo da se odvuče do zida, poput psa s prebijenom kičmom i prislonjen telom uz zid pokušao je da malo prikupi snagu.

Tek kada je poslednji od njih pao, osetio sam takav bol i razdiranje u grudima, da sam zamalo izgubio svest. Onda me je uhvatio osećaj užasa i nelagodnosti... Pravi šok i saznanje, koje nisam očekivao da vidim. Zavukao sam ruku ispod jakne i izvukao punu šaku krvi. Na ramenu četiri reza od deset santimetara. Sranje. Zar je moralo baš sada? Niko nije nedodirljiv, to je ono standardno i svako ima svoju vremensku liniju, koja se negde završavala. Moje je izgleda baš ovde na ovom mestu i nije neko mesto, ali ne može biti sve uvek savršeno. Zar ne?

To je bilo to... Moji poslednji trzaji... Zujanje u ušima... Oproštaja neće biti... Barem ne u ovom životu... Svest me je polako napuštala... ...
... ...
   ... ...
... ...
... ...

   ———————————————————————————
   —————————————————————————
   —————————————————————————
   ————————————————————————
   —————————————

***

... Snažan udar je usledio na vratima koja je Brajan blokirao lancem...

***

— Brzo ovamo! — panično je povikao Brajan, nakon što je Karlos ubio poslednjeg monstruma. Ispreskakao je čudovišne ljude, koje su pobili. Panično i gotovo histerično Brajan je trčkarao po toj drugoj laboratoriji. Osećao je to nepodnošljivo prisustvo žive smrti, koja diše oko njega, kreće se i živi neki svoj novi oblik života. Karlos se vratio do Majkla.

— Možeš li?

Jedva primetno je momak klimnuo glavom, dok su mu se tamno ljubičasti kolutovi počeli razaznavati u još uvek bledom izdanju. Brajan je razbacao stolove na točkićima, raščišćavajući sebi put do sledeće laboratorije, što brže pokušavajući da je napusti i ponašajući se kao da stoji na ogromnoj vreloj ringli. Brzo je stupio u treću po redu laboratoriju i odmah uperio hekler na prve znake crvenih traka, koje su skroz išarale pod laboratorije i gotovo ga prekrečile. Bilo je nekoliko obolelih koji su neutralisani.

Jedan raširenih ruku i nogu leži sa brutalno unakaženim licem, umesto kog zjapi samo rupa i komadi mlevenog mesa i razmrskanih kostiju. Ostali sa rupama u čelu leže spokojno i uz poneki trzaj još uvek aktivnih mišića samo zastrašuju posmatrača sa strane. Potom je spazio ono što mu se nimalo nije svidelo. Spazio je dželata koji sedi u uglu prostorije, uspravljen, s glavom čudno oklembešenom na grudima, kao da je zaspao.

— Blek! — povikao je Brajan i pritrčao. Podigao mu je glavu. Delovala je beživotno. Bez ikakve snage i svesti samo je ponovo pala na grudi kada ju je Brajan pustio. Opipao mu je puls. Tukao je divljački i ubrzano, kao kod utopljenika koji očajnički grabi vazduh. Sklonio mu je jaknu. Rana od četiri reza sa prednje strane ramena i to prilično blizu grudnog koša i naučnik je video da je od svetlocrvenih tragova počela da poprima izuzetno tamnocrvenu boju, koja će uskoro preći u modru. Brajan je gledao to telo, to misteriozno čudno telo pod maskom. Nije pojma imao ko je taj čovek, niti bilo šta o njemu. Kada se bude pretvorio u monstruma i naučnik mu smesti metak u glavu, biće kao da nije ni postojao Taj Neko Pod Maskom. Ali naučnik je mislio nešto drugo. Koliko je, zapravo, potrebno čoveku znanja i veštine da sam preživi ovaj pakao? Jer to je procenio... Ostaće sam uskoro. Na ovaj ili onaj način ostaće sam. Tup udar na vratima... Brajan se okrenuo. Vrata četvrte i poslednje laboratorije u nizu ugibala su se. Jaukanje nije izostalo s druge strane. Labava barikada od šest drški zogera uguranih na rukohvatima neće ih zadržati, a naučnik je imao izbor pred sobom, dok je bio pod strahovitim pritiskom i unutrašnjom borbom između profesionalizma i čovečnosti. Da li da pripremi hekler za ono neizbežno ili ne? Kapljice znoja klizile su niz njegovo čelo, dok je razgrnuo raščupanu kosu, ličeći sada na brđanina s kravatom, a ne na naučnika. U tom trenutku uleteli su i Karlos i Majkl skroz mokri od znoja i isprljani krvlju.

— Šta se desilo?! — povikao je usplahireno Majkl.

— Ćuti! — prosiktao je Brajan, dok je užurbano preturao po džepovima. Prelom je usledio u tom trenutku, istorijskom trenutku...

***

... Udar je odjeknuo snažnije ovog puta. Na gornjoj strani vrata iz debele pločice, koja je držala šarke, ispao je jedan zavrtanj i ona se neznatno odvojila od zida...

***

... Iako se borio i iskusio strahote koje rat donosi, Karlos je ipak uspaničeno pogledao u pravcu iz kog je jezivi udar odjeknuo. Sudeći da su već prošli dve laboratorije, to je odjekivalo kao eho, ali ni kao takvo ništa manje jezivo. Dobio je osećaj kao da slon nadire glavom na ta vrata, a urođenici koji jašu na njemu udaraju u ratne bubnjeve. Jeza mu je prošla kroz kičmu.

— Ostavi ga, mrtav je! — povikao je Karlos i počeo da vuče Brajana.

Majkl je vrisnuo i silovito odgurnuo mišićavog Meksikanca.

— Odjebi, Karlose! — preteće je prosiktao i uperio pištolj u njega.

Monstruozne obolele face crtale su se na staklu vrata laboratorije, koja su gruvala ispred njih, ali uprkos tome naduvene Majklove oči sa modrim kolutovima ispod njih gledale su Karlosa ogorčeno, sa ogromnim prezrenjem, ignorišući monstruozne nakaze. Po svemu sudeći, neki fanatični sjaj počeo je da izbija iz njih. Iznenađen ovim ponašanjem Karlos je nesigurno podigao ruke, ali mu se u glavi vrtela samo misao, kako da ugrabi trenutak i upuca mladića koji se počeo očigledno raspadati.

Brajan se sav pocrveneo u licu prodrao.

— Prekinite obojica! — spustio je Majklov pištolj i pokazao na vrata. — Zar ćemo se pored njih poubijati mi međusobno? Da im olakšamo trud?!

— Ako nas sustignu, nećemo ni morati! — vikao je Karlos. — Zar ne vidiš da je ovaj seronja...

— Monstrumi! — povikao je Majkl, prekinuvši ga u još jednoj konstataciji „od oka".

Na vratima koja su vodila u četvrtu laboratoriju više nije bilo prepreke. Jedno krilo skroz je popustilo kada su šarke popucale i obolela tela pokuljala su unutra, ne časeći više ni časa.

— Čoveče, ubiće me zbog ovoga — mrmljao je Brajan više za sebe i izvukao iz džepa dugačku belu kapsulu.

— Zadržite ih na vratima! Ni po koju cenu ne smeju proći! — drao se naučnik iz dubine grla, dok je skidao donju polovinu kapsule.

Lice mu je poprimilo boju paradajza, a sočiva na naočarima bila su skoro skroz zamagljena. Bacio je donju polovinu, nakon čega se ukazala debela sterilisana igla. Odvrnuo je kapicu na gornjem delu, na kom se otkrio famozni mehanizam, bez kog ne bi ništa funkcionisalo. Sklonio je kragnu jakne i snažno je zario iglu dželatu negde na početku vrata, polako pritiskajući i ubrizgavajući ono što ni po koju cenu nije smeo upotrebiti. Snažan udar ponovo ga je trgao i ruka mu je zadrhtala negde na trećini cevčice iz koje je tečnost curila. Malo je falilo da polomi iglu usred ubrizgavanja i ostavi patrljak u sred arterije dželata.

— Brajane, požuri! Ulaze! — uzvikivao je Karlos, ne dajući mu vremena ništa da odgovori, jer je odmah posle toga počeo da puca.

Pucnji pomešani sa napuklim krkljanjem i gladnim zapomaganjima mrtvih ispunili su celu prostoriju. Majkl više nije delovao uplašeno. Uznemirujuća, možda i ludačka smirenost mu je isijavala iz očiju. Nije uopšte promašivao mete.

— Ne odustajte! Pucajte! — kreštao je Brajan, ubacujući svoj piskavi glas u hor mrtvih, koji se razlegao i potom ustao pridružujući se Karlosu i Majklu.

Njegov pretposlednji šaržer, pre nego što se oprosti od opakog MP5 heklera. Monstrumi nisu imali milosti. Nasrtali su kroz ta vrata u velikom broju. Parovi i parovi zelenih očiju i tamni otrovni jezici koji palacaju vazduhom, kao zlokobne zmije iz sasušenih tela preplavili su ulaz i halapljivo pružali ruke k žrtvama.

... *Nisam znao da li postoji raj ili pakao. Imao sam osećaj da nisam ni u jednom ni u drugom. Jedino sam video tamu. Beskrajnu, neprobojnu tamu. Nisam imao osećaj postojanja, niti sopstvenog tela.*

Samo stanje uma, u kom nije bilo ničega, sem poslednjih trenutaka života. Ako zagrobni život ovako izgleda, onda je još veće sranje od zemaljskog. Negde sam na drugom mestu... Barem sam ja tako mislio, ali očigledno sam se prevario...

Iz beskrajne tame počele su da se razdvajaju male linije, koje su igrale kao talasi frekvencije u radio stanici. Onda iz njih počela je da se rađa svetlost... Death Bringer reče: „I bi svetlost... Ali...”

... Ponovno rođenje je od svetlosti prešlo na nešto mnogo gore. Ne, nisam bio ni u raju ni u paklu, već u usranoj laboratoriji, u kojoj sam izgubio svest. Počeo sam da osećam i telo, i noge, i sopstveno postojanje i u moj um vratili su se svi crni događaji, koji su me međusobno povezani doveli u ovu rupu. Ponovo je sve oživelo iz neprobojnog mrtvila onog momenta kada sam čuo prve pucnje. Isprva, delovali su kao prigušeno odzvanjanje. Kasnije su se čuli sve jasnije, uz neke zadebljane i usporene glasove, koji su mi ličili na vrištanje. Sporo sam otvarao oči. Slika mi je plivala pred očima, kao da je naslikana akvarel bojama, ali se polako smirivala i pravilno oblikovala... Baš onako kako ne treba...

Dobar znak...

Ono što sam video bilo je otprilike voz u minut do dvanaest. Gomila nakaza nadire na vrata, dok Brajan i ostala dvojica očajnički pokušavaju da ih zadrže. Bilo je vreme za buđenje...

— Nazad! Nazad! — urlao je Karlos, povlačeći se pred bujicom obolelih. Petnaestak tela već je ležalo u lokvi krvi, ali nadirao je još jedan talas, gazeći preko njih i cičeći paklenim glasovima. Oni su imali vizire i opremu „Jurišnika”. Njih je bilo teže odbiti, jer je oprema za razbijanje pobuna još uvek bila na njima, a uključivala je i pancir. Jedan... Dvojica... su pali. Ostali su išli svojom putanjom, želeći da je skrate što pre, dok su zrna prskala po pancirima i kacigama.

Karlos je odjednom spustio pušku. Zapiljio je u „Jurišnika" koji mu je prilazio. Video je te oči, iako su bile zelene. Iako su bile pokrivene vizirom. Video ih je ...

***

— Ne znam, Karlose — zabrinuto je Isidrol vrteo glavom. — Čim se nije predstavio, to mi je sumnjivo.

— Ovde ti je bolje? — pitao je Karlos. — Pogledaj — pokazao je na prostrani, kameniti predeo, koji je bio pokriven peskom, divljim žbunjem i negostoljubivim ambijentom. Pominjanje smrtonosnih napadača, koji gmižu i kriju se ispod kamenja bilo je gotovo suvišno. Kiša je obilno padala, kao iz ogromnog tuša. Činila je stanište još neprijatnijim. Njih dvojica sedeli su u zaklonu od grana i lišća, pokriveni maskirnim kabanicama i noseći kape, pocepane rukavice i polovne AK47 jurišne puške.

Isidrol je oborio glavu.

— Isidrole! — podviknuo je Karlos. Pogledao ga je u oči. Uneo mu se u lice.

— Tamo, pogledaj! — iznervirano je pokazao Karlos. Isidrol se nije usuđivao da pogleda, a znao je u kom pravcu mu saborac pokazuje. Tamo, miljama daleko i dalje se diže veliki dim. Nekako je naterao sam sebe i pogledao, ali nevoljno.

— Dobro ih pogledaj, jer više nisu tamo — cedio je kroz zube. — Tamo u selima vojska nas je smoždila. Popalila i sve pobila na svom putu. Ovde se krijemo kao miševi. Šta misliš, kad kiša stane i putevi postanu prohodni, a oni dođu ovamo sa tenkovima i bacačima, a?

Isidrol je ćutao.

— Ne znaš? Evo ja ću ti objasniti, napraviće masakr. Pobiće nas sve. Dobili su naređenje da pucaju na sve u planinama. Svi se vodimo ovde kao pobunjenici počev od naoružanih do žena i male dece. Želiš li takav kraj?

— Dobro, recimo da ti verujem — odgovorio je. — Šta onda?

— Sačekaćemo mrak i izvućićemo se, nas dvojica. Ja sam ponudu odlučio da prihvatim, a kao moju preporuku predložiću tebe. Znači, u toku noći izvlačimo se iz planine, dok je vojska još ne opkoli potpuno, usput se ratosiljamo uniformi i oružja, a ja znam prečicu koja će nas izvesti na put, onda moramo da uzmemo dokumenta i idemo kod señor-a koji će nam promeniti život.

Isidrol je nervozno prošao prstima kroz crne kovrdže svoje kose i uzdahnuo.

— I misliš da će uspeti?

— Ili to, ili okršaj s vojskom — zaključio je Karlos, brišući oči od vode koja mu se cedila niz lice. — Ja sam svoju odluku doneo, a ti moraš da doneseš svoju.

... Isidrol je dugo razmišljao posle tog razgovora.

Karlos je napokon, negde u gluvo doba zaspao, kada mu je glava klonula od umora. Ipak, gerilski život ga je naučio da ima lagan san i da čak i kad spava bude oprezan. Dodir ruke na ramenu ga je iznenada trgao iz sna. Zgrabio je pištolj i uperio ga u pravcu osobe. Svetla nije bilo. Ugasili su ga kada je pao mrak. Ali je pod mesečinom video samo siluetu čoveka, koji je podigao ruke kada je čuo škljocanje pištolja.

— Prestani tako da se prikradaš, Isidrole, mogao sam da te ustrelim.

— Poći ću s tobom — bez imalo odlaganja je prošaputao Isidrol.

Karlos se nasmejao.

— Znao sam da si razuman.

***

— Ja sam kriv — tiho je prošaputao Karlos, potpuno nesvestan obolelog „Jurišnika", koji je divlje grabio k njemu. Bio je na samo par koraka od njega. Bio je tu, a onemoćale ruke okrutnog Meksikanca držale su pušku dole, prema podu. Zverao je u taj poluotvoren vizir, kao u ogledalo ružnih uspomena. Ruke su mu se zacementirale. Nije mogao podići pušku, a „vizir ružnih uspomena" prišao je sasvim blizu. Samo je osetio odgurivanje u stranu. Iznenada, i gotovo niotkuda, neočekivano, pored njega se stvorio Blek. Uperio je pištolj i ispalio tri metka nakazi u lice. Vizir je pukao u paramparčad, a monstrum se sa žalosnim izrazom lica srušio pred noge Karlosu. Te prepoznatljive kovrdže i deformisano lice palo je otvorenih usta. Rečica krvi izlila se iz njih i dotakla đon njegove cokule. Tada se i srušila ta ružna uspomena. Kao ogroman zid pod pritiskom. Ogromna brana, koja je držala reku loših uspomena. Pucala je i rušila se. Zapravo je pukla kao minirana.

— Pucaj, čoveče, šta ti je? — nadvikivao se dželat sa reskim rafalima, koje je ispaljivao Brajan, a zatim se pridružio u podršci. Bujica je iza srušenog zida krenula.

— JA SAM KRIIIIV! — prodrao se Karlos na sav glas. — JA SAM GA ODVEO U SMRT!

Istupio je odjednom ispred svih i iz M4 pustio prodoran dug rafal. Drao se na sav glas, suznih očiju, ne štedeći ni metke, niti pazeći gde ih pogađa. Svim monstrumima igrala su tela od hitaca. Pogađao je torzoe, vizire koji su prštali u sitne komadiće, a odmah zatim tanak mlaz krvi iz njih, pogađao ih je u noge, ruke, gde je stigao, uopšte ne mareći za sopstveni život.

M4 je škljocnuo, ali je Karlos brzo zamenio šaržer, smejući se, dok su mu suze tekle iz očiju i nastavio svoj iznenadni, ludački, krvavi pir, nasrćući na preostale monstrume. Sada su se uloge neočekivano i u blesavom obrtu stvari zamenile. Monstrumi su bili u ulozi žrtve, dok je Karlos manijački vrištao i ubijao ih gore nego što su to nekad radili krvnici iz Paname. Udarao je kundakom monstrume koji su bili previše blizu, obarao ih na zemlju, gazio ih po licu, drobio im lobanje, pucao više puta u glavu, sekao ih nožem, otresajući ih od tela, kao razjareni bik, koji želi da zbaci jahača na rodeu.

Karlos je prvi napravio proboj, ustrelivši kroz vizir poslednjeg „Jurišnika" i napravio rupu kod krajnje leve strane ulaza. Provukao se i stupio u četvrtu laboratoriju. Nedugo zatim za njim je krenuo i Majkl. Kao tornado je protutnjao kroz laboratoriju, rušeći usput stočiće i stolice, okliznuo se na krv, a potom pao. Međutim, halapljivo je grebao cokulama i jurio napred, a onda izašao na vrata u novi hodnik. Blek i Brajan ubili su poslednju dvojicu i probili se.

... Ono što sam utvrdio još pre Hrista je da se zaraza širila ovim zatvorom i prenosila se nekim vidom kontakta. Da li je to bio ugriz, ili nešto drugo, nije važno. Ali ono što je radio Karlos bilo je na neki način novo otkriće. Nisam znao da nam zaraza može ući i u glavu, tj. u psihu. Tako bi iskeženim nakazama posao bio olakšan umnogome. Naš poker života nastavio se sa još većim ulogom. Ali delilac nije bio pošten. Sakrio je kečeve u rukav. Promena u Karlosu bio je jedan od njih...

∗∗∗

... Naredni udar nije polomio lanac, ali je izvukao pločicu koja je zajedno sa šarkom izletela. Vrata su se na jednu stranu nagnula i pod pritiskom desetine tela srušila i raspala. Iziritirani monstrumi pridigli su se gotovo istog momenta i dali se u divlji trk...

***

... Majkl je jedini bio dovoljno koncentrisan i spazio u liniji laboratorija kako se iz poslednje u nizu, one kroz koju su ušli, ogromnom brzinom približava talas monstruma, rušeći sve pred sobom. Vrištali su, režali, jurili i preskakali stolove, kao atletičari prepone.

— Brajane, dolaze, provalili su vrata! — pokazao mu je Majkl, vukući ga za rukav. Pogledao je i Blek. Svi su stajali na vratima, ali nisu imali čime da ih blokiraju.

— Ne možemo da im pobegnemo, mnogo ih je — rekao je dželat. Brajan je ubrzano leteo očima po laboratoriji, dišući isprekidano i uzbuđeno. Video je lavinu pomahnitalih i hiperaktivnih stvorenja. Bio je svestan da im dalji raspored prostorija u kompleksu neće dozvoliti da im umaknu, jer su monstrumi bili daleko brži od njih. Ono čega se naučnik pribojavao u prolasku kroz laboratorije obistinilo se.

Talas monstruma stigao je do druge laboratorije. Brajan je zaustavio pogled na moglo bi se reći slamki spasa, barem po njegovoj zamisli bi to trebalo biti. Ali problem je bio što je slamka spasa udaljena bar dvadesetak metara.

Monstruozni talas pregazio je i drugu laboratoriju i kao vihor navalio na vrata treće.

— Hej, Blek!

Dželat se okrenuo k njemu.

— Vidiš li onu malu, sivu bocu, sa crvenom etiketom?

Blek je klimnuo.

— To je etil-hlorid i ekstremno je zapaljiv. Kad uđu, pokušaj da je pogodiš.

— OK — odgovorio je dželat i nanišanio.

... *Bio sam svestan težine ovog izazova. Činjenica je da ih ne možemo savladati sami, a ako provale, sve je gotovo, jer su brži od nas i ne možemo im pobeći. Bočica o kojoj je Brajan govorio nije bila daleko, ali bila je kao veća šoljica za kafu, a ja sam se upravo probudio iz kratke kome.*

Sudbina svih nas zavisila je od jednog jedinog hica, tako da mi je u tom trenutku bila potrebna sva moguća koncentracija... Ali nije bilo straha...

Poplava monstruma probila je i treća vrata. Dželat je jasno video prva iskrivljena lica, koja su udarila u slabašna i ne baš pouzdana treća vrata, koja su inače pred vihorom pobesnelih monstruma padala kao da su od trske.

Pažljivo je nišanio u bočicu. Kroz masku skliznula je jedna kap znoja i stidljivo se prošetala do usne. Potom se nerado odvojila od zgrčenog betonskog lica. Pritisak. Pored toliko galame može da čuje sopstveno srce kako lupa. Trenutak dug kao večnost... Jasno se čuje zvuk krckanja i lomljenja vrata koja u trenutku pucaju. Prvi monstrumi utrčavaju. Kap znoja je putovala svoju putanju i odigrala svoj poslednji ples, kada je pala na pod i rasprsnula se kao jutarnja rosa. Hitac se začuo i pored kapljice pala je zadimljena čaura.

Brže od bilo koje misli i brže od bilo koje jedinice vremena dželat je dobio odgovor da li je dobro nišanio. Mukla detonacija, izazvana lančanom reakcijom brojnih hemikalija, koje su uz etil-hlorid bile poređane na stolu, bacila ih je sve unazad. Talasi plamenova proždrali su u trenutku celu laboratoriju i proširili se na ostale laboratorije, izazivajući serije eksplozija i detonacija, kao da po njima tuče artiljerijski baraž.

Brajan, Majkl i Blek ležali su na podu, pokrivajući glavu, dok su komadi sprženih tela leteli i padali po njima. Tek kada se stravična serija eksplozija smirila, podigli su glave. Od gustog dima, crnog da crnji ne može biti, i zagušljivog mirisa pečenog monstruoznog mesa jedva se moglo nešto videti, ali najvažnija stvar je bila da iza te dimne zavese niko više nije izleteo. Jedino što se moglo nazreti su siluete desetina sprženih tela i njihovih ostataka, raštrkanih po laboratorijama. Opasnost je za sada bila otklonjena...

— Jesu li svi dobro? — kroz kašalj je pitao Brajan.

— Jesam — potvrdio je Blek.

— Ja sam OK — javio se Majkl.

— Gde je Karlos? — pitao je Brajan, tek sada primetivši da neko nedostaje.

Negde dalje, u novom hodniku, u kom su se našli odjeknula je još jedna detonacija...

***

— Malditos pendejos, mueren![3] — kao u transu se drao Karlos, pucajući pištoljem na monstrume, dok je njegov glas jezivo treštao i odzvanjao hodnicima. Monstrumi su bili proređeni, tu i tamo razbacani hodnikom i u nesređenom i neorganizovanom broju. Trčeći ka njima, naleteo je na palog pripadnika „interventnih" snaga, koji je sedeo prislonjen leđima uz zid i sa katastrofalnim posekotinama po grudima i vratu, koje su pocepale zaštitno odelo, kao da je od papira. Pored njega ležalo je oružje koje je bez razmišljanja zgrabio i raspalio po njima. Bila je to kombinovana jurišna puška M203, sa dodatkom bacača granata, čija se cev nalazila odmah ispod one za metke.

Pod razornim rafalima popadala je relativno lako ta nekolicina. Karlos je stajao baš na račvanju hodnika u tri pravca i sipao vatru. Iz pravca s njegove leve strane, iziritirana pucnjima, napredovala je veća grupa monstruma, pružajući mršave, sasušene ruke k njemu. Karlos ih je pogledao i počeo idiotski da se smeje.

Podigao je ponovo glomaznu nakazu, zvanu M203, ali ovog puta je prebacio kažiprst na drugi okidač, onaj nevaljali okidač. Iz donje cevi suknula je granata. Grunula je ekspozija i letela su ugljenisana, raskomadana tela, praćena Karlosovim nenormalnim smehom.

Nesvestan da se na račvanju sakuplja sve više monstruma oko njega, Meksikanac je i dalje sejao vatru po njima. Zamenio je brzo granatu i ubacio novu. Grunula je još jedna detonacija, koja je počistila ostatke teturajuće grupe. Pokidana i raskomadana tela su okrvavila veći deo hodnika, ostavljajući jezivu sliku gnusnog masakra. Želeo je da ubija. Nije više bilo bitno koga. Samo da ubija monstrume. Bio je nesvestan činjenice da je u par eksplozija počistio nakaze i raskršće hodnika obojio krvlju i ukrasio ga rukama i nogama, raznesenim od eksplozije, iz kojih su se belile kosti i meso crvenelo.

Karlos se osvrnuo sa svoje leve strane. Njegov podivljali hiperaktivni mozak registrovao je mumlanje i udaranje o vrata. Video je hodnik i na njegovom kraju dvokrilna vrata, koja su bila sasvim prozirna od neprobojnog stakla. Uočavale su se, ipak, naprsline. Nakaze su udarale i grebale o vrata, tesno napakovane jedna do druge. Jedan je udarao aparatom za gašenje požara, drugi komadom ploče, a treći je koristio neku malu šipku, ali to je bio samo pokušaj nečega što je mozak zapamtio podsvesno kao otvaranje vrata za život. Prava snaga nije išla iza tih udara.

— Usted tiene un problema para entrar en?[4] — Karlos se podmuklo iskezio i spremio još jednu granatu, ne razmišljajući koliko njih je, možda, s druge strane. — Para ayudar a[5] — potom se nasmejao grohotno.

Monstruozna cev bljunula je granatu i od eksplozije vrata su se razletela u sitne komadiće stakla. More zelenih zenica počelo je da ulazi u hodnik, pokrivajući svaki njegov pedalj, da doslovno kamenčić nije mogao pasti, a da nekog nakaznog stvora ne pogodi u glavu. Karlosa nije bilo briga za to. Njemu je bilo važno samo da ih pobije što više. Sve ono što su pokušavali da izbegnu, on je sada uradio. Prepun hodnik nakaza, zbog kog su se vraćali i zaobilazili ga kroz laboratorije... Sve je bilo uzalud. Bujica je bila samo preusmerena i puštena sa druge strane, zbog ludila jednog čoveka.

***

— Brzo ovuda! — zadihano je rekao Brajan, trčeći u pravcu eksplozija i grohotnog manijačkog smeha. Skrenuli se desno, kretali se neko vreme tim hodnikom, zatim levo i naleteli na trostruko raskršće na čijoj sredini je stajao Karlos sa M203 + bacač granata puškom, dok su brojna pokidana, od eksplozija reš-pečena tela ležala oko njega. Smejao se kao drogirani manijak, pucajući na zombiolike stvorove.

— Sranje, šta je ovaj idiot uradio?! — hvatao se Brajan za glavu, videvši monstruoznu nadiruću rulju.

— Ćuti i pucaj! — prosiktao je dželat i počeo da obara hicima u glavu okolne zombije, iskoristivši leđa krupnog Meksikanca. Karlos je bacio praznu pušku i počeo da skida ručne granate sa opasača, koje je pokupio od mrtvog pripadnika interventne, kada je razmišljao i da puca dželatu u leđa.

— Aqui usted! Morir![6] — režao je pobesneli Karlos i bacio prvu. Kao kapi iz prskalice, letela su tela od eksplozije. Udarala i razbijala se o zidove. Padala izbušena od gelera. Na nekima je i pokoji plamičak poigravao, zahvativši delove odeće. Brajan se trgao. Na samo metar od njega igralo je telo žene u samrtnom ropcu, čiji obraz je bio raznesen granatom, a na grudima joj se belili komadi gelera.

Druga granata poletela je u vazduh. Ponovo sličan efekat. Talasi krvi pljuštali su kao besna poplava, dok je desetine tela u njima nestajalo.

Treća granata. Ponovo detonacija koja kida tela i tela u eksploziji. Podigao se dim i neko vreme nije bilo monstruoznih nakaza. Međutim, iz tog dima kao da je usledilo uskrsnuće obolele horde i počelo je izlaziti još više monstruoznih kreatura. Kolona za kolonom i dalje je prodirala kroz hodnik, neznatno ubrzavši korak. Kao da ih je sada bilo više. Nasrtali su privučeni paklenim urlanjem i eksplozijama. Ili su se razbesneli. U svakom slučaju suva glad ih je gonila da nadiru.

Karlos je bio razoružan. Razoružao je sam sebe na neki način, idiotski i nerazumno ispaljujući i bacajući sve što ima u beskrajno more monstruma, dok su mu bale visile sa usana, kao pobesnelom psu, a na licu mu igrao manijački osmeh. Opipavao je opasač, tražeći pištolj i trgao ga je dodir po nozi, od kog je poskočio kao zec. Do polovine pokidano i ugljenisano monstruozno telo vuklo se na rukama k njegovoj nozi. Na pocrnelim leđima tela sijali su komadići gelera koji su se zabili u meso, a samo telo vuklo se po podu, ostavljajući trag krvi i iznutrica. Nije imao vremena da izvuče pištolj, već je nagazio nakazu na glavu koja se rasprštala uz odvratan zvuk pucanja kosti lobanje.

— Bežimo odavde brzo! — vikao je Brajan.

— Svi ovi govnari moraju umreti! — drao se Karlos na Brajana, izvlačeći pištolj. Brajan je pojurio hodnikom s njihove desne strane, odakle je Karlos imao sreće i pokupio M203, ali tvrdoglavi Meksikanac nije hteo da se pomeri s mesta na kom se usidrio. Kada je ponovo bio željan da zapuca, dohvatili su ga Blek i Majkl za ruke i počeli da ga vuku, trčeći za Brajanom koji je odmakao desetak metara dalje.

— Požurite, opkoliće nas! — dozivao ih je naučnik. Pokušavajući da dovuku pomahnitalog Karlosa, koji se uporno otimao i ritao nogama kao podivljali konj, nisu primetili pored čega prolaze. Da je imalo svestan, Karlos bi to zapamtio. Nekadašnji pripadnik interventnih snaga, u čijem je posedu bio M203, skočio je iznenada i prodrao se. Zgrabio je Majkla za noge i oborio ga. Momak je pao i ispao mu je pištolj, kotrljajući se nekoliko metara dalje. Monstrum je počeo da puzi po telu Majkla, pokušavajući da pronađe otvoren put do mesa. Bujica monstruma je prilazila sve bliže, dok se Majkl grčevito rvao sa podivljalom nakazom. Momak u žaru borbe nije ni primetio tanku crvenu liniju, koja se kao atentator podmuklo prikradala. Prestravljen, gledajući krvavo iskeženo lice izbliza i bolesne zelenkaste oči, nije primetio da tanka crvena linija polako klizi po njegovoj desnoj ruci. Polako se penjala naviše prema prstima, a zatim prešla na glavu i tu se zaustavila. Jedan hitac iznenada je prosvirao glavu čudovišta i ono se samo opružilo preko Majkla.

Otresao je nekako leš koji je ležao na njemu i pridigao se, divlje grebući nogama o pod. Tek tada začuo je glomazno tandrkanje, koje je podsetilo na zvuk ogromne lokomotive.

— Požuri ovamo! — dozivao ga je Brajan, dok je Blek vukao Karlosa u tom pravcu.

Ogromna čelična vrata išarana žuto-crnim trakama, sa oznakom za biohemijsku opasnost uveliko su se zatvarala, sastavljajući se iz obe strane zida i vuždeći kao da se Harier[7] prizemljuje na tom mestu. Pored kontrolne table stajao je Brajan dozivajući ih. Karlos je postajao nepodnošljiv, a dželat nije bio u punoj snazi kao nekad. Blek se nervirao, jer će mu se uskoro žilavi Meksikanac izmigoljiti iz ruku. Okrenuo se ekstremnijim merama i udario ga drškom pištolja u glavu. Ošamućeno telo sada je pružalo samo minimalan otpor i dželat je bio zadovoljan. Pretrčao je taj ostatak puta do masivnih vrata i gotovo ubacio Karlosa s druge strane. Potom se okrenuo nazad. Nikog nije bilo među njima.

Talas čudovišta nasrtao je na Majkla, dok je ovaj divlje grabio k vratima, koja će ga, ako ne bude bio dovoljno brz, ostaviti s druge strane, na milost i nemilost obolelima. Horda obolelih navaljivala je, nasilno grabeći k žrtvi, dok se u talasima jauka i urlanja obolelih Majklovo vrištanje nije moglo ni čuti. Majkl se bacio i progurao kroz prostor manji od jednog metra, zamalo se ne zaglavivši na pola puta. Za ruke su ga zgrabili dželat i Brajan, provukavši ga kroz „metalne uši". Vrata su se zatvarala i sve što se moglo čuti je udar mase s druge strane i tupi mukli udarci o čeličnu barikadu praćeni zavijanjem. Karlos se polako rasvešćivao i trljao glavu sa zadnje strane.

— Ovuda, u hodniku nije bezbedno — zadihano je pokazivao Brajan ka vratima, otključavajući ih. Brisao je rukavom znoj sa čela koji je obilno tekao i pekao mu oči. Vrata su bila metalna i dvokrilna, a na njima je pisalo: *PROJECT ROOM*. Uleteli su unutra, razmišljajući samo kako da se sklone iz prokletog hodnika, koji je poslužio po sećanju naučnika kao poprište najžešćih sukoba i bio najveće gubilište u celom kompleksu. Samo su zaobišli Sektor N, kroz koji je prolaz bio nemoguć. Ali Karlosovo nepromišljeno ludilo oslobodilo je sada sve košmare iz tog sektora. Brajan i Majkl gurali su vitrinu sa raznim slajdovima i projektorima ka vratima koja je pre toga naučnik zaključao. Soba je bila kao sređena za sastanke i opuštena ćaskanja. Imala je dug pravougoni sto, sa udobnim, mekim stolicama. U čelu stola stajao je veliki projektor, pored kog je bilo poređano tri slajda, a na kraju zida veliko kvalitetno platno za prikazivanje zjapilo je trenutno bez slike, samo obavijeno sopstvenim sivilom.

Čim je vitrina došla na svoje mesto Brajan je planuo.

— Koji je tvoj problem? — histerično je povikao na Karlosa grabeći ga za pancir. — Navukao si nam hordu na leđa, od koje smo morali da bežimo kroz laboratorije. Koji je tvoj jebeni problem?

Karlos je imao uznemirujuć pogled, kojim je gledao Brajana. Gledajući ispod oka i ne trepćući, dok mu je gornja usna neznatno poigravala, Karlos se nasmejao samo jednim krajem lica. Bio je uznemiren, poljuljane svesti i samokontrole.

— Kako ti je? Možeš li? — pitao je Majkl dželata. Ovaj je samo klimnuo, bez reči.

— On je moj brat — promrmljao je ponovo kroz smeh Karlos.

— Ko? — zbunjeno je upitao Brajan.

— Isidrol — kratko je odgovorio. — Mrtav je, moj brat Isidrol je mrtav.

— Ko je Isidrol?

Karlos je pokazao na dželata.

— Ti si ga ubio.

Blek se okrenuo i ćutao.

— On je bio moj brat, a ti si ga ubio.

U situaciji gde dve osobe pokazuju pouzdane znake da će uskoro poludeti od užasa, vatreno oružje u posedu nije bila dobra kombinacija. Iznenada sam osetio da nam podjednaka opasnost preti i dalje, ali od nas samih, jer Karlosu su nervi i razum bili na samoj ivici. Takođe i Majklu. Kao što sam rekao, zaraza nije ušla samo spolja, počela je da nam ulazi i u glave. Između Karlosa i Majkla, ko od njih prvi potegne oružje, zapečatiće nam sudbinu u ovom lavirintu smrti.

— Ne znam o čemu govoriš — odvratio je dželat.

— Znaš dobro, sasuo si mu tri u lice. Ubio si ga. Sećaš se ti, dželatu, svih svojih žrtava, to nikad ne zaboravljaš.

— Ta stvar nije bila tvoj brat i ti to znaš — rekao je Blek.

— Tvoj brat je... — počeo je Brajan.

— Učio sam ga svemu. Bio sam mu zaštitnik, uzor, svuda me je pratio — govorio je Karlos, izgubljeno zureći u pod. — Štitio sam ga od siledžija, učio ga da peca, da napada devojke, da drži svoj prvi AK... — rečenica se nekud u nekom sećanju izgubila, dok je Karlos zverao potpuno izgubljen u vremenu i prostoru.

Brajan i Majkl samo su se pogledali međusobno. Onda je naglo pogledao naviše i opet mu se vratio onaj ludački pogled i ponovo mu je zaigrala usna.

— Ti si ga ubio, kučkin sine! Oduzeo si mi jedino što sam smatrao vrednim — zarežao je na dželata i uperio pištolj.

Potpuno je izgubio razum i odbijao da shvati da je njegov brat ostao samo ljuštura onoga što je nekad bio. Monstrum u ljudskom telu. Prepustio mu se na milost i nemilost u laboratoriji. Njegov mozak je odbijao da prihvati činjenicu da je njegov brat umro i postao hodajući leš.

— Karlose, spusti pištolj — rekao je Brajan.

— Jebi se — odvratio je Karlos.

— Skloni mi tu cev s lica, ja nemam ništa s njegovom smrću. Već je bio mrtav — upozoravao ga je dželat.

— Skote bolesni, koliko si ljudi ubio ovde? Koliko tvojih pokolja i mučenja sam morao da vidim? Hajde, reci im šta si im sve radio, kad ih odvedeš u „pilićarnik" iza zgrade — Karlos se ponovo smejao.

— Reci im kako si ih gušio do smrti onim levkom — ponovo smeh. — Hajde, reci im kako si im vadio oči, govno jedno bolesno! Hajde, reci im kako si ih klao tupim noževima i bacao ih na špenadle! Šta ti je, pobogu, smetao Isidrol? Šta ti je on učinio? — Dok je Karlos vrištao i nabrajao morbidne slike, udarci su počeli da odzvanjaju na vratima.

Blek je stegao pesnicu.

Bez obzira na sve, spremao sam se da mu okončam muke... I to ne na onaj od načina na koji je opisivao...

Napetost je iz sekunda u sekund rasla. Karlos nije više bio pri sebi. Majkl je uplašeno gledao kako iz trenutka u trenutak gubi razum, ali je jedan pogled bacio i na dželata. Karlosove nebuloze ponovo su probudile strah od maskiranog čoveka i podsetile ga šta je on u ovom zatvoru. A taman je prestao da ga gleda kao egzekutora, već kao čoveka.

— Ti jednostavno uživaš u ubijanju, šljame smrdljivi, a on je preživeo sve: siromaštvo, glad, nalet vojske, čak je preživeo i ovu katastrofu, a ti, kučkin sine, pucao si mu u lice, dok je bežao od monstruma. Sve je preživeo, da bi ga ubila vaška kao što si ti — zaključio je Karlos nakon čega se začulo škljocanje sigurnosne kočnice na pištolju. Karlos je video ono što je želeo da vidi i našao je nepostojeći razlog da puca u Onog Koji Mu Je Najviše Smetao.

— Poludeo si potpuno, Karlose, on je već bio mrtav i zaražen, urazumi se! — dobacio je Majkl.

— Ja ga nisam ovamo pozvao. Da ga nisi ti pozvao da dođe ovde, danas bi bio živ — hladnokrvno je konstatovao dželat. Karlos je disao sve brže i sitnije, dok mu se lice crvenelo od besa i ludila. Vene na slepoočnicama tukle su nenormalno i delovale kao da će popucati.

Blek je i dalje stajao mirno, iako su ga od egzekutorskog hica delile sekunde.

— Karlose, odloži oružje, nemamo vremena za raspravu — gotovo ga je molio Brajan, dok je nemilosrdna rulja uporno udarala sa druge strane, u nameri da uđe i „pomiri" zavađene strane.

Karlosu je prekipelo. Stegao je usne i zakolutao očima, iziritiran Brajanovim dosađivanjem i naglo okrenuo pištolj k njemu. Istog trenutka neočekivani tresak prolomio se iznad njih. Poklopac ventilacionog otvora pao je i udario Karlosa po leđima. Odjeknuo je hitac ali tek posle udarca i prošišao tik pored dželatovog ramena. Sa gornje strane, kroz rupu u ventilaciji je sletela naučnica unakaženog lica i laboratorijskog mantila umrljnog flekama od krvi. Karlos je pogledao gore, ali kasno. Odmah za njom, još dvojica monstruma. Ono što je Karlos video bilo je nakazno žensko lice, išarano rezovima i ranama, s raščupanom plavom kosom, koje mu se unelo. Monstruozna naučnica pala je na njega. Odmah po padu usledio je ponovo hitac iz Karlosovog pištolja, koji je Brajanu fijuknuo iznad glave. Majkl je kleknuo iza stola videvši da meci zuje nekontrolisano. Snažni monstrum pao je na sto, zajedno s njim. U „medeni mesec" pozi Karlosov krik snažno se prolomio, dok su krvave čeljusti podivljale žene kidale meso sa njegovog vrata.

Brajan je reagovao, ali kasno. Pucao je odmah u naučnicu, koja se s vriskom prevrnula preko stola, dok je Karlos ležao i sav okrvavljen zapomagao. Majkl je reagovao odmah za Brajanom, ustrelivši drugog naučnika, koji je kidisao upravo na njega. Blek je iza leđa zgrabio za mantil trećeg, koji je jurio ka Majklu, povukao ga u stranu i bacio na sto, a zatim mu zario nož u grkljan, dok se oboleli samo batrgao nožicama. Monstrum se neko vreme koprcao i posle par trenutaka se umirio.

— Žao mi je! Žao mi je! — vrištao je Karlos, dok se u grozničavom stanju valjao po stolu, obliven krvlju koja je prskala iz rane na pokidanom vratu. — Ja sam kriv što je on mrtav! Ja sam ga doveo ovde!

— Karlose, smiri se, u redu je — smirivao ga je Brajan, ali je uputio pogled k Bleku i diskretno, da ga Karlos ne primeti, odmahnuo glavom. Privezao ga je zavojem i koliko-toliko zaustavio krvarenje, dok je Karlos i dalje zapomagao.

— Daj mu onu injekciju — predložio je Majkl.

— Nemam više, to mi je bila jedina preostala — tiho je odgovorio Brajan.

Majkl je odvukao Brajana na stranu.

— Hoće li umreti?

— Za oko pola sata do četrdeset minuta postaće jedan od njih — sumorno je konstatovao Brajan.

Tog trenutka na vratima, koja su blokirali vitrinom, začulo se krckanje i pucketanje. Sva trojica trgla su se.

— Ne možemo odavde da se branimo. Ako pređu preko jebene vitrine, gotovi smo! — povikao je Brajan.

— Provaliće ovamo! — povikao je Majkl.

Brajan je otrčao do kraja prostorije i sklonio sliku na kojoj su stajala nasmejana lica naučnika iz vodećeg tima za istraživanje, koji su se kolektivno poubijali u sobi u kojoj ih je zatekao Blek. Lagano je vrhovima prstiju spustio slajd poklopac, čije su ivice toliko bile izjednačene sa zidom, tako da je dobro zapažanje, ili pogled iz neposredne blizine mogao da primeti razliku. Iza njega krila se mini tastatura sa brojevima od 1 do 9 i mali displej iznad njih.

Snažan udar je usledio praćen žalosnim zapomaganjem i jaukanjem sa druge strane vrata.

— Ova vitrina ih neće zadržati večno — rekao je Blek. U tom trenutku vrata su se drmusala.

Brajan je brzo kucao šifru, koja je sadržala više od deset znakova. Iznenada, potpuno neočekivano, jedan deo zida počeo je da se pomera i sastavlja sa statičnim delom zida. Tehnologija kao u spejs-šatlu otkrila je novi hodnik, koji je bio polumračan i gotovo neosvetljen. Karlos se pridigao sa stola.

Novi udar gotovo je polomio vrata i pomerio vitrinu za nekoliko santimetara, dok su jauci zvučali sve življe i jezivije.

— Idite vi, ja ću ih zadržati — promucao je Karlos, brišući lice koje je sada porumenelo od krvi.

Brajan i Majkl pogledali su ga malo zbunjeno. Ujed zaražene naučnice kao da ga je osvestio. Kao da ga je razbudio iz manije. Ali po svim prilikama biće kasno za otrežnjenje.

Pored vitrine počele su da proviruju prve ruke.

— Idite! Nemate mnogo vremena! Ostavite me ovde! — prodrao se Karlos.

Brajan je prišao i pružio mu hekler koji je skinuo s ramena.

— Srećno — kratko i pomalo utučeno poručio mu je naučnik. Stegao je njegovo rame, dok je odvažni Karlosov pogled govorio sve. Nije rekao ni reči. Samo je klimnuo i šapnuo:

— Krenite.

Imajući u vidu da je sada svaki sekund važan, preostali preživeli su se okrenuli i ne osvrćući se potrčali niz hodnik.

Karlos je duboko i teško disao i prodorno kašljao. Iskašljavao je krv. Rana na vratu mu je otežavala disanje. Prekrstio se i poljubio krst formiran od spojenog palca i kažiprsta.

— Videćemo se uskoro hermano[8] — tiho je prošaputao. Vitrina je popustila i pala sa zaglušujućim treskom na pod. Horda monstruma stupila je u sobu.

***

... Karlos Agilar Rivera... Rođen 17. marta 1973. u mestu San Kristobal... Namamljen dobrom ponudom od anonimnog poslodavca i doveden na čelo „Don Hoze Jurišnika" istovremeno povukavši i mlađeg brata... Dok smo bežali skrivenim hodnikom, koji je Brajan otvorio, čuo sam pucnje iz heklera koji su dopirali iz sobe...

Zvučali su kao sekundara velikog časovnika, koja odbrojava poslednje trenutke. Kada su pucnji prestali, vreme je bilo odbrojano jednom čoveku, isto kao i hiljadama ljudi u ovom krateru ludila.

Jeste, bio je gad, bio je đubre, bio je gnjida, ali ništa od toga nije ga sprečilo da se i kao takav nađe među nedužnim žrtvama, koje su proizvod nečijeg bolesnog uma. U nizu stradalnika on je bio isti kao i ostali. Smrt je bila užasna... Naročito ovakva... I niko je nije zaslužio. Od ukupnog naoružanja ostalo nam je svega dva pištolja i nož... Ironično je što ovo govorim, ali ulog se sada verovatno još povećao.

Brajan je pomoću šifre otvorio vrata na kraju hodnika i stupili smo u novo područje, svako od nas potpuno svestan da kurveština sekundara nemilosrdno odbrojava...

***

— Zašto si mu dao svoju pušku? Nećemo imati čime da se zaštitimo — rekao je Majkl.

— Ne brini — odgovorio je Brajan.

Nov hodnik u koji su stupali bio je osvetljen neonkama i prošaran krvlju i ponekim mrtvim telom koje je ležalo. Hodnik je bio uzan. Znatno uži nego ostali. Otprilike bi dve osobe normalne građe mogle stati jedna pored druge bez guranja.

Iza krivine, iz pravca prethodnog tajnog prolaza, koji je Brajan otvorio, počele su da se pomaljaju siluete obolelih, koje su lagano pristizale. Brajan je elektronskom šifrom zatvorio taj deo, ostavljajući nakaze po ko zna koji put sa one strane „barijere".

— Idemo — rekao je Brajan, nakon što je „čelična zavesa" blokirala još jednu hordu monstruoznih ljudi.

Uzan hodnik bio je tih i miran. Doveo ih je do kraja, na kom su ih čekala vrata i pravo i levo i desno. Oprezno i bez izgovorene reči su se približavali. Nije se ništa čulo ni sa druge strane.

— Proverimo prostorije sa strane, potrebno nam je sve što možemo upotrebiti — konačno je prekinuo sablasnu tišinu Brajan.

— Ja ću ovu — rekao je Blek i odmah ušao u prostoriju desno. Ugledao je samo jednu osobu, koja je sedela uz zid, klateći se napred-nazad sa zgrčenim kolenima. Osoba je imala braon raščupanu kosu i laboratorijski mantil. Prostorija je podsećala na laboratoriju, ali daleko od onih kroz koje su bežali. Ova je više podsećala na stariju verziju laboratorije, koja je po svemu sudeći izgledala slabije opremljena nego ostale.

Čim je nepoznata osoba čula da neko dolazi, odmah je podigla glavu. Svaka nada da je to možda neki preživeli odmah se ugasila, kao sitan plamičak. Navodni preživeli je podigavši glavu pokazao krvavocrvene zenice i okrvavljena usta, u kojima je bilo nekoliko polomljenih zuba. Divlje je zarežao, kao životinja na čiju teritoriju je kročio uljez i iste sekunde skočila je na noge. Dželat je kod sebe imao samo nož, ali je spremno čekao monstruoznu kreaturu. Laborant se divljački zaleteo k njemu, režeći i mašući rukama.

Dželat je izbegao ruke. Spretno je podvukao levu slobodnu ruku ispod njegove brade i šakom čvrsto obuhvatio deo njegove košulje. Zatim ga je inercijom povukao u stranu, spuštajući lagano i sebe i njega na pod. Fatalni ubod sečivom u čelo brzo je usledio posle toga.

Monstrum je prestao da se koprca, a dželat je izvukao sečivo i pogledao ostatak prostorije. Od nakaza je bilo sve čisto. Samo ta jedna nije napustila prostoriju iz nepoznatog razloga. Ipak, iako je trebalo da izađe i nastavi dalje, jer nema vremena za gubljenje, dželat je zastao. Počeo je da razgleda po prostoriji. Razgledao je kao turista koji zadivljeno fokusira egipatsku piramidu. Nešto je bilo čudno u vezi s njom. Čudno poznato... Operacioni sto, ta sijalica koja ga osvetljava, pogledao je i iskeženo lice ubijenog nesrećnika, koji je podlegao zarazi. Sve je delovalo već viđeno, ili sa čim se već susreo. Šetkao je šutirajući u stranu krupno staklo, koje je ležalo po podu. Nije se isprva mogao setiti, ali pažljivo je promatrao po laboratoriji, pokušavajući da se priseti, praćen zveckanjem i tupkanjem sopstvenih đonova.

... Tada mi je sinulo. Kada sam video kapsulu koja je bila ne duža od pet inča i na kojoj je pisalo „Sample X", tada sam se setio gde sam video ovu prostoriju. Sumnju sam potvrdio kada sam ugledao fiksiranu kameru u uglu zida i još uvek je radila. U monitoring prostoriji, gde nas je Ketrin odvela prvi put, video sam ovu laboratoriju i nakazu koju sam ubio kako po njoj divlja. Slučajno, ili namerno, ta kamera gledala je pravo u kapsulu „Sample X", koja je jedina stajala na držaču za epruvete u otvorenoj akt tašni. Imala je čudan sklop, nikada nisam video tako nešto. Sastojala se iz dve polovine i otvarala se kada se okrenu jedna u pravcu kazaljke na satu, a druga suprotno. Matrerijal od kog je napravljena delovao je prilično čvrsto. Nisam se osetio kao lopov, ali nešto mi je govorilo da tu stvar moram zadržati. Ne znam zašto... Slučajnost ili sudbina? Nisam verovao da ću imati neku zapaženu ulogu posle propasti vojne karijere, ali sam se, očigledno, prevario...

... Dok sam bio sam unutra diskretno sam tu kapsulu strpao u unutrašnji džep svoje jakne. Potez je bio povučen...

Brajan i Majkl stupili su u prostoriju levo. Tri monstruma u statirajućem položaju su se klatila i posrtala.

— Imam ih! — povikao je Brajan.

Na njegov povik sva trojica podigli su glave i odmah se aktivirali, naivno zverajući u pridošlicu. Počeli su juriti k njima. Brajan je pribrano i bez panike oborio dvojicu preciznim hicima u glavu. Majkl je dovršio trećeg, isto tako hladnokrvno. Brzo su pregledali sobu koja je imala jedan sto pretrpan kutijama, u kojima se uglavnom nalazila neka elektronska starudija i dve-tri vitrine, u kojima su bile poređane debele knjige sa iskrzanim koricama i više stotina strana unutar njih.

— Ovde je čisto — konstatovao je Brajan. — Idemo po Bleka. Nemamo još mnogo vremena.

Majkl je klimnuo i krenuo za njim. Brzo su izašli i stupili u prostoriju preko puta. Dželat se nalazio na svega nekoliko metara od vrata i upravo je izlazio.

— Ovde je čisto, samo jedan monstrum — rekao je.

Brajan je ušao i prošetao po prostoriji. Majkl nije ništa slutio, ali iskusni veteran pratio je svaki njegov pokret.

... Zastao je i pogledao u pravcu praznog držača za epruvete i nije zatekao ono što je trebalo. Znao sam da nešto nije bilo u redu... Gad je uhvaćen. Doveo nas je dovde samo da bi pokupio usranu epruvetu iz nekog razloga koji se i ne usuđujem da pretpostavim...

— Nešto tražiš? — misteriozno je upitao dželat.

Brajan se iznenada trgnuo, kao da je udaren bičem. Okrenuo se k njemu, pomalo iznenađen pitanjem.

— Ne, ne, sve je u redu, idemo dalje — odmahnuo je Brajan i krenuo ka izlazu.

Baš kada su izlazili, zaustavilo ih je nešto, isprva kao krkljanje, a zatim i režanje iza njihovih leđa. Okrenuli su se iznenađeno. Imali su veoma veliki razlog da budu iznenađeni, i to naravno neprijatno. Niz neprijatnih iznenađenja nije prestajao i bio daleko od toga da stane.

Monstruozni laborant, kog je Blek ubio, stajao je na nogama ponovo i režao na njih, dok mu je široka rupa od noža zjapila iz čela, kao kanjon ucrtan na reljefnoj karti. Čudovište je bilo na nogama, uprkos činjenici da je sečivo prošlo kroz njegov mozak. Stajalo je zlokobno u polučučnju, spremajući se na predatorsko kidisanje.

— Šta koji... — zapanjeno je upitao Brajan.

— Ovo je nemoguće! — promrmljao je Blek.

Monstrum je ispustio prodoran krik i munjevito se bacio u trk ka žrtvama. Majkl i Brajan zapucali su iz pištolja, trošeći svoje poslednje metke. U monstruma su obojica ispalili osam hitaca. Svi su prošli kroz njegovo telo i napravili rane, ali on ih nije ni registrovao. Navaljivao je kao bizon.

Blek je reagovao na svoj način i nogom snažno odgurnuo nakazu kada je prišla.

— Držite ga, ne trošite metke! — povikao je dželat, što inače radi u retkim slučajevima.

Povučeni hrabrošću, ili strahom, tek Brajan i Majkl su dohvatili nakazu za ruke, dok je ustajala. Kako je laborant trzao glavom i pokušavao nekog da ujede, tako su oni još čvršće stezali nakazu ispod pazuha.

— Dovucite ga na sto! — rekao je Blek, pokazujući nožem ka stolu.

Nekako su se zajedno s njim dovukli do stola. Dželat je prišao i rukom u jednom zamahu počistio i izobarao sve sa stola: aktovku sa držačem za epruvete i sve ostale sitnice na stolu, pokušavajući da ga oslobodi.

— Ovaj je žilav — cedio je Brajan, dok je pokušavao da zadrži pobesnelog laboranta, koji je škljocao vilicama, kao nekom frenetičnom drobilicom. Dželat je zasukao rukave.

— Privucite ga ovde — rekao je pokazujući na glatku površinu stola.

Nisam mogao da tvrdim da znam šta radim u tom trenutku, već mi je rešenje sinulo usput. Kad već meci nisu pomagali, bilo je vreme za alternativne načine uklanjanja...

Kada su ga približili uz ivicu stola, Blek je sa druge strane pružio ruku i zgrabio ga za kosu, a zatim mu glavu položio na glatku površinu, fiksirajući je čvrsto. Čitave vene i žile kao konopci bile su nadute na njegovoj ruci, dok je čvrsto držao pomahnitalu zver za glavu. Kada je sečivo zasijalo u vazduhu, Brajan je načinio kiseli izraz na licu i odmah okrenuo glavu u stranu.

— Ooooh! Sranje! Sranje! Nećeš valjda? — zajaukao je Majkl i okrenuo glavu, čvrsto žmureći.

Dželat je stisnuo usne. Nije bilo fleksibilno zamahivati. Pravio je samo rezove, dok je krv prskala na sve strane. Nož, ipak, nije satara i nije bio adekvatan alat, bez obzira što je bio oštar. Približio je sečivo čvrsto držeći monstruma za kosu i nacentrirao onu arteriju kucavicu. Stiskajući lice počeo je da seče, dok je čudovište krkljalo i gotovo vrištalo. Vrlo brzo krv je počela da prska okolo kao iz fontane.

— Jebeno sranje, čoveče! Prska svuda po meni — cvilio je Majkl, kao da je on u ulozi žrtve.

— Umukni i drži ga! — cedio je Brajan, žmureći i pazeći da mu zaražena krv ne prsne u lice. Praćen strahovitim režanjem pomešanim sa Majklovim prestravljenim vrištanjem, dželat je sekao i dalje. Presekao je jednu žilu i vukao i uvrtao glavu, kako bi je što lakše odvojio. Koža je pucala zajedno s pršljenovima, a on je stigao do druge žile, koju je takođe presekao. Bacio je nož na sto i obema rukama počeo da okreće glavu u stilu krokodilskog death roll-a. Krckalo je i pucalo tako monstruoznim zvucima, da je sama Majklova kičma počela da trne, kao da u pršljenovima ima igle. Divljački je dželat povukao ostatak kože i istrgao glavu sa tela monstruma.

Ostala dvojica, kao da su jedva dočekala, momentalno su pustila leš koji je obilno krvario i podrhtavao, jer su neki nervi i dalje radili. Blek je uz izraz gađenja zavitlao glavu na drugi kraj sobe.

— Sranje, ovo prvi put vidim — rekao je Brajan, koji je do sada držao najveću prisebnost. Sada je i on već bio vidno uznemiren.

— Moralo je ovako, ja se drugog načina nisam setio — promrsio je Blek.

Majkl je ponovo počeo da povraća, ali od iznemoglosti i prethodnog pražnjenja u laboratorijama više nije imao ni šta da povrati. Jedino ono nasilno u vidu polusvarene pljuvačke i neke mutne vodice, to je izlazilo iz njega u trenucima totalnog šoka, koji ga je poput zveri rastrgao iznutra. Niko nije imao mentalne snage da prozbori jednu jedinu reč.

Dželat je uzeo svoj nož i krenuo k malom lavabou u uglu prostorije. Počeo je da pere ruke okrvavljene do laktova i skidao crvenu tečnost i delove kože sa sečiva svog ratnog trofeja. Podigao je glavu sa slavine i pogledao u ogledalo. Tamo je stajalo neko bledo lice, pokriveno crnom maskom. Prisetio se kako je prao okrvavljene ruke, kada je tamo iza zgrade u boksu ograđenom žicom odsecao glave sekirom, a kasnije i giljotinom.

Bledo i izmučeno lice u ogledalu bilo je nemi svedok svih užasa koje su njegove oči videle. Pojavio se i nemi svedok ludila, ili je možda poruka... Blek je gledao u to ogledalo, kao da je od njega očekivao neki odgovor. Da li je bilo odgovora... Bežao je iz te laboratorije, zapravo, pokušavao je da pobegne, iako je stajao tu, dok mu je podsvest govorila: „Ne ideš ti nikud, druškane, tvoja guzica ostaje ovde".

— Ne, ja izlazim odavde, svidelo se tebi ili ne! — šapatom je mrmljao dželat, trljajući slepoočnice mokrom rukom.

— Quái vật*.. t ..tt...ttt — oštar šapat prošištao je njegovim ušima... Da li ga je pomešao sa žuborom vode? Okrenuo se. Brajan je klečao pored tela, dok mu je Majkl nešto pričao. Niko mu se nije obratio.

— Quái vật* ..tttt.ttt... tt...tt...t — ponovo šapat. Dželat nije bio siguran... Ponovo se razvrnuo oko sebe i ovog puta zatvorio slavinu. Ništa... Nekoliko sekundi pokušavao je da obriše oči i lice.

— Quái vật* ..tttt.ttt... tt...tt...t — opet iza njegovih leđa.

Kada se ponovo okrenuo, teror ispred njegovih očiju ga je preplavio i podelio mu svest, kao sekirom.

— Quái vật*!

Izbuljeno kosooko lice devojčice sa crnim pletenicama i širokim rezom na vratu, iz kog je krv tekla... Krupnim očima je gledala... Otvorila širom usta... Upirala prstom u njega... Vrištala...

— Quái vậâââââââââââââââââââââââââââââââââââââât![9]

Lavabo je počeo da se puni krvlju i preliva preko. Sijalica je treperila. Blek se okrenuo od ogledala, ne želeći da u njega gleda. U treptajima sijalica prostorija je bila puna. Nije bila puna monstruma, ali opet, bila je prepuna.

Bilo ih je mnogo. Svi su imali puške, stare repetirke, šmajsere i M1 karabine iz Drugog svetskog rata. Svi su nosili otrcane prsluke i slamnate šešire i svi su imali rane na vratovima, ili rupe od metaka i svi su upirali prstom u jednom pravcu.

— Quái vật*! — svi su složno govorili, desetine glasova kao jedan užasni i žalosni optužujuć glas, pun prezrenja, dok je svetlo treptalo u užasnim odblescima, otkrivajući ta kosooka prljava lica i stravične rane, od kojih su optuživali, upirući prstom u dželata.

... Zatvorio sam oči, jer im u tim trenucima nisam mogao verovati. Naravno, otići će nezvani gosti koji su tu upali... Otići će Hio Sung, devojčica od šesnaest godina, koju sam ubio u Vijetnamu, dok je sa AK-om u rukama u seoskoj kući u ime Vijetkonga čuvala zarobljene britanske novinare. Otići će ta devojčica, koja bulji iz ogledala i upire prstom u mene, nazivajući me monstrumom. Polovina tih kurvetina radile su kao počasne pripadnice Vijetkonga, direktno ili indirektno. Neke od njih su već rukovale oružjem kao profesionalci. Starosno doba od petnaest do devetnaest godina. Otići će i gomila vijetkongovskih pacova, koje smo zajedno pobili u velikom broju. Znao sam da će otići, jer jedini razlog zbog čega su došli u ovu sobu je bio taj što mi je ponestajalo

antidepresiva i sredstava za smirenje, koje sam u zalihama imao u svojoj sobi...

... Ruke su mi drhtale, kada sam ponovo otvorio oči. Zapitao sam se ko su gori monstrumi, mi ili oboleli. U nekoliko poslednjih minuta kamera je beležila kako nas trojica zajedničkim snagama sečemo glavu nekog ko je već mrtav. Ne bi me čudilo da me ponovo uhapse i snimak iskoriste kako bi me osudili na još jednu smrtnu kaznu...

— Blek, jesi li dobro?

Dželat je sa svojih dlanova podigao pogled. Vijetkongovske čete više nije bilo, samo jedan okrvavljeni mantil, u kom se nalazio Brajan.

— Jesi li dobro? — ponovio je pitanje.

— Nisam, ali imam li izbora? — ironično je upitao.

— Ovo sam našao nedaleko od tela — pokazao mu je iskorišćen špric sa iglom, na kom je bila zalepljena mala etiketa sa ispisanim nazivom *Sample X*.

Blek je poluošamućen zverao u špric, kao narkoman u svoju omiljenu dozu.

— Šta s tim? — pitao je.

— Pogledao sam mu ruku. Imao je trag uboda. Seronja je u sebe ubrizgao *Sample X* — Brajan je bacio upotrebljen špric i okrenuo se k Majklu. Nekoliko trenutaka Blek je stajao nepomično na tom mestu, pokušavajući da pobegne od živih vijetnamskih košmara, pomešanih sa nekim ludilom zaraze, u podzemnom kompleksu ispod „Don Hoze" zatvora.

— Ljudi, dođite ovamo! — povikao je Majkl. Taj povik bio je spasonosni za dželata. Spasio ga je plivanja kroz mračna sećanja i uspomene doživljene u Vijetnamu. Trgao se i ponovo je bio tamo gde treba, u laboratoriji — ispod „Don Hoze" zatvora, sa dvojicom preživelih i upravo je završio odsecanje glave jednom neobično žilavom monstrumu. Redosled je ponovo uhvaćen. Idemo dalje...

— Šta se dešava? — dotrčao je Brajan. Majkl je prestrašeno upirao prstom u monstruma.

— Pomera se Brajane, i dalje se pomera.

Leš, iako odsečene glave, i dalje je mrdao jednom nogom, delovalo je kao da neki nerv i dalje radi, ali kada je podigao ruku, svima je bilo jasno da se ne radi o zakasnelim nervnim reakcijama, već o činjenici da je ovaj monstrum zaboravio da je mrtav. Leš je zapravo pokušavao ponovo da ustane, na zaprepašćenje svih.

— Ne, nemoguće je! Ovo je fenomen! — iskolačenih očiju je mrmljao Brajan.

Naučnik je odjurio i razbio staklo na vitrini, vadeći neki razlistani rokovnik. Istrgao je nekoliko listova, zgužvao ih u jednu gomilu, dok je Blek, čitajući njegovu nameru, već držao uspravno upaljač koji je pronašao na podu među mnogim drugim razbacanim stvarima. Prineo je listove, zapalio ih i tu zapaljenu gomilicu bacio na obezglavljeni leš. Dok je telo polako sagorevalo, tri nema posmatrača gledala su naizgled za svest nesvarljivu situaciju monstruma koji je otporan na smrt. Ovog puta, u procesu doslovne dezintegracije, obezglavljeni oboleli nestajao je u čeljustima plamena, bacakajući se i lagano sagoravajući. Ono što su trojica preživelih potpuno zaboravili je da nisu bili sami. Ceo taj prizor snimala je kamera...

— Ovo sam samo gledao u filmovima — progunđao je Majkl. Okrenuo se ka dželatu. — Blek, je li ovo halucinacija? Jesmo li poludeli?

— Hoćemo, sigurno, ako ostanemo još malo ovde. Hajde da požurimo — rekao je Brajan i krenuo k vratima. Blek i Majkl su ga sledili, ostavljajući tako prirodni fenomen od monstruma u prahu i pepelu.

Gradacija užasa nastavljala se u glavama trojice preživelih, gomilajući se u mozgu poput tumora, dok su napuštali sobu i nastavljali dalje uzanim hodnikom. Ostali su bez ijednog metka, umorni i malaksali. Samo ona sirova i nenadjebiva ljudska volja gurala ih je napred k cilju. Jedinom cilju... Ka preživljavanju jedne ogromne noćne more, u kojoj se svaki minut osećao i te kako.

Novi hodnik posle dvokrilnih vrata, koji se pojavio pred njima, doneo je nove užase. Raskomadana tela, koja su na sebi imala jasne tragove velikih ujeda, ponegde su bila raštrkana. Ujedi nisu podsećali na ljudske, već na ujede nekog velikog grabljivca, koji se nije, očigledno, želeo maltretirati sitnim zalogajima. Zato su udovi i komadi torza ležali razbacani u nekom nedefinisanom haosu, koji nije izostajao ni u ovom delu postrojenja. Svetlo je treperilo, dok su nastupali hodnikom.

Nudio im je dva izbora. Pravo prema vratima zabarikadiranim širokim metalnim pločama, koje su uspeli nekako da uglave među rukohvate i desno ka hodniku iz kog su se čuli sitniji zvuci...

Još jednom smo se nalazili u situaciji da moramo da improvizujemo. Ostajući bez municije u prelomnim momentima poprilično nam je otežavalo ionako jedva podnošljivu situaciju. Pogledao sam obojicu. Video sam da sada od mene očekuju da izigravam mađioničara i ponovo izvedem neki trik. Mrzim što ovo moram da priznam, ali ponestajalo mi je jebenih trikova...

Majkl i Brajan ostali su malo iza čekajući. Oprezno, koristeći zid kao zaklon, Blek se približavao račvanju s novim hodnikom i privirio iza ugla. Svetlo je treperilo, uz povremeno zujanje, cvokotanje i pucketanje od posledice ogromne havarije... Ništa bolji pregled nije bio ni tamo i veći deo hodnika bio je zaklonjen. Hodnik u prilično gadnom stanju nije predstavljao iznenađenje, već samo još jednu činjenicu da se velika borba i tu odigrala.

Neko od obolelih klečao je nad telom i kidao ga na komade nešto dalje. Kroz treptaje svetla nazreo je, možda, još nekog, ali nije bio siguran, zbog drastično slabije vidljivosti. Pogledao je okolo po urnisanom hodniku. Spazio je pajser koji je ležao pored polomljenih vrata, u pokušaju da ih neki nesrećnik njime blokira, ali očigledno bezuspešno. Radijatorske cevi po zidovima bile su prilično oštećene. Stupio je lagano u taj hodnik, pazeći na svaki korak i svi su se čuli ujednačeno i još važnije tiho. Uzeo je pajser. Monstrum koji se čašćavao lešom nije ga primetio. Prišao je oštećenom radijatoru i obema šakama stegao je čvrsto napuklu cev. Učinio je jedan snažan trzaj i polomio je komad šipke od oko jednog metra.

Posle toga vratio se nazad u hodnik iz kog su došli.

Brajan je uhvatio pajser koji je poleteo k njemu. Majkl je zbunjeno uhvatio parče polomljene cevi, koje je bilo šiljato na kraju.

— Pokušajte da ne pravite previše buke — tiho je rekao dželat i pošao prvi napred.

Nisu mogli sva trojica da se kreću ujednačeno i nečujno kao dželat. Na kraju krajeva, nisu sva trojica ni bili „Mornaričke foke", već obični tinejdžeri i osobe koje su pola života provele u laboratorijama i fakultetskim klupama, pišući naučne radove. Prolazili su pored obolelog srećnika, koji je dobio obrok bez mnogo truda. Pokušali su da ga zaobiđu i puste ga da nastavi da ždere. Upitno je podigao glavu, kada je čuo da neko prolazi i gotovo istog trenutka lobanju mu je odozgo probilo sečivo i izašlo kroz donju vilicu.

Monstrum se polako opružio preko svog obroka. Kroz demoliran hodnik čuli su se prvi jecaji, dok su se trojica preživelih probijala dalje. Tragovi paljevine, komadi stakla, kablovi koji su visili sa pokidanih instalacija, kao i popadale rešetke sa ventilacionih otvora razaznavali su se kroz treptaje svetla koje je bilo na izdisaju. Utisak je otprilike bio da je ovaj deo postrojenja najviše stradao.

— Glave gore! — upozorio je dželat i izdvojio se iz „trougla", koji su njih trojica formirali.

Monstrum se probijao kroz svetlosno podrhtavanje, dok mu se odvratno lice samo naziralo kroz treptaje svetlosti. Blek je pružio nož i proburazio mu lice sečivom. Pristizao je iza njega Brajan i pajserom opaučio obolelog laboranta po glavi. Blek je snažno zamahnuo sečivom na sledećeg, odvajajući mu glavu od tela. Nijanse zelenih zenica jezivo su bleštale kroz svetlosne treptaje, praćene sve jačim zavijanjem i kroz trepćući polumrak zjapili izranjavanim ustima. Monstrumi su se uznemirili. Osetili su krv...

Krčeći put napred Blek je samo sklonio zatvorenika, izbacujući ga iz ravnoteže. Monstrum koji je kidisao čeljustima zagrlio je samo zid umesto žrtve, a Majkl naleteo šipkom na njega i razbio mu glavu. Brajan je vrh pajsera zabio u čelo sledećoj nakazi. Gušeći se u polumraku i krvi do kolena dželat nije posustajao, vođen adrenalinskim naletom, mahao je i dalje sečivom i sklanjao monstrume u stranu.

Naleteli su na još dvojicu monstruma koji su klečali nad telom nekog kratko ošišanog crnca, koji je na sebi imao tamnoplav pancir i dobro poznat tamnosivi amblem sa razjapljenim čeljustima komodo zmaja (oznake „Jurišnika"). Proždirali su njegovo beživotno telo. Njegove krupne oči zjapile su kroz pucketajuće treptaje nekud u vis, na svu sreću nesvesne toga na koji način je njegovo telo završilo. Nakaze su podigle glavu, čim su osetile nezvanog gosta. Odmah je jedan, dok je još bio na kolenima, bio proboden kroz čelo. Drugi se pridigao, ali vrlo brzo je bio vraćen na pod, kada je po njegovoj glavi odjeknula šipka. Majkl mu se prišunjao s leđa i kada je monstrum pao, probadanjem kroz glavu ga je dokrajčio.

— Blek, do kraja hodnika! Tamo je svetlost — dovikivao je Brajan, pokušavajući da održi s njim korak.

Ostalo im je još dvadesetak metara. Na kolicima za laboratorijski materijal ležao je naučnik kratke plave kose i izvrnutih naočara, kog je monstruozni zatvorenik masakrirao i častio se njegovim iznutricama. Blek je silovito šutnuo kolica, prevrćući ih zajedno s telom i monstrumom koji je jeo. Pritrčao je i probio mu je lobanju svojim omiljenim nožem, koji je svojevremeno video dosta žute krvi. Oboleli monstrum se samo trzao, a potom sekund kasnije se opružio mrtav. Klečeći pored njega dželat nije odmah primetio monstruma u vidu dugokosog zatvorenika, koji je kidisao iz mraka. Ipak, Majkl je natrčao pre kosmatog monstruma i snažno ga odalamio po glavi, obarajući ga na pod. Kada je monstrum pao, Majkl mu je šiljati kraj šipke zabio u oko, potpuno nesvestan činjenice da se ponaša delom prisutan fizički, a delom zarobljen u nekakvom krvavom transu. Ni sanjao nije da će ovako nešto nekad raditi. Brajan je trčeći iza njih preskočio Majkla koji je klečao nad svojom žrtvom i naleteo na teturajuće leševe, udarajući jednog pajserom i odguravajući drugog. Blek je ustao i krenuo k Brajanu. Dok je Brajan mahao i divljački prebijao svoju žrtvu, dželat je bacio nož napred.

Zafijukalo je krvavo sečivo kroz trepćući polumrak i pogodilo u slepoočnicu nakazu koja je grabila k Brajanu. Monstrum je nailazio Brajanu iza leđa, dok mu se krvav mantil vukao po podu. Blek ga je dohvatio za kragnu i privukao ga sebi. Obgrlio je rukama njegovu glavu i načinio snažan trzaj u stranu. Vrat monstruma je pukao kao drvce šibice. Upirući nogom o leš, Majkl je izvukao šipku. Sustizao je dželata i Brajana, nošen nekim nepojmljivim adrenalinom. Dok je Brajan dovršavao svog protivnika, Blek je prišao i izvukao nož iz glave u koju se sečivo zabolo. Prišli su do samih vrata ispred kojih su se klatile još dve nakaze. Brajan i Majkl su udarcima oborili jednog, a potom ga je Majkl proburazio, dok je dželat nožem proboo drugog kroz usta i trzajem unazad mu otkinuo donju vilicu.

... Nisam mogao da shvatim kako smo to izveli, ali uspeli smo bez ijednog metka da se probijemo kroz taj hodnik i usput smo napravili masakr nad obolelima... Strah u čoveku čini čuda... Ne znam za njih, ali u meni straha nije bilo...

Dvokrilna vrata obložena metalnom mrežom na gornjoj polovini, čekala su ih na samom kraju hodnika. Stupili su u novi hodnik, koji je davao mogućnost dijagonalno levo i desno pod pravim uglom. Na toj dijagonali nalazila se mala prostorija sa otvorenim vratima, koja je ličila na neku radionicu. Desno se kroz otvorena vrata nazirao niz metalnih ormana i dve drvene klupe.

— Moramo se kretati i dalje, ne smemo zastajati previše — upozorio je Brajan, teško dišući i pokušavajući da dođe do daha, oslanjajući se zadnjicom o vrata.

— Gde? — kratko je upitao Blek.

— Tamo — prstom je Brajan pokazao ka nizu ormana. Blek je išao prvi, ali nešto opreznije od onog trka kroz prethodni hodnik, kada su njih trojica kao oluja počistili obolele zatvorenike i to hladnim oružjem. Ovde je prostorija bila nešto uzanija i sa malo više uglova, iza kojih je mogla pretiti ko zna još koja opasnost. Prišli su do ulaznih vrata, koja je Blek lagano odgurnuo prstima. Nije se ništa čulo unutra. U ovećoj prostoriji od nekih šezdesetak kvadrata bili su smešteni metalni ormani, koji su pločicama bili obeleženi i koji je kom radniku pripadao. Na klupama koje su bile smeštene s jedne i druge strane, ispred redova ormana ležale su dva tamnoplava kombinezona i jedan par sivkastih zaštitnih rukavica. Prostorija je bila dobro osvetljena još uvek funkcionalnim neonskim lampama. Na njenom kraju vrata su bila prilično dobro zabarikadirana nečijim kaišem, koji je stajao čvrsto obmotan oko rukohvata.

Bez ijedne reči Blek se uputio k tim vratima. Prolazeći pored klupa došao je otprilike na polovinu prostorije, kada ga je zaustavilo šuškanje u jednom od ormana. Dželat je zastao. Pogledao je u Brajana, pa u Majkla. Oni su ga zbunjeno pogledali. Nisu morali da pitaju ništa. Duboko su udahnuli, stežući svoje oružje, dok je dželat prilazio sumnjivom ormanu. Držeći sečivo uspravno, spremno da ubode poput žaoke iziritiranog škorpiona, Blek je naglo otvorio vrata.

— Neeeeeeeeee! Nemojte me povrediti!

Unutra je čučao prestrašen čovek u beloj košulji s tankim crnim prugama i plavoj kravati, koji se pokrio rukama, vrišteći čim su se vrata otvorila. Dželat je polako spustio nož. Preživeli je unutra drhtao, kao prut na vodi. Odahnuli su i Brajan i Majkl. Videvši da nije usledio ugriz, ili masakriranje kandžama, čovek je podigao glavu. Imao je izborano lice od nekih četrdeset pet godina, prosede brkove i proćelavu braon kosu, kojoj su počele da izbijaju sede. Osetio je neznatno olakšanje, iako ga je pomalo hvatala panika od lica maskiranog crnom kožom, iz koje su virila dva sablasna oka.

— Ko si ti, do đavola? — pitao je Brajan prilazeći.

— Hvala Bogu, neko je preživeo — odgovorio je čovek s olakšanjem i izašao iz ormana. — Ja sam Derek.

— Poznato mi je tvoje lice. Jesam li te video negde? — sumnjičavo je upitao Brajan.

— Ti si verovatno neko iz tima istraživača?

— Da — potvrdio je Brajan. — A ti si?

— Ja sam elektroinženjer po profesiji i dobio sam poziv da s timom kolega učestvujem u nacrtu šeme za rasvetu ovog kompleksa. Moja kćerka je insistirala da i nju povedem, ona je sveže diplomirani inženjer elektronike. Sad sam srećan što je nisam poveo — objasnio je Derek.

— Kod poslodavca koji se nije predstavio — progunđao je dželat iz pozadine, dovršavajući smotano i isprekidano Derekovo objašnjenje.

— Ja... Ne znam kako se ovo sve desilo... Pokušavao sam samo da radim svoj posao... — zbunjeno je mucao omaleni inženjer, bacajući povremeno pogled ka krupnoj, mračnoj, maskiranoj kreaturi s krvavim nožem u ruci, koja je stajala iza Brajana.

— Nemamo vremena da se sada razjašnjavamo, moramo da krenemo. Šta se ovde dogodilo? Jesi li povređen ili ujeden? — pitao je Brajan.

— Ne, ne, nisam — odmahnuo je. Pokazao je prstom prema blokiranim vratima kaišem.

— Uspeli smo da pobegnemo odande ja, još jedan naučnik i narednik Rivers iz „Jurišnika" i oni su pokušali da prođu kroz onaj hodnik tamo — pokazao je ka hodniku iz kog su njih trojica došli. — Oni su se izgubili u mraku, a ja nisam mogao da ih sustignem, a i bilo je mračno. Zamalo su i mene uhvatili. Vratio sam se nazad, a oni su...

— Oni su mrtvi — umešao se Blek.

— M... mrtvi?

— Naučnik je imao razdeljenu plavu kosu, a Rivers je bio crnac s kratkom frizurom — rekao je Blek.

Zbunjeno i ukočeno lice Dereka je prećutno potvrđivalo dželatovu hladnu konstataciju.

— Mi dolazimo odatle, Derek. Ne znam šta su tamo tražili, ali izlaz nije bio na toj strani — rekao je Brajan.

— Čuo sam da su bili relativno novi i nisu baš najbolje poznavali ovaj kompleks. Rivers je radio u oružarnici sa starijim „Jurišnikom" Romanom.

— Oružarnica? — pitao je Majkl. — Gde je to?

— Tamo — pokazao je Derek ponovo ka blokiranim vratima. — Ali tamo ih je mnogo, ne možete da se probijete.

— Moraćemo — zaključio je Brajan. — Lift za hitne slučajeve nalazi se nedaleko odavde, a sistem je dizajniran da automatski isključuje odeljke kako bi uštedeo struju, a generatore koliko sam saznao nema više ko da snabdeva gorivom, a ako celo postrojenje ostane bez struje, onda je gotovo s nama. Lift neće raditi, niti će bilo koji izlaz biti otvoren. Dok stigne spasilačka ekipa do ovog nivoa, ako uopšte stigne, već odavno ćemo se ohladiti.

Derek je uplašeno gledao Brajana, dok je ovaj iznosio ne baš pozitivnu konstataciju, ali koliko god mu se nije sviđala ideja da ponovo oslobađa ta vrata iza kojih će pokuljati hodajući užasi, ipak je Brajan bio u pravu. Nestanak struje značio bi i definitivno kraj od koga nikakva sreća, niti veština ne bi mogla pomoći. Borba sa obolelima u potpunom mraku u zatvorenom lavirintu bila bi gora i od samoubistva. Majkl se umešao ponovo.

— Taj tvoj narednik... Kažeš da je radio u oružarnici, je li imao ključeve od nje?

— Koliko ja znam, nije se odvajao od njih.

— Hajdemo onda po proklete ključeve — rekao je Blek i pozvao Brajana.

— Ostanite tu, Blek i ja idemo po ključeve — rekao je Brajan.

✶✶✶

... Ponovni doživljaj treptajućeg užasa kroz koji svetlucaju monstrumi i njihove zelenkaste obolele beonjače nije bio tako užasavajuć po drugi put, jer su, srećom, pobili sve hodajuće nakaze u tom hodniku. Žurno su preskakali tela koja su po glavama imala tragove udaraca i velikih rupa od probadanja, a jedino što ih je pratilo je zlokobno zujanje i pucketanje oštećenih instalacija.

— Eno ga tamo! — pokazao je Blek na skupinu leševa, iz kojih je i dalje virilo izbuljeno lice nesrećnog narednika Riversa.

— Pogledaću ima li ključeve — rekao je Brajan i prišao uz telo. Preturao mu je po gornjim džepovima i po opasaču.

— Imaš sreće, Blek, znaš li to? — pitao ga je naučnik.

— Kakve sreće?

— Ubrizgao sam ti jedinu vakcinu, koju sam imao protiv ove zaraze. Bila je deo revolucije u ovom postrojenju, ali je, nažalost, nismo masovno proizveli. Imali smo samo uzorke.

— Jesam li onda imun na zarazu?

— Ne, ali sprečila je da od nje umreš i postaneš jedan od njih. Evo ih!

Valjda je bila sreća u nesreći da indirektan dodir sa zarazom nekako preživim, ali daleko od toga da sam se sada nalazio među povlašćenima. Znam, doživljaj u toj laboratoriji, dok sam na neki način umirao, bio je kao susret sa ništavilom i potom rađanje svetlosti u njemu. Ta misao prostrujala je kroz moju svest, dok smo uzimali ključeve, ali ne znam zašto, imao sam opet sumornu prognozu za čitav ovaj ishod. Svi su lagali, iako su se trudili da izgledaju potreseno od ove tragedije... Jednostavno znam da je ulog prevelik da bi se sada bilo šta prepuštalo slučaju...

Brajan je otkačio mali svežanj ključeva, zakačen za tanak prsten, koji je i dalje čvrsto stajao prikačen za opasač pokojnog narednika.

— Idemo nazad — rekao je Brajan i pojurili su odmah ka prostoriji gde su se nalazili Majkl i Derek.

Vraćajući se nazad, Blek je svratio do prostorije koja se dijagonalno odvajala od one u kojoj su bili Derek i Majkl. Ušao je unutra. Niz radnih stolova u radionici pružao se do kraja zida, dok su metalne kutije sa raznoraznim alatima i priborima bile raštrkane po ćoškovima. U uglu čučala je omanja mašina za obradu metala, čiji sklop i sastav dželat nije razumeo baš najbolje. Blek je brzo preleteo pogledom po sobi i spazio francuski ključ, koji je ležao na podu. Uzeo ga je i u žurbi izašao.

— Našao sam ključeve, a mislim da znam gde je ta oružarnica — rekao je Brajan ulazeći ponovo u sobu. Derek i Majkl sedeli su na klupama i samo ćutke buljili u pod.

Kada je Derek uspravio pogled, već je leteo francuski ključ ka njemu. Zbunjeno ga je uhvatio u poslednjem trenutku i pogledao u pravcu iz kog je komad čelika doleteo.

— Potrudi se da budeš koristan — kratko mu je dobacio Blek i ne gledajući u njega. Derek nije znao šta da odgovori na to, ali razumeo je šta se od njega traži. Tražiće da se bori.

On nije bio nikakvo vojno lice, niti je upoznat sa bilo kakvim nasiljem. Oduvek su ga smatrali za čoveka koji se gnušao nasilja, ratova, kao intelektualca koji je učenjem i pre svega mozgom napredovao kroz život, sve dok nije ostao bez posla u kompaniji koja je propala zbog sumnjivih afera i prihvatio primamljivu ponudu anonimnog poslodavca, u kojoj je stajala četiri puta veća zarada od one koju je dobijao u prethodnoj kompaniji za koju je radio. Naravno, ko će odbiti takvu ponudu? Derek, čovek koji je oduvek želeo da napreduje i koji je u neku ruku bio perfekcionista, misleći da sve može biti uvek bolje, tek kada je video prvo obolelo iskeženo lice i zatvorene izlaze shvatio je koliko je pogrešio u donošenju odluke.

Brajan je prišao i odblokirao vrata, skinuvši kaiš sa rukohvata. Lagano ih je odškrinuo, samo nekoliko santimetara, koliko da priviri unutra. Ponovo slike užasa nakon kratke pauze. Crveni obrisi od krvi razvučeni svuda po podu, bilo ih je čak i na zidu, ali nije se nikakva buka čula tu u blizini. Nešto dalje već je dopirao jauk mrtvih iz te oblasti. Kada je Brajan skroz otvorio vrata, nazrele su se dve obolele kreature, koje su sedele uz zid i klatile se napred-nazad. Spazivši potencijalni obrok, počele su da reže i da se pridižu. Blek je prvi prišao i agresivno zamahnuo k jednom od zombiolikih stvorova. Za delić sekunde veliki rez stvorio mu se na vratu i on se spustio niz zid, ostavljajući krvav trag. Brajan je bez oklevanja i trudeći se da ostanu tihi udario drugu nakazu i dokrajčio je na podu udarcima u glavu.

Ta dva mrtva zombija daleko su bila od rešenog problema u tom delu postrojenja. Čekalo ih je račvanje na levo i desno, a hodnik je takođe išao i pravo. Kao eho čula se razvlačeća žalopojka obolelih, koja se razlegala odzvanjajući o metalne zidove, kao da neko čekićem udara o njih. Derek je samo privirio desno, u hodnik koji je imao znak sa natpisom: *SECTOR D — FUELS AND CHEMICALS*[10]. Samo je privirio i odjednom se sledio. Jedan prestravljen krik pokušao je da se otme, ali Derek je zapušio sebi usta, iskolačeno zverajući ka hodniku. Poplava hodajućih mrtvaca... Na toj strani gde je pisalo: *FUELS AND CHEMICALS*... Hodnik ih je bio prepun... Sudeći po tome da nisu mogli da priđu do *Maintainence Locker Room* sobe u kojoj se Derek krio, verovatno su izgubili interesovanje i odlutali u Sektor D, gde su samo čekali naivčinu poput Dereka da ih aktivira, kako bi kidisali kao čopor pobesnelih džukela.

— Hajde, Derek, primetiće te! — vukao ga je Brajan za košulju. Povlačio ga je na suprotnu stranu, u hodnik levo. Natpis je bio umrljan krvlju i nisu mogli videti šta na njemu piše, ali Brajan je očigledno znao kuda treba ići. Ni hodnik koji je Brajan odabrao nije bio potpuno čist. Klatili su se nespretno, dok su neki od njih sedeli uz zid i na prve ljudske glasove odmah su se okrenuli k njima i uz potmulo režanje ustali. Obolelo osoblje neumorno je pružalo ruke k njima, čim su stupili u nov hodnik. Jezici sa oštrim krajevima palacali su u vazduhu, dok su monstrumi napredovali ka preživeloj grupici. Hodnik je manje bio ispunjen njima, ali opet, za trenutno stanje bilo ih je u priličnom broju. Blek je pojurio napred, svestan da mu drugo rešenje nije preostalo.

— Ne dozvolite da vas opkole — tiho je upozorio dželat, pre nego što će istupiti napred.

... Ne znam otkud taj osećaj, ali mislim da nam je to bio jedan od poslednjih trzaja. Verovatno zbog malaksalosti i čitave višesatne jurnjave...

Prvu dvojicu ubio je u trku nožem, dok je Brajan drugu dvojicu oborio udarcima. Majkl je pokušavao da ih sustigne, dok je prestrašeni Derek držao korak s njima, kako god je umeo i znao, izbegavajući da se upusti u sukob s nakazama.

Posle dvojice zaklanih mostruma Blek je nerado morao da uspori. Naleteo je na grupu od šestoro monstruma, a iza njih još manjih grupica je nadiralo.

— Ne dozvolite da vas opkole! — drao se Blek i zario nož do korice u čelo prvog monstruma. Snažno je odgurnuo beživotno telo, koje se srušilo na trapave obolele i neki od njih pali su. Dvojica su ostali na nogama. Ostala trojica pala su pored zida.

Majkl je energično izleteo i snažno raspalio šipkom monstruma koji je ostao na nogama. Gnusno pucanje vilične kosti se začulo, a monstrum se srušio. Majkl ga je bez oklevanja probadao kroz glavu, dok je ležao.

Brajan je pošao napred kako bi sačekao narednu grupicu i da spreči napredovanje monstruma ka preživelima. Blek je nasrnuo na monstrume koji su pali i jednog je silovito nagazio na glavu. Pucanje i bljuzgavo razlivanje krvi i mozga našlo se ispod njegove cokule. Drugi monstrum je ustajao, ali mu je dželat nožem proburazio glavu odozgo i vratio ga nazad na pod.

Majkl je vadio šipku iz glave čudovišta i okrenuo se ka sledećem. Zamahnuo je. Šipka je promašila glavu i pogodila monstruma po ramenu, koji je taj udarac jedva osetio. Od snažnog zamaha izgubio je ravnotežu i monstrum ga je ščepao za bluzu, bacivši se na njega.

Dželat je probadao glavu monstruma, kada je začuo Majklov krik iza sebe. Nakratko se osvrnuo. Treći monstrum podigao se s poda.

Majkl je držao šipku vodoravno ispod brade čudovišta, sprečavajući da ga ubije smrtonosno oštrim jezikom, ali bio je mršav i previše slab da bi ga zbacio sa sebe. Derek, pribijen uza zid, skamenjeno je posmatrao taj prizor, dok su mu se ruke tresle, a lice zgrčilo u prestravljenu grimasu.

— Derek, udari ga! — prodrao se dželat. Kada se ponovo okrenuo, bolesni kez monstruma gotovo mu se uneo u lice. Blek je nekako odstupio korak unazad, nekako se izvio i odozdo zamahnuo nožem, kao bokser koji izvodi aperkat. Sečivo je probilo vrat i pod uglom izašlo na potiljku čudovišta.

Derek kao da je vraćen u stvarnost dželatovom vikom, zavrištao je i zamahnuo francuskim ključem. Glasno je odzvonio komad čelika, kada ga je pogodio posred čela. Zbacio ga je sa Majkla i nastavio da tuče po njemu komadom gvožđa. Uskoro je tukao komade mozga i smrskanih kostiju, više od straha, ne shvatajući da nepotrebno troši snagu. Prestao je tek kada ga je Majkl uhvatio za ruku.

— Mrtav je — rekao mu je mladić.

Oslobodivši se protivnika, Blek je pogledao napred. Video je da je Brajan oborio dvojicu, ali masa ga je potiskivala nazad k njemu. Nije mogao sam da ih zadrži. Dželat je pritrčao i snažno odgurnuo monstruma koji je udario u ostale iza sebe, rušeći ih kao domine. Brajan je udarcima oborio još dvojicu i na par sekundi oslobodio prolaz. Grčevito su se stisli rame uz rame, kada su očistili prvu liniju monstruma, ne dozvoljavajući da se iko od njih probije dalje do Dereka i Majkla iza. Krv je pljuštala kao iz vodenog topa, dok su sekli i razbijali glave monstruoznim ljudima, osećajući da im je oružje kojim se bore sve teže u rukama.

— Brzo ovuda, požurite! — dovikivao je naučnik Dereku i Majklu. Protrčali su brzo između oborenih leševa sa desne strane zida, koji su ustajući pružali ruke k njima. Ugušeni sopstvenim divljačkim otkucajima srca jurili su kroz taj hodnik, kao da ih goni cunami iza leđa. Monstrumi su ustali i krenuli za odbeglim žrtvama, ali bilo je dovoljno što ih je dželat samo odgurnuo.

Na kraju tog hodnika dočekala su ih dvokrilna vrata, preko kojih je stajao veliki uzvičnik i iznad njih: *SECURITY AREA — AUTHORISED PERSONELL ONLY*[11]. Brajan je sklonio komad drveta zaglavljen na bravi. Zalupili su vrata i vratili drvo među rukohvate s unutrašnje strane. Zastali su nekoliko trenutaka, hvatajući dah, u neku ruku zahvalni što su još jedan talas dočekali da isprate i ostanu živi.

Novi hodnik bio je osvetljen jakom svetlošću, koja je isijavala iz okruglih neonskih sijalica, sa prilično niske tavanice. Oblast je odisala nečim malo drukčijim od ostalih. Uređenost se gotovo u vazduhu osećala, dok su se kretali kroz hodnik, nailazeći na novo račvanje. Iz neposredne blizine zapomaganje se čulo praćeno trapavim koracima. Dugokosi krupan čovek u plavom panciru i punoj „Kargadore" opremi, sa prepoznatljivim amblemom, izašao je iz susedne sobe s leve strane zida.

Dželat je prišao i ponovo silovito zamahnuo nožem. Glava je napravila nekoliko tupih zvukova, dok je kao fudbalska lopta skakutala po podu, a obezglavljeno telo stropoštalo se pored zida, ispuštajući veliku količinu krvi na pod.

— Jesmo li na pravom putu? — pitao je dželat, brišući krpom krv sa svog noža.

— Ovo je deo striktno za „Jurišnike". Ovde jedu, piju, spavaju, druže se i ubijaju vreme — rekao je Brajan.

— Ovde su nas prvobitno evakuisali. Taj deo pao je među poslednjima — dodao je Derek.

Dželat je video da za pojasom obezglavljenog tela visi samo jedna ručna granata. Pokušao je da pronađe pištolj, ali ovaj „Jurišnik" nije ga imao.

— Ovde sam retko zalazio, ne sećam se ovog područja baš najbolje — rekao je Brajan, razvrćući se okolo.

— Pokazaću vam. Ja se sećam — rekao je Derek.

— Kao da si je čuvao za sebe — promrmljao je smušeno dželat, skidajući granatu s opasača ubijenog „Jurišnika".

Prošavši kroz dobro osvetljen hodnik našli su se na raskršću. Levo je bio hodnik označen strelicom kao: *DORMITORY*[12]. Desno su stajala poluotškrinuta vrata. Na njima je pisalo: *RECREATION & GYM ROOM*[13]. Koraci su se začuli iz njenog pravca i vrata su se otvorila, kada su trojica „Jurišnika" izašla iz nje. Nažalost, ne onakvi kakvima su ih očekivali.

— Pazite šta radite, imaju pancire — hladnokrvno je upozorio dž
elat, prilazeći im. Nekada mladi i puni energije i mišića, sada samo kao obolela mrtva tela, puna rana i ožiljaka po licima „Jurišnici" su se vukli i zapomagali.

Blek je silovito odgurnuo nogom „Jurišnika", koji je pao obarajući i nakazu iza sebe. Trećeg je zadržao, kada je ovaj pojurio da ga ugrize i nožem mu probio lobanju, ubadajući ga u oko. Brajan, Majkl, pa čak i kukavički Derek pritrčali su dvojici „Jurišnika" i čim su pali, dokrajčili su ih batinama. Blek se čak nije ni udostojio da pogleda krckanje lobanja i odvratan zvuk probadanja i rasipanja mozga iza njegovih leđa. Bez ikakve trzavice, kao da se iza njega deca igraju lego kockicama, a ne ljudskim glavama, Blek je brisao nož i privirio u sobu, iz koje je ispuzalo trojica zaraženih „Jurišnika".

Cela soba bila je raskoš, kada bi trebalo opisati je samo jednom rečju. Na jednom kraju stajao je automat za sokove, slatkiše i grickalice, na sredini dva bilijarska stola i jedan za stoni tenis postavljen vodoravno u odnosu na bilijarske, a na spratu koji se video i sa donjeg nivoa, dva stola sa ispražnjenim limenkama i pepeljarama na kojima su visili opušci cigareta, dva flipera uz jedan zid i pikado uz drugi. Prostor je, takođe, bio klimatizovan i propisno osvetljen, s vrhunskim održavanjem i nivoom higijene. Na drugom kraju prostorije (prvi sprat) postojala su još jedna vrata, označena sa natpisom: *GYM*, ali bila su blokirana s nekoliko bilijarskih štapova, uglavljenih između rukohvata.

— Ako ste završili sa prebijanjem, želim nešto da pitam Dereka — rekao je Blek.

— Da? — pojavio se inženjer.

— Ovde smo našli samo nekoliko njih, možemo li da očekujemo veći prepad? — pitao je, šetkajući se po sobi.

— Mislim da ne — odmahnuo je Derek. — Kada su me doveli, ovde je bilo njih pedesetak koji su se zabarikadirali. Ali krenulo je naopako kada je stiglo naređenje da se većina organizuje i pokuša da ponovo povrati postrojenje. Druga grupa dobila je naređenje da izvuče iz postrojenja neki tim važnih naučnika. Ostatak je završio gadno — inženjer je skinuo naočari i obrisao krupne kapljice znoja s čela. Majkl i Brajan prišli su, takođe, da uhvate momenat predaha.

— Ostatak je počeo da se ubija... Mislim da izvršavaju samoubistva. Ja, stariji narednik Roman, narednik Rivers i bio-inženjer Somersbi zaključali smo se u oružarnici, kad je ostatak počeo da ludi i da izvršava samoubistva... Počelo je da im nestaje hrane, do tada jedino su se podmirivali sendvičima, krofnama i grickalicama iz automata, ali ni automat nije mogao da podmiri sve preživele, izgubili su kontakt, u međuvremenu, sa svim timovima koji su izašli i počelo je da ih hvata neko ludilo... Nije mi jasno zbog čega...

— Zašto si onda napuštao oružarnicu? — pitao je Majkl.

— Jer se stariji narednik zarazio. Ujeo ga je jedan koji se transformisao u međuvremenu. Dao nam je oružje i poslao nas da pokušamo sami da se probijemo. Užas sam gledao i preživljavao, dok je jedan od „Jurišnika" visio s plafona, neko sekao vene i smejao se, a neko raznosio sebi glavu pištoljem. Bilo je jednako užasno unutra kao i van.

... *Klupko se polako odmotavalo. Zavesa anonimnog poslodavca dobro je bila postavljena, po mojoj proceni. Nije mu bilo u interesu da preživi grupa od pedeset dobro organizovanih i obučenih vojnika, a nije imao ko da ih pobije kada su se zabarikadirali, pa je samim tim izdao naređenje koje je njegove pse poslalo u smrt, jer niko nije smeo da preživi i ponese tajnu sa sobom. Grupa „važnih naučnika" krenula je odavde, da bi se zaglavila u maloj prostoriji i sa samo dvojicom preostalih iz interventne, koji su dali živote braneći šljam čiji je rad prouzrokovao ceo ovaj pakao. Dovedeni do očaja, napisali su jedno oproštajno pismo, pre nego što su izvršili kolektivno samoubistvo. Pismo koje ću kasnije imati nesreću baš ja da pročitam. Splet okolnosti i prepletenih sudbina, nasumičnih i običnih ljudi, koji su se našli u kovitlacu ovog košmara doveo je do toga da se sazna jedna velika tajna, koja nas je u neku ruku sve obeležila kao nepoželjne. Pitanje je bilo samo ko je ubica i kada će se pojaviti da nas sve počisti, a pojaviće se onog trenutka kada se sazna da su neki neplanirano preživeli...*

Blek je uzeo jedan bilijarski štap i udario ga o sto. Pukao je nadvoje.

— Onda, sećaš li se te oružarnice? — pitao je Brajan Dereka, dok je dželat pravio novo oružje.

— Ovuda — krenuo je Derek ka trećem hodniku, koji je vodio pravo i na čijem kraju su stajala vrata.

S leve strane Majkl je u nekoj sobici, takođe za rekreaciju, gde je stajao televizor sa nintendo konzolom i video rekorderom ispod, video kroz odškrinuta vrata nečije noge u plavim maskirnim pantalonama, kako vise iznad zemlje i lagano, gotovo neprimetno se ljuljuškaju. Derek je otvorio vrata i poveo ih u novi hodnik, onaj koji nisu ispitali kada su prethodno stigli do račvanja. Odmah na pet metara od vrata sedeo je „Jurišnik" uz zid s praznim pištoljem u ruci, izbuljenog pogleda i sa okrvavljenim ustima, dok je velika crvena fleka stajala iza njegove glave.

„Jurišnik" je u maloj kancelariji sedeo u fotelji, opružen po stolu, na kom je, takođe, bila razlivena krv.

— Ovde su počeli da se ubijaju... Bilo je užasno... Pucali su i u sebe i jedni na druge — drhtavim glasom je rekao Derek.

— *SAKRIĆU SE IZA METKA, DEREK... TAMO JE NAJBOLJI ZAKLON... MRTAV ČOVEK NE MOŽE BITI UPLAŠEN... SAMO MRTAV ČOVEK, MRTAV, NEĆE POGINUTI OPET, JER MRTVOG GA NE MOGU UBITI...*

Gotovo da je Derek ponovo čuo reči kako se javljaju, dok je prolazio pored očajnog „Jurišnika", koji je bulaznio histerično se smejući, pre nego što je ispalio hitac sebi u usta.

— I jedni na druge su pucali? Zašto? — pitao je Majkl.

— Ne znam — odgovorio je Derek drhtavim glasom i pokazao prstom na levu stranu. — Oružarnica je u onom pravcu.

Hodnik se pod pravim uglom ponovo razdvajao. Desno je bila soba sa oko desetak monitora, raspoređenih na nekoliko stolova i montirajućih polica. Ispred njih na crnoj, udobnoj, kožnoj fotelji opružio se momak u uniformi i kartici na grudima, ne stariji od dvadeset pet, sa više hitaca u telu. Nešto dalje od njega, još dvojica su masakrirani ležali na podu. Jedan od njih bio je bez glave, držeći pumparicu u rukama, dok je drugi sa bezbroj sitnih rupica u telu ležao na podu, po svoj prilici nastradao od iste pumparice.

— Kakav košmar za samo jednu noć. Neću nikada moći mirno da spavam posle ovoga — promucao je Majkl.

— *ZAŠTITITE MONITORING PO SVAKU CENU! UMRITE, SKOTOVI!!!* — zvonile su reči u Derekovoj glavi, dok je gledao kako „Jurišnik" vrišti sav zajapuren u licu, pucajući iz sačmare na svoje žive kolege. Stresao se od ponovnog rekonstruisanja užasnih dešavanja u štabu „Jurišnika", ali slike su, onako nepozvane, samo izlazile pred njegovim očima, podsećajući ga u kakvom se užasu našao, i to ironično među živim ljudima.

Pokušavajući da gledaju što manje jezivih prizora, produžili su ka svom cilju. Cilj je bio vrata sa: *WEAPONRY*[14] natpisom.

— Zaključano — promrmljao je Brajan.

Blek je izvukao ručnu granatu.

— Svi u zaklon — rekao je.

Izvukao je osigurač i pažljivo postavio eksplozivnu napravu na pljosnate metalne rukohvate, pokušavajući da je lepo namesti na podlogu brave i osloni je pod uglom na vrata, kako ne bi iskliznula.

Držeći čvrsto palac na osiguraču, diskretno ju je nameštao, kao bolesnika kom treba da podbaci jastuk ispod glave. Kada je uradio tu delikatnu stvar, brzo je odjurio iza ugla, gde su se svi ostali sklonili. Posle kratke pauze od par sekundi odjeknula je eksplozija.

Blek je odmah ustao i pošao k vratima. Sada su bila širom otvorena i puna crnila. Granata je raznela bravu. Oblak dima je zaklanjao ulaz, ali jasno su se čuli koraci. Pojavio se iz kovitlaca prašine prvo par ruku, a zatim i glava sa ogavnim crnpurastim licem, koje je ličilo na čoveka u uniformi, čoveka koji bi imao pedesetak i kusur, dok je bio živ i prosedu kosu sa prosedim gustim brkovima. Sjaktale su crvene zenice sevajući besno i iziritirano na maskiranu pojavu, koja je stajala naspram njega u uzanom hodniku. Silovito se dao u trk, kao neiživljen pas koji je nedelju dana zavijao vezan na kratkom povocu. Međutim, sama slika s hodnikom se tresla pred očima nakaze, plivajući u crvenkastim valovima, a u toj slici plen u vidu maskiranog čoveka stajao je ukopano i nepomično. Plen je bio sve bliži, kako je jurio k njemu... Uvećavao se na tim krvavim radarima, sve bliži i nadohvat ruke... Toliko blizu... I nestao odjednom u mraku.

Blek je stajao nepomično, sve do poslednjeg trenutka. I onda, na samo dva metra od njega munjevito ispružio polomljen štap. Patrljak je prošao kroz usta monstruoznog narednika i do polovine prošao kroz njegovu glavu, dok su njegove halapljive ruke, sada totalno opuštene, samo ovlaš pomilovale dželatovu kragnu na jakni, pre nego što se čudovište spustilo na pod.

— I meni je drago, narednče Roman — kroz zube je procedio dželat.

— Nisam siguran koliko je ostalo, ali mislim da ima još malo oružja — dobacio je Derek, vireći iza ugla.

— Kako god — odvratio je Blek i pošao napred, ostavljajući leš narednika s bilijarskim štapom u ustima.

... Ne znam kako, ali još uvek smo bili živi i uspeli smo da se dokopamo oružarnice. U situaciji u kakvoj smo se nalazili dodatna vatrena moć povećavala nam je ionako mizerne šanse da preživimo ovu ludnicu. Ipak, jedan od problema predstavljao je Derek. Star, spor, nesiguran i plašljiv, što znači laka potencijalna meta za monstruozne kreature, pa čak i sa oružjem kod sebe. Karlos je bio gad, ali je bio korisniji u ovakvim situacijama. Ako bih morao da se kladim, moj novac bi išao na Dereka, kao sledeću žrtvu, jer budimo realni, smrt čeka sve nas, samo je nepoznato kojim redosledom ćemo otići, jer tajna mora biti sačuvana ispod ove planine, a glavešine će se sigurno pobrinuti za to...

... Ipak, iako je smrt disala toliko glasno da sam je mogao osetiti na sopstvenom vratu, ipak, straha nije bilo...

* * *

... Četiri osobe trčale su kroz hodnik.

Tri su bile naoružane automatskim puškama M16, dve od njih su nosile šlemove i plave pancire. Dve osobe sa pancirima i šlemovima otvorile su vatru na ogavne gmizavce, koji su jurišali četvoronoške, išarani ranama i sa tamnopepeljastom bojom tela, kao da su iz samog bezdana izašli. Otvarajući vatru, dve osobe sa pancirima branile su odstupnicu trećoj naoružanoj osobi u zaštitnom odelu i osobi u belom mantilu, koja je na tastaturi pored nekih vrata kucala nešto. Na monitoru pored oznake *REC* u donjem levom uglu je stajalo *SECTOR F.*

Vrata su se posle nekog vremena otvorila i sve četiri osobe ušle su u lift.

Treba se ipak prebaciti na odgovarajuću kameru. Ova više nije bila od koristi.

... Nova slika osvanula je na monitoru, u čijem uglu je stajalo *SECTOR G EE* (*Emergency Exit*[15]). Izašavši iz lifta kroz širi hodnik preživela četvorka pucnjima se probila kroz neveliku grupu obolelih i napredovala i dalje. Počeli su da se penju širokim stepenicama naviše. Nova kamera...

Ponovo su se pojavili na monitoru. U uglu pisalo je: *OUTSIDE — PLAYGROUND AREA*[16].

Još par sati je delilo paklenu košnicu od svanuća, kada je famozna četvorka izašla iz zgrade nedaleko od terena za rekreaciju i počela da uskače u džip terenac, parkiran ispred zgrade, dok su naoružani pratioci pucali u okolne nakaze, oslonjeni na haubu vozila. Kada su se svi spakovali unutra, džip je lagano krenuo, meljući točkovima blatnjavu podlogu. Uskoro je nestao iz kadra.

Moralo se prebaciti na satelitski snimak iz ptičje perspektive, jer kamere koje su pokrivale ostale delove zatvora se nisu odazivale na komandu.

Gledan odozgo, džip je tromo puzio, kao debela bubašvaba po kaljuzi „Don Hozeovog" košmarnog zatvora, krećući se polako prema kapiji. Tada je počeo da usporava, kada se jasno videla ruka na kojoj je rukav belog mantila, i koja je izvirila kroz prozor vozača, i koja nešto drži što veoma liči na daljinski upravljač za televizor. Oko kapije bilo je prilično čisto.

Kada se ruka ponovo vratila u vozilo prošlo je nekoliko sekundi i jasno se moglo videti kako se kapija polako, ali sigurno otvara. Džip je sve više usporavao. Ali izgledalo je previše dobro za tu naizgled srećnu četvorku vucibatina, previše dobro da bi se dobro i završilo. Kao da je nečim privučena, u kadru se pojavila crna reka, koja se sa obe strane počela slivati ka vozilu. Poput dugih crnih zmija gmizale su neverovatnom brzinom se približavajući ka džipu i delovalo je da će ga u sendviču smožditi.

— ZUM! Za šta ti služi zum?

Usledilo je zumiranje slike koja je toliko uveličana da su se odvratna lica savim jasno mogla videti.

Sa obe strane vozila bile su isturene cevi iz kojih se otvarala vatra na nakaze. Ali nisu se vukle ka vozilu. Sada se zumirana slika jasnije videla. Trčali su...

Momci koji su pružali podršku sa strane nisu bili uopšte loši strelci. Uspešno su hicima obarali nadiruće monstrume, koji su grabili k njima, dok se masivna metalna grdosija od kapije polako razdvajala, ali problem je nastao jer niko nije pazio na čelo. Na džip koji je stajao dijagonalno u odnosu na kapiju jurišala je mala grupa, pred kojom je jedan prednjačio. Džip je na pedesetak metara divlje zagrebao točkovima i pojurio ka kapiji koja se dovoljno otvorila da mogu proći. Ali fanatični trkač, koji je ispred svoje grupice prednjačio, napravio je problem. Vozač džipa ciljao je da ga pregazi, ali nakaza je skočila napred i bacila se na vozilo. Toliko silovito je prošao kroz vetrobran, kao raketa iz ručnog bacača i samo su njegove izlizane patike virile izvan vozila, ostale nakaze koje su pristizale iza njega odmah su iskoristile rupu u odbrani vozila i halapljivo počele uskakati kroz polomljen vetrobran. Džip je ponovo usporavao. Momci u pancirima, koji su sedeli pozadi, pokušali su izaći, ali pomahnitala rulja, koja je trčala za vozilom, odmah je pritrčala i bacila se na njih. Zvuk se nije mogao čuti, ali bolna grimasa na krvavom licu nesrećnika kog nakaze kidaju, dok mu puška puca nekontrolisano u vazduh, sve je govorila.

Njegovog saborca bacili su na zadnji kraj sedišta i obolela tela su ga preplavila, skačući i pakujući se na njemu. Video se i tip sa zaštitnim odelom, kao i čovek u belom mantilu, kog su fanatični monstrumi izvlačili, poput rulje za linč, kroz prozor vozila, kako bi ga dokrajčili.

— NEEEEEEEEEEEEEE! NE! NE! NE! NE! — drala se Ketrin, iznervirano udarajući pesnicama o tastaturu. Nekoliko dugmadi izletelo je iz ležišta i zazveckalo po podu.

— Sranje! Zamalo su se izvukli, a idiot je još i kapiju otvorio — i dalje je bila nervozna Ketrin.

Držala se za slepoočnice, duboko dišući. Pokušavala je da se smiri. Da prikupi svu mentalnu snagu, jer težak izazov stajao je pred njom, a i činjenica da se situacija upravo dodatno zakomplikovala. Sada nije postojala nikakva prepreka koja bi košmare u zatvoru sprečila da ga napuste. Upravo je velika verovatnoća bila da će sva odgovornost pasti na njena leđa, jer snimak koji je pogledala ukazivao je baš na takav ishod. Listajući kroz sve preostale kamere koje su radile, videla je ili masakrirana tela, ili hodajuća masakrirana tela, ili krvave zidove, ili prostorije u haosu, ali ni jedno ni drugo nije ostavljalo mnogo nade. Nikog više nije bilo ko je preživeo. Sve sam užas do užasa sa iskrivljenim licima i teturajućim hodom. Koračali su sablasnim hodnicima i prostorijama za istraživanje.

Laboratorija...

U njoj sedi samo jedan naučnik, koji se klati napred-nazad, kao psihopata iz nekog sanatorijuma. Ali vrata se otvaraju. Neko ulazi unutra. Kadar nije širok da se odmah vidi ko je. Ali kada je videla osobu, nije se previše obradovala. To je bio dželat koji je nekim čudom preživeo masakr u samom zatvorskom krugu. Nekim čudom ostao je živ i u kompleksu. I nekim čudom baš morao da uđe u tu prostoriju.

— Sranje! — promrmljala je Ketrin, već dodatno iznervirana.

Monstrum se aktivira i nasrće na njega, ali ga maskirani čovek obara na zemlju i usmrćuje nožem.

Stoji... Gleda okolo... Šeta po laboratoriji... Dolazi do stola... Do kofera koji otvoren leži na stolu... I uzima bočicu... Bočicu koju ni po koju cenu nije smeo da uzme... Uzima je i krije je ispod zastarele i izbledele teksas jakne... Zatim gleda pravo u kameru... Gleda pravo u nju... Svestan je da je viđen... I arogantno gleda u nju, kao da otvoreno pokazuje šta je uradio...

— Kučkin sin misli da će se zaista izvući — progunđala je Ketrin, zamišljeno zureći u monitor.

Nekoliko trenutaka kasnije pošao je k vratima, ali se u tom momentu pojavljuju Brajan i Majkl. O nečemu razgovaraju. Brajan se sada šeta po prostoriji. Diskretno se osvrće i sasvim jasno gleda u kofer, u kom nema onoga što je tražio. Brajan je vidno zbunjen...

— Znala sam da je nepouzdan! Tako mi i treba kad se oslanjam na jebene početnike — konstatovala je Ketrin.

Prekinula je snimak i ugasila kompjuter.

Preko „bubice" je ponovo pokušala da uspostavi vezu.

— Ovde Crna Udovica , Gnezdo javi se. Prijem...

Posle nekoliko sekundi šuštanja začuo se glas.

— Ovde Gnezdo. Raportiraj, Crna Udovice. Prijem...

— Imamo veliki problem. Kapija zjapi otvorena, postoji opasnost da se zaraza raširi izvan. Poslednji preživeli naučnik imao je senzor ključ u svom posedu, a verovatno i jedinicu X uzorka. Poginuli su i on i pratnja pred kapijom. Prijem...

— Videli smo. Pratimo celu situaciju preko satelita. Prijem...

— I kakav je plan? Šta je bilo s tom pričom o bombarderu? Prijem...

— Upravo ga naoružavaju. Ali operacija je odložena za koji sat, jer novonastala situacija zahteva mobilisanje dodatnih jedinica. Treba pokriti mnogo veću površinu sada kada je deo obolelih napustio zatvorski krug. Čišćenje mora biti diskretno, poslednje što nam sad treba je medijska pažnja. Za najviše dva sata može se očekivati iskrcavanje. Prijem...

— Na putu sam da pokupim *Sample X*, kontaktirajte me za sat i po onda po mojoj proceni trebalo bi da napustim kompleks za to vreme.

— Primljeno, Crna Udovice, poslaćemo helikopter po tebe. Odjava i kraj.

Ketrin je izvadila pištolj i proverila municiju. Repetirajući oružje duboko je uzdahnula.

— U redu, seronjo, želeo si izazov... Imaš ga — rekla je i ustala sa stolice...

---

1 Devojko (španski)

2 Prokleti monstrumi! (španski)

3 Umrite prokleti gadovi! (španski)

4 Imate problema da uđete? (španski)

5 Da vam pomognem (španski)

6 Evo vam! Umrite! (španski)

7 Britanski vojni avion koji poleće iz mesta

8 Brate (španski)

9 Monstrume! (vijetnamski)

10 Sektor D goriva i hemikalije (engleski)

11 Oblast za obezbeđenje — ulaz dozvoljen samo ovlašćenim licima (engleski)

12 Spavaona (engleski)

13 Soba za rekreaciju i teretana (engleski)

14 Oružarnica (engleski)

15 Izlaz za hitne slučajeve (engleski)

16 Igralište (engleski)

III

Najstariji trik iz udžbenika

... Nisam očekivao da pronađem nešto posebno, iako smo se nalazili u samom centru „Jurišnika", u prostoriji gde su skladištili oružje. Police su većinom bile ispražnjene. Moja pretpostavka bila je da ovaj deo nije mogao sam odbraniti celo postrojenje i da je najezda nakaza progutala većinu zaliha u municiji i naoružanju. Nekoliko pištolja ostalo je po fiokama, kao i kutijice sa metkovima. Rafovi, gde bi trebalo da stoje jurišne puške, bili su ogoljeni skroz. Ostale su samo njih pet, tipa M4 sa po jednim šaržerom u sebi. Drvena polica sa pancirima i opremom za razbijanje pobuna bila je opustošena totalno, iako bi nam panciri pružili kakvu-takvu zaštitu, kao i kacige s vizirima. Ta opcija je propala, iako smo mogli da iskoristimo neke od mrtvih tela, samo bismo izgubili vreme i plus nismo želeli da rizikujemo da stavljamo krvavu i kontaminiranu opremu na sebe, a na kraju krajeva imali smo otvorenih rana na telima. Jačinu i dejstvo hemije koja je izazvala ceo ovaj haos niko nije mogao oceniti, čak ni Brajan...

... Pronašao sam tri bacača granata u drugom delu magacina, ali bili su prazni. Dvanaest puškomitraljeza tipa M60 i M240G, pored kojih je ležalo razbacano bezbroj otvorenih metalnih kutija za municiju. Tri rastavljena minobacača, osam ručnih bacača sa navođenom raketom popularno prozvan Stinger, gomila protivtenkovskih i

protivpešadijskih nagaznih mina, dva bacača plamena, uredno sklopljenih i poređanih uza zid i nekoliko otvorenih drvenih sanduka, u kojima su se nalazile ručne granate i rakete za ručne bacače raznih punjenja i kalibra, u drugom uglu, koji je bio posebno ograđen i pod ključem, belile su se rakete koje su se, ako me pamćenje dobro služi, koristile za raketne artiljerijske sisteme BM, ili popularno prozvane Kaćuše, proizvedene u Sovjetskom Savezu. Nisam se usudio ni da pomislim odakle one ovde. Na kraju krajeva, zašto da ne. Zašto da malo ne zarade, kad se hladni rat još više ohladio i jadne Kaćuše nisu videle ni „R" od rata i ništa drugo sem crnog tržišta na kom su i kupljene...

... Mogu da shvatim da zatvorski čuvari moraju biti opremljeni, ali naoružanje koje se ovde nalazilo bilo je dovoljno da naoruža čitave paravojne formacije, koje lako mogu započeti građanski rat u fragilnom i korumpiranom Meksiku. Oprema koju sam video bila je nova, neupotrebljena, kao da je upravo izašla iz fabrike, ali vremena nisam imao da stojim i razgledam. Trebalo je krenuti, jer vreme nije bilo na našoj strani...

... Povadio sam sve preostale šaržere iz jurišnih puški M4. Niko ih nije hteo, jer za njih je to bila komplikovana tehnologija za koju nisu imali vremena da uče kako se iz nje puca. Ukupno pet šaržera i puške su plus imale optičke nišane. Jedan pištolj s tri šaržera mi je bio dovoljan za pojasom. Ostalo su razgrabili Brajan i Majkl. Majkl se zadovoljio pištoljem, a Brajan je odnekud pronašao P90. Simpatična puška iz Belgije, sviđala mi se, ali nisam imao prilike da pucam iz nje, jer kada je ugledala svetlost dana, ja sam uniformu i medalje odavno bacio u kantu za smeće... Takođe, pronašli smo i male, ali kvalitetne baterijske lampe, koje su montirale SWAT jedinice na svojim puškama. Davale su svetla otprilike koliko i farovi Audija. Nikad se ne zna, možda nam i zatrebaju jednom.

... Tako opremljeni i u nešto boljem izdanju, pripremali smo se da se ponovo kupamo u reci krvi, u reci obolele krvi...

***

— Derek, dođi ovamo.

Derek je neodlučno prišao. Blek je iz fioke izvukao pištolj tipa Glock i držeći oružje za cev pružio ga Dereku.

— Ne, ne želim to. Ja nikad nisam držao oružje u rukama, ne znam čak ni da pucam — odmahivao je Derek.

— Naučićeš — odgovorio je dželat. — Želiš li da završiš kao tvoji nesposobni štićenici?

Derek je nesigurno odmahnuo glavom, izbegavajući pogled maskiranog čoveka.

— Onda uzmi prokleto oružje i ne postavljaj suvišna pitanja.

— Valjda si u pravu.

Blek je poslednja dva šaržera izvukao iz fioke.

— Ovako puniš — rekao je dželat i pritisnuo dugmence sa gornje strane rukohvata. Okvir je skliznuo i pao u njegov dlan.

— Ubaciš i pritisneš... — rekao je ubacujući ponovo okvir. — Repetiraš — povukao je izvlakač koji je škljocnuo. — Nanišaniš i gađaš samo glavu. Ako gađaš telo, gubiš vreme i municiju.

Pružio mu je pištolj i okvire.

— Oružje ti je sada otkočeno i spremno. Pazi gde gađaš i potrudi se da ne upucaš sam sebe — zaključio je dželat kratku lekciju i krenuo k vratima.

Brajan se javio.

— Imamo još jedan sektor da prođemo i stižemo do lifta, budite na oprezu, jer opasnost još nije prošla, možda ćemo...

Iza ugla iz hodnika iz kog su došli čuli su se koraci koji su prekinuli Brajana i odaljavali se sve više. Po intenzitetu je ličilo na trčanje.

— Ko je tamo? — uzviknuo je Brajan.

Nikakav odgovor nisu dobili, ali nešto dalje čuli su tresak koji je ličio na zalupljivanje vrata.

— Možda se uplašio da nismo mi jedni od čudovišta — nagađao je Majkl.

— Sumnjam — rekao je Brajan i pošao napred. — Mogao je da čuje naš razgovor.

Vraćali su se nazad, ka hodniku iz kog su došli i koji je vodio van prostorija za „Jurišnike". Zastali su na račvanju. Na kraju hodnika iz kog su došli komad drveta koji su postavili između rukohvata, kako bi blokirali ulazna vrata, ležao je bačen na pod.

— Zašto je uopšte bežao, kad sam nema neke šanse tamo? — zamišljeno je mrmljao Brajan.

— Tiše — prosiktao je dželat i osluškivao. Svi su ga upitno pogledali. Pošao je malo napred, razvrćući se i naprežući uši. Nešto je osluškivao...

... *Uskoro sam se uverio da Brajan nije bio u pravu i da naš tajanstveni preživeli nije nikakva naivčina koja se slučajno izvukla iz ovog pokolja i da nema šanse da preživi sama... O ne... I te kako je imala šanse...*

Polako je prilazio i osluškivao, dok su se ostali tiho kretali iza njega i razmenjivali zbunjene poglede. Iznenada se dželat zaustavio i podigao ruku, kako bi svi stali. Sada se već nešto čulo, kada je svaki zvuk osim disanja utihnuo. Kružio je pogledom, kao zatvorskim reflektorom koji oprezno u mraku pokušava da otkrije skrivenog napadača. I pogled mu se zaustavio na limenoj crvenoj kutiji u kojoj je stajao aparat za gašenje požara. Prilazio je do nje. Sada se zvuk jasnije čuo... Kao da se cvrčak sakrio unutra. Vratanca na kutiji su bila odškrinuta. Pridržavajući pušku jednom rukom naglo ih je otvorio... I pronašao skrivenog cvrčka... Stajao je zakačen u jednoj od dve pregrade umesto aparata za gašenje. Bio je četvrtastog oblika, veličine cigle, iz kog su izvirivale raznobojne žice i crvena tačka koja je na brojčaniku treperila i ispuštala tanke piskave zvuke. Na brojčaniku je stajalo jedanaest sekundi, a pored njih stotinke su manijački odbrojavale...

— Ooooooo sraaaaaanjeeeeee! — povikao je Brajan.

— Izlazite svi! — proderao se dželat i pojurio k vratima. Izašli su i manično jurili, zaboravljajući da ih hodajući leševi čekaju s druge strane. Nisu o tome ni razmišljali. Jedanaest sekundi, koliko je na eksplozivnoj napravi brojčanik pokazivao, probile su relativitet vremena, jer su trajale prilično dugo, dok su ih preživeli odbrojavali u sopstvenim glavama, bežeći što dalje od eksplozivne gnusobe...

Otvorili su vrata i jureći glavom bez obzira stigli su otprilike do račvanja hodnika, kada ih je presekla ekspozija, a titanski jak vazdušni udar ih bacio na zemlju. Nekoliko sekundi kasnije začuo se zavijajući zvuk, zvuk koji je u glavama preživelih, zaglušenih od eksplozije odzvanjao kao zavijanje stotine kojota.

... *Neko vreme čuo sam samo pištanje u ušima, dok mi se celo postrojenje okretalo oko glave, kao da sam u jebenom roler-kosteru... Brajanovo izobličeno lice, kao da je od žvakaće gume, unosilo mi se u oči i mumlalo. Imao sam utisak da se i on zarazio, pa sad hoće da se časti mojim bespomoćnim telom...*

— Blek, ustaj! Dolaze! — drao se Brajan, dok mu je raščupana kosa pokrivala pola ogaravljenog lica. Pokušavao je da podigne povređenog dželata i postavi ga na noge. Ipak, to nije bio lak posao, jer dželat je bio krupan, visok i prilično težak čovek, a Brajan je bio fizički dosta slabiji.

Kolutao je očima izgubljeno, dok se Brajan mučio s njegovom telesinom, ali naučnik je bio uporan, omogućavajući mu da se rukom osloni na njegovo telo. Upravo kada je dželat čvrsto dodirnuo tlo nogama, Brajan je začuo jedan rezak pucanj, baš iznad njegove glave, koji mu je umalo probio ionako ranjenu bubnu opnu. Kada se okrenuo, nakaza se stropoštala na samo metar iza njegovih leđa, a dželat i dalje ošamućen držao je pištolj uspravno. Upravo je pucao preko njegovog ramena i ubio nakazu koja je prišla prilično blizu.

Iz Sektora D, označenog kao: *FUEL AND CHEMICALLS*, reka teturajućih leševa slivala se u hodnik u kom su se nalazili četvorica preživelih. Eksplozija ih je dovukla pravo na ošamućene preživele.

— Možeš li? — glasno je upitao Brajan. Dželat je jedva primetno klimnuo glavom.

— Ovaj alarm će dovući ovamo celo postrojenje! — Brajan ga je pustio, okrenuo se i počeo da puca na nadolazeće monstrume.

Dželat je pokušao da napravi korak-dva, ali se opet zateturao i počeo da pada. Srećom, zateturao se ka zidu i iskoristio ga kako bi održao ravnotežu. Ispod kožne maske, koja mu je prekrivala lice, počela je krv da curi i da klizi niz trepavicu i obraz. Hodnik iz kog su bežali bio je otprilike do polovine pokriven vatrom. Brajan je s dželatove leve strane pucao na hordu monstruma koji su halapljivo pružali ruke k njemu i nasrtali. Nešto dalje od njih dvojice Derek je klečeći na kolenima pomagao Majklu da se pridigne. Majkl je imao nekoliko sitnih posekotina na licu, a Derek pocrnelo lice od prašine i košulju punu tamnih fleka i kapljica krvi. Spazio je Blek i svoju pušku, koja je ležala na pet-šest metara dalje od njega, dopola zatrpana kamenčićima i prašinom. Sklonio se od zida i pojurio k njoj, ali i dalje nije imao ravnotežu i ponovo se posle par koraka skljokao na pod. Pucnji iza njega bili su sve jasniji, a jezivo zapomaganje gladnih monstruma, uz zavijanje alarma, sve jače. Vukao se četvoronoške kroz komade stakla i kamenčića, kao prebijen pas, grabeći k oružju. Brajan je izmicao unazad, jer mu je monstruozna rulja bila sve bliže. Konačno je dželat zgrabio kundak i izvukao pušku ispod đubreta koje ju je zatrpalo i oslanjajući se na nju, kao na invalidsko pomagalo, pridigao se na noge.

Počeo je pucati na nadolazeće monstrume, pružajući Brajanu podršku. Broj pobijenih zombija sada se povećavao, ali dve puške bile su malo da zaustave neumoljivu poplavu obolelih, čak i u posedu dobrih strelaca. Pari i pari zelenkastih zenica sjajili su u polumračnom hodniku i prekrili ga potpuno.

— Hajde, Majkl, ustani! — hrabrio ga je Derek, uspravljajući ga na noge.

— Blek, idemo nazad! Do kraja hodnika! — nadvikivao se Brajan s paklenom tutnjavom alarma i jaukanjem mrtvih.

— Možeš li da hodaš?

— Mogu — promrmljao je dželat klimajući glavom.

Pojurili su hodnikom, jedinim koji je preostao. Majkl je trčao, držeći se za rame. Bio je sav pocrneo, a takođe i njegova majica sada je dobila novu sivkastu boju, ali uprkos brojnim nagnječenjima od glave do pete trčao je za Brajanom, dok je dželat nešto sporije kaskao iza svih njih.

... U tim momentima zamalo nisam posegnuo rukom i skinuo masku, kako bih sanirao povredu glave. Ali odustao sam od toga, onako refleksno i po navici, otprilike kao bolesna žena, koja ni po koju cenu neće skinuti maramu s glave, jer joj je od raka opala kosa. Ja sam, ipak, begunac, čak i u ovoj situaciji, begunac sa rakom, koji mu je obeležio lice kao državnom neprijatelju i monstruoznom zločincu...

Mogu da kažem da sam pretrpeo lakši potres mozga, ali brzo me je prošao i nastavio sam da funkcionišem normalno, koliko sam mogao...

... Krećući se hodnikom kojim nas je Brajan vodio, spazio sam pobijene teturajuće nakaze i to samo sa po jednim metkom u glavu. Eto našeg preživelog i njegove putanje kretanja, barem sam ja tako pretpostavio, moglo je biti i drugačije, ko zna. Ako su ovo tragovi koje je ostavljao, neće biti teško pratiti ga. Približavali smo se kraju puta i kraju ove košmarne avanture, ali sve je nagoveštavalo da se neće završiti onako kako smo mi hteli, jer sada smo, osim mrtvih, počeli da

nalazimo i žive neprijatelje, koji hoće da nas uklone. Jedan pokušaj im je propao, videćemo šta je sledeće...

... Na kraju hodnika, pored velikog broja obolelih, koji su naokolo ležali pobijeni od nepoznatog počinioca, ili počinilaca, pronašli su masivna dvokrilna vrata, koja su bila obeležena natpisom: *PLAT-FORM AREA — PROCEED WITH CAUTION*[1] i markirana signalnim lampicama. Kontrolna tabla pored vrata imala je, naravno, slot za karticu i tastere od 1 do 9. Masa obolelih neumorno je prelazila metar za metrom, bolesno jaučući. Desetine i desetine unakaženih lica od rana i infekcije, s krvavim tragovima, posekotinama i drugim užasima nasrtala je ka krajnjem delu hodnika, halapljivo pružajući ruke. Brajan je iskoristio neki minut prednosti, koji su imali i brzo otkucao potrebnu šifru.

Prvo su lampice koje su bile postavljene duž ivice vrata počele da trepere žutom bojom, a onda je čelični ulaz počeo da se otvara. Koristeći optički nišan na svojoj puški, Blek je hicima u glavu ubijao one najbliže, dok su se vrata polako razdvajala. Ubijanje je sada bilo mnogo fleksibilnije i lakše, odmarajući oči od naprezanja, kada je nišanio pištoljem.

Brajan se osvrnuo. Ugledao je dželata koji je pucao na zombiolike nakaze, koje su na svega desetak metara grabile. Ostale su bile nešto dalje od njih.

— Blek!

Dželat se okrenuo k njemu.

— Nećemo imati vremena da ih zatvorimo, pre nego što uđu. Previše su blizu, hajdemo! — dozivao ga je Brajan.

Dželat je polako uzmicao pred nasrtajima podivljalih nakaza. Prošli su dalje, čim se na vratima stvorilo dovoljno prostora. Vrata su bila još u fazi otvaranja, kada su nakaze počele da stupaju u *Platform Area*, gde su se četvorica preživelih uputili. Širok hodnik, ispunjen hladnim vazduhom, koji je iz suprotnog pravca cirkulisao bio je osvetljen crvenkastim neonskim svetlom i bio ispunjen s nešto manje mrtvih, jer po svoj prilici u momentu izbijanja incidenta u tom sektoru nije bilo mnogo zaposlenih. Ipak, tu i tamo, ležao je poneki nesrećnik, ali na njima nije postojao nikakv trag ujeda, niti masakriranja. Samo modra izraženo modra lica i potočići sasušene krvi koja je istekla iz nosa, očiju i ušiju. Nisu se ni pitali gde će ih odvesti ova putanja, samo su pokušavali što dalje da pobegnu, nešto sporije se krećući, jer ih je eksplozija poljuljala i nanela im neke manje, ali neugodne povrede, od kojih su usporavali. Hodnik je bio dug i dovoljno širok, da i kamion može njime da se kreće. Podsećao je na jedan od onih podzemnih autoputeva, lagano osvetljenih i elegantnih za vožnju, kroz koji slede sati i sati jednoličnog tunelskog svetla i pokoji automobil, koji projuri pored vozača, a onda izlazak u potpuno drugi deo grada. Trčeći kroz „sate i sate jednoličnog tunel-skog svetla" preživeli su i koliko-toliko ostavili za sobom gonilačku masu obolelih, ali njihovi jezivi jauci stavljali su do znanja da nije baš pametno zastajati. Čitav tunel ječao je od njihovih jauka.

Kroz crvenilo neonskih lampi raspoznali su se prvi obrisi tela, koji su im išli u susret. Zapravo, uveličane senke, koje su se mazile o zidove približavajući se sve više, a potom izašle na svetlo neonskog crvenila. Međutim, njihova mimika i kretanje levo-desno kao brisač na autu dovoljno je govorila šta odmah treba s njima uraditi. Blek i Brajan pobili su ih u trku i nastavili dalje. Virilo je iz svetlosnog crvenila još monstruoznih nakaza i svi su nosili zaštitne prsluke i žute šlemove. Na sreću, bilo ih je manje, tako da se nisu s njima mnogo mučili. Nekoliko hitaca su ih razrešili muka.

Kraj tog hodnika otkrio im je nesvakidašnju sliku. Postrojenje je bilo kao presečeno nadvoje nekom džinovskom testerom. Druga polovina postrojenja videla se na četrdeset-pedeset metara, dok je hladan vazduh strujio iz unutrašnjosti planine. Dve polovine postro-jenja spajali su masivni dupli klizači, na kojima je ležala ogromna transportna platforma, ograđena čeličnom ogradom i pored koje je na metalnom stubu stajala komandna tabla, sa nekoliko raznobojnih dugmadi i prekidača, kao i znak upozorenja na kom je pisalo: *PLAT-FORM 1 — WEIGHT LIMIT 150 TONS*[2]. Dole između zjapio je ambis kroz koji se još uvek nešto od donjih delova postrojenja moglo videti. Platforma je za sada bila na njihovoj polovini postrojenja.

— Imamo sreće — rekao je Brajan kada je ušao unutra. — Ključ je još uvek tu.

— Umeš li ti da pokreneš to? — pitao je Majkl.

— Nadam se — odgovorio je pokušavajući da pročita uputstvo koje je stajalo na nekoliko jezika, postavljeno pored kontrolne table za upravljanje.

— Dolaze — prilično mirno se oglasio Blek.

Nakaze su se iza ugla polako, ali sigurno dovlačile prema njima. Kraj puta je bio blizu, jer dalje više nisu mogli bežati.

— Brajane, pokreni je, molim te! Brajane, približavaju se! — cvilio je Derek.

— Ćuti! — prodrao se naučnik, dok se preznojavao s kompliko-vanim uputstvom.

— Koliko komplikovano može da bude? — promrmljao je Brajan.

Posle par minuta napetosti i iščekivanja platforma je počela da se odvaja od jedne strane postrojenja i uz prigušen i dubok zvuk hidraulike, koja ju je pokretala, lagano se počela kretati na klizačima ka drugom delu postrojenja. Monstruozne nakaze počele su usporava-vati, kada im je plen izmakao i polako gubeći interesovanje, počele su besciljno lutati sablasnim i napuštenim hodnikom.

— Brajane, da nije bilo tebe, niko od nas ne bi stigao dovde — javio se Majkl, oslonjen na ogradu platforme.

Brajan nije ništa odgovorio. Ali dželatov hladni pogled bio je na njemu. I Blek nije bio nimalo naivan.

... Šta god da mu je bio plan do ovog trenutka, sigurno je već pogubio konce. Zato je i ćutao. Nalazili smo se duboko ispod planine i uspeli da stignemo do platforme koja nas je prebacivala u drugi deo postrojenja. Njegovi sektori, ili odeljci, koji su išli još dublje u planinu mogli su se videti sa ove visine. Koliko god bilo bolesno i uvrnuto, đubre koje je ovo konstruisalo, ipak mu se mora dati pohvala za kreativnost. Ovako nešto još nisam u životu video. Kreativno poput neke turističke atrakcije i dobro prikriveno, a opet zaštićeno od bombardovanja, jer je unutar planine, a mislim da čak može izdržati i nuklearni udar. Međutim, novi razlog za brigu i još veću trku s vremenom uskoro je stigao. Još jedan od bezbroj problema samo se nagomilao pored svih ostalih. Ovaj košmar vrlo brzo je zapretio da postane još crnji... I to doslovno...

***

... Dok je platforma polako napredovala ka drugoj strani postrojenja, Blek je oslonjen na ogradu posmatrao donje delove kompleksa, koji su bili izgrađeni više stotina metara dublje u planinu. Svetlo, koliko god da je otkrivalo, nije otkrilo bogzna kakve vredne detalje. Iznenada, jedan od odeljaka se zamračio.

— Brajane! — pozvao ga je dželat. Brajan je prišao.

Baš u tom trenutku isključio se još jedan od odeljaka u donjem delu kompeksa.

— Šta se ovo dešava? — pokazao je Blek.

— Dešava se da generatori ostaju bez goriva i da sistem počinje sam da isključuje suvišne sektore kako bi uštedeo energiju.

Blek je zaćutao.

— U prevodu, ako isključi celo postrojenje, ostaćemo zarobljeni, jer liftovi neće moći da rade. Bićemo ovde i skončaćemo na veoma gadan način jer... — za trenutak je zaćutao, kao da je rekao previše.

— Jer šta? — naglo se okrenuo dželat k njemu koji je do tog trenutka nekud zamišljeno gledao.

— Jer... — prišao mu je bliže, kako ga Majkl i Derek ne bi čuli i nešto tiše odgovorio. — Jer oni mogu iz sedišta da aktiviraju kompletnu dekontaminaciju ovog kompleksa. Govorim o eksploziji koja stvara oko pet hiljada stepeni. Temperatura na kojoj nijedna poznata bakterija, ili virus na ovom svetu ne opstaje. Samo je dovoljan pritisak na dugme da nestanemo u deliću sekunde, razumeš li?

— Oni... — progunđao je Blek. — Misliš na tvoje glavešine koje su te namamile velikim novcem ovde?

Brajan je klimnuo.

— Dobar deo stvari nije ispao onako kako su mi obećali. Na kraju, kad sam hteo da odustanem, počeli su da mi prete. Ovo je kao neki kult fanatika u belim mantilima, a ne naučno-istraživački centar.

— Toliko o nauci — ironično je progunđao dželat.

Platforma je stala. Prebacili su se na drugi kraj kompleksa, ostavljajući za sobom jedan košmarni deo krvavog bezumlja i stupajući na drugi. Velika vrata, na kojima je umesto brave stajao točak, čekala su ih sa druge strane. Desno od njih otvarala su se usta novog masivnog hodnika osvetljenog neonskim crvenilom, istog onog kao prekoputa platforme. Dželat je shvatio da i vozila nesmetano cirkulišu ovuda, radeći transport stvari od sektora do sektora i to bez većih problema. Veličina i izgled ovog postrojenja bio je zaista grandiozan, ličeći na Oblast 51, o kojoj se često govorilo u pričama naučne fantastike. Ali masivni hodnik nije bio njihova ruta, već vrata sa točkom umesto brave. Slova su bila ispisana preko celih vrata debelim slojem bele boje, ali bila je poprilično izlizana i izbledela. Nisu mogli da pročitaju šta piše na njima. Brajan je okretao volan s desna na levo, kako bi ih otvorio. Uz težak i glomazan zvuk, masivna čelična konstrukcija se pomerila, otkrivajući im nov hodnik, u kom su instalacije, takođe, bile neznatno oštećene. Radilo je svako treće, ili svako četvrto svetlo, dok je po podu ležalo rasuto sitno staklo i krv. Nekoliko linija krvi vodilo je kroz hodnik, kako su napredovali kroz njega. Nisu imali neku želju da ga prate, ali ti tragovi išli su u njihovom i zapravo jedinom pravcu u kom su se kretali. Sa strane zidova veći deo vrata bio je ili blokiran, ili oštećen do te mere da se nije mogao ni otvoriti. Ono što je naizgled delovalo kao čitavo od vrata, Brajan nije želeo da se otvara. Na zidu je stajala zelena pločica sa strelicom iznad koje je pisalo: *BRIDGE AREA*[3]. Taj znak ponovio se nekoliko puta kroz hodnik, dok su prolazili kroz njega. Konačno, vrata su ih dovela do trokrakog račvanja hodnika, uključujući i četvrti, odakle su došli. Bio je gotovo potpuno u mraku, jer svetlo nije postojalo u tom delu, ali obrisi zidova i svetlo iz susednih hodnika na račvanju se malo naziralo.

— Sačekajte, dok pronađem prekidač — rekao je Brajan.

Naučnik je opipavao rukama po zidu, pokušavajući da po sećanju pronađe prekidač. Svetlo je posle nekoliko trenutaka blesnulo, ali neko će poželeti da je ostao mrak. U kružnoj prostoriji, koja je samo služila kao tačka raskršća između četiri hodnika, bela svetlost otkrila im je mučnu i bizarnu sliku. Nekoliko desetina tela bilo je razapeto i nataknuto na klinove po zidovima, ili obešena o kablove instalacija, lica i tela unakaženih do neprepoznavanja i sa ogromnim rezovima, koji su im presudili, dok su bili živi. Većina je imala prnje od mantila i medicinske presvlake, dok je nekolicina nosila zatvorske uniforme.

— Čoveče, krv je svuda! — zakreštao je Derek, kada je osetio proklizavanje pod nogama. Bacio je pogled nadole i video bare krvi svuda po podu. Užasan i nesnošljiv miris se širio, kao da je tek sada posle prvog šoka dospeo do njihovih nozdrva, dok su nemo gledali u rasporene i unakažene nesrećnike, koji su završili kao meso za iživljavanje obolelim monstrumima. Sveopšte crvenilo bojilo je krug raskršća, prošarano pokidanim udovima, pobacanim iznutricama i crevima. Galerija užasa dobila je pobednika, u slikama pokazujući monstruozno remek-delo izmrcvarenih povešanih tela, koja po nekoj logici nisu mogli postaviti ovako oboleli, već ih je neko drugi ovako obesio i ponabijao na klinove. Derek je stenjao, dok mu je iz grla grgorilo i isticalo sve što je pojeo i popio u poslednjih dvadeset četiri sata. Mučan prizor bio je previše za sve, pa i za Bleka, koji je uz takve užase živeo svakodnevno.

— Brajane, sat otkucava — opomenuo ga je dželat.

— A da — trgnuo se Brajan. — Ovuda!

Prolazili su nešto teže, dok je Derek brisao usta i odvraćao pogled od povešanih horora po zidovima.

Ne računajući hodnik iz kog su došli, postojala su još tri, čija su vrata bila otvorena, dok su crvene rotirajuće lampice bacale svetlost iznad njih. Bili su obeleženi belim slovima sa: *SECTOR 2A*, *SECTOR 2B* i *SECTOR 2C*. Brajan je krenuo ka Sektoru 2C, koji je bio sa krajnje desne strane, a ostali su ga pratili...

— Ko je ono uradio, Brajane? — s izvesnim gađenjem u glasu je upitao Majkl.

— Neko ko je imao više mozga nego oboleli — odgovorio je naučnik.

— Hoćeš da kažeš da sada i razmišljaju? — pitao je ponovo Majkl.

— Nisam siguran, ali rezultati mutacija su nepredvidivi, svašta se može očekivati.

Hodnik pod oznakom 2C doveo ih je do dvokrilnih metalnih vrata, koja su bila otključana. Stupili su unutra i videli po ko zna koji put račvanje u tri smera pravo, levo i desno. Počelo im se vrteti u glavi od silnih račvanja i raskrsnica. Hodnik je bio prilično tih, ali u veoma nesređenom stanju, kao i svi ostali kroz koje je protutnjao incident. Jedino je hodnik levo bio obeležen sa: *MEDICAL RESEARCH AREA*[4], dok je na hodniku desno pločica sa obaveštenjem bila polomljena i od nje je ostalo samo parče plastike. Brajan je skrenuo desno u neobeležen hodnik, a ostali nemajući nikakvu orijentaciju u prostoru su ga pratili bez reči. Uskoro su krenula da se pojavljuju tela rasuta po hodniku, sa katastrofalnim rezovima i odsečenim glavama, kao i tragovima ujeda i glodanja. Kosti ruku, nogu i rebara su se jasno videle kako izviruju iz tela pobijenih. Bilo ih je u velikom broju, a hodnik je bio jedan od dužih kroz koji su se kretali. Svetlo je i u ovom delu bilo slabo i instalacije oštećene. Strahovali su da tela neće odjednom ustati i opkoliti ih, ali kada su pogledali malo bolje, tela su već u zenicama imala znake oboljenja, a opet bila su mrtva, tj. pobijena. Dodatna doza straha uvukla se preživelima pod kožu, jer je neprijatelj odnekud vrebao. Jasno je bilo da oboleli nisu jedina pretnja, ali ako su imali zelenkastu bolest u beonjačama, a bili su pobijeni nadljudskim rezovima, onda je bilo jasno da se čitav lanac ishrane razvio u tom postrojenju. Nepoznati protivnik pobio je obolele i ubiće sve što dođe u taj hodnik.

Svetla je ubrzo nestalo, jer su stupili u deo hodnika gde sijalice nisu radile. Malo su usporili. Izvesna nesigurnost javila se i kod Brajana, jer on je od svih bolje znao koliko je ovaj hodnik dug i koliko će zapravo biti dug u ovoj situaciji, ako nalete na nešto i to bez svetla. Dovoljno je bilo teško boriti se s nakazama i po svetlu; u mraku, to bi bila samoubilačka misija, čak i kad su u pitanju oni koji poznaju nakaze i ujedno i čitav raspored prostorija. Kroz sablasnu tišinu dopirao je zvuk sve do ušiju preživelih. Odmah su se ukopali u mestu i počeli da osluškuju.

—Vadite lampe — šapnuo je Brajan.

Kroz mračnu zavesu prosekli su četiri snopa svetlosti, osvetljavajući umazane zidove krvlju i mučne slike pobijenih, čija lica su se počela raspadati od nagrizanja larvi. Pretraživali su okolinu, ali nigde nisu pronašli nešto što je bilo u pokretu. Sve je bilo statično i mrtvo. Krenuli su oprezno malo dalje, pazeći da ne usledi prepad odnekud. Koristeći se iskustvom od pre, bacali su pogled i gore. Mnogo je ventilacionih otvora. Mnogo potencijalnih rupa, odakle bi obolele njuške mogle ispuzati. Dželat je držao lampu i cev M4 puške, maksimalno skoncentrisan na prostor ispred. Malaksalost se uvlačila u njegove kosti, jer prilično dugo njegov organizam nije okusio ni jednu hranljivu materiju.

Zvuk koji su čuli sada je postao jasniji. Podsećao je na žvakanje i kidanje mesa. Malo su brže švrljali lampama kroz mrak, u kom se ništa nije moglo videti, sem onoga što su pokušavali da osvetle. U potpunoj pomrčini osakaćena tela izgledala su još jezivije nego na svetlu. Iskolačene oči i širom razjapljena mrtva usta. Majkl se stresao. Nije želeo da ih gleda, a morao je. Svaka dva pređena metra na podu su otkrivala po jedno jezivo telo. Iako mrtva, u toj mrkloj tišini delovala su kao da će svakog trenutka skočiti. Žvakanje i kidanje... Zvuk se približavao, dok je tišinu seklo ubrzano disanje preživelih. Začuo se Brajanov šapat.

— Vidiš li ga?

— Ne, ali blizu je — odgovorio je dželat, što je tiše mogao. Hodnik je imao proširenje s desne strane, iz kog se nazirala lokva krvi. Barem toliko je otkrio snop svetlosti. Blek ga je pomerao lagano ulevo i spazio nečije noge... Više njih...

— Šta, kog đavola... — promrmljao je dželat, otkrivajući još gnusnih detalja baterijskom lampom. Spazio je više pari nogu i neko čovekoliko telo sa razbarušenom kosom i brojnim ranama po sebi, a uz zid uspravno je držalo žrtvu snažnim šakama, na kojima su sijali oštri nokti od oko dvadesetak santimetara. Nesvakidašnja gnusoba i dalje je proždirala telo nekog naučnika, ne obraćajući pažnju da je neko posmatra. Raščupana kosurina na glavi talasala se levo-desno, dok je ogavni stvor uz pritajeno režanje ždrao svoj obrok. Derek je načinio par nesigurnih koraka ka Brajanu, kako bi se sakrio iza njegovih leđa. U tom momentu krcnuo je komad stakla pod njegovom cipelom. Monstrum se okrenuo...

Na svetlosti lampe ugledali su izduženo i rezovima izbrazdano lice monstruozne kreature. Dva oka bila su krupna i izbečena, ali bez ikakvih zenica, sablasna i bezbojna. Bacivši telo koje je jeo, monstrum je oštro zašištao i prekrio lice rukama, užasno nervozan i iziritiran.

— Smeta mu svetlo, pucajte! — povikao je dželat i otvorio vatru. Monstruozna nakaza počela je da ciči i krešti od pogodaka, dok se Brajan, takođe, uključio u pucnjavu, pomažući egzekutoru. Čudovište je načinilo nekoliko koraka k njima i tek kada se izvuklo iz zaklona videli su da nema ljudske, nego tri para nogu, slične kao kod pauka, s tim što su bile veoma oštre na vrhovima, kao ogromne igle. Čineći mnogobrojne sitne korake gazilo je čudovište preko mrtvih tela, ubadajući ih oštrim završecima na nogama, stajući im na glave, probijajući im lobanje i kidajući im ruke. Nasrtalo je, odbijajući Blekove i Brajanove rafale, sve dok ga jedan zalutali metak nije pogodio posred čela. Presavio se unazad, kao da je od gume i kao da uopšte nema kičmu i zglobove, a zatim se svalio na bok.

Siktanje se čulo i oko njih. Sva četvorica su se skupili, koristeći leđa jedni drugih i kružili lampama. Načinili su krug, držeći se leđa uz leđa. Na svetlu dželata izleteo je još jedan košmarni monstrum s paukovim nogama, ali čim ga je svetlo obasjalo, usporio je i pokrio oči rukama. Dželat je raspalio po njemu i ostatke okvira sasuo u monstruma. Brajan je začuo škripanje po cevima s gornje strane. Brzo je podigao svetlo naviše i spazio među linijama cevi nakazu koja je, kada je svetlo palo na nju, odmah oštro zašištala. Kratak rafal ju je skinuo, jer je usledio još jedan pogodak u glavu. Brojni tanki koraci, kao da stotine igli kucka o pod, čuli su se sve bliže.

— Nastavite da se krećete, ne možemo stajati! — povikao je Brajan i pojurio hodnikom.

— Blek, pazi nam leđa!

Dželat se povukao ka začelju, pažljivo osmatrajući levu i desnu stranu, dok su iza Brajana trčali Derek i Majkl. Kroz drvena vrata, na kojima je pisalo: *SMOKERS ONLY*[5], prošla je kandža zajedno s rukom, odvalivši parče drveta. Dželat je nanišanio i kroz tu rupu ispalio samo jedan metak. Krik sa druge strane vrata bio je indikator da je dobro gađao. Međutim, vrata su u paramparčad razbila tri stvorenja, koja su se dala u trk za žrtvama, strahovito sikćući. Majkl se okrenuo i pucao unazad u trku. Od šest ispaljenih metaka „u vetar", jedan je pogodio monstruma u čelo i on je istog momenta, kao pokošen, pao na pod. Ostalu dvojicu pobio je Blek, potrošivši pritom i drugi okvir i znatno zaostajući, jer je usporio, kako bi otklonio opasnost iza leđa. Pred Brajanom, na samo tri metra, pao je monstruozni pauk-čovek, mašući kandžama, a naučnik je panično istresao okvir od oko četrdeset metaka.

Izlazilo je još čudovišnih mutacija. Dželat je ubrzano menjao okvir, ali su mu ogromnom brzinom prilazila dva monstruma iz mraka, iako su, naizgled, ta čudovišta s paukolikim nogama delovala tromo i nezgrapno. Bacio je M4, ne stigavši da ubaci novi okvir i brzo izvadio pištolj, ispaljujući brze hice na čudovište. Zaustavio ih je na svega dva metra od sebe. Hici u glavu su presudili i usmrtili mutirana čovekolika stvorenja. Čim je ta opasnost prošla, odmah je zgrabio M4 sa zemlje, ubacio pun okvir i uspravio se na noge. Derek je bio prilično uspaničen i izgubljen, jer sve što je mogao čuti je šištanje i odzvanjanje metaka kroz mrak, pomešano sa ljudskim kricima Brajana i Majkla, kao i zveckanje brojnih sitnih nožica svuda okolo. Pokušavajući da održi korak s Brajanom, okliznuo se i u padu ispalio metak, koji je pogodio u zid. Međutim, zrno je imalo rikošet efekat i odbilo se ka plafonu, zatim u drugi zid i uhvatilo putanju pod oštrim uglom, pogodivši monstruma pravo u slepoočnicu. Pauk-monstrum lagano se spustio na zemlju. Zlokobno caktanje po podu i dalje je ispunjavalo hodnik. Na svetlosti lampe blesnulo je još praznih beonjača jezivih monstruma. Brajan ih je čistio s prednje strane, dok je Majkl podizao Dereka sa zemlje. Samo zahvaljujući pribranosti

Brajana nisu mogli da priđu do njega, iako su imali prednost mraka u hodniku. Blek je uhvatio svetlom još četiri monstruma. Koristeći neverovatno fleksibilno i agilno telo, spuštali su se sa zidova. Kratkim rafalima obarao ih je na pod i načinio je tri pogotka u glavu. Trećeg je pogodio u potiljak i on se cičeći batrgao po podu i mahao kandžama. Majkl je, takođe, lampom više osvetljavao gornji deo. Plafon na kom je stajao splet cevi i čeličnih konstrukcija bio ih je prepun. Spuštali su se sa nivoa na nivo, jer visina je bila prilično velika.

— Preplaviće hodnik uskoro! Brajane, možemo li negde da se pomerimo odavde? — dovikivao je Majkl.

— Još malo! — dobacio je Brajan, ne okrećući se. — Ne odvajajte se jedni od drugih!

Monstrumi sa čela su neumoljivo navaljivali. Brajan, iako je imao krajnje fleksibilno oružje, koje je posedovalo veliku preciznost, nije ih mogao sam zaustaviti. Majkl i Derek nisu mu mogli asistirati svetlom, tako da mu je leva strana ostala neosvetljena. Poslednju trojicu, koji su se pojavili pri svetlosti lampe, gutali su rafali iz fleksibilne i vrlo precizne puške P90. Dok je Brajan ubijao ono što je mogao videti uz pomoć svetla na baterijskoj lampi, iz neosvetljenog dela s te kobne leve strane sevnula je kandža...

Brajan se prodrao...

... *Nisam mogao da vidim dobro, jer je u hodniku bio mrak, ali Brajanov jauk sam vrlo jasno čuo. Taj krik mogao bi da znači doom bell[6] za sve nas. Ipak, s njim, ili bez njega od borbe se nije odustajalo...*

Više metaka, ispaljenih za samo tri sekunde, oborilo je nakazu. Majkl i Derek ispalili su po pola okvira u nakazu, kako bi je ubile.

— Brajane, jesi li dobro? — pritrčao je Majkl.

— Samo ogrebotina — rekao je Brajan, klečeći na jednom kolenu i teško dišući. Majkl je pogledao ruku koju je Brajan držao uz telo, dok je desnom pridržavao P90.

— Da vidim.

Od ramena pa do lakta protezala su se tri velika reza, koji su pocepali i mantil i košulju i duboko prosekli kroz meso. Krv je obilno tekla i sva je mogućnost bila da je neka vena presečena tom kandžom, koja je bila oštra kao britva. Majkl je povikao:

— Ogrebotina, đavola, umalo ti ruku nije otkinuo. Hajdemo odavde!

— Gde je Blek? — povikao je Derek.

Ne štedeći sebe nimalo, pauk-monstrumi nasrtali su ka dželatu, jer su spazili da na toj strani stoji samo jedna žrtva. Nesvestan da oko njega prave obruč, dželat ih je odbijao, a oni su gazeći preko već mrtvih tela i mrcvareći ih oštrim nogama i dalje nadirali. Četvoricu je Blek preciznim hicima u glavu, oči i grkljan uspeo zaustaviti. Ipak, nije mogao lampom da pokrije sve uglove iz kojih su oni mogli izleteti i kasni pokazatelj te surove činjenice bio mu je šištanje na svega metar, ili dva kod njegovog desnog ramena. Kao udaren golom žicom, koja je pod naponom, dželat se odmah okrenuo, ali vreme nije bilo na njegovoj strani. Sjaktava sečiva već su prošišala kroz vazduh, skoro da ih nije mogao ni videti, ali u poslednjem trenutku jedino što je mogao je da podigne pušku i postavi je vodoravno ispred sebe. Silina udara izbila mu je oružje iz ruke, ali na svu sreću M4 je pretrpeo većinu onoga što bi trebalo da pretrpi njegova glava. Dželat se zateturao i pao unazad, dok mu je rukav jakne bio neznatno pocepan, a ruka imala neku sitniju ogrebotinu. Monstrum je izleteo iz mraka i odmah kidisao na razoružanu žrtvu, kada je izvor svetlosti bio odstranjen.

Ipak, veteran nije gubio prisebnost. Videvši pomahnitalu nakazu kako srlja da ga raskomada, Blek je izvukao pištolj iz pojasa i stegnuvši ga čvrsto dlanovima, hladnokrvno mu ispalio dva u grudi i tri u glavu. Kao divlja mačka, istog trena egzekutor se našao ponovo na nogama. M4 nije bio daleko, ali kada ga je dželat uzeo i pokušao da puca, vrlo brzo bilo mu je jasno da od toga neće biti ništa. Od razornog udarca oružje je bilo oštećeno i nije se više iz njega moglo pucati, niti je mogao okvir da se zameni.

— Blek! — dozivao ga je Majkl vičući na sav glas.

Iznerviran, dželat je bacio pušku i potrčao za preostalom trojicom preživelih. Novi talas monstruoznih gnusoba počeo je niz zid da se spušta po hodniku, gmižući sa svih strana, kada je vatra prestala da sipa po njima i žrtve počele da beže. Krvave slike, siktanje iza njih i tela za telima unakažena i iskasapljena, buljeći svojim mrtvim, beživotnim pogledima ređala su im se pred očima jedna za drugom, dok su kroz mrak bežali od talasa jezivih i modifikovanih protivnika, koji za razliku od obolelih nisu bili otvorene mete na strelištu i spori da im se može umaći bežanjem. Bili su im za petama, a da oni to nisu ni znali, jedino strah i samo strah davao im je vetar u leđa, da beže od paukolikih monstruma, s čijim kandžama nije bilo šale.

Konačno se u mračnom hodniku pokazao i njegov kraj, u vidu dvokrilnih metalnih vrata, koja su se mogla otvoriti. Zalupili su ih i Majkl je odmah pronašao tešku gvozdenu šipku, kojom su blokirali vrata. Brajan je seo uz zid, praveći bolnu grimasu i držeći se za ruku. Prostorija je bila nešto veća i imala nešto osvetljenja, tako da su isključili lampe. Soba u obliku pravougaonika služila je kao pogonski odeljak. Imala je povezane motore, koji su tiho brundali i s gornje strane zidova kontrolne table za regulisanje grejanja u raznim sektorima. Do njih su vodile metalne stepenice, raspoređene na četiri mesta, jer su kontrolne table bile ogromne, a iznad njih stajali su brojni šematski prikazi prostorija u kompleksu, kroz koje su išle linije za grejanje.

Čudovišta koja su ih gonila kroz mračan hodnik, stigla su do blokiranih vrata i besno šišteći zagrebala po njima. Za razliku od obolelih, koji bi tu satima stajali i besomučno lupali, zavijajući kao gladni kurjaci, pauk-monstrumi brzo su se razišli, kada su videli da vrata neće popustiti. Ne razmišljajući mnogo o prostoriji i šta se u njoj nalazi, Majkl je prišao i kleknuo ispred Brajana.

— Kako ti je ruka? Hoćeš li moći?

— Izdržaću — odgovorio je Brajan, lica i dalje zgrčenog u bolnoj grimasi.

Blek je pogledom prošetao po prostoriji i odmah pogledao plafon. Jedino što nije želeo da vidi bili su otvoreni i razvaljeni ventilacioni otvori, ali nažalost, video ih je u veoma nezgodnom momentu.

Začuo je Blek šištanje iza kontrolnih tabli. Čuo ih je i sa desne strane, iz tesnog prolaza između zida i zazidane kocke od uzvišenja, na kom su kontrolne ploče bile instalirane. Ubrzano kuckanje po betonskom napuklom podu nije ukazivalo na to da će dobiti predah i malo na vremenu. Upravo iz tog tesnog prostora između zida i uzvišenja pojavila se prva paukolika nakaza. Izbuljene beonjače bez zenica, u kojoj su se kao na ogledalu mogle videti sve četiri potencijalne žrtve i usta iz kojih je monstrum besno siktao, dok su se bale cedile niz donju vilicu, predstavljale su još veću jezu, naročito za Majkla i Dereka, kada su mogli da čudovište vide jasno na prigušenom svetlu.

Monstrum je pojurio koliko su ga sva tri para nogu nosila, a prvi je hice ispalio dželat.

... Hitac nije završio u glavi. To je bio pouzdan znak da je ruka i meni počinjala da drhti od iscrpljenosti...

Blek je ispalio tri hica. Dva su završila u predelu ključne kosti, dok je treći prošao kroz usta nakaze i ubio je na mestu.

— Pazite, još njih dolazi! — povikao je egzekutor i pojurio k stepenicama.

— Blek, stani, kuda ćeš? — viknuo je Derek prestrašeno i potrčao za njim.

Brzo se uspeo uz desetak stepenika, odakle je imao bolji pregled prostorije, dok je Majkl podizao Brajana.

Gledajući preko ograde, dželat je ugledao nakazu koja je kidisala upravo na Majkla, koji je leđima okrenut pokušavao da pomogne Brajanu da ustane. Ali na njega i Dereka nije obraćala pažnju. Stegavši čvrsto pištolj pogledao je preko „mušice" u čudovište i fiksirao je u jednu tačku. Potiljak čudovišta došao je na „mušicu". Dželat je zgrčio lice, zaustavio dah nakratko, potom spontano i bez drhtanja povukao okidač.

Majkl je uspeo da pridigne Brajana, ali tek tada je čuo kako je monstrum ljosnuo iza njegovih leđa. Bacio je pogled i s one strane video dželata koji ga je pogodio s prilične razdaljine. Držeći ruku uz telo Brajan je pucao jednom rukom iz belgijske automatske puške i ubio monstruma koji se pojavio s leve strane, izlećući iz senke. Majkl je odmah ustrelio sledećeg.

Derek se povukao nešto dalje od dželata i užasnuo se kada je spazio brutalno izmrcvarene ljude sa šlemovima i tamnonarandžastim prslucima, koji su imali oznaku na sebi: *Maintenence staff*. Prestravio ga je i tresak iznad njegove glave. Pogledao je naviše. Opružen i izvijen, preteće sikćući na tabli na kojoj je bio grafički prikaz jednog od sektora, balavio je monstrum, morbidno buljeći u njega belim beživotnim očima. Derek je zavrištao i počeo da beži ka dželatu. Monstrum je načinio još jedan skok i pao na položenu kontrolnu ploču, sa dugmadima za podešavanje. Do žrtve delio ga je još jedan skok.

Dželat je, skinuvši neposrednu opasnost kod Majkla, osetio grebanje po metalnoj ogradi. Okrenuo se. U neposrednoj blizini video je šaku s velikim kandžama, koja se držala za ogradu i grabila naviše. Odmah je šipku uhvatila i druga ruka, ali čim se između metalnih šipki pomolila glava, dželat je pružio pištolj na tu stranu i sa desetak santimetara daljine pucao u oko nakazi. Vrisak ga je naterao da se ponovo zarotira iza sebe, kao kupola na tenku. Derek mu je trčao u susret, a iza njega je Blek video monstruma koji skakuće po kontrolnoj tabli. Nije imao čistu metu.

— Derek, sagni se! — povikao je, nišaneći u njegovom pravcu.

Inženjer se sagao, ali monstrum je već bio u vazduhu. Dželat je ponovo morao da upotrebi svoju mrtvačku smirenost, jer jedino je ona stajala između monstruma i ishoda hoće li odseći Derekovu glavu, koja je bila izložena kao na poslužavniku, ili ne. Svih pet preostalih metaka dželat je velikom brzinom ispalio, pritom ne trepćući između hitaca.

Monstrum je lepršajući kroz vazduh bolno zacičao, jer je jedan od hitaca bio fatalan i strmoglavio se kao oborena ptičurina, padajući pravo na kontrolnu tablu i ispunjavajući njeno sivilo sopstvenom krvlju. Pištolj mu je bio prazan. Ne čekajući da Derek ustane, Blek ga je preskočio spretno poput kuguara, zamenio okvir još u vazduhu, a kada je ponovo dodirinuo tlo i pojurio u pravcu iz kog je monstrum izašao, njegovo oružje već je bilo puno. Pokušao je da vidi drugi kraj prostorije, koji su mu kontrolne ploče zaklanjale.

— Brajane, nadiru sa svih strana! — vrištao je Majkl gotovo očajnički, držeći se leđa uz leđa s naučnikom. Pucali su na monstruozne nakaze, koje su nadirale iz okolnih pravaca, mahom iz tesnaca.

— Skloni se gore, bićeš bezbedniji! — odgovorio je Brajan. — Ja ću te pokrivati!

— Ne možeš s tom rukom. Jedva držiš pušku — protivio se Majkl.

— Samo idi! Idi i ne osvrći se! — Ispalio je kratak rafal i ubio monstruma koji je prišao previše blizu.

— Idi! Idi! — drao se Brajan iz sveg glasa i odgurnuo je Majkla od sebe. Najpre malo nesigurno, a potom videvši da se odvojio od naučika, Majkl je pojurio ka stepenicama. Odvraćeni pucnjima monstrumi su kidisali na Brajana koji je uzmicao unazad i pridržavajući jednom rukom pušku, pucao na čudovišta. U jednom trenutku oružje je počelo da škljoca i naučnik, zbog povređene ruke, nije mogao da zameni okvir. Bacio je pušku i izvukao pištolj ispod pojasa. Majkl se popeo stepenicama kod kontrolne table i prekoputa ugledao dželata i Dereka koji su se borili sa pauokolikim nakazama.

Majkl je čuo udaranje o metalnu konstrukciju ograde i monstruma koji se penjao vrlo lako uz ograđeno uzvišenje. Oprezno je nanišanio. Nije imao vremena da oseća strah, ali jednog je bio potpuno svestan: sada, trenutno je potpuno sam... Dželat sada nije tu, uz njega, da ispravi njegovu eventualnu grešku. Jednostavno, sada nije imao pravo na grešku. Monstrum se zaljuljao, jednom rukom obešen o ogradu, poput majmuna koji se njiše na grani i preskočio je. Čim je paukolikim nožicama dodirnuo tle, pucanj je usledio. Metak iz Majklovog pištolja završio je pravo u grkljanu nakaze. Dok je krv šiktala iz rupe, monstrum je zakrkljao, divlje mašući kandžama i gubeći koordinaciju, ponovo pao nazad, preko ograde.

Brajan nije više imao onu brzinu od pre, niti oštrinu i prisebnost. Osetio je bol i po drugom ramenu. Monstrum mu se pokriven tutnjavom metaka diskretno prišunjao i zamahnuo, pocepavši mu mantil i posekavši ga po ramenu. Bežao je u nekom, bilo kom pravcu, gde nije bilo monstruma. Osetili su krv. Preplavljivali su ga. Gde god je pogledao, kezila mu se u lice gnusna zabalavljena faca sa suvim beonjačama umesto očiju. Pištolj mu se ispraznio nakon što je sasuo poslednje metke u čudovište koje mu se prišunjalo. Bežeći od njih, s nekoliko rana na telu i s teškom mukom zamenio je okvir. Udario je leđima o zid. Još trojica su kidisala na njega. Pucao je ne štedeći metke. Prvi pogodak u glavu. Drugom monstrumu je izrešetao lice. Treći je stigao da zamahne i posekao ga po grudima, cepajući mu košulju.

Brajan je režeći kao ranjena zver ubio i njega i pošao da se ponovo pomeri od zida. To je više ličilo na očajničko teturanje prebijene životinje pred umiranje, nego na kretanje. Pokušavao je da stigne do zida uzvišenja u obliku nepravilne kocke, na kojoj su bili instalirani uređaji za kontrolu toplote. Ali iza ugla susreo se oči u oči sa još jednom nakazom. Doslovno oči u oči. Kroz te oči, kroz te suve, beživotne beonjače, koje su mu bile na nekoliko santimetara, video je sve. Svoju bezbrižnu mladost, dok se sa društvom vozikao u *ševiju*[8] i pušio travu, srećne i tužne trenutke tokom studija, Saru Nilsen, devojku s plavim kikicama u koju se zaljubio, a kasnije, pred kraj studija i oženio, dane kada je pod vedrim nebom i na zelenom tepihu kupio zemljište, na kom je podigao predivnu kuću u prirodi i dobio troje slatke dečice, kada je dobio ponudu da prihvati bolji posao za šest puta veću platu od one koju je zarađivao u kompaniji za koju je radio, Saru koja ga je podržavala u svemu što je zamislio, pa i u tom prihvatanju novog posla i poslednje — obećanje da će je voditi na odmor gde god poželi, kad dobije slobodnog vremena, ona samo treba da pokaže prstom na mapi... Kroz te beživotne i mrtve beonjače, koje su mu se unele u lice, video je Brajan sve to, video u trenutku kada mu je potekla krv iz usta, video u momentu kada mu je pet sečiva od po trideset santimetara prolazilo kroz telo. Snažni zubi, kao ajkuline ralje, zarili su mu se u rame. Brajan je kriknuo iz sveg glasa. Monstrum ga je čvrsto držao, nije želeo da pusti dok žrtva ne umre.

Brajan je sakupio poslednje atome snage i podigao ruku. Monstruma koji ga je držao, probodenog i smrtno izranjavanog, Brajan je obgrlio jednom rukom, kako bi se oslonio o njegovo telo. Ne ispuštajući pištolj i ne želeći da se preda, prislonio mu je cev na slepoočnicu. Pucanj je odjeknuo...

—————————————————————————————————

—————————————————————————————————

—————————————————————————————————

—————————————————————————————————

——————————————————————

... Vireći iza ugla Blek je video još dva monstruma koji su pokušavali da stignu do žrtava, privučeni pucnjima. Dželat je izleteo iza ugla i s dva metka ih oborio obojicu, jer prolaz je bio uzan, a mogli su se samo kretati jedan iza drugog. Most koji se protezao od jednog kraja prostorije na drugi spajao je dve kocke, tj. dva uzvišenja sa kontrolnim tablama. Među pobijenim radnicima dželat je spazio i jednog u full opremi „Jurišnika" koji je imao pored sebe automatsku pušku s optičkim nišanom. „Jurišnik" je sa fatalnim ranama na telu sedeo uz ogradu, oklembešene glave, ispod koje se na vratu nazirao ogroman rez. Derek je prilazio polako, koristeći dželatova leđa kao zaštitu.

— Derek!

Sav znojav, inženjer je bio skroz izgubljen i „providan" u licu. Nije ni čuo glas...

— Derek! — Blek mu je opalio šamar.

— Pogledaj me...

— Da? — odsutno je odgovorio Derek.

— Vidiš li onu pušku tamo? — pokazao je Blek, pomerajući mu glavu u tom smeru. Inženjer je klimnuo.

— Pokušaj da stigneš do nje! — rekao je Blek, pokazujući mu na mrtvog „Jurišnika". — Pokrivaću te vatrom! Kreni!

Derek je klimnuo i nesigurno krenuo ka oružju. Dok se inženjer kretao do tridesetak metara udaljene puške, s druge strane mosta kretala se nakaza u susret Dereku. Blek je držao čudovište na nišanu, ali nije želeo da rizikuje. Računajući okvir u pištolju, ostao mu je samo jedan rezervni i nije bilo pametno rasipati metke u takvoj situaciji. Kada je prišlo na desetak metara od Dereka, on se uspaničio i podigao ruke preplašeno vrišteći, međutim, dželatovo oštro oko ništa nije propustilo i još jednom okidač je bio povučen u pravom trenutku. Monstrum je sa rupom u slepoočnici završio na podu.

Iza leđa Dereka grabilo je još jedno pauk-čudovište i dželat je ponovo ispalio jedan metak i oborio ga. Ali dospeo je i sam u nevolju. Pukom srećom, jer su stepenice bile metalne, čuo je iza leđa caktanje sitnih, ali oštrih nožica i kada se okrenuo tri nakaze su mu prilazile iza leđa, penjući se na „kocku". Dželat se okrenuo i počeo da puca. Nije više bio tako smiren i staložen. Jednog napadača uspeo je da ubije. Monstrum iza njega kao da je osetio da mu je brat po mutaciji umro i odmah je kandžom zamahnuo na umiruće stvorenje i presekao mu grkljan, gurajući telo u stranu i ubijajući ga, kako bi sebi obezbedio prolaz. Dželat je ostatak okvira ispraznio u tog monstruma, idući naglo unazad i udarajući leđima o ogradu, ali za trećeg nije imao municije. Treći monstrum je ubrzao i već hvatao širok zamah. Dželat mu je bio serviran na tacni. Ipak, po ko zna koji put, egzekutor je i u takvoj situaciji bio priseban i mogao da razmišlja. Umesto okvira, iz džepa je zgrabio baterijsku lampu, brzo je uključio i uperio je u lice čudovištu. Kao da se monstrum nije ni nadao šta će mu se desiti, zacičao je kao mačka koju maltretiraju tako što je vuku za rep i odmah zaklonio lice dlanovima. Dve sekunde... Toliko je sebi dželat kupio vremena i toliko mu je bilo dovoljno... Prosečno dve do četiri sekunde bilo mu je potrebno da zameni okvir na pištolju. Tajming mu je i dalje bio dobar. Bacivši lampu, brzo je izvukao okvir i ubacio ga u pištolj, umesto praznog koji je iskliznuo dve do četiri sekunde ranije. Kada je monstrum sklonio dlanove s lica, sledeće što je video bila je cev pištolja marke Bereta SF i to je ujedno bilo i poslednje što je nakaza videla. Pucanj...

Derek se uspaničio, videvši monstruma kako mu prilazi, ali vrlo brzo pucanj koji je došao iza njegovih leđa spustio je nakazu na zemlju.

— O Bože! O Bože! U šta sam se ja uvalio?! — prestravljeno je sam sebi ponavljao Derek, imajući utisak da preživljava noćnu moru, a ne stvarnost, dok se približavao paloj „Jurišniku". Nesrećnik je imao duboku brazgotinu, koja je zahvatila rame i deo vrata i najverovatnije bila fatalna za maleroznog „Jurišnika", koji je skončao u pogonskom delu postrojenja.

Inženjer se nekako dovukao do tela i video pušku koja je na samo metar od iskasapljenog tela ležala isprskana krvlju. Pružio je Derek ruku, ali iznenadni krik ga je presekao i skratio mu, ionako ugrožen život, za deset godina. Malerozni „Jurišnik" iznenada je skočio i kidisao na Dereka, isijavajući bolesnim zelenkastim zenicama. On se prenuo i pao na leđa, izgubivši ravnotežu. Zatvorio je oči i iako je bio dovoljan jedan metak, ispalio je monstruoznom „Jurišniku" tri u glavu. Bolesno telo palo je i ovog puta bilo zaista mrtvo. Pauk-monstrum ga je spazio s mosta i prelazio ga velikom brzinom, gazeći i drobeći telo poginulog čudovišta, kog je ubio Blek, pokrivajući Dereka.

— Oh, sranje! — zavapio je Derek i okrenuo se s druge strane mosta, jer vatre za pokrivanje nije bilo. Dželat je, oslonjen leđima o ogradu, pucao na nadolazeće monstrume, koji su ga zaskočili sa stražnje strane.

Monstrum je na svega pet-šest metara bio od Dereka. Mali, plašljivi čovečuljak zažmurio je i ispucao ostatak okvira u pravcu pauk-nakaze. Tresak o žičani most ga je naterao da ponovo otvori oči i video nakazu, iskeženih usta i lica izbušenog mecima. Moglo bi se reći, više sreće nego umeća, ali u takvoj situaciji cilj je samo bio bitan, a ne sredstvo.

— Derek! Pušku! Dobaci mi pušku! — prodornim glasom se drao Blek s druge strane.

Hitac u glavu je presudio monstrumu, ali nadolazili su još, kada je Blek povikao na Dereka. Još četvorica ukupno peli su se stepenicama, gazeći preko već poginulih. Zavojiti uglovi i tesnaci kod kontrolnih tabli su faktori koji su, moglo bi se reći, mnogo pomogli preživelima, jer monstruoznim nakazama takav prostor nije odgovarao. Ipak, glad je bila veća od izbora terena i oni su, svejedno, kidisali na žrtve.

Derek je odložio pištolj i uzeo pušku, podižući pogled, kako bi dobro video gde je dželatova ispružena ruka. Pažljivo nameštajući ruke i držeći desnom kraj kundaka, a levom cev neposredno ispred okvira, Derek je zavitlao oružje u vazduh, što je jače mogao. Puška je letela... Beskrajni trenutak i trka sa nemilosrdnim sekundama, koje su delile gonioce koji su prešli stepenike i grabili uzanim, ograđenim tesnacem do dželata. Puška je letela i malo se zaokrenula, dok se Blek maksimalno pružio preko ograde, rizikujući i da se strmoglavi, dok su sekunde jedna za drugom odmicale, a monstrumi bili sve bliži. Nije se više dželat osvrtao preko ramena, samo mu je bio cilj da dohvati prokleto oružje.

Neverovatno fleksibilni, a naizgled tromi i nezgrapni pauk-monstrumi ni u tesnacu nisu zaostajali za Majklom, koji im je bežao. Počeli su da se penju stepenicama i pojurili za njim, čim su videli da je slobodan. Jedino iza ugla levo mogao je da skrene kod kontrolne table, jer stepenica na dole više nije bilo, a poslednje kojima se popeo sada su zatvorene, jer su uzan ograđeni prostor zauzeli monstrumi. Ugao nije bio daleko... Majkl je divlje jurio, zaboravljajući i na dželata i na Brajana. Više niko nije bitan, samo da sebe spasi, jer je strava pomešana sa adrenalinom buktala iznutra, kao raspaljen požar i davala mu snagu u nogama da i dalje beži.

Nakaze, ni skroz pauci ni skroz ljudi, bili su pečat koji neće nikom dozvoliti da mirno spava posle proživljenog i viđenog užasa. Došao je do ugla i skrenuo...

Ubrzo se gorko pokajao što je to uradio, jer se izbliza susreo sa jednim bolesnim zenicama, i to vrlo blizu... Tamnoputa boja bradatog i neurednog lica radnika s narandžastim prslukom i šlemom, koji je jezivo mumlao i s kojim se bukvalno sudario na skretanju. Skroz u šoku, ne znajući za sebe, Majkl mu je pucao u glavu, bez ikakvog razmišljanja, ali kada je oboleli crnac pao iza njega, otkrilo se još desetak tela, koja su se laganim hodom vukla k njemu u uredno spakovanoj i uređenoj koloni, kako ne bi moglo ništa pored njih da prođe. Majkl se osvrnuo, ubrzano dišući. Pauk-monstrumi jurili su raširenih ruku, s čijih prstiju su se caklile kandže, koje su jedva čekale da mu razdvoje meso od svake kosti u telu.

— Čoveče... — nevoljno je promrmljao Majkl, ali sada ga je očajnička situacija naterala i na taj potez.

Doslovno se našao u sendviču. Ispred kolona obolelih, a iza ugla razjareni pauk-monstrumi, željni da ga tranžiraju. Bez razmišljanja o posledicama, stomakom se naslonio na ogradu i pridržavajući se rukama, naglo zabacio noge preko nje, pokušavajući da doskoči sa visine od dvadesetak metara. Na fizičkom vaspitanju u školi takva preskakanja radio je kao od šale, ali prošlo je više godina otkako je poslednje uradio.

Ipak, ni ruka, ni kandža ga nisu zgrabile pri atletskom preskakanju, što je bila pozitivna stvar. Doskočio je, ali pomalo nezgodno. Zateturavši se unazad, pao je i kriknuo, držeći se za članak i stiskajući lice u bolnu grimasu. Počeo je da se vuče unazad k zidu, jer je bio koliko-toliko skučen. Dve strane, desnu i njegova leđa, pokrivali su zidovi. Iskoristio je taj prostor i sklupčao se, dovukavši se nekako do ugla. Krv je počela da prska u sitnim kapljicama, na mestu na kom je Majkl sleteo. Pogledao je naviše, ka betoniranom uzvišenju. Nešto je letelo odozgo i palo kotrljajući se koji metar. Bila je to glava obolelog, od koje se Majkl stresao i ponovo pogledao naviše. Zaboravljajući na prethodnu žrtvu, dva monstruma vitlala su kandžama, sekući i komadajući obolele na koje su naleteli. Preko ograde pao je jedan od obolelih i razbio se o beton, lomeći i vrat i kičmu i ostavljući krvavu fleku. Majkl je drhtao od užasa, ali nije imao kud. Ostao je tu, nadajući se da su potpuno zaboravili na njega, dok se gore vodila bitka između samih monstruma, koji su se sudarili.

Derek je bacio pušku i suviše kratko. Nije imao sreće, ali nekako je sve uspelo. Oružje je imalo i kaiš, pomoću kog je moglo da stoji na ramenu. I on je zalepršao u vazduhu, zajedno s puškom. Taj kaiš, to crno parče tkanine, spaslo je dželatu život, jer upravo je uspeo da ga uhvati i za dlaku spreči da oružje padne dole, pošto ga je trapavi Derek bacio previše slabo. Okrenuo se i monstrum je bio suviše blizu da bi se moglo pucati u njega i već je zamahivao. U poslednjem trenutku, Blek se pomerio ulevo, a monstum je, umesto njega, kandžama izgrebao ogradu iz koje su sevnule varnice posle divljačkog zamaha. Čudovište, ipak, zahvaljujući toliko pari nogu, koje su mu služile kao amortizeri, nije ispalo iz ravnoteže, ali dželatu je nespretnim promašajem ostavilo par sekundi, što je njemu bilo sasvim dovoljno. Jedan pucanj je odjeknuo i pogodio nakazu u slepoočnicu koja je ostala u tom položaju da „grli" ogradu. Iza ugla preostala trojica su nasrtali, ali to sada već nije bio problem, jer je Blek izmakao nekoliko metara i koristio optički nišan. Njihova odvratna, izbrazdana, bezbojna čela i lica, kao da nema ni kapi krvi u njima, sada su se videla jasnije nego ikad. I sva čela bila su ukrašena po jednom rupom. Monstrumi su pali i relativno lako dželat je otklonio opasnost, ali ograđeni tesnac sada je bio zakrčen monstruoznim telima, na kojima je tek poneka od nožica podrhtavala, jer je neki živac još bio aktivan. Blek se okrenuo. Derek je i dalje stajao kod mrtvog „Jurišnika", šćućuren uz ogradu i gledajući u njegovom pravcu.

— Pazi da još neko ne naiđe! — doviknuo mu je. — Pokrivaj most!

Derek je potvrdno klimnuo. Blek se vratio, preskakajući mrtve paukolike telesine i bacio pogled ka stepenicama. Niko nije dolazio nagore, ali u donjem nivou spazio je još dvojicu, koji su se kretali, tražeći žrtvu. Oslonio se leđima na šipku koja je služila kao stub koji drži ogradu, oslonio pušku na rame i nanišanio. Skinuo je oba monstruma, sada već preciznim i sigurnim pogocima u glavu. Taj deo bio je čist.

Brzo se vraćao k Dereku, koji mu je „čuvao leđa", klečeći pored ograde.

— Moramo da nađemo ostale! — rekao je dželat. — Jesi li povređen?

— Nisam — odmahnuo je Derek. — Hajde, pratim te.

Pretrčali su most i došli do sledeće instalirane kontrolne table, na kojoj su dva kompjuterska monitora bila uništena i polomljena, kao i komande isprskane krvlju. Dole, u centralnom nivou, tri nakaze su jurile, očigledno ka prvim stepenicama. Dželat je oprezno oslonio pušku na ogradu i zadržao dah, kada su se njihova ružna lica pojavila u krupnom kadru na nišanu. Svaki hitac pronašao je svoju metu. Monstrum je izvirio baš na skretanju na višem nivou, koje je bilo udaljeno od dželata svega desetak metara, ali Derek je sada malo prisebnije reagovao i ubio ga jednim hicem u glavu, iskoristivši dželatova leđa kao oslonac. Kretali su se dalje i preskočili to telo koje je Derek ustrelio, ali na uglu zatekli su prilično odvratan prizor, od kog je omaleni inženjer pokrio usta rukama, jedva se uzdržavajući da ne povrati ponovo. Nekoliko tela obolelih, ili radnika za održavanje, ležalo je posečeno, rasporeno i raskomadano u hrpi organa, otkinutih udova, glava i gomile krvi, dok su se na nekim telima razaznavali tragovi strahovitih posekotina, kao da su nanesene ogromnim žiletima. U tom trenutku dželat je čuo pucnje.

Majklove nade bile su uzaludne. Monstrum nije zaboravio na njega i čim je završio s trapavim obolelima skočio je preko ograde i relativno lagano se dočekao na noge. Sateran u ćošak, kao miš kog goni mačka, Majkl je grabio pištolj. Monstrum kao da se poigravao s njim, ne žureći nikud, unosio mu se u lice krupnim i jezivim beonjačama bolesno sikćući. Momku je ruka drhtala, jer nije mogao da skrene pogled s tih parališućih beonjača. Pucao je na monstruma, ali imao je samo tri metka i sva tri završila su u telu. Razljućen otporom koji mu se pruža, monstrum je naglo nasrnuo, ali Majkla je poprskala krv po patikama, kada su odjeknula dva pucnja odozgo. Momak je zažmurio, ne želeći da gleda momenat kako ga čudovište ubija, ali ono što je sledeće video je kako se čudovištu sliva krv iz usta i iz rupe na grkljanu, dok mu je iz čela takođe zjapila još jedna rupa. Stropoštao se na zemlju, na samo metar od Majkla i frenetično kreštanje i urlanje, pomešano s pucnjima, se utišalo.

Momak je spazio dželata i Dereka na gornjem nivou. Brzo su zaobišli tu stranu, tražeći stepenice pomoću kojih bi mogli da siđu. Uskoro su stigli do njega.

— Jesi li dobro? — pitao je Derek.

— Moramo naći Brajana — povikao je Majkl, pokušavajući silom da ustane.

— Gde je Brajan? — dreknuo je dželat.

— Tamo — pokazao je ka desnoj strani prostorije Majkl. — Tamo sam ga ostavio.

Potrčali su ka delu prostorije na koju je Majkl pokazao. Bila je čista i jasna. Nisu morali ni optički nišan da koriste. Samo tridesetak metara dalje, u ogromnoj prostoriji, koja je imala dve betonske kocke spojene žičanim mostom i koja je po svojoj veličini ličila na hangar, ležalo je tri-četiri monstruma. Nešto dalje od njih ležao je Brajan, pored njega još jedno čudovište, a nešto dalje od njih dvojice nalazila su se ulazna vrata, koja su tako brižno blokirali šipkom.

Pojurili su k njemu, ali kada su mu prišli, bilo je već kasno. Davao je još uvek znake života, ležeći u lokvi krvi, ali imao je fatalnu ranu na ramenu, koju je napravio ujed i proboden stomak iz kog su već krenula creva. Brojne sitnije rane i posekotine brojale su se po licu i telu.

— Brajane... — izgubljeno je pošao nešto da kaže Majkl. Brajan se zakašljao i krv mu je potekla iz usta, slivajući se niz obraz.

— Nemoj... — prekinuo ga je naučnik, jedva govoreći. — Ja nisam uspeo... Vi morate dalje... Nemate još mnogo vremena... — ponovo se snažno zakašljao, krkljajući. Govor mu je bio veoma otežan.

Derek i Majkl su ćutali, kao skamenjeni. Dželat mu je prišao.

— Znam da možda ne bi trebao to da uradiš, ali reci mi kako da se izvučemo odavde — upitao ga je.

— Nastavite samo hodnikom posle ove prostorije... — prodoran kašalj ponovo je prekinuo naučnika.

— Lift za hitne slučajeve vam je tamo... — pokušao je da pomeri ruku, što mu je nanelo još više bola i žalosno je krkljajući zapomagao. Majkl je zgrčio lice, ne mogavši da gleda Brajana kako se muči.

Naučnik je izvadio tamnoljubičastu karticu i pružio je Bleku.

— Uz pomoć ovoga ćete aktivirati lift... Šifra je 2289117... Nemojte da se zadržavate... Ketrin je... — ponovo glasan kašalj, od kog je krv izbijala sve više i tekla niz njegove obraze.

Blek je pogledao u Majkla i Dereka. Kao da od njih očekuje odgovor, ali nije ga dobio. Obojica su ćutke stajali, tužni i utučeni. Brajan je pozvao dželata da priđe i kada se nagnuo naučnik mu je nešto šapnuo u uvo. Nisu mogli da čuju, jer je ionako jedva govorio.

— Idite... — rekao je Brajan. — Nemate još mnogo vremena... Samo... Molim vas...

Trenutak tišine nastupio je u prostoriji, iako se čulo grebanje monstruma na ulaznim vratima koja su blokirali. Začuli su pucnjavu i ponovo se vratili, grebući na metalnoj površini. Brajan se osvrnuo koliko je to bilo moguće i zamolio:

— Dodajte mi pištolj... Neću završiti kao oni... Neću dozvoliti...

Sva trojica su ćutali.

— Molim vas... — gotovo suznih očiju je prošaptao Brajan. — Pištolj...

Dželat je posle te molbe ustao. Podigao je Brajanov pištolj sa zemlje, pogledao ima li municije u njemu i stavio mu oružje u ruku.

— Zbogom... — kratko je rekao dželat i pognute glave krenuo ka izlaznim vratima pogonske prostorije.

— Hajdemo... — povlačio je za rukav Derek Majkla kom se nije polazilo. Veoma je bio tužan. Brajan ipak nije bio loša osoba, poput Karlosa i potrudio se maksimalno da pokuša da ih sve izvuče van kompleksa. Majkl je barem tako mislio. Ono što nikada do sada nije osetio, niti je znao šta znači kada drugi pogine da bi on živeo, to je sada i osetio. To osećanje pritiskalo mu je srce do tačke pucanja, gotovo do neizdržljivosti i veoma je bolelo.

Kada je Derek napokon uspeo da odvuče Majkla, Brajan je odahnuo. Znao je da izlaz nije daleko, samo je od njih sada sve zavisilo. Iz unutrašnjosti košulje izvukao je lančić sa nešto većim zlatnim priveskom, koji je rasklopio. Na jednoj strani ukazala se slika vesele nasmejane plavokose devojke, s nebeskoplavim očima i pletenicama, a na drugoj ista devojka, samo s kraćom kosom, koja grli tri mala deteta — dva ženska i jedno muško. Grebanje i udaranje na vratima odjekivalo je jače. Brajan se nije obazirao na to. Vrhom kažiprsta milovao je sliku i nasmejana lica dece i žene, dok mu je suza klizila niz obraz.

— Oprostite mi... — prošaputao je.

***

... Blek je otvorio izlazna vrata i izašao u hodnik koji nije imao neko bogzna koliko osvetljenje. Čim su se sva trojica našli u novom hodniku, pucanj je odjeknuo iz pogonske sobe. Majkl je čvrsto zažmurio, dok su mu niz obraze skliznule suze. Pokrio je lice dlanom i tiho zaplakao. Neko je umro da bi on živeo. To osećanje bilo je nepojmljivo za njega, sve do ovog trenutka...

... *Brajan Nilsen, rođen u Šarloti, u državi Severnoj Karolini, trideset tri godine, po zanimanju bioinženjer, otac troje dece. Život* mu nisu oduzele nakaze koje su ličile na pauke, niti mu je život oduzeo metak koji je sam sebi ispalio u glavu. Ne, ne, svako ko to konstatuje, vara se. Život mu je oduzela pohlepna i razmažena žena, koja ga je naterala da prihvati poziv. Novca nikad nije bilo dosta, nikad nije bilo dosta provoda, automobila, skupe odeće i nakita... Jeste, bila je lepa, ali jadna budala uzeo je zmiju u ženskom telu, pohlepnu pijavicu, koja je isisavala sve iz njega, a bila je jebeni perfekcionista za sve... U suštini, njega više nije bilo, on je sada samo statistički podatak na spisku štete koje je ovo postrojenje pretrpelo... I ništa više od toga... Nešto je krio od nas, u to više nijednog trenutka nisam posumnjao i samim tim što nam je dao karticu i uputio nas ka liftu dokazao je da mu je proradila savest u poslednjem trenutku... Da li je trebalo da nas pobije sam? Da nas dovede do neke oružane zasede? Ubije nas nekom injekcijom, pod izgovorom da nas vakciniše? Nervnim gasom? Teorija je bilo mnogo, ali ono što sam mogao da konstatujem u ovom trenutku, šta god da je bio plan u celoj ovoj priči, sada je poremećen i mi lutamo slobodno kompleksom: Majkl, Derek i ja, sa uzorkom X u džepu, koji ima ko zna koju namenu. Hoće li glavešine tražiti alternativno rešenje sada... Verovatno hoće, ali kada će to uslediti, nisam mogao da znam... Brajan je imao nešto na umu... Nešto je želeo da nam otkrije, to sam video u njegovim očima u poslednjim momentima njegovog života... Izgleda da je procenio da je dovoljno samo da znamo kako doći do lifta, kako bi izgleda na neki način olakšao svoju savest...

Pogonska soba odvela nas je u neki uzan, ali neizmerno dug hodnik. Nije bio tako uredno održavan kao ostali i bio je polumračan, kao tamnica, a niz njega su se pružali parovi debelih cevi za grejanje... Delovalo mi je kao da stupamo u pozadinski deo postrojenja, onaj na koji se malo obraćalo pažnje i koji je svakim metrom delovao sve neurednije i prljavije, kao hodnici one rupe od zatvora, koju sam toliko dugo morao da gledam...

— Koliko još? — pitao je Majkl, dahćući. Niko mu nije ništa odgovarao. Samo su se kretali napred, beskrajno dugim polumračnim i zapuštenim hodnikom. Povukao je dželata za rukav. — Koliko još do kraja?

— Rekao je do kraja hodnika — odgovorio je dželat, tek iz drugog pokušaja.

— Prilično je dug — rekao je Derek. — Ovde kao da je napušteno. Nema nikog.

— Budi ipak oprezan, tako je već delovalo u par navrata — opomenuo ga je Majkl.

— Žao mi je ovog momka, Brajana — posle izvesnog vremena ga je pomenuo Derek. — Izgledao je kao OK osoba, šteta što je i on završio ovako.

— Spasio nam je život obojici — rekao je Majkl, pokazujući i na dželata. — Možda je malo dva života naspram toliko poginulih, ali barem znači nešto.

Blek nije komentarisao ovaj razgovor. Delovao je kao i da ga ne čuje.

— Tu si u pravu — složio se Derek. — Samo žao mi je, momče, što si morao i ti da se nađeš u ovom paklu. Nikada ni u ludilu nisam pomišljao da ovako nešto može da se dogodi. Pokušao sam samo da odradim posao za koji sam bio plaćen i ništa više.

— Novac ti sad neće mnogo značiti — dobacio je dželat. — Mesto je izolovano miljama u okolini. Ko zna koliko ima do najbližeg naseljenog mesta koje liči na ciivlizaciju...

— Šta ćemo raditi, ako nas uhvate neki njihovi vojnici? — pitao je Majkl.

— Bolje se ubij sam — predložio je Blek. — Živ nećeš izmaći iz njihovih ruku. Moraju da održe svoje laži u senci.

— Hvala ti što pokušavaš da me utešiš, ludaku — odvratio je Majkl.

— Je li on to mislio ozbiljno? Ubiće nas? — pitao je Derek.

— Ako uopšte pošalju nekog — pretpostavljao je Majkl.

— Već znaju... Kome je bila namenjena bomba kod magacina? — pitao je misteriozno dželat, dok mu je polovina lica bila zaklonjena senkom od zamračene strane zida. — Obolelima? Već znaju ko je preživeo... — zaćutao je na trenutak. — Svu trojicu će nas ubiti, ako nas ne ubiju monstrumi.

— Kakva je ta strašna tajna? Ako zbog nje moram da umrem, recite mi bar zbog čega ću umreti? — upitao je Derek.

— Ti, kao i svi ostali, bi voleo da znaš? — odvratio je dželat.

— Moraćeš da pitaš Ketrin, kad je sretnemo... Ona je naučnica koja je sa Brajanom organizovala bekstvo do lifta prema kom idemo — nadovezao se Majkl.

— Zašto misliš da će mi bilo šta reći?

— Poenta na mestu — kratko je konstatovao dželat, ne osvrćući se.

— Misliš da je preživela? — pitao ga je Majkl.

Blek je slegnuo.

—I da jeste, neće se mnogo promeniti situacija. Ne verujem da smo joj mi neki prioritet.

Tada su zaćutali. Razgovor kao da se u neku ruku vodio silom, a ne iz neke preterane želje. Majkl je posle izvesnog vremena morao da čuje ljudski glas. Koliko da mu odvrati pažnju od onih drugih glasova koji su odzvanjali i jaukali i njegovoj glavi... I pucanj... Taj kobni pucanj neprestano se ponavljao u njegovoj glavi, iako je odjeknuo samo jednom. Derek je bio, takođe, prilično uznemiren. Ni posle izvesnog vremena nije se mogao privići na nasilje, krv, pucanje i paklene, jezive krike, koji su kidali svest kao oštrica tkaninu. Ipak, koliko god da je želja za odvraćanjem pažnje bila snažna i velika, ipak niko nije imao volje da to uradi... Nikom od trojice preživelih nije bilo do priče. Samo su želeli da se kreću do konačnog cilja, do lifta koji ih treba odvesti na „bezbedno". Gde tačno, to niko nije imao predstavu. Mukli udarci đonova o betonski pod samo su ih pratili, dok su išli napred kao tri zalutale duše, kao tri izgubljene duše, koje i kada su bile pred izlazom, nisu delovale nimalo optimistično. Kao da se iz grotla sele u grotlo. Tri čoveka koji ćute... Kriju li nešto... Majklu je proletelo kroz glavu da nije neko od njih zaražen, zaražen pa sada ćuti o tome... Hoće li se okrenuti i ščepati ga? Onako iznenada i uz pomoć polumračnog hodnika, uz pomoć isprepletanih senki, koje su se u njemu utapale jedna u drugu. I nije znao kako, ali kao da je neko pročitao njegove misli... Blesnulo je obolelo lice, obolelo lice „Don Hozeovog" egzekutora... Iz senke se naglo okrenulo i unelo mu se u lice. Obolele zelenkaste zenice zjapile su kroz crnilo maske... Majkl jednostavno nije imao snage ni da vrisne, niti da podigne pištolj. Ukočio se od straha. Kroz kičmu prošli su mu stotine gvozdenih klinova, koje je osetio od tog pogleda. Zateturao se i samo ga je zid zaustavio da ne padne. Jauci i vrištanje... Njegov otac koji se otima i glasno zapomaže i plače, dok ga vuku niz hodnik... Pucnji, rafalni pucnji, koji mu tutnje kroz glavu, pomešani s prestrašenim vrištanjima dece... Ponovo deca koja nekud iz njegove podsvesti gledaju u njega. Imaju rane na licima, kao da su obolela... Obolela? Da, ili ne, nevažno je... Njihovi pogledi su tu, veoma blizu...

Zagledao se napred. Okrenuti leđima Blek i Derek polako su odmicali. Inženjer je ipak zastao kada je primetio da Majkla nema i okrenuo se. Okrenuo se za njim i dželat, ali stajao je i čekao... Derek mu je prilazio, dok je momak do pojasa bio pokriven plaštom senke i oslonjen na zid. Prišavši bliže, video je da Majkl unezvereno bulji u jednu tačku, dok mu dve suze lagano klize niz obraze...

Derek je ostao nem. U trenutku su mu se usta zakopčala kao zapečaćena.

— Derek, mislim da doživljavam nervni slom — pogledao ga je Majkl, govoreći tiho i ravnodušno.

— Hajde, biće u redu — povukao ga je Derek za ruku.

— Ništa nije u redu — mucao je Majkl. — Ništa više neće biti kao pre, Derek, zar ne vidiš to? — buncao je.

— Hajde, Majkl, budi hrabar... Još samo malo.

— Vas dvojica, idete li ili ne? — pitao je Blek, koji je stajao nešto dalje od njih.

— Idemo! — odgovorio je Derek. — Idemo, Majkl. Hajdemo, nećemo sad da se predamo — hrabrio ga je i dalje Derek, vodeći ga sa sobom, dok je Majkl nesigurno koračao. Ispred njih, na nekih dvadesetak metara nazirala se raskrsnica, a nešto ispred nje stajala su metalna kolica s gornjom i donjom postavom, koja su bila izvarena i sastavljena od teških šipki i gvozdenih ploča, kao da su služila da se na njima vozi alat, ili nešto sa velikom težinom. Neke drvene kutije stajale su uz levu stranu zida, takođe ispred raskrsnice.

Derek se ponovo oglasio.

— Blek, pomozi mu malo, vidiš li da je...

Dželat je čuo prve reči. Ostatak se izgubio. Surova okolina nije im dozvolila da se konsoliduju. Usledio je još jedan mučan trenutak. Trajao je kratko, ali opet mučno, kada je Blek spazio zatamnjenu priliku, kako je iza ugla iskočila i klekla nasred raskrsnice, a zatim, posle nekoliko pucnja, zrna su zazujala oko njega. Blek više nije čuo nikakve reči, jer je bilo kasno za njih. Shvativši da ga ništa nije pogodilo, momentalno je pao na pod, a zatim ne razmišljajući ko je s druge strane, uzvratio vatru. Prilika se pomerila iza drugog zida. Blek je iskoristio tih par sekundi i pomerio se kod metalnih kolica, koristeći ih kao zaklon. Tada se tek osvrnuo oko sebe. Kao žaba na stolu za seciranje, ležao je opružen Derek, izbuljenih očiju, s dve rupe u grudima i krvavom flekom preko sive košulje.

Majkl je čučao šćućuren iza drvenih kutija.

— Jesi li pogođen? — pitao je dželat.

Majkl je odmahnuo, a zatim pogledao u pravcu raskrsnice.

— Nisam... Heeej ne pucajte, mi nismo zaraženi!

Umesto bilo kakvog odgovora, rapidnom brzinom su se izređala tri pucnja, zvečeći o zidove i pogodivši ivicu kutije. I više nego jasan odgovor.

Majkl i dželat su se samo pogledali.

— Koliko ih je? — pitao je Majkl.

— Video sam samo jednog — odvratio je Blek.

Ponovo je nepoznati napadač zapucao po njima, pretrčavajući sa jednog ugla zida na drugi. Dželat i Majkl isturili su cevi i ispucali nekoliko hitaca, tek koliko da i oni poentiraju svoju nameru.

— Nemoj! Stani! Ovo ne vredi — smirivao ga je rukom dželat. — Potrošićemo svu municiju ovako, a on je u mraku i dobro je sakriven.

— Pa šta ćemo onda? — pitao je Majkl.

— Moramo ga nekako izmamiti — rekao je Blek.

Kao da se osmelio i pomislio da su s druge strane plašljivci, napadač je ponovo ispalio dva hica i to iznad njihovih glava, kao da im se ruga. Resko je zrno odzvonilo i zapištalo iznad njih.

Dželat nije uopšte obraćao pažnju na te hice. Bili su van domašaja. Naprezao je oči, zbog nečeg drugog. Ali tama je bila veliki saveznik nepoznatog ubice. Setio se da još ima dvogled koji mu je Majkl pronašao u krugu zatvora. Poslužio se njim, oprezno vireći preko ivice kolica.

Spazio je moguće rešenje, posle nekoliko trenutaka. Na vodoravno položenoj cevi za grejanje crvenio se manji volan za otvaranje i zatvaranje grejanja u tom delu.

— Ovako ćemo — odlučio je dželat. — Ti ga mami vatrom, zaokupljaj ga, dok se ne slomi da ponovo izleti. Ja ću pogoditi onaj volan, čim izađe — rekao je pokazujući u tom pravcu. — Para će ga ukopati u mestu i onda je laka meta. Jesi li spreman?

Majkl je duboko uzdahnuo i klimnuo. Istog momenta isturio je cev i ispalio dva hica.

— Još! — oštro je prošaputao dželat.

Majkl je ispalio još dva hica, koji su se očešali o ivicu zida, iza koje se napadač krio. On je ovog puta uzvratio.

— Samouveren je, izaći će, samo nastavi — rekao je dželat, nišaneći i fokusirajući se na volan.

Majkl je ponovo pucao i ponovo je napadač uzvratio. Majklu je promakao taj trenutak, ali i sa te daljine dželat je uhvatio taj zvuk, zvuk krckanja i škljocanja. Menjao je okvir. Anticipacija mu je govorila da se sada pripremi.

Napadač je ponovo izleteo, pucajući i pokušavajući da pretrči s jednog kraja na drugi. Pažnja nije popustila ni ovog puta. Dželat je precizno ispalio jedan metak i uz glasan zveket volan je izleteo pod pritiskom i prodorno odjeknuo, zvečeći o betonski pod. Para je u velikoj beloj lepezi zašištala i pokrila skoro celu širinu hodnika, hvatajući napadača u „raskoraku". Napadač je počeo da se okreće oko sebe, unezvereno mašući rukom, ali po položaju tela nije im okrenuo leđa. To je dželat shvatio, ali Majkl nije.

Da li se polakomio, ili uspaničio, nije se moglo odrediti, ali Majkl je iznenada ustao iz svog zaklona i zapucao, želeći da sam dokrajči nepoznatog ubicu. Nije u tom trenutku dželat obratio pažnju na njega, ali u sledećem, kada je već pogodio cev, tj. volan, tada je krajičkom oka spazio glupost koju je Majkl izvodio. Želeo je da ubije napadača, da ga zasuje mecima, ne razmišljajući da je ranjena zver najopasnija. Meci su, ipak, krenuli u oba smera. Majkl je ispucao poslednja tri metka i pištolj mu je škljocnuo, ali i napadač je po položaju ruke držao pištolj u njegovom pravcu i sekund kasnije i on uzvratio. Pucnji su odjekivali i Majkl je kriknuo i pao leđima na pod, dok se napadač uhvatio za kuk, ili nogu, nije se moglo uočiti baš najbolje.

— Ne! — dreknuo je dželat u tom trenutku i čvrsto stežući pištolj obema rukama ispucao tri metka u pravcu napadača. Od mraka nije ništa video, ali ono što je uspeo da vidi kroz obris senke je da je napadač pao. Blek je na trenutak odahnuo i dalje ne gubeći oprez, niti prisebnost. Ipak je nekoliko sekundi ostao držeći prostor na nišanu, dok ga je para nešto smanjenim intenzitetom ispunjavala. Možda ima još nekog, nije mogao biti potpuno siguran. Kada se uverio da je to jedini napadač, Blek se okrenuo i prišao Majklu.

Teško je disao, jer je imao fatalnu ranu u grudnom košu.

— Izgleda... da i ja nisam... imao sreće — Majkl je drhtao i jedva govorio, ali nije bio uznemiren, iako je znao da ga od smrti deli samo nekoliko trenutaka.

— Nisam mogao da reagujem pre njega, bio je brži — pravdao se dželat. U suštini je lagao, naravno da je bio brži i spretniji, ali Majkl je sam sebe zakopao budalastim iskakanjem pred naoružanog napadača, u želji da ga ubije.

— Nema veze... Ovako je bolje... — mirio se polako momak sa nadolazećom tamom. — Noćna mora... konačno je završena... Više mi se ne priviđaju mrtvi — slabašno se i osmehnuo pri tom.

Dželat je ćutao. Traume su se polako migoljile i u njemu, kao uspavano čudovište, koje je buka umalo probudila. Sada se to čudovište samo promeškoljilo, otvorilo jedno oko, iznervirano frknulo i okrenulo se na drugu stranu.

— Zamoliću te samo jedno... — rekao je Majkl, zgrabivši ga za rukav.

— Reci — tiho je odobravao dželat, kao da sluša poslednju ispovest.

— Moja porodica... živi u Memfisu, u državi Tenesi... Majka, dva brata i sestra, daj im ovo — s izvesnom poteškoćom je savio nogu u kolenu i gurnuo ruku u čarapu. Malu futrolu, koja mu je bila pritegnuta oko članka, on je otkopčao i iz nje izvukao diktafon.

Dželat je uzeo sivkastu mini spravicu — prošaranu crnim linijama — pomalo zbunjen i zatečen.

— Ti si žrtva isto koliko i ja u svemu ovome... Ovde sam snimio celokupnu otmicu i njihov razgovor... ali... — Majkl je sve teže disao. — Ali... plašim se da ne naude i majci i mojoj braći i sestri... Ne dozvoli im, Blek... Ne dozvoli im, molim te, da se s ovim izvuku... Ti si jedini koji može nešto učiniti...

Blek je nekoliko trenutaka nemo posmatrao Majkla.

— U redu, daću sve od sebe... — klimnuo je.

Majkl se slabašno nasmejao.

— Sruši bitange... i... hvala... ti...

Poslednje reči Majkl je izgovorio šapatom. I dalje sa osmehom na licu, njegova glava samo se malo iskrivila na stranu, a njegove nebeskoplave oči zagledale su se nekud preko dželatovog ramena i ostale u tom položaju. Više u njima nije bilo života. Dželat je lagano prišao rukom i oprezno ih zatvorio, a zatim položio njegovu glavu na pod, kao da strahuje da ga neće slučajno probuditi.

***

— Gospodine, ne možete ući — rekao je lekar, zadržavajući posetioca rukom ispred bolničke sobe. Izgledao je dosta starije, nižeg rasta i nešto ređe sede kose. Na beloj bolničkoj uniformi pisalo mu je na kartici *dr Kirkman*.

— Gde je moja majka? — pitao je Blek.

Lekar je pogledao u sestru koja je pogledala u njega, a zatim su oboje pogledali u Bleka.

— Vi ste njen sin? — nešto tišim glasom ga je upitao lekar i skinuo naočari.

Blek je klimnuo.

Lekar je prvo pogledao u pod, a potom ponovo u neočekivanog i prevashodno u (za neke bi se moglo reći i nepoželjnog) posetioca. Ali posetilac je bio na ivici nerava i nije mu se svidelo što ga drže u neizvesnosti.

— Sestro, možete ići — klimnuo je dr Kirkman. Sestra samo što je odmakla nekoliko metara, Blek nije izdržao pritisak i zgrabio lekara za ramena.

— Gde je ona?! Gde je moja majka?! — zarežao je kroz zube.

Lekar je pokušao da ga smiri.

— Gospodine, razumem da vam je teško, razumite i vi mene. Nasiljem ništa nećete postići.

Blek kao da je donekle i shvatio značenje ovih reči, malo je opustio napeto i iskolačeno lice, koje se nadulo kao da će pući svakog momenta.

Lekar ga je potapšao po ramenu.

— Žao mi je. Ništa nismo mogli da učinimo. Tumor je bio u odmakloj fazi.

Blek je ćutao nekoliko trenutaka. Nekoliko trenutaka čitav hodnik delovao je normalno, s normalnim aktivnostima. Ali nekoliko trenutaka potom svi prisutni u hodniku, medicinske sestre i nekoliko pacijenata okrenuli su se kada su čuli strahoviti krik koji je protutnjao hodnikom.

Blek je stisnuo zube, dok mu je vodopad suza tekao niz lice. Besan, tužan, razočaran, izbezumljen, mahao je okolo rukama, kao da udara nevidljive protivnike koji žele da ga ubiju. Dr Kirkman malo se uznemirio od njegove reakcije. Njegovo lice je počelo da menja boje, od normalne, preko crvene, do veoma rumene, a onda je počelo da plavi, dok su mu se oči vrlo brzo nadule i pocrvenele od plakanja. Dr Kirkman nije smeo toliko da dozvoli sebi i rizikuje, iako je lekar, jer je čovek u godinama, a ispred sebe ima ogromnog momka koji bi ga u stanju neuračunljivosti i trenutnog šoka mogao povrediti čak i jednim udarcem.

— Gospodine, molim vas, dođite u moju kancelariju — zamolio ga je lekar, kada je malo došao sebi.

Kancelarija sa mesinganom pločicom na kojoj je stajalo urezano *dr Kirkman*... Ušli su unutra, potišteni i jedan i drugi. Blek je seo za sto od izlakiranog punog drveta. Lekar je izvladio flašu viskija i dve čaše. Sipao je po jedno piće za obojicu. Čim je otpio gutljaj, Blek se malo smirio ali je od šoka još drhtao...

— Meni je javljeno da je ovde na terapiji, a ne kao hitan slučaj — prošaputao je Blek.

— Ukoliko bi trebalo da poštujem dogovor, ne bi trebalo ni da vodim ovaj razgovor s vama — šapatom je odgovorio lekar.

— Kakav dogovor?

— Vaš otac... Naredio mi je da vas ne smem puštati, niti da vam govorim pravo stanje o vašoj majci.

Blek je zaprepašćeno iskolačio oči.

— Zašto?

— Ne znam, verujte — odmahivao je lekar. — Došao je kod mene kući, u pratnji dvojice krupnih ljudi u crnim odelima i rekao mi to. Kada sam ja spomenuo lekarsku etiku, on je spomenuo moje dve ćerke... I ja sam to shvatio kao pretnju.

— Koliko je već mrtva? — pitao je Blek i dalje ne verujući šta je saznao.

— Četrnaest sati i nešto malo preko toga — konstatovao je dr Kirkman.

— Želim da je vidim — rekao je i popio svoje piće u jednom gutljaju.

— Naravno — složio se lekar. — Samo nemojte se dugo zadržavati, molim vas.

Ustali su i obojica se uputili u mrtvačnicu. Trebalo im je manje od pet minuta da tamo stignu. Dr Kirkman je otvorio dvokrilna vrata, a Blek je ušao za njim...

***

— Čoveče, ne mogu više... Poludeću!

Blek je zaprepašćeno gledao svog cimera, koji je drhtao i preturao po torbi, dok je treći spavao kao zaklan u krevetu prekoputa njih. Bio je to njegov cimer s vojne obuke, Stiven Kempres, riđokosi momak pun nekih tamnijih pega po čelu, ali poprilično istaknutih mišića i žila, iako nije imao neku telesnu težinu.

— Šta je s tobom? — prošaputao je Blek.

— Gotov sam! Pucam... — promrmljao je Stiven i izvukao kesicu.

Blek je širom otvorio oči i skroz se razbudio od kratkotrajne dremke.

— Čoveče, je l' si poludeo? — prosiktao je. — Ako nas uhvate, išutiraće nas naglavačke odavde.

— Ne brini — nasmejao se Stiven, dok je na tankom listu raspoređivao prah u jednoj liniji. — Nabavio sam specijalnu foliju. Preko nje psi ne mogu da provale anđeoski prah.

Blek je zanemeo. Na dvadeset petoj nedelji su obuke, a ostala im je još samo jedna, dok su već kroz prethodne faze prošli kroz pakao, pakao koji zbog manjka fizičke ili mentalne spreme većina polaznika nisu prošli. Njih dvojica bili su među retkima kojima je to pošlo za rukom, ali zbog psihičkog pucanja jednog od njih, tj. labilnog i seksualno opterećenog Stivena, sve su to stavljali na kocku.

— Znaš li da mi nedostaje moja Meri? Znaš li koliko mi nedostaje? — pitao je Stiven.

Blek je znao o kome se radi. O njegovoj devojci koja ga je čekala.

— I zbog nje ćeš sebe da upropastiš? Da bi joj se brže vratio?

— Ne — odmahnuo je Stiven i konačno povukao iz cevčice koju je napravio od novčanice od deset dolara. Potom se stresao i uzdisao od zadovoljstva, brišući nozdrve.

— Neću joj se ni vraćati. Ima drugog. Našla je nekog skota — drhtao je i dalje Stiven.

— Čoveče, ako nas instruktor uhvati, najebali smo, skloni to — opominjao ga je i dalje Blek, ne shvatajući da je malo povisio ton.

Treći cimer, Everet Grin iz severne Karoline se promeškoljio i promrmljao nešto, a zatim se samo okrenuo na bok.

— Evo, evo samo još jednu. Ako hoćeš, dođi da je podelimo — tiho se kliberio Stiven, brišući oči od suza, dok je brižno i pažljivo formirao još jednu anđeosku belu crtu. — Čoveče, voleo sam je više od rođene majke. Želeo sam da je oženim posle obuke — mrmljao je Stiven.

Blek je ustao iz svog kreveta i tiho na prstima se došunjao do Stivena.

— Čoveče, poludeo si. Njen život je njen život, ali tvoj život nije njen...

Stiven je pogledao u Bleka pomalo čudno, očiju ukrštenih skoro u iks od prejake mešavine, koja ga je pogodila pravo u centralu.

— Slušaj, ako hoćeš da me utešiš onda moramo da budemo tihi, osim ako Ev ne želi da nam se pridruži — prošaputao je Stiven, a onda zamalo prasnuo u urnebesni smeh. Umesto toga, tiho se zakikotao, a potom ušmrkao i drugu crtu.

— Ludaku jedan, svi ćemo nastradati zbog tebe — siktao je Blek i oteo mu zelenu cevčicu umotanu od novčanice. — Vrati se i spavaj, pokušaj da ne misliš na nju.

Kempres je i dalje tvrdio pazar.

— Hoću, ako mi nešto obećaš.

— Reci.

— Nikad nemoj da dozvoliš da te u životu sjebe žena... Nikad... — mahao je prstom. — Ja sam tu grešku napravio... Nadao se nečemu... Nemoj da im veruješ... Nemoj nikad da im veruješ, koliko god umiljato da deluju... Sve one imaju otrovne jezike...

— Dobro, dobro slažem se. Vrati se nazad u krevet — potvrđivao je Blek. Sve bi potvrdio i rekao da je u pravu, samo da ga smiri i vrati ga nazad u krevet.

— Obećaj mi, ozbiljan sam, inače ću početi da vičem i pucam. Ovde mi je pištolj koji sam prošvercovao od kuće. Evo ga pod jastukom.

— OK, obećavam. Jesi li srećan? — pitao je Blek, povremeno se osvrćući da vidi je li Ev budan.

Stiven, kao da je bio zadovoljan odgovorom, prestao je da se opire i pustio je da ga Blek vrati nazad u krevet. Promrmljao je nešto, ali ipak delovalo je kao da je odmah zaspao.

Blek, od silnog premora, iako je imao noćnu uzbunu, gotovo istog trena kada je dodirnuo licem jastuk, odmah je zaspao. Ev nije imao takvih problema. On je spavao kao top...

... Tresak vrata podigao ih je obojicu istog trena. Blek je mislio da je trenuo samo jedan sekund pre nego što se probudio... U stvari, to su bila dva sata.

— Šta je to? Šta se dešava? — pitao je Ev.

— Nemam pojma — odgovorio je Blek. Levo od njega bacio je pogled i video da je Stivenova postelja prazna.

— Gde je Stiven? Zar sme da izađe pre prozivke? — ponovo je pitao Ev.

— Sranje... — progunđao je Blek. Brzo je navukao pantalone i samo u majici na bretele pošao k vratima.

— Stani, kuda ćeš? Ne možeš takav da izađeš, znaš pravila. Moraš da imaš uniformu.

— Jebeš pravila — odbrusio je Blek i poput metka izleteo u hodnik. Počeo je da se razvrće, dok su dvojica u uniformama protrčala i ne obraćajući pažnju na njega. Ev je nesigurno pošao za svojim cimerom, kada je uskočio u pantalone i obukao košulju.

Blek je pojurio levo, jer je tamo, na kraju hodnika spazio grupu od desetak polaznika, koji su počeli da se okupljaju. Slutnje su mu bile sve crnje i crnje, kako je ogromnom brzinom prevaljivao metar za metrom do kraja hodnika, a leđa polaznika bila sve bliža i sve veća. Bile su crnje, jer je podsvesno znao šta je na kraju hodnika. Bile su još crnje, jer je Stiven bio u veoma teškoj emotivnoj situaciji prošle noći i od silnog šuškanja ga nekim čudom i probudio. I na kraju, bile su još crnje, jer na kraju tog prokletog hodnika bio je WC.

Tela su već blokirala prilaz, ali od silne panike i nelagodnosti Blek se poput klina progurao kroz njih, razmrdavajući ih kao gusto isprepleteno žbunje. I ukočio se na ulazu... Ostao je skamenjen...

— Gospode Bože! — prekrio je Ev rukom usta, kada je nešto kasnije stigao, iskoristivši prostor koji je Blek napravio.

Pored WC šolje u lokvi krvi i sa oštrim brijačem na rasklapanje pored sebe ležao je Stiven Kempres, okrvavljenog lica i izbuljenih očiju, koje su prazno zjapile nekud ka plavim keramičkim pločicama na zidu. Dva duboka reza na zglobovima i butinama su zjapila, dok je na podu ležala rolna WC papira, na kome je Blek jasno razaznao tragove zuba. Sve je bilo jasno kao dan, iako je cela skupina bila prilično zbunjena i izgubljena.

Ev je pogledao u Bleka, kao da očekuje objašnjenje, ali on nije smeo da ga obrazloži u ovom momentu. Nemo su razmenili poglede i ćutali obojica, mada je Ev bio u mnogo većem šoku nego Blek. Blek je, ipak, prošle noći imao pripremu na to, samo toga nije bio svestan.

— Šta radite ovde! Vraćajte se u jebene sobe! Svi ćete biti kažnjeni! — dreknuo je instruktor, dok se poput pobesnelog nosoroga provlačio kroz gužvu.

***

... Ne mogu da objasnim otkud baš sve to u ovom trenutku, ali dok sam klečao nad Majklovim beživotnim telom počela su da mi naviruju sećanja na jedine dve osobe koje su mi nešto značile u životu i koje su mrtve. U trenutku sam i zaboravio da vreme nije stvar koju sam imao u izobilju. Sećanja su možda imala jednu zajedničku stvar. Obećanje...

... Obećao sam majci da se nikada neću latiti oružja, kada je posle žučne svađe otac iznerviran nečim u firmi počeo da maše pištoljem po kući i opalio majku drškom u vilicu. I to obećanje sam pogazio, kada sam pristupio „Fokama". Dao sam obećanje cimeru, najboljem drugu i nesuđenom saborcu da neću dozvoliti da me žena sjebe u životu i to sam pogazio, jer leš pored kog sam se probudio, leš one male kurve Džejni, direktni je krivac za to što se nalazim u rupi živog horora u Meksiku, okružen zombijima, frenetičnim trkačima, paukolikim monstrumima i ubicama iz senki i to na pragu otkrića velike zavere, koja bi mogla da seže ko zna koliko duboko korenom i koliko visoko na hijerarhijskoj lestvici vlasti... Sada, u toj rupi živog horora, dao sam još jedno obećanje Majklu, koje verovatno neću moći da ispunim, da obavestim njegovu porodicu o tome šta se ovde desilo, kao i da raskrinkam đubrad koja stoje iza ovog krvavog masakra... Iznenadio me kada je izvadio dokaz koji je tako vešto sakrio od očiju svih nas u zatvoru... Čak i od mene...

... Nisam više smeo da stojim tu, morao sam da krenem...

... Tela koja sam ostavio iza sebe:

Derek Redžinson, elektroinženjer, četrdeset devet godina, iz Baton Ruža, država Luizijana. Omaleni plašljivi čovek, koji i nije imao neke šanse da preživi. Rekao bih, nekom ludom srećom izbegao je sve moguće kandže, ujede, međusobna suicidna ludila preostalog osoblja, tempiranu bombu, ali i nekom neočekivanom nesrećom, pored svega toga, stradao je od dva metka ispaljena upravo ljudskom rukom, od kojih je jedan završio pravo u srce. Sreća u nesreći što nije poveo tu sveže diplomiranu kćerku, o kojoj je govorio, jer bi verovatno i ona prošla možda i gore od njega.

Majkl Kendrik, student biologije, iz Memfisa, država Tenesi, dvadeset jedna godina. Došao je da vidi predivne čari Meksika... Od svih septičkih rupčaga koje postoje na ovoj planeti Meksiko je poslednja koju bih mu preporučio... Muka mi je i kad čujem samo za tu državu i Meksikance... Gori su i od jebenih šakala... Takvog sam barem mišljenja bio dok sam boravio u njemu. Drastično sam ga promenio onog momenta kada sam tupom sekirom odsekao prvu glavu iza zatvorske zgrade, kada sam otvorio prvi izvor i time obeležio svoju sedmogodišnju karijeru kao „Don Hozeov" dželat. Kakve li ironije... Ali ipak, reći ću, postoje stvari i gore od Meksikanaca... Ali postoje i gore stvari od smrti... To sam se uverio, kada sam spoznao tajne koje čuveni revolucionar u čiju čast je zatvor dobio ime krije... Kriv doslovno ni za šta, Majkl je zajedno sa ocem kidnapovan i dovučen u ovu paklenu zabit, kako bi poslužio kao zdrav i prav test subjekt, ali koliko sam shvatio, tek nakon što umre.

... Otac je završio svoju priču mnogo ranije, čak ću reći, bio je i bolje sreće, za razliku od sina, koji je video košmare koji se rečima ne mogu opisati, samo da bi poginuo od ruke istog napadača koji je ubio i Dereka. Takođe, smrtonosni hitac u grudnom košu. Priznaću, dobar je... Dobar je, jer u situaciji kakvu je imao, odlično je gađao. Moja procena na osnovu vojnog iskustva... U prostoriji sa smanjenom, ili potpuno onemogućenom vidljivošću, morao je imati naočare za noćno osmatranje. Nije ih imao, jer da jeste, sva trojica završili bismo ovde. Ako je pro ubica, morao je imati oružje sa optičkim nišanom i morao je biti pozicioniran na mnogo boljem mestu, nego ovde. Nije ga imao, jer da jeste, dva pogotka u grudi bila bi zapravo tri nečujna pogotka u glavu. Nije došao sa strane, niti se ubacio. Da jeste, bio bi potpuno opremljen, a ako jeste, većinu opreme izgubio je, jer ga je neka horda monstruma zaskočila. Moj novac išao je na bombaša koji je pokušao da nas ubije u odeljku za „Jurišnike". Morao je da improvizuje, jer izgleda da mu je nestalo eksploziva, a svoj ček morao je nekako da zaradi, makar nas udavio i golim rukama...

... I na kraju, dok sam se teškom mukom vukao niz hodnik, podsećajući na one zombije, lošim vestima nije bilo kraja, baš kada sam pomislio da ne može biti gore...

... Ostao sam uskraćen za saznanje ko je naš tajanstveni napadač, koji je ubio dvojicu preživelih. Zašto?

... Jer na mestu gde je pao, njegovog tela nije bilo... Samo barica krvi i volan za podešavanje pritiska, koji je otpao sa cevi... Da, da, više nije bilo sumnje... Ovaj je bio baš pro igrač, a ja sam pokazivao znake korozije, jer ga nisam uspeo ubiti iz prve. Nije bilo važno, ionako neće daleko stići. Kapljice krvi, koje su kapale po hodniku su ga odavale. Neću morati da ga tražim. Odvešće me pravo do njega i nadam se da će još uvek biti živ kada ga pronađem...

... Imao sam pištolj. Imao sam i metak sa njegovim imenom na njemu. Nisam zaboravio da sam i dalje Death Bringer... I ovog puta imao sam ozbiljniji posao...

Dželat je ubacio novi okvir u pištolj i krenuo...

***

... Ne osvrćući se više za sobom, dželat je sada samo snagom sopstvene volje pokretao svoje telo, kroz polumračni hodnik. Nije mu dozvoljavao da oseća umor, strah, niti godine. Do đavola, gledao bi ga kako se potpuno suši i dehidrira, samo da se izvuče i eventualno pronađe tajanstvenog napadača, koji im je na kraju zabiberio sve. Vrata na njegovom putu bila su brojna sa strane, ali nije se osvrtao na njih. Kroz zidove dopirao je zavijajući alarm, koji se jasnije čuo tek kada je ostao sam, a pucnjava se utišala. Nije znao zbog čega, ali ako je Brajan bio u pravu, nije alarm jaukao ni zbog čega pozitivnog. Vrata do kraja hodnika bila su, na svu sreću, otključana. Kada je dželat stupio u novo područje, ugledao je stepenice odmah s leve strane zida, koje su vodile naviše, a na gornjem nivou brojna vrata. Na donjem nivou prostirao se širok hodnik, u kom su se nalazila sedmora, ili osmora vrata, u razmaku od po pet-šest metara, sva označena kao *Exit*.

Na zidu je na nekoliko mesta strelica putokaz vodila, a na svakoj oznaci pisalo je: *EMERGENCY ELEVATOR*[9]. Blek je pratio kroz hodnik taj putokaz, koji je postavljen kao ruta za praćenje u slučaju nužne evakuacije osoblja. Ono što je zatekao usput samo su bila mrtva i masakrirana tela i tragovi razmazane krvi. Promrmljao je nevoljno što na to nailazi. Kapljice krvi, koje je pratio, izgubile su se čim je došao do hodnika s izmrcvarenim telima. Krvi je bilo previše, nije se moglo razaznati čija je koja. Žurio je, ali nije se usuđivao da trči, što zbog buke, što zbog velikog broja vrata, koja nisu bila blokirana, što zbog činjenice da bi ga napadač, eventualno, mogao sačekati ponovo iza nekog ugla, ako idu u istom pravcu. Morao je stalno biti na oprezu, jer iza svake brave moglo je izleteti neko mutirano stvorenje, ili horda zombiolikih kreatura. Putokazi su bili jasni i postavljeni na dovoljno vidljivim mestima, tako da dželat nije imao većih problema u pronalaženju lifta. Ali nije imao sreće u pronalaženju ubice... Na kraju, kroz vrata koja je otvorio, stupio je u mini-hol, koji se prostirao u nekih dvadesetak metara širine i koji je opet bio raskršće dva hodnika, a u njegovom čelu, oko tri metra široka vrata lifta, preko kojih je bilo ispisano: *EMERGENCY ELE-VATOR*. Kontrolna tabla, koja je bila veća od svih dosad viđenih, bila je uključena trepćući plavičastom bojom.

Dželat je prišao i pogledao. Nije ovo bila oblast u kojoj je bio stručan, ali morao je da se snađe, jer je bio sam. Samo jedna kombinacija cifri delila ga je od izlaza iz živog pakla. To je činjenica koja ga je držala budnog i rešenog da istraje do kraja. Dobro je pregledao sve delove kontrolne table i spazio slot za karticu. Izvukao je karticu iz zadnjeg džepa, koju mu je na samrti dao Brajan i nesigurno je postavio u prorez slota. Niz zvukova odjednom je zazujao i zacičao, kada je kartica prošla kroz taj slot.

Oglasio se i dubok, zaista dubok, gotovo zvučeći demonski muški glas iz kontrolne table:

— *YOU ARE ABOUT TO ACTIVATE THE EMERGENCY ELEVATOR*[10]

Displej na tabli je prostrujao kroz gomilu informacija za svega par sekundi, a zatim se ekran potpuno očistio.

— *PLEASE TYPE IN THE EMERGENCY CODE*[11] — zapovedio je glas.

... 2289117 broj koji ni u ludilu neće dželat zaboraviti. Kucao je pažljivo i koncentrisano na tastaturi koja je odmah stajala uz slot. Zvezdice su se ređale jedna za drugom, uz sladak zvuk, svaki put kad pritisne dugme, sve dok se nije izređalo svih sedam. Trebalo bi potvrditi sve to... Blek je opet nesigurno i sporo, kao da pritiska nečije oko, a ne dugme, pritisnuo strelicu pod pravim uglom, koja bi trebalo da označava *Enter*.

Ponovo serija zvukova, koja je ličila na maukanje nekoliko mačaka istovremeno.

— *PASSWORD CONFIRMED! EMERGENCY ELEVATOR IS ABOUT TO ACTIVATE*[12] — izbrundao je duboki glas, koji je zvučao kao glas nekog vanzemaljca. Ali lift se još uvek nije otvarao.

Iznad njega stajao je prvaougaoni panel i dve velike okrugle lampe na krajevima, a između njih, od jedne do druge, sedam manjih lampi bilo je nanizano i sve su bile crvene. Prva velika crvena lampa pijuknula je i pozelenela. Blek je pogledao taj raspored i shvatio da mora malo sačekati, dok sve ne pozelene. I to je valjda bilo prihvatljivije, nego makljanje s monstrumima. Čekanje je trajalo i trajalo... Delovalo je kao da traje više nego što treba, ili je dželat bio nervozniji nego obično.

— Prilično sam iznenađena kako si uspeo dovde da preživiš — začuo se glas iza egzekutorovih leđa.

Blek se u trenutku ukopao i presekao. Kao provalnik, kog iznenadni glas iza leđa uhvati na delu. Okrenuo se polako i oprezno. Instinkt mu je govorio da to ne treba da čini naglo, iako je već prepoznao glas.

Pred njim je stajalo poznato lice naučnice Ketrin, ali u potpuno novom izdanju. Crna tesna bluza na vitkom, zgodnom i žilavom telu, a na leđima prebačena stajala su dva tregera ukrštena u iks, sa dve futrole i tanka žica radio veze, koja je izvirivala iza uveta. Plava kosa, duga i spuštena, a radio zakačen za pojas. Novo, potpuno novo izdanje naučnice Ketrin, kojoj je to, očigledno, bilo samo sekundarno zanimanje. Ali nešto tu nije bilo u redu...

Ketrin je hramala, dok se približavala. U gornjem delu butine, niz pantalone slivao se potočić krvi iz prostrelne rane od metka, a iz njenog ramena zjapila je još jedna rana, ali ne od ujeda, ili kandže, već, takođe, od metka. Još gore, držala je njen pištolj uperen u dželata, dok mu je prilazila, vukući se tromo k njemu.

***

— Ketrin je...
— Ketrin je...

***

... Ketrin je špijun. To je Brajan pokušavao da mi kaže ali izgleda da nije imao snage ili želje da je oda čak i u momentima dok se

razdvajao s dušom. Ubila je Majkla i Dereka... nisam želeo ni da pitam za Edvarda i Stena... podmukla kučka ih je pobila prvom prilikom kada joj više nisu trebali. Možda bih mogao da je pobedim u brzini jer je bila ranjena ali ipak nisam želeo taj rizik. Sudbina Majkla bila mi je opomena da je čak i ranjenu ne smem potceniti...

***

— Baci pištolj — naredila je Ketrin bez ikakvog objašnjenja. Dželat je na trenutak oklevao. Oči su kroz dve okrugle rupe brzo i diskretno pogledale levo-desno. Deset metara desno, a zatim počinje uzan hodnik, ista situacija bila je i s leve strane, pravo od njega naučnica je stajala, ali na pristojnoj daljini od šest do osam metara, tako da se nalazio u prilično nezavidnoj situaciji. Ketrin je, po svemu sudeći, uhvatila to kolutanje očima, iako je čovek bio maskiran.

— Nemoj ni da pomišljaš na to, dželatu. Ti si možda dobar za odsecanje glava, ali bolji sam strelac od tebe, ne čini nikakvu glupost — upozorila ga je Ketrin.

Blek je i dalje ćutao i gledao je pravo u oči. Spolja je i dalje delovao smireno, ali iznutra svaki mišić, vena, nerv, svaki miligram mozga bio je pod ogromnim pritiskom. Čekala se samo jedna greška, samo jedna rupa u odbrani na šahovskoj tabli... I mat na jednoj, ili na drugoj strani.

— Baci pištolj, polako — ponovo je naredila Ketrin.

Blek je ovog puta odlučio da posluša i tako poveća ulog na šahovskoj tabli nerava. Polako je spustio oružje na zemlju, dok ga je ispratio jedan pisak lampice, koja se u nizu upalila. Dželat taj zvuk nije ni registrovao. Mogao je avion da protutnji deset metara iznad njegove glave, i dalje ne bi reagovao. Koncentracija je bila usmerena samo na trenutnu sitauciju. Pištolj je dotakao tlo, dok je Ketrin pažljivo pratila pokret svakog njegovog prsta. Blek je zatim pažljivo udaljio ruku od drške pištolja i uspravio se.

— Šutni ga ovamo — rekla je naučnica.

Blek je uradio kako je rekla. Ćušnuo je cokulom pištolj i ona ga je, ne spuštajući pogled nadole ni na tren, zaustavila stopalom.

— Zašto mene nisi gađala, kad si imala priliku? — konačno je progovorio dželat.

— Zato što Majkl i onaj kepec nisu bili važni. Kod tebe je nešto što pripada nama.

Dželat je samo stajao podignutih ruku i ćutao. Nečujni pisak iznad njegove glave ponovo se oglasio.

— Ali pošto sam zaključila da nisi uopšte loš što se tiče tvojih veština i iskustva u ratu, možda bi mogao još da koristiš. Zato ću ti ponuditi dogovor. Pojačanje je već na putu sa bacačima plamena i nervnim gasom. Počistiće ovo mesto od zaraze na ovaj ili onaj način, a za koji minut će me kontaktirati zbog lokacije, kako bi me evakuisali, pre nego što ovo mesto postane pakao. Zato, predaj mi uzorak koji si uzeo i garantovaću za tebe da si pomogao u njegovom pronalaženju.

... *Mogao sam da se nasmejem na to, ali nije mi bilo do smeha u tom momentu... Najstariji trik iz udžbenika...*

— Ti diktiraš pravila i kod tebe su oba pištolja. Šta te sprečava da me ubiješ, čim ti predam kapsulu?

— Ako ćemo tako, šta me sprečava da te ubijem i uzmem je sama? — odvratila je Ketrin.

— Činjenica da nije kod mene na primer — odgovorio je dželat.

— Šta?! — iznenadna i blaga nelagodnost osetila se u Ketrininom glasu.

— Dao sam je Brajanu, jer nisam znao čemu služi. Rekao je da je od vitalne važnosti, a Brajan je mrtav, ubili su ga monstrumi nekoliko blokova odavde.

Nastupio je trenutak tišine. Figure su bile raspoređene na ša-hovskoj tabli živaca. Dželat je povukao svoj potez. Ketrin je sum-ničavo nakrivila glavu i oholo sakupila oči.

— Lažeš, ali dobar ti je blef.

— Rekao bih da su ti šanse pola-pola da saznaš, ali moraćeš da me pretreseš... a dok sam živ to nećeš uraditi — lukavo je odvratio dželat.

Ketrin je pažljivo posmatrala njegovo lice. To je Blek koristio kao adut. Osobe koje raspolažu dobrom intuicijom, onom detek-tivskom na primer, mogle su zaključiti da li osoba laže, samo po mimici i pokretima lica, sitnim detaljima koje obično ljudsko oko ne primećuje. Ali Ketrin je imala teškoća da vidi te elemente, jer je lice dželata bilo maskirano.

— Ja bih rekla da su mi šanse mnogo veće — odbrusila je Ketrin i ispalila metak u pravcu Bleka. Zrno mu je malo pocepalo jaknu i pogodilo ga u desnu ruku, odmah kod ramena. Ali rana nije bila fatalna. Samo je prošla kroz deo mesa. Dželat nije ispustio nikakav jauk, ali je oštro povlačio vazduh kroz stisnute zube, kada ga je metak ošinuo.

— Da li se sećaš sada? — pitala je Ketrin. — Da li je kod tebe, ili kod Brajana?

Dželat je ćutao.

Još jedan hitac prolomio se pustim hodnikom, dok su polako, jedna za drugim, piskale kuglice iznad lifta, menjajući boje. Pogodak je usledio po levoj butini i to sa strane, a metak je tačno kroz deo mesa ušao i izašao, ne povređujući ni kost ni arteriju.

Bol je sada bio jači i oštriji. Dželat je zarežao poput životinje i pao oslanjajući se rukom i jednim kolenom o pod.

— Blek, moraš da shvatiš, igraš se sa višegodišnjim naučnim istraživanjem, koje je na pragu epohalnog otkrića. Moraš mi reći gde je *Sample X* — ironično i surovo se igrala Ketrin s njim.

— Jebi se — prkosno je procedio Blek.

Dlan mu je bio na poslužavniku takoreći, dok se njime oslanjao o pod, a Ketrin je bila zaista vrstan strelac. Naciljala je mesto i ispalila još jedan metak, koji je pogodio šaku, tj. meso koje se nalazilo tačno, ali tačno između palca i kažiprsta. Dželat je sada glasno zarežao, stiskajući lice i držeći se za povređenu šaku, iz koje je tekla krv. Ketrin se nasmejala.

— Boli, a? Čoveče, pa ti nemaš nimalo poštovanja prema sebi, kad dozvoljavaš ovako nešto. Jesi li svestan koliko ljudsko telo ima tačaka na kojima ovako mogu da te rešetam mecima, a da ne povredim nijedan organ? Imam još ceo okvir metaka i nigde ne žurim.

Blek je ćutao, klečeći na kolenu i držeći pogođenu šaku ispred sebe. Kap po kap, ispred njega, pravila se barica krvi, koja je tekla iz njegove povređene šake. Ipak, druga je bila zdrava i nju je dželat otvorio samo onoliko koliko je trebalo. Imao je hiljadu prilika da zapamti koliko ta desna šaka treba biti otvorena. Gledao je u pod, ćutao stežući zube, jer rane su počele da peku, ali čekao je, čekao pravi trenutak.

— OK, sledeći ide u koleno. Ne moram da te podsećam koliko to boli, zar ne? Znaš o čemu govorim? Naravno da znaš — nasmejala se Ketrin. — Ti si naš dželat, znaš dobro sve najbolnije tačke na ljudskom telu. Dakle gde je *Sample X*?

Dželat nije odgovarao, ali skupljao je svu snagu i napeto očekivao taj kobni metak u koleno. Da, u pravu je bila Ketrin boleće kao đavo kad ga pogodi u čašicu i dovoljno je da sačeka da izgubi svest od šoka, pretrese ga i sazna da je uzalud trošila municiju. Dobro je znao koliko to boli, jer je zatvorenicima zakivao eksere u kolena jednom prilikom. Boli i samo dok se gleda tako nešto, a kako je onome ko ih prima... Nepojmljivo. Podigao je pogled. Prkosno je gledao u Ketrin, stavljajući joj do znanja da ga nikakva tortura neće slomiti. Ipak, umesto njega, odgovorio je neko drugi, ali pre toga usledio je pisak.

Zatim, istog trenutka dreknuo je dobro poznati zadebljani virtuelni glas lifta.

— *EMERGENCY ELEVATOR ACTIVATED*[13]

Napetu situaciju odjednom je presekao glas lifta, koji je zvučao još jače nego što jeste. Ketrin se iz napete situacije prenula i pogledala nagore. Neočekivano. Blek je to spazio. Spazio je tu jednu sekundu. Spazio je tu jednu kratkotrajnu rupu na šahovskoj tabli. Desna šaka već je bila otvorena onoliko koliko je trebalo, upravo onoliko koliki je obim drške njegovog noža. Na to je Ketrin zaboravila.

Ketrin je bacila nakratko pogled nagore, ali je ubrzo sebe uhvatila kako pravi grešku. Nije gledala u dželata. Dok je jednu sekundu ranije gledala u njega, on je mirno klečao, držeći ispred sebe svoju povređenu levu šaku. Kada je jednu sekundu kasnije pogledala u njega, on je držao visoko u vis svoju desnu zdravu šaku, ali ono što se desilo između te dve sekunde nije videla. Nije ni morala da vidi. Daha joj je nestajalo... Počela je da krklja i da iskašljava krv, dok joj je komad oštrog čelika od tridesetak santimetara stajao zaboden u grkljan. Nije imala snage ni da drži pištolj. Lagano je iskliznuo iz njenih prstiju i ona se srušila na pod. Krkljala je i gušila se još neko vreme, a onda se smirila... Zauvek...

... Nisam bio siguran da li još uvek to mogu, ali ubrzo sam saznao. Rizik je bio veliki. Baciti nož silaznom rotacijom nije bilo lako bez vežbe, ali baciti nož uzlaznom rotacijom je bilo nešto što treba savladati. Nož je bio moje omiljeno oružje i sada, kao i u još par prilika, mi je spasio život...

... Gledao sam u zaklano telo devojke pod lažnim imenom Ketrin Rodžers, šifrovani naziv Crna Udovica. Pravo ime joj je bilo Eliza Stensfild i bila je poreklom iz Belorusije, iz duge loze tajnih policajaca i KGB-ovaca. Lažni identitet i zvanje inženjera mikrobiologije omogućilo joj je pristup svim sektorima ove morbidne rupčage, kao i prinudnu intervenciju, kada je sve otišlo do vraga. Scenario je sada

mogao biti viđen do kraja... Ovo je bilo mesto sastanka, posle čega bi stiglo pojačanje i pobilo po kratkom postupku sve, sem Brajana i Crne Udovice, a jedini cilj bio im je „Sample X", koji je sada u mom posedu. Nisam ovaj momenat nikad očekivao, ali kako stvari stoje, sudbinu velike ideje nekog ludog finansijera iz senke držim u sopstvenim rukama. Pravila igre sada su se okrenula... Sluga će zahtevati da bude uslužen... Rob da postane robovlasnik... A žrtva će postati lovac...

... Pretpostavljao sam da će pojačanje doći s teškim naoružanjem, kada budu čistili ovu jamu punu hodajućih leševa i mutiranihš-jamova. Uzeo sam pištolj i municiju i planirao da se sklonim odavde, pre nego što dođu i shvate da stvari nisu ispale onako kako su planirali. Onda sam malo razmislio... Zašto da se sklanjam, uopšte? Zašto im ne bih pomogao da odmah shvate o čemu se radi? Biće ipak zanimljivije...

... Dželat je izvukao nož iz Ketrininog tela i obrisao ga od krvi krpom koju je imao u džepu. Svoj pištolj je uzeo natrag i uzeo još jedan okvir, koji je našao preturajući po njenim džepovima. Vrata na liftu bila su otvorena. Čekala ga je sloboda iza tih vrata. Ne želeći da se imalo zadržava, krenuo je ka slobodi. Iznenada, začuo je neko pištanje iza svojih leđa. Naglo se okrenuo. Pištanje i šuštanje tanko je dopiralo iz Ketrininog radija, koji je bio zakačen za kaiš na ramenu.

Blek je posmatrao radio, kao da tu spravu vidi prvi put. Kada je začuo krčanje po drugi put, sagnuo se i otkačio ga sa kaiša, a povezana kablom za radiom je pošla i bubica, koja se izvukla iz Ketrininog uveta. Dželat je skinuo kabl i prislonio radio na uvo.

— Crna Udovice, javi se, ovde Gnezdo, prijem...

— Ne može vam odgovoriti — mrtvački hladno je izjavio dželat.

— Zašto? Šta se desilo?

— Desilo se da ste mrtva tela naučili da hodaju, ali mrtva usta niste još naučili da govore.

— Ko ste vi? Identifikujte se!

— Znam vašu malu tajnu. Nažalost, niste dobro iskalkulisali i niste poslali dovoljno ubica da nas sve pobiju. Moraćete malo više da se potrudite, inače će vaša mala tajna biti razotkrivena... — tihim pretećim glasom je govorio Blek. — Vaša Crna Udovica nije obavila svoj zadatak. Ono što mogu da vam obećam je da nećete imati ni mira, ni spokoja, dok god sam živ. Ja sam Death Bringer i imaću mnogo posla kod vas i neće vam se svideti ono što imam da vam dostavim...

Zamahnuo je radiom besno i sprava je pukla u paramparčad, kada je udarila o zid. Iz hodnika levo i desno, koji su bili prilično dugi, nazirale su se teturajuće nakaze, koje su se vukle iz daljih krajeva postrojenja, verovatno privučene Ketrininim pucnjima. Dželat se sada nije uznemirio kada ih je video. Potpuno ravnodušno prišao je do jednog od mrtvih, koji je ležao na svega tri-četiri metra od lifta. Bio je jedan od osoblja. Nakaze su, ionako, bile na dovoljnoj udaljenosti i vukle se kao da su im noge od sunđera. Nagazio je mantil mrtvog naučnika i pocepao jedan njegov deo. Zatim je ušao unutra.

Na kontrolnoj tabli, koja je bila dosta velika, video je spisak svih sektora do kojih je taj lift dopirao i oni su bili obeleženi abecednim redom i brojevima. Dugme na dnu, koje je bilo šire i veće od ostalih i crvene boje bilo je označeno kao: *EMERGENCY EXIT*. Blek je pritisnuo taj taster i vrata lifta ubrzo su se zatvorila.

Zabrundao je ponovo zadebljani glas, koji mu je u neku ruku spasio život.

— *PROCEEDING TO THE EMERGENCY EXIT*[14]

Lift je krenuo naniže...

... Dok sam previjao povređenu šaku parčetom tkanine, u glavi gotovo da sam mogao zamisliti sliku glavešina kad su saznali da im je plan propao. Psuju, deru se jedni na druge, bacaju stvari i papire sa stola, i pitaju se kako je to moguće. Potez koji sam povukao nije

nimalo bio dobar. Svojim pretnjama upravo sam probudio uspavanog diva, koji je mnogo gori od onoga što se desilo u zatvoru. Njegov bes biće mnogo veći užas od bilo kog monstruma kog sam video u ovoj rupi. Znam, neko će reći da preuveličavam, jer koliko gore može biti od užasa kojih su se moje oči upravo nagledale, u najdužoj noći u mom životu?

I ja ću mu odgovoriti: „Može još gore". Priča se u suštini nastavila tamo gde je počela, onako kako je počela. Ja... Ponovo sam kao na početku... Povređen... Sam, ranjen i okružen neprijateljima i užasom... Neke nasumične osobe, koje su imale sreće da ih čitav pokolj zaobiđe, prišle su mi udružujući snage sa mnom i istog trenutka postale obeležene kao nepoželjne. Kasnije, spletom događaja, završile su živote u ovom ogromnom loncu ispod planine. Jesam li imao sreće da se od svih mogućih i planiranih nađem jedini u liftu za beg, koji je bio dovoljno veliki da u njega stane pedeset ljudi bez problema? Možda, ali nisam bio ni u kakvom povlašćenom položaju zbog toga... Zašto? Jer su mrtvi videli kraj ove patnje... To je, zapravo, i mudrost mrtvih, koliko god otrcano zvučalo. Živima je ostavljeno da i dalje guraju kroz nju. Hiljade misli su mi prolazile kroz glavu... Nisam imao kad da osećam umor, niti bol. Strahovao sam samo da me ne pogodi infekcija od rana. To je bilo najgadnije u ovom trenutku, jer ne bih mogao da se krećem, a kretanje je bilo presudno. Ipak, kada sam bolje pogledao, nisu bile fatalne, zrna su me samo okrznula, a rane su bile prostrelne.

Blef mi je nekako uspeo kod Ketrin, ali lako je moglo da se desi da rizikuje i ubije me i tek onda da proveri da li lažem, moj utisak je bio: postalo je lično onog momenta kada sam je ustrelio u polumračnom hodniku, gde joj zaseda nije uspela u potpunosti. Nije želela odmah da me ubije. Želela je da me muči, da se iživljava nada mnom i trenutak je došao kada joj se osvetilo poigravanje. Ranjena zver najopasnija je. Ostaje da vidim koliko će uspeti blef kod glavešina, čiji sam glas čuo na radiju. Nisam imao predstavu kako dalje, ali voleo

*sam da improvizujem. Od neuspeha i otpuštanja iz „Foka" više ništa
ne planiram unapred, jednostavno planiram usput...*

... Ogromni lift je stao i praćena jednim tankim piskom vrata su se
otvarala. Dželat se našao u mirnom i tihom hodniku, iz kog je osećao
strujanje vetra odnekud i koji, po svemu sudeći, nije bio zakačen
nikakvim pokoljem, niti ispunjen mrtvim telima. Bio je praznik za
oči videti čist hodnik posle svega čega se dželat nagledao u Najdužoj
Noći U Svom Životu. Hodnik je bio uredno ozidan jarko crvenom
ciglom i obilovao je putokazima pod: *EMERGENCY EXIT,* koji su
ga strelicama usmeravali.

Naleteo je na nekoliko vrata, koja su bila metalna i skroz bela, bez
ikakvih oznaka, ali ni na kraj pameti nije mu bilo da ih otvara, niti
da bespotrebno skreće. Na kraju hodnika pronašao je metalne ste-
penice, koje su vodile naniže, a kada im je prišao preko njih, ugledao
je ogroman tunel, koji se protezao i sa leve i sa desne strane. Isprva
je asocirao na one tunele u podzemnim metroima, ali nigde nije bilo
šina, iako je tunel bio dovoljno širok i dovoljno visok da kroz njega
prođe voz. Ohrabrujuća slika pojavila se pred njim, iako se jedva
držao na nogama. Nešto dalje, sa leve strane gledano od stepenica
videla se svetlost, a oštar vazduh strujao je jače iz tog pravca. Sišavši
niz metalne stepenice Blek je krenuo ka svetlosti i nije želeo da žuri.
Poput izmučenog zatočenika, koji srećan napušta konc logor, Blek
je zatvorio oči, idući napred, puštajući da ga svež vazduh obgrli i
pomiluje, a svetlost obasja njegovo izranjavano telo. Kada je otvorio
oči, više oko njega nije bilo mraka. Nije bilo naučnih prostorija,
niti krvavih hodnika. Pred njim, suvi kamenjari, pomešani s travom
i divljim žbunjem, dok je pogled zaklanjala gusto isprepletana veg-
etacija, kroz koju su vodile strme i nepregledne stazice. Kamenčine
su virile iz zemlje, kao glavudže džinova, dok je naviše preovladavalo
sve više sivila od kamenja i korova, a zelenila je bilo sve manje. Teren
je u suštini za pristojan automobil bio prava tortura, dok je terencem

bilo moguće prići. Pred sobom Blek je ugledao novi izazov, koji mu se u neku ruku podsmevao, cerio mu se u lice i primoravao ga da ponovo iznemogao, iscrpljen i ranjen pronađe snagu u sebi. Izazov je bio planina, sama po sebi. Iako je na njoj proveo sedam jebenih godina, nije jedan kamen poznavao, niti jednu stazu sa nje i sada je u sebi psovao svoju nesposobnost da ranije pobegne odatle, dok je užas još uvek bio na seciranju, prebijanju i prženju zatvorenika. Blek je trenutno mogao sam doneti zaključak, na osnovu vojnog iskustva. Po oštrom vazduhu zaključio je da je još uvek visoko i da će mu biti potrebno neko vreme, pre nego što stigne do podnožja. Dodatnu moguću poteškoću predstavljali su tmurni oblaci, koji su najavljivali kišu, na terenu koji je već smrdeo na vlagu.

Iznenadna eksplozija ponovo ga je trgla. Dželat je pogledao naviše. Nešto dalje, iznad, na onome što bi se moglo nazvati vrh, gde su se nazirale ogromne zidine zatvora, kuljao je plamen podižući se desetinama metara u vis. Iznad Bleka, na nebu je likovao ogromni bombarder, koji je leteo prilično nisko. Dželat se, za svaki slučaj, pomerio sa čistine, sklonivši se između velikih, kamenih gromada i odatle posmatrao. Bombarder se nadvio iznad zatvora, kao ogromni grabljivac. Nije se moglo videti kako istresa smrtonosni tovar, ali serije strašnih eksplozija, praćenih visokim plamenim jezicima, odjekivale su i tutnjale unutar zidina. Iz suprotnog pravca iz kog je došao bombarder, prošištali su manji avioni-lovci, ukupno dva. Bombarder se okrenuo ponovo i vraćao se nazad, a iz suprotnog pravca naišao je drugi, isti takav i iznad zatvora ponovo prouzrokovao pakao detonacija. Delovalo je kao da će ispeglati načisto zarubljeni vrh planine, na kojoj je izgrađen zatvor.

Dželat se pomerio iz zaklona, pretpostavljajući da će se, možda, vratiti da bombarduju i okolinu planine. Jedan bombarder je bio dovoljan za zatvor, ali trebaće više njih za čišćenje planine, a naći se u vihoru pakla, koji mogu načiniti bombarderi B52, nije bilo nimalo poželjno. Toga je bio i dželat svestan. Staza ga je vodila nešto niže, nekih par stotina metara. Vegetacija pomešana sa kamenčinama sada je postajala gušća. Stabla drveća su se nazirala ispred njega. Svaki zvuk sada je Blek mnogo bolje registrovao. Svaki šum i najmanji pokret mogao je uočiti. Sada je bio na svom terenu. Obuku iz preživljavanja je prošao, ali džungle Vijetnama bile su pravi test i pravi izazov za preživljavanje. Surove, neumoljive, vrlo često pune agnizujućih situacija, kada na primer neka početnička naivčina nagazi na zamku i ostane bez noge, ili ponekad donjeg dela tela, ili traumatične kada patrola natrči na vijetkongovsku zasedu i slično.

Za jedno se Blek relativno lako snašao. Pronašao je vodu. Izvor ograđen kamenjem i ispunjen hladnom, čistom i bistrom vodom je žuborio nekih dvadesetak metara dalje od staze. Blek je kleknuo pored i počeo da pije, koliko-toliko da povrati snagu. Hladnoća i čistoća malo mu je pročistila i želudac i dušu od sve napetosti koja ga je okruživala. Povratio se nekako, osveživši se na izvoru i skupljajući snagu za sledeći izazov. Snaga će mu trebati i te kako.

Iznenadni pucanj, a potom i vika ga je naterala da istog momenta skoči na noge.

Eho je donosio samo nesređene i nerazumljive krike. Posle jednog pucnja usledila je rafalna paljba, takođe pomešana sa povicima i kricima. Dželat je zaključio da ne pucaju u njegovom pravcu, ali da pucnjava nije nikakva dobra vest.

Pokušao je da izbegne stazu i oprezno se šunjajući i koristeći vegetaciju kao zaklon, približavao se izvoru rafalne paljbe. Došao je do gustiša od neke divlje paprati, između kojih su rasla dva drveta jedno pored drugog i pažljivo provirio između njih. Naniže jedno pedesetak metara stajala je kolona ljudi pod punom opremom, beretkama, i naoružani jurišnim puškama M4.

Dželata su podsećali zbog modroplave uniforme na „Jurišnike". Pucali su, pokušavajući da održe jednu liniju odbrane, a iz isprepletenih nizova drveća , žbunja i iz jaruga koje se nisu videle s te daljine, oboleli su izvirivali i nasrtali na njih.

— Pobijte ih sve! Ništa ne ostavljajte! — prodrao se jedan od njih na jasnom fluidnom engleskom, mašući rukom, dok su ostali vrlo vešto pucali i ubijali nadiruće horde mrtvih.

Napravila se gomila od tridesetak mrtvih i obolelih tela, kada su završili s njima. Ali gustiši su svuda oko njih mrdali i šuškali, kao da se u njima još stotine kriju. Napetost je bila velika, naročito među mlađim borcima.

— Držite oči otvorene! Svuda su! — rekao je onaj isti koji se drao da ih pobiju sve. Formirali su jednu liniju i krenuli naviše u pravcu dželata. Blek je morao brzo da razmišlja...

... Mladi početnik po imenu Giljermo Sančez pokušavao je da zadrži korak s linijom njegovih saboraca, dok su pokušavali da izvrše zadatak koji je bio pred njima. Zadatak im je bio kratak i jasan: čistiti okolinu planine i usput se probiti do zatvora koji će bombarderi demolirati u međuvremenu i najverovatnije pobiti devedeset odsto obolelih, ostavljajući im samo otpatke. Njegova velika prilika, prilika da dokaže koliko vredi kada je prošao obuku. Momci koji su s njim formirali liniju bili su već dvadesetak metara ispred njega, dok je on pokušavao da ih sustigne. Mnogi su ga previše puta opominjali da tekila i ovaj posao ne idu zajedno, ali nikog nije želeo da posluša. Terao je po svom. Bilo ga je briga šta drugi govore i radio je ono što je hteo, oslanjajući se na vrlo važnog čoveka, tj. njegovog oca, zahvaljujući čijem uticaju i jeste među „Jurišnicima". Zadihao se i zastao, kako bi uzeo dah. Oprema pod kojom se kretao dodatno ga je usporavala, a bio je te sreće da se nađe sa grupom okorelih „Jurišnika", koji su već zadatke i zadatke preturili preko glave. Bila je to skupina profesionalaca, koji su i u ovom neuobičajenom trenutku veoma profesionalno izvršavali povereni zadatak. Kao profesionalna vojska. Pucnji su odzvanjali i dalje, ali naviše. Grupa je, verovatno, naišla na još obolelih.

Giljermo je popio nekoliko gutljaja vode, oslanjajući se rukom na ogroman kamen. I rukavom obrisao znoj. Nasmejao se, jer sada oni gore vode žestoku borbu sa novom hordom mrtvih, a on se ovde niže odmara. Kasnije će im se pridružiti i pod izgovorom da su ga oboleli napali, doći će otprilike pred kraj šou programa, kada već iskusniji veterani s bacačima plamena budu stupili ispod planine, nakon što nervni gas prošeta postrojenjem. Giljermu su govorili da na zadacima mora otvoriti četvore oči, ali Giljermo je bio dovoljno glup da ne iskoristi i ta dva koja ima. Bio je dovoljno glup, jer nije razmišljao da je u planini punoj opasnosti i da će ga napasti nešto što je gore od obolelih. Par ruku, koje se poput zmija otrovnica lagano približavaju iza kamena, bio je iza njegovih leđa. Bio je dovoljno glup, jer Giljermo u suštini nije slušao nikog, niti ga je bilo briga šta oni tamo govore. U trenutku kada su ruke iznenada načinile brz i precizan pokret, a njegov vrat pukao kao grančica, Giljermo je razmišljao o novcu koji će mu biti isplaćen i o omiljenim kurvama, Anheli i Sintiji. Giljermo je umro kao budala...

... Blek je brzo povukao telo iza stene, ne dajući mu ni da padne na zemlju.

— Sranje... Jebeni dečko — promrmljao je dželat, kada je skinuo kacigu i video lice svoje žrtve. Nije mogao imati više od dvadeset. Ipak, novi povici naterali su ga da se ponovo pritaji i osmotri.

Nova linija „Jurišnika" se naniže formirala i polako su se kretali sinhronizovano i oprezno ka vrhu. Blek se ponovo sklonio u svoj zaklon i potpuno se umirio. Pucnji su počeli da odjekuju ponovo i dželat je ostao zaklonjen potpuno iza stene, ne želeći da ga zalutali metak pogodi.

— Čoveče, odakle više dolaze?! — drao se jedan od „Jurišnika".

— Gde je Giljermo? Čoveče ta budala stvarno ne zna šta radi — javio se još jedan. Po zvucima čizama približavali su se sve više zaklonu.

... Na ivici snage, ranjen i okružen „Jurišnicima" sedeo sam sakriven iza stene, zajedno sa telom jednog od njih, kog sam morao da ubijem. Ono što sam očekivao je da monstruozne nakaze barem ostanu s one strane zida, ali nekim čudom, uspele su da napuste krug zatvora i raštrkaju se po planini. Dok sam bio u onom liftu, pretpostavljao sam da je za sada noćna mora okončana...

Ali, očigledno sam se prevario...

Samo se preselila s jednog mesta na drugo, a uz to, sada su se pridružili i „Jurišnici". Put, kao što sam već rekao, nisam mogao da zapamtim, jer su mi oči bile vezane i sada sam ga morao pronaći nasumično, dok su po planini divljali oboleli zatvorenici, a „Jurišnici" naoružani do zuba čistili sve što im se iz tog pravca našlo na putu...

Mogao sam da postavim samo jedno pitanje: Kuda otići sad?

---

1 Platforma pristupiti oprezno (engleski)

2 Platforma 1 ograničenje težine 150 tona (engleski)

3 Most (engleski)

4 Oblast za medicinska istraživanja (engleski)

5 Samo za pušače (engleski)

6 Žargonski — zvono koje označava propast (engleski)

7 Osoblje za održavanje (engleski)

8 Žargonski — Ševrolet (prim. Aut.)

9 Lift za hitne slučajeve (engleski)

10 Pripremate se da aktivirate lift za hitne slučajeve (engleski)

11 Molim ukucajte sigurnosnu šifru (engleski)

12 Šifra potvrđena lift za hitne slučajeve će se aktivirati (engleski)

13 Lift za hitne slučajeve aktiviran (engleski)

ĐORĐE MILETIĆ

14 Pristupanje do izlaza za hitne slučajeve (engleski)

IV

Izveštaj nakon incidenta u Istraživačkom centru Don Hoze XW44586 — kodirani naziv The Hive

Kontrolu je bilo nemoguće uspostaviti, nakon što su subjekti počeli pokazivati prve rezultate. Posle dugogodišnjeg istraživanja, rezultat je daleko od očekivanog. Ipak, simptomi variraju i lako se menjaju, u zavisnosti od genetske strukture, koja je opet jedinstvena kod svakog čoveka. Na licu mesta zatečen je potpuni kolaps. Nikakav organizovani otpor nije postojao u zatvoru, niti u postrojenju. Preživelih nije bilo.

Prvi rezultati koje je istraživanje dalo bili su zastrašujući. Mrtva tela zaista su vraćena u život, ali samo s osnovnim životinjskim nagonom za ljudskim mesom i pojačanom agresijom, kada je živo biće u blizini. Nikakav vid komunikacije s obolelima nije moguć. Jedini odgovor je ubiti subjekat na licu mesta, jer ne odgovara ni na kakva upozorenja.

Drugi zabrinjavajući rezultati odnose se na veće mutacije. Mišljenja sam da, zapravo, hemikalija čiji sastav ostaje misterija, a koja je nosila šifrovani naziv *Ambrozija* u njima napreduje i čini ih još boljim i opasnijim, ali to ću ostaviti stručnim licima da procene. Veće mutacije još su gore i poseduju mnogo faktora: od brzine, nadljudske snage, pa do monstruoznih očnjaka, do sada neviđenih ni kod jedne postojeće vrste životinja na svetu.

Kontaminirane su i životinje koje su se nalazile u zatvoru, napomenuću pre svega pse čuvare, koji su korišćeni za potrebe pobuna. Ne isključujem mogućnost da se jedinjenje može adaptirati i na genetiku neke druge životinje. Moguće je preneti ga direktno, ujedom zaraženog subjekta, kroz vazduh i vodu, kao i kroz posekotine od kontaminiranih oštrih ivica i sl. Fleksibilnost *Ambrozije* i menjanje agregatnog stanja je zadivljujuće.

Procenjeno vreme zaraze i pretvaranja subjekta zavisi od nekoliko faktora. Između ostalog, zavisi od strane koje vrste je žrtva povređena. Dalja procena, zbog ozbiljnosti situacije i opasnosti, nije bila moguća. Gotovo je nemoguće prići svim sektorima, zbog obolelih. Zaražene i inficirane osobe broje se u hiljadama, dok je većina opreme u samom centru teško oštećena, ili neupotrebljiva. Materijalnu štetu gotovo je nemoguće proceniti na prvi pogled, ali izvesno je, meriće se milionima. Upozorenje: obolele osobe u krugu „Don Hoze" zatvora su agresivne, nemaju razum, niti inteligenciju. Savetujem bojevu municiju i dosta eksploziva, jer se na većini mesta kreću u velikim grupama, tako da ih je jurišnim puškama teže neutralisati. Takođe, izvesno da ih pucnji privlače, tako da se na jednom mestu sakupi veliki broj obolelih za kratko vreme. Za sada, koliko sam ustanovio, jedan hitac u glavu, ili više hitaca u telo ih neutrališe, ali to nije slučaj sa svima. Veće mutacije otpornije su, zahtevaju veću vatrenu moć i gotovo da nemaju slabih tačaka. Ekstreman oprez je preporučljiv prilikom obračunavanja sa njima.

Izveštaj izradio:

kapetan Darius Grifin

Beleške...

Naziv: OBOLELI ili žargonski prozvani ZOMBIE

Prvi rezultati koje je istraživanje dalo bili su ova vrsta. Najprostiji živi primerak i takoreći nuspojava. Nemaju inteligenciju, razum, sećanje, mogućnost govora i motorika tela im je drastično umanjena, u odnosu na prosečnog čoveka. Jedino na šta reaguju je krv, jer im je čulo mirisa pojačano, dok im je, prema proceni, vid drastično slabiji. Prisustvo ljudskog bića će ih uznemiriti, a svaka buka, naročito pucanj, mogu privući stotine.

Simptomi koji ukazuju na obolelo stanje su: bledilo, hladan znoj, slabost i pojačana želja za vodom, razvijenija faza pokazaće: plikove na licu, crvenilo na koži, a faza pretvaranja: blede zenice i zelenkaste beonjače.

Oboleli, ili zombiji relativno se lako neutrališu, jer su spori, fizičke snage jedva imaju, ali mogu biti opasni, ako napadaju u većim grupama. Jedan hitac u glavu, ili više hitaca u telo će ih neutralisati. Pucanje, ipak, nije preporučljivo, osim u krajnjoj nuždi, ako je u pitanju velika grupa, jer pucnji su bukvalno magnet i privući će čitavu hordu obolelih. Ugriz će pretvoriti žrtvu za tri do četiri sata, u zavisnosti od genetske strukture tela.

Napomena: nije isključeno da vremenom ova vrsta postaje pokretljivija, ukoliko nije neutralizovana u ranim satima oboljenja.

Naziv: OBOLELI ver 2

Istraživanje je pokazalo da *Ambrozija* koja je u telima obolelih kod neke genetske strukture može i napredovati i mutirati. Oboleli verzija 2 su rezultat. Njihovo kretanje bolje je i fleksibilnije od prvih obolelih, iako im je motorika u telu oslabljena. Čak će ubrzati korak, ako su blizu žrtvi i izvesna snaga može se osetiti u njihovom hvatu kao i ugrizu.

Simptomi, tj. ključ kako ih razlikovati je upravo boja očiju. Beonjače će od bledozelenkaste dobiti jasnu zelenu boju, koja se može opaziti i u mraku, a lice će imati modru boju s tamnim mrljama, prouzrokovanim velikim brojem izumrlih ćelija. Ugriz će pretvoriti žrtvu za dva do tri sata, u zavisnosti od genetske strukture tela, jer je jedinjenje napredovalo i ojačalo u telima obolelih.

Način neutralisanja isti je kao kod prve vrste.

Naziv: OBOLELI ver 3 — a.k.a. SPIKETONGUES

Snažnija i polumutirana verzija obolelih ili zombija... Neke genetske strukture mogu prihvatiti *Ambroziju* i mutirati zajedno s njom. Rezultat je nadrealno duži i veći jezik koji se razdvaja na dva dela kojim ovi oboleli napadaju.

Ova vrsta ima otprilike slične osobine kao ver 2 obolelih ali ima izuzetno visok nivo toksičnosti u jeziku tako da može izazvati i slabost u mišićima žrtve, obamrlost i na kraju nemogućnost da se kreće... Način neutralisanja isti je kao kod prve dve vrste ali više hitaca u telo nije preporučljivo jer tela postaju snažnija i otpornija na malokalibarsku municiju.

Naziv: OBOLELI ver 4 — FRENZIES

Četvrta verzija mutacije opasnija je od prethodne tri, iz razloga što njihova tela postaju fleksibilnija od ljudskih i dobijaju neverovatnu brzinu. Ono što frenzije razdvaja od običnih obolelih je ne samo velika brzina, već i mogućnost da pronađu žrtvu. Zato su ih neki od naučnika prozvali *STALKERS*. Tračak inteligencije može se videti kod njih, jer mogu pratiti tragove krvi, daleke glasove i slične putokaze, koji ih mogu odvesti do žrtve.

Štaviše, ako jedan krene, tj. pojuri za nekim tragom, verovatnoća je oko 80% da će drugi frenziji u blizini pojuriti za njim, iako ne znaju zbog čega.

Naći se na otvorenom protiv frenziesa ili stalkera može predstavljati veliki problem. Bežanje od njih na otvorenom značiće najverovatnije brzu i brutalnu smrt. Njihova fleksibilnost znači i lako savlađivanje fizičkih prepreka, kao što su niski zidovi, prozori, kamenjari, ventilacioni otvori, ograde i sl. Jedina eventualna šansa da se izbegnu ovi neprijatelji je boriti se s njima, ili ih odvojiti preprekom koju ne mogu da probiju.

Hitac u glavu ih ubija iz prve, ali sudeći po izuzetnoj agilnosti, biće potreban dobar strelac za to, a preporučljivo je imati razornije oružje, poput sačmarice, ili neko automatsko oružje. Napad ovakve grupacije može biti ekstremno opasan, a hemikalija prenesena ujedom ima jače dejstvo i žrtvu će pretvoriti za manje od sat vremena.

Naziv: OBOLELI ver 5 — MONSTER FRENZIES

Peta i najekstremnija verzija nastaje od običnih frenziesa. Faza mutacije dovešće ih u stadijum mašine za ubijanje. Tokom faze mutacije otpašće im svi nokti, a umesto njih rastu im kandže, a očnjaci dobijaju novu i jaču strukturu. Ovakva vrsta može nastati i iz ubijenih frenziesa, koji nisu dokrajčeni, jer *Ambrozija* je i dalje u njima i držaće telo u životu, obnavljaće mu ćelije, čak i kada su ubijeni, osim ako nisu usmrćeni hicem u glavu, ili spaljeni. Verovatnoća je oko 60% da će se ubijeni frenzi ponovo vratiti u život, zahvaljujući *Ambroziji* i početi da mutira...

Pored agilnosti, novo prirodno oružje koje dobija ekstremno je opasno i neugodno. Kandže, koji god deo tela da zakače, pokidaće taj deo mesa sigurno, a ujed im je najsnažniji od svih navedenih mutacija. Monstruozna forma od svih ima i najveći potencijal, ali genetski kod nešto je ređi, da bi se dobila ovakva vrsta. Otprilike jedan od sto primeraka moći će da posluži za dobijanje ove vrste.

Malokalibarsko oružje ih ne usporava previše, niti im može naneti značajniju štetu. Preporučljivo je razornije oružje, jer će ono biti jedino što stoji između monstruma i potencijalne žrtve.

Naziv: nepoznat... Na licu mesta prozvani OBOLELI PSI

U projektu ova nuspojava nastala je kada su zatvorski rotvajleri došli u dodir sa zarazom. Vrlo je verovatno da su se inficirali lakše nego ljudstvo, jer su ujedali i napadali već inficirano osoblje. Nekoliko kapi inficirane krvi bilo je dovoljno da se *Ambrozija* primi i krene da preuzima njihova životinjska tela. Takve su barem prve procene.

Jedino po čemu su se razlikovali od obolelih ljudi je što su infekciju mogli širiti brže, jer i posle pretvaranja nisu izgubili mnogo od pokretljivosti koju su imali kao normalni psi, a agresija im se samo znatno povećala, dok su prethodne osobine kod psa (inteligencija i lojalnost) potpuno izgubili.

Ono što ih može zaustaviti, dok su bili obični psi, zaustaviće ih i pod infekcijom. Ključno je ne paničiti, jer će njihov bolesni poluraspadnuti izgled slediti žrtvu koja ih prvi put vidi.

Naziv: SB 1 (žargonski Shark Boy)

Jedna od uspešnijih mutacija, za koju je trebalo proći tri faze.

Faza 1: Fizička deformacija. Subjekat počinje da dobija veoma izražene vene, modrice po telu, ruke, noge i kosti mu očvršćavaju i povećava im se obim.

Faza 2: Visina počinje da prelazi ljudsku i dostiže od tri do tri i po metra. Usta su obično prva koja trpe deformaciju. Postaju šira, a umesto zuba koji su poispadali u prvoj fazi, formiraće se gusto nazubljeni očnjaci. Naziv je dobio kada se tokom ove faze mutacije prof. dr Gregori Dženkins, koji je pratio njegov razvoj i bio vodeći u tom timu naučnika našalio i rekao: „My god, pogledajte ovog shark boy-a".

Faza 3: Visina, očnjaci i oči potpuno su dobili svoj izgled u ovoj fazi. Oči su nešto šire i bezbojne. U poslednjoj fazi jedna ruka doživeće potpuni preokret i transformaciju, dok će druga ostati ista. Jedna od ruku koja je pretrpela transformaciju, deformisaće se u pravo ubojito oružje. Najčešće je to veliki, povijeni šiljak, mada može biti i neki drugi izgled. Samo jedan od petsto genetskih kodova moći će da primi i izvuče ovakvu mutaciju. Njihov broj nije bio veliki u „Don Hoze" zatvoru, ali usled velike konfuzije i haosa, nije bilo moguće utvrditi koliko ih je tačno bilo.

SB 1 daleko je od običnih zombifikovanih nuspojava. Njegova brzina oslikava pravu kopnenu ajkulu, kada su žrtve u pitanju. Njegov ugriz može bez problema kidati udove i nanositi masivna i najčešće smrtonosna oštećenja na ljudskim telima. SB 1, takođe, poseduje fenomenalnu snagu i izvestan smisao za snalaženje u prostoru i praćenje žrtve. Svoju deformisanu ruku-oružje iskoristiće najčešće da razbija prepreke (barikade na vratima i prozorima i sl). Uprkos deliću inteligencije koje *Ambrozija* dopušta da zadrži, njegov labavi temperament nije moguće kontrolisati i vrlo je agresivan, ne razlikujući prijatelje od neprijatelja. Mana kod ove nuspojave u projektu Don Hoze, ili The Hive-a je ta što nije moguće usmeriti ga. Pored odličnih predispozicija SB 1 je još jedna od mahnitih ubilačkih mašina i ništa više od toga.

Malokalibarsko oružje pojedinca neće mnogo pomoći, čak ni ako se usmere u glavu. SB 1 gotovo ih ne oseća. Koštana srž lobanje daleko je jača i u sedam od deset slučajeva zrno od 9 mm neće moći da je probije. Protiv ove monstruozne kreature neophodno je, podvlačim NEOPHODNO, biti naoružan. Bekstvo neće pomoći, osim na mestima gde SB 1, zbog svoje veličine, ne može da priđe, ili iza prepreka koje ne može probiti (čelična vrata npr). Njegov korak je, zbog dužih nogu, veći od ljudskog i sustići će žrtvu posle nekog vremena. Način neutralisanja je pojedinačni, razornim oružjem, kao što su sačmarice, ručni bacači, granate, puškomitraljezi i sl. ili grupna paljba u stvorenje, iz svih mogućih oružja. Meci deluju na njega kao udarci na čoveka, te će ga posle nekog vremena ošamutiti i spustiti na zemlju. Ključno je ne dozvoliti stvorenju da priđe u domet sopstvenog oružja, jer tada će žrtve pasti gotovo sigurno...

Naziv: SW 1 (žargonski Sheewa)
Naporedo s napretkom SB 1, sasvim slučajno, u jednom od test subjekata razvilo se i ovo gnusno stvorenje. Njegova mutacija je gotovo ista kao kod SB-a samo što ima 4. fazu, u kojoj dobija još jedan par ruku-oružja i dolazi do ogromne telesne težine i visine od oko četiri metra.

Ovaj mutant još je agresivniji od SB-a i prava je sreća što je redak genetski kod koji može tako nešto prihvatiti. Nemoguće ga je kontrolisati i on gotovo da nema nikakvog razuma, osim instinkta da se mora hraniti stalno. Posle incidenta, kada se oslobodio, počeo se ponašati kao pravi predator, obeležavajući svoju teritoriju i loveći sve što nađe: preživele, manje mutacije, obolele... Ješće i kontaminirano meso, koje mu, takođe, nije smetnja.

Uništiti ovo stvorenje veoma je teško i zahteva ogromnu vatrenu podršku. Malokalibarska municija samo je gubljenje vremena i jedan korak bliže do čeljusti. Svaka veća rana dodatno će razbesneti stvorenje koje ima inače veliku dozu agresivnosti u sebi. Snaga koja stoji iza njenih zamaha ne može se meriti ni sa čim, ali joj je pokretljivost i agilnost manja u odnosu na SB 1. Velika vatrena moć će rešiti problem ovog čudovišnog stvorenja, kao i pojedine hemikalije koje su razvili naučnici, kao bezbednosnu meru u slučaju da se monstrum oslobodi. Njihov zadatak je bio da smekšaju i rapidno nagrizaju površinu tela monstruma, koje će postati drastično ranjivije na bojevu municiju.

Dva poznata primerka ovog čudovišta su se razvila ispod „Don Hoze" zatvora. Oba su ubijena. Jednog su zajedničkim snagama ubili dva preživela zatvorenika: Sten Guardado, Edvard Mejson i naučnica Ketrin Rodžers (a.k.a Eliza Stensfild, a.k.a Crna Udovica), drugog su ubili „Jurišnici" u ponovnom preuzimanju postrojenja.

Naziv: MW (Mantis Warrior)

Susreo sam se s dva primerka ove mutacije, a kako sam utvrdio naknadno, nije ih bilo previše u Hive-u. Ono što mogu reći za njih nije ohrabrujuće, ali rešimo prvo fizičke karakteristike.

Predatorski nastrojeni, MW dobio je neke odlike bogomoljke, zadržavajući delimično izgled čoveka, kao i njegov spoljni izgled. U zavisnosti od genetskih kodova, koji su prihvatili neke sastojke *Ambrozije*, subjekat je doživeo ključnu transformaciju na očima, ustima, rukama i nogama. Ono što je mutiralo na čoveku, zapravo je pretvoreno u njegovo oružje. Pincete na ustima dovoljno su snažne i slojeve lima da progrizu, dok su nazubljeni pipci umesto ruku bili smrtonosno oružje. Video sam i nekoliko varijacija iste MW serije, ali samo na prezentacijama i njihovo postojanje ostaje pod znakom pitanja.

Iako deluje na prvi pogled nezgrapno, MW prilično se agilno ponaša na delu, ali prilikom zamaha pomalo je nestabilan, što se može iskoristiti i okarakterisati kao mana.

Međutim, nikako ne treba potcenjivati MW-a, jer za razliku od SB-a nema tanak temperament i vrlo inteligentno pristupa žrtvi, što mu u masovnoj proizvodnji daje neki potencijal. Koliko sam na licu mesta mogao shvatiti, hitac u glavu ostaje i dalje efektivno rešenje, ali sudeći po agilnosti stvorenja, to je u osam od deset slučajeva nemoguć hitac, izuzev vrsnih strelaca.

Naziv: AS (Assasin Spider)

Ono što bih ja nazvao vrsnim i skoro perfektnim ubicama upravo je AS. Od mnogih stvorenja, u kojima kao nuspojave definitivno prednjače, oboleli AS je stvorenje koje je, možda, sledeće posle Obolelih imalo najvišu stopu ubistva u Hive-u.

Njihov izgled i razvoj dostojan je izučavanja. Noge su pretrpele teško oštećenje i delimično kičma, posle kojih su se pojavile paukove noge, na čijim vrhovima su izrasli fleksibilni i jaki šiljci. Gornji deo tela pretvoren je u mašinu. Skup čistih mišića postoji na rukama, grudima i stomaku, dok su umesto noktiju izrasle kandže, kojima i ubijaju žrtve.

Napomena da su im ruke nenormalno jake, kao i da nogama mogu činiti prilično velike skokove, bez ikakvih problema. Dovoljno govori činjenica koju sam video sopstvenim očima, da jednom rukom, prilikom penjanja, drži celokupnu težinu svog tela.

Ono što je, takođe, bitno naglasiti je da vole da napadaju iz zasede. Otud i njihova velika smrtonosna stopa. Ipak, njihova glavna mana, koja ih, ako je pravilno iskorišćena, može neutralisati je ta što im smeta jako svetlo. Zato vole mračne delove. Ako se nađu u osvetljenoj prostoriji, uništavaće izvor svetlosti. Kod slabijeg svetla njihova motorika i vid su ograničeni, pa tako i njihova sposobnost ubijanja žrtve. Toliko o indirektnom neutralisanju. Znači, važno za zapamtiti: protiv AS-a obavezno imati neku svetlost: baterijsku lampu, reflektor, fleš granatu, makar i baklju, ako ništa drugo. A što se tiče direktnog neutralisanja, opet sav posao vrši hitac u glavu, ali sudeći po ranije napomenutom, da vole mrak i da napadaju iz zasede, neutralisanje je veoma otežano, ukoliko ne postoji izvor svetlosti pri ruci. AS je imao dosta uspešnu mutaciju i moglo bi se reći jedan od uspešnijih u Hive-u.

Beleške izradio:

kapetan Darius Grifin

HOROR BAJKA JEDNOG SNOVIĐENJA

U eri tehničkog napretka i brzog, užurbanog života savremeni čovek modernizujući izmaštane arhetipove, često uplovljava u fantastiku, izgrađujući isprofilisanu sliku užasa, koji samo snaga jake ličnosti pobeđuje. Odatle se rađaju ideje za horor priče, koje pretočene u umetničko delo umeju da zagolicaju čitaočevu pažnju, pre svega svojom neobičnošću i zagonetnošću sudara sa onostranim bićima i svetovima. Jedna od takvih priča svoje mesto našla je u nesvakidašnjem romanu Đorđa Miletića *Paklena ćelija (Noćne more)*.

Sam naziv romana upućuje na jezovitu atmosferu, koja se rađa kao noćna mora u momentima psihološke mistifikacije snova. Zbog toga Miletić ne naglašava jasno prelaz iz realnog u irealno, iz svesti u podsvest, iz jave u san. Radnja se dešava na razini mogućeg, koje će tek usnulošću, tj. suštinskim buđenjem nadrasti stvarnost i biti više od čudesnog prolaska kroz lavirint svesti. U tom hronotipski nedefinisanom prostoru sve postaje moguće, pa se život i smrt izjednačavaju na krajnje sablažnjiv način, identifikujući suštinu bespredmetnog bivstva sa doživljajem života posle smrti.

Motiv zombiolikih bića u književnosti svakako nije nov, ali je Miletićev pristup mnogo detaljniji i složeniji, pre svega u klasifikaciji, ali i u karakterizaciji, od onoga na šta smo u klasičnim horor romanima navikli. S jedne strane grupa ljudi, pre svega negativaca, izmeštenih u specifične okolnosti naizgled sablasne sredine, u kojoj je sloboda želja, biće primorana da nadvlada život, nadvladavajući smrt. S druge strane niz najrazličitijih utvara, koje i osobinama i izgledom izazivaju gađenje i strah, odrediće granice bez granica i smisaono otelotvoriti sav užas čoveka čija je jedina izvesnost smrt.

Junaci *Paklene ćelije* nisu obični ljudi. Svako od njih ima bogatu prošlost i svako od njih će se shodno duhovima te prošlosti i ponašati kada je u pitanju borba za opstanak. Glavni lik, Blek, dželat, zasigurno je jedan od onih koji se nalaze van svih zakona i moralnih normi, ali je i jedan od najpromišljenijih i najokretnijih, pa ga zato autor i ostavlja kao jedinog preživelog u vrtlogu užasa zatvora, za koji se do kraja neće saznati šta je zapravo. Blek je izuzetna ličnost i iako je najviše okrenut smrti i naizgled grub i osion, kroz epizodne unutrašnje monologe i tok svesti, njegov lik pokazaće se kao izuzetno osećajan i pravičan prema zakonima unutrašnjeg morala.

U potrazi za autentičnom fantastikom Miletić se ne pridržava kriterijuma estetske dopadljivosti scena, već pokušava da šokira čitaoce morbidnošću i gnusnošću scena, koje se nižu kao na filmskoj traci i koje gradacijski iz nivoa u nivo insistiraju na sve užasnijim likovima iz sveta apstrakcije, ali i na sve upadljivijim scenama, počev od pojedinačnih stradanja do višestrukog masakra. Ledivši krv u žilama čitalaca, pojedini likovi ostaće usmrćeni sopstvenom nedoslednošću i propast će doći i kao logična posledica njihove prošlosti, dok će drugi oscilirati na granici koja ih kvalifikuje kao pripadnike čudovišta, bez obzira da li se njihova čudovišnost odnosi na ono što su predstavljali za realnog života, ili ono što će im doneti zombioliki život nakon smrti.

Udarajući na logiku i ljudski um, Miletić daje poseban osvrt na savremeno društvo, vojne formacije, zakonske slobode, rat, ali i nauku. On ostavlja čitaocima da u posebnoj recepciji romana steknu kritički odnos prema problemima stvarnosti, komparacijski donoseći sliku nadstvarnosti, koja je san, ali je pitanje da li je buđenje iz takvog sna izvesno i moguće. Zaglušujući krik dželatovog opstajanja vraća na polaznu tačku gledišta u kojoj pripovedač sublimiše sveznajući glas objektivnosti i ličnu traumu subjektivnog introspektivnog presabiranja sećanja. Odatle se taj krik može tumačiti kao vapaj, ali i kao beznadežnost života kao simbola postojanja i opstajanja u svetu koji nije determinisan dobrotom, ljubavlju i pacifizmom.

Široko zahvatanje najrazličitijih sfera ljudskog postojanja u realnosti i nadrealnosti odrediće ovaj roman pre svega kao horor, ali svakako horor iznedren na fantastici, kao smislu trajanja u svetu. Ta bajkolika igra dobra i zla kao da se vraća u suštinu napora da se prevlada Čovek i Život izrazom iskrene svesti o sebi. Dovoljno intrigantan, na oštrici slika koje prevazilaze i užase najgorih noćnih mora, ovaj roman nije jednostavna fikcija namenjena zabavi, već složena psihološka analiza višestrukih varijacija života i životnosti bića, ma iz koje sfere ona bila. Zato uz preporuku za čitanje ovakvog štiva, mora stajati i upozorenje da bez obzira koja se fabulativna linija odabere kao ključna, suština romana ostaje u samom njegovom blesku na savremenoj književnoj sceni Srbije i na zaprepašćujućoj težini odgonetanja koju kao mogućnost individualnog učitavanja autor publici ostavlja, u nadi da će danteovski krugovi dobiti nastavak kroz neko novo Čistilište s mogućnošću ostvarenja misaono-emotivnog Raja. A taj je Raj, zasigurno, bogatstvo knjige i književnosti uopšte.

Aleksandra Pavlović
prof. srpskog jezika i književnosti

ĐORĐEV FANTASTIČNI SVET MAŠTE

Malo je na ovim prostorima mladih pisaca koji se upuštaju u poduhvat pisanja romana, pogotovu ako je to roman baziran na SF priči začinjenoj dobrim hororom. Đorđe Miletić se upustio u jednu takvu avanturu i svoj prvi književni rad pretočio u sasvim dobar roman.

Potencijalnom čitaocu ostaje sad na volji da se upusti u iščitavanje ovog književnog dela za šta mu pored polazne predispozicije da voli horore i naučnu fantastiku ponekad treba i njegova rođena mašta kako bi nadopunio ili dogradio priču. Jer mladi pisac je, lukavo, ostavio prostora čitaocu da ponekad sam pokuša da domašta ili pronađe rešenje za neku radnju u romanu. Na taj način, Đorđe je čitaocu namenio i ulogu potencijalnog pisca, odnosno saučesnika u dešavanjima o kojima roman govori.

Sama radnja romana, mada geografski smeštena na područje Meksika, u stvari jeste priča o imaginarnom svetu, izmaštanom i isprepletnom sa savremenim čovečanstvom i njegovim najdubljim i najcrnjim porivima. Stoga, radnja se može dešavati bilo gde, a junaci mogu biti sasvim drugačiji od onih koje je Đorđe stvorio. Prateći nit radnje svog romana pisac je, čini mi se, raslojavao dušu savremenog čoveka pokušavajući da otkrije šta to jedno sasvim razumno biće dovodi u stanje pomućene svesti i otkud toliko crnog i mračnog u nama samima. On postavlja pitanje da li je SF stvarno toliko izmaštan i jesmo li svi pomalo učesnici horora koga se kao samozvana svesna bića zgražavamo i odričemo u većini slučaja. Ja lično imam utisak da je u tome sasvim uspeo.

Njegovo poigravanje stilom, odnosno prevođenje priče koju priča iz trećeg u prvo lice jeste na neki način i poigravanje sa čitaocem odnosno težnja da ga natera da se zamisli nad samim sobom i svojim unutrašnjim, drugim ja. Hrabro ali odlično ukomponovan, što ovom romanu daje dodatnu draž.

Đorđa, kao romanopisca je teško porediti sa bilo kim, pre svega jer je jako malo ovakvih dela, a potom jer je svom delu dao pravi, lični pečat i nametnuo svoj stil i svoje viđenje ovog žanra te tako delo učinio jedinstvenim i sebi svojstvenim.

Roman Đorđa Miletića svakako nećete moći da pročitate „na dah". Trebaće vam i vremena i živaca za to, ali to je ono što i jeste njegova prava veličina. Ovo je knjiga namenjena pre svega zaljubljenicima ovog žanra, ali mislim da svaki čitalac u njoj može pronaći ponešto za sebe. Stoga je odlično da se pojavljuje na našem književnom području i jedan ovakav pisac kakav je Đorđe, i jedna ovakva knjiga.

U Aleksincu, januar 2013. god.
Svetlana Biorac-Matić

BELEŠKA O PISCU

Đorđe Miletić rođen je 16. novembra 1985. godine u Aleksincu, na jugu Srbije. Srednju mašinsku završio je u svom rodnom gradu ali je ubrzo posle škole interesovanje pokazao za pisanje. *Paklena ćelija* prvi je njegov roman iz oblasti horora/fantastike. Više od dvadeset godina to su mu omiljeni žanrovi. Uticaj žanrova bio je sa raznih strana.

Autor je horor romana *Paklena ćelija — Noćne more, Paklena ćelija 2 — Grad terora* knjiga 1 i knjiga 2. Takođe je učestvovao i u stvaranju zbirki priča pod nazivom *Nijanse zla* i *Nijanse vremena*. Pored romana piše i kratke priče iz horor žanra kao i iz nekoliko drugih žanrova. Trenutno živi, radi i stvara u Aleksincu.

SADRŽAJ

Đorđe Miletić
PAKLENA ĆELIJA
Noćne more

Drugo izdanje
London, 2024

Izdavač
Globland Books
27 Old Gloucester Street
London, WC1N 3AX
United Kingdom
www.globlandbooks.com
info@globlandbooks.com

Milton Keynes UK
Ingram Content Group UK Ltd.
UKHW022152080324
439162UK00013B/564